河出文庫

どんがらがん

A·デイヴィッドスン
殊能将之 編

河出書房新社

序文——アヴラム・デイヴィッドスンを偲んで

（一九二三年四月二十三日——一九九三年五月八日）

グラニア・デイヴィス

アヴラム・デイヴィッドスンの輝かしい作家歴は、半世紀近くにおよびました。彼は通常の生涯の何倍にも相当する作品を書き、後期の想像力ゆたかな小説は、初期の力強い作品に劣らぬ迫力と創意に満ちあふれていました。その遺稿はいまもつぎつぎに発掘、出版され、また、初期作品は新しい世代の読者にとって胸のときめく新しい発見となっています。機知と驚異、歴史と"非歴史"、情熱と同情に満ちたこれらの物語は、どれもデイヴィッドスン独自の文体で綴られたものです。作家のロバート・シルヴァーバーグの言葉をかりれば——「英語を使って小説を書いた古今東西の作家のうちでも、彼は最高の短篇作家のひとりである」

本書には、名誉ある文学賞の受賞作品が数多く収録されています。
アメリカの奴隷制度を描いた痛烈な風刺「物は証言できない」は、一九五七年の〈EQMM〉誌年次コンテスト第一席に選ばれました。安全ピンと自転車の繁殖習性を探求した名作「さもなくば海は牡蠣《かき》でいっぱいに」は、一九五八年度のヒューゴー短篇賞を受賞しました。一九六二年には、ラドヤード・キプリングへのオマージュ「ラホール駐屯地での出来事」が、アメリカ探偵作家クラブの選ぶベスト短篇としてエドガー賞に輝きました。一九七九年には、不気味な小品「ナポリ」が、短篇部門の世界幻想文学大賞に選ばれました。また、古代ユダヤ伝説をユーモラスにひとひねりした傑作「ゴーレム」は、かぞえきれないほど多くのアンソロジーに収録されています。一九八六年に、デイヴィッドスンは世界幻想文学大賞の生涯功労賞を受けました。

アヴラム・デイヴィッドスンは、一九二三年、ニューヨーク州ヨンカーズのユダヤ系アメリカ人一家に生まれました。ニューヨーク市の北、中流階級と労働階級のアパートメントが立ち並ぶこの地区で育った彼は、十代でSFを読みはじめ、その若さでヨンカーズSF連盟の共同創立者となりました。

第二次世界大戦中は、アメリカ海軍医療部隊に所属、大戦末期には中国の北京《ペキン》に駐屯していました。長篇小説『マルコ・ポーロと眠れる美女』（グラニア・デイヴィスの手で完結）は、この中国滞在の経験をもとにして書かれたものです。そこにはまた、古代の日本軍と蒙古《もうこ》軍が対決した〝カミカゼ〟の戦いが、迫力たっぷりに描かれています。

戦後の彼は信心深い正統派ユダヤ教徒として暮らしつつ、ユダヤ系の雑誌に小説やエッセイを書きはじめました。一九四八年の第一次中東戦争後にイスラエルへ移住、イスラエル軍医療部隊に勤務しました。ユダヤとイスラエルに関する彼の作品を集めた本が、『だれもが天国にだれかを持つ』という題名で、最近イスラエルのデヴォラ・プレスから出版されています。

一九五二年、デイヴィッドスンはヨンカーズにもどり、SFとファンタジーの作家として新しいキャリアをスタートさせました。一九五〇年代中期には、〈F&SF〉誌（のちに同誌の編集長に就任）をはじめとする、〝黄金時代〟のSFやファンタジーやミステリー系の雑誌で、常連寄稿家として高い人気を誇ることになります。

一九六一年に、彼はグラニア・ケイマン（現在のグラニア・デイヴィス）と結婚、ひとり息子のイーサン・デイヴィッドスンをもうけました。けれどもこの結婚は、六〇年代のうちに別居と円満な離婚という形で打ちきられました。

その後二十年あまり、彼は輝かしい経歴のなかでもとりわけ重要な長・短篇をつぎつぎに発表、そのなかには東欧が舞台のおどけたファンタジー《エステルハージィ博士》シリーズや、カリブ海を舞台にしたファンタジー《ジャック・ライムキラー》シリーズ、それに中世ローマを舞台にした、暗く深遠な《魔術師ウェルギリウス》三部作が含まれています。このうち、ウェルギリウス物の最終巻『緋色《ひいろ》の無花果《いちじく》』（グラニア・デイヴィス＝ヘンリー・ウェッセルズ編）は、アヴラムの八十二回目の誕生日を記念して、今年イギリスで出版の予定です。

作家として全盛期のデイヴィッドスンは、広い分野の創作と読書に没頭し、秘教的なはワシントン州に落ちついて、一九九三年に亡くなりました。

一九七〇年代に彼の健康には衰えがきざし、手術や〝小発作〟の治療で入院をくりかえしながらも、健気《けなげ》に片手でタイプを打ちつづけました。何度目かの入院期間中に、彼は日本の天理教のある布教師と知りあい、その導きで精神的にも肉体的にも大きな安らぎを得たようです。天理教と、「あしきをはろうて」（心のほこりを払うこと）という癒《いや》しの教義に打ちこみ、喜びに満ちた生活を送るようになりました。一九七九年には、奈良県天理市でひらかれた翻訳者会議に出席、天理教の原典を英訳し、以後も生涯にわたって天理教を信仰しつづけました。天理教発祥の地である日本でこの作品集が出版されることを知れば、あの世の彼もさぞ喜ぶことでしょう。

デイヴィッドスンの凝りに凝った文体を日本語に移すのは、骨の折れる、たいへんな作業であり、その仕事をひきうけてくださったichiban翻訳家たちに、この場を借りてお詫《わ》びとお礼を申しあげたいと思います。また、SF翻訳家グループである翻訳勉強会のみなさんにも感謝を捧げます。このグループは、一九七九年から八〇年にかけてわたしと家族が日本に滞在中、わたしたちを温かく迎え入れてくれ、日本での滞在を魅惑的で愉快なものにしてくれました。柴野拓美さん（夫妻）、岡部宏之さん（夫妻）、伊藤典夫さん、浅倉久志さんに、そして昨年秋に亡くなられた矢野徹さんの思い出に、一献のsakeを！　ぜひ、近いうちに日本を再訪問したいものです！

また、アヴラム・デイヴィッドスンに代わって、この本をサンフランシスコの天理教ホープ・オブ・ザ・パシフィック教会の丹羽久男・昌子御夫妻に捧げたいと思います。お二人は、年老い、病んでいたアヴラムに、この上ない慰めと喜びをもたらしてくださいました。

この ichiban 作品を集めた ichiban 短篇集が、日本の ichiban 読者たちに喜びをもたらすことを願っています。Domo Arigato。

（浅倉久志訳）

どんがらがん　目次

どんがらがん

ゴーレム

浅倉久志訳

灰色の顔をした男が、ガンバイナー老夫妻の住んでいる通りへやってきた。いまは昼下がり、いまは秋、日ざしのぬくもりが、この夫婦の年老いた骨の痛みを優しくやわらげてくれる。一九二〇年代から三〇年代初めに映画館通いをした人間なら、この通りをもう千回も見たことがあるだろう。このハーフ・ダブル屋根のバンガロー[★1]がつづく家並みの下で、エドマンド・ロウ[★2]がリアトリス・ジョイ[★3]と腕を組んで歩き、ハロルド・ロイド[★4]が斧《おの》を持った中国人たちに追いかけられたのだ。この鱗《うろこ》におおわれたような棕櫚《しゅろ》の並木の下で、ローレルがハーディ[★5]の尻をけとばし、ウールジーがホイーラー[★6]の頭を干し鱈《だら》でなぐりつけたのだ。このハンカチほどのサイズの芝生《しばふ》で、ちびっ子ギャング[★7]の子供たちが追いかけっこを演じ、ゴルフズボン姿の怒れるでぶ男たちに追いかけられたのだ。そう、こことおなじ通りで——それとも、ひょっとすると、これにそっくりな五百あまりの通りのどれかで。

ガンバイナー夫人は、夫をふりかえり、灰色の顔をした男を指さした。

「ねえ、ひょっとすると、あの人、どこかぐあいでも悪いんじゃない？　なんだか歩き方が変だけど」

「まるでゴーレムみたいな歩き方だ」とガンバイナー氏がむぞうさに応じた。

年老いた夫人はおもしろくなさそうだった。

「さあ、それはどうかしら。わたしはあの歩き方、あんたのいとこのメンデルに似てると思うけど」

年老いた夫は不機嫌に唇をすぼめ、パイプの軸を嚙《か》みしめた。灰色の顔をした男はコンクリートの路地へはいり、ポーチまで階段を登ってきて、椅子《いす》のひとつに腰をおろした。ガンバイナー老人は知らん顔。その妻は、見知らぬ男をしげしげとながめた。

「なんなのよ、あの人。『こんにちは』も、『さよなら』も、『お元気ですか』もなしで勝手にはいりこんできて、自分のうちみたいな顔で腰をおろすなんて……ねえ、その椅子、すわり心地はいかが？」と老夫人はたずねた。「紅茶でも召しあがる？」

それから夫をふりかえった。

「なんとかいってよ、ガンバイナー！　どうしたの、いったい？　まさか木彫りの人形でもないでしょうに？」

老人は、ゆっくりと、人のわるい、勝ちほこった笑みをうかべた。

「なんでわしがなにかいわなきゃならん？」と老人は虚空《こくう》に向かってたずねた。「いったいわしゃ何者だ？　話にもならん。それがこのわしさ」

見知らぬ男が口を切った。ぎすぎすして単調な声だ。

「このわたしがだれであるかを――いや、何者であるかを――知れば、あまりの恐ろしさにおまえたちの肉は溶け、骨から剝《は》がれ落ちるだろう」そういって、陶器の歯をむきだした。

「あたしの骨のことなんか、ほっといてちょうだい！」と老夫人はさけんだ。「失礼な人ね、あたしの骨がどうだの、こうだのと！」

「おまえたちは恐怖にうちふるえるだろう」と見知らぬ男はいった。年老いたガンバイナー夫人は、せいぜい長生きすれば、と応じた。それからもう一度夫をふりかえった。

「ガンバイナー、いつになったら芝刈りをしてくれるの？」

「すべての人類《シャー》は――」と見知らぬ男が口を切った。

「しーっ！　いまは、うちの主人と話してるとこなの……。ガンバイナー、この人のしゃべりかたって、なんだかへんてこね、そう思わない？」

「外国人だろう、おそらく」ガンバイナー氏は無関心に答えた。

「そう思う？」ガンバイナー夫人はちらっと見知らぬ男のほうを見た。「この人、とても顔色がわるいわよ、お気の毒《エビス》。保養のためにカリフォルニアへきたのかしらね」

「病い、苦しみ、悲しみ、愛、嘆き――すべてはむなしく――」

ガンバイナー氏が見知らぬ男の言葉《ネビッヒ》をさえぎった。

「胆囊《たんのう》だ」と老人はいった。「教会堂《シュール》のわきに住んでたギンズバーグ。手術前のやっこさんが、ちょうどあれにそっくりの顔色だった。担当の教授がふたりもいてさ、専任看護婦が昼も夜もつきっきりで」

「わたしは人間ではない！」見知らぬ男がさけんだ。

「三千七百五十ドルもの大金を息子がはたいてくれたってよ。ギンズバーグの話だとな。『おやじのためなら金なんて惜しくないさ――元気になってくれりゃそれでいいんだ』あの息子はそういったそうだ」

「わたしは人間ではない！」見知らぬ男がさけんだ。

「まあ、なんてよくできた息子さんだこと！」老夫人はうなずきながらそういった。「金《きん》の心臓の持ち主ね、それも純金の」彼女は見知らぬ男に向きなおった。「わかった、わかった。いまやっとあんたの言葉が聞きとれましたよ。ねえ、ガンバイナー！　さっき、たずねたのに。いつになったら芝生を刈ってくれるつもり？」

「水曜か、それとも木曜《オダー》に、日本人がこの近所へやってくる。芝生を刈るのがやっこさんの仕事だ。わしの仕事はガラス屋さ――もう引退したがね」

「わたしとすべての人類とのあいだには、避けられない憎しみがある」と見知らぬ男がいった。「わたしが何者かを告げれば、おまえたちの肉は溶け――」

「それはもう聞いたよ、さっき聞いた」とガンバイナー氏が口をはさんだ。

「シカゴにいたころは、ロシア皇帝の心みたいに冷たくてきびしい冬の寒さのなかでも、あんたは毎日毎日、ガラスのはまった窓枠《まどわく》をせっせと運ぶだけの力があったのに」と老夫人が祈りを唱えるような調子でいった。「それがカリフォルニアへきたら、黄金の日ざしが降りそそぐというのに、妻から芝生を刈ってくれとたのまれても、そんな元気はないだなんて。じゃ、その日本人を呼んで、ついでにあんたの夕食も作ってもらおうかしらん?」

「アラーダイス教授は彼の理論を完成させるのに、三十年の歳月を費やした。電子工学、神経工学――」

「おい、いまのを聞いたか。この先生、えらく学のありそうな口ぶりだぞ」ガンバイナー氏が感心した。「ひょっとすると、ここの大学にかよっとるのかな?」

「ここの大学にかよってるなら、バッドの知りあいじゃない?」と夫人がいった。

「たぶんおんなじクラスで、バッドに宿題のことで会いにきた、ちがうかな?」

「そうね、きっとおんなじクラスよ。大学のクラスって、いくつぐらい? ぜんぶ《ガンツエン》で五つかな。前にバッドが時間割を見せてくれたけど」夫人は指を折ってかぞえはじめた。

「テレビ番組の鑑賞と批評。小船舶の製作、社会適応、アメリカン・ダンス……アメリカン・ダンスに――えー《ヌー》と、あとはなに、ガンバイナー――」

「現代陶芸さ」彼女の夫がその言葉を味わうように発音した。「りっぱな若者だよ、バッドは。ああいう下宿人がいてくれてよかった」

「こうした学問の研究に三十年の歳月を費やしたのち」と、見知らぬ男はつづけた。それまでもしゃべりつづけていたのだが、さっぱり耳をかしてもらえない。「教授は理論面から実用面に転向した。それから十年たらずで、教授は史上最大の発見をやってのけた。人類を、すべての人類を、不必要にする発見を。つまり、教授はこのわたしを作りあげたのだ」

「ティリーはこないだの手紙になにを書いてきた?」と老人はたずねた。

老婦人は肩をすくめた。

「あの娘《こ》がなにを書いてくるっていうの? いつもとおんなじ。シドニーが軍隊からもどってきたのと、ネオミに新しいボーイ・フレンドができたのと――」

「教授は**このわたし**を作りあげたのだ!」

「ねえ、どこのどなたか存じませんけど」と老夫人がいった。「それと、あんたの住んでた土地じゃどんなぐあいか存じませんけど、この国ではね、人が話をしてるさいちゅうに口をはさんだりしないの……。ちょっと、あんた――いったい、いまのはどういうこと? 教授があんたを作りあげたって? いったいどういうこと?」

見知らぬ男はまたもや強烈なピンクの歯ぐきを見せつけるように歯をむいた。

「教授がとつぜん、だが、完全な自然的原因で死亡したため、まだ人間どもに死体が発見されぬこともあり、わたしは以前よりも自由に研究室へはいりこめるようになった。そこにはアンドロイドに関する物語の厖大《ぼうだい》なコレクションがあった。シェリーの『フランケンシュタイン』から、チャペックの『R・U・R』、それにアシモフの――」

「フランケンシュタイン?」老人が急に興味をひかれて聞きかえした。「そういえば、フランケンシュタインという男がいたな。ホルステッド通りでソーダ水の店をやってたっけ。リトアニア人だったよ。かわいそうに《ネビッヒ》」

「なにいってるんですか」とガンバイナー夫人が聞きとがめた。「あの人の名前はフランケンサールよ。それに、ホルステッド通りじゃなくて、ローズヴェルト通り」

「――明らかに示しているように、すべての人類はアンドロイドに対する本能的な反感をいだいており、やがて両者のあいだには避けられぬ闘争が――」

「なるほど、なるほど！」ガンバイナー老人はカチッとパイプを嚙みしめた。「まちがうのはいつもこのわし、正しいのはいつもおまえ。こういうまぬけな男に長年連れ添って、どうしておまえはがまんできたんだろうな？」

「さあ、どうしてかしらね」と老夫人は答えた。「ときどき、あたしもふしぎになるんだけど。たぶん、それはあんたが男前だからでしょ」そういって笑いだした。ガンバイナー老人はパチパチまばたきをしてから微笑をうかべ、それから妻の手をとった。

「愚かな老女よ」と見知らぬ男がいった。「なぜ笑うのだ？　わたしがおまえたちを滅ぼしにきたことを知らないのか？」

「なんだと！」ガンバイナー老人が大声でわめいた。「口をつつしめ、この野郎！」いうなり椅子から飛びだすと、見知らぬ男の頬げたを張りとばした。男の頭がポーチの柱にぶつかって、はねかえった。

「わしの家内に話しかけるときは、それなりの礼儀をわきまえろ、わかったか？」

ガンバイナー老夫人は頬を赤らめ、夫を椅子に押しもどした。それから身をかがめて、見知らぬ男の頭を調べた。舌打ちしながら、だらりと垂れさがった皮膚《ひふ》もどきの灰色の物質をわきへひっぱった。

「ガンバイナー、見て！　この人の中身って、バネと針金ばっかり！」

「だから、さっきわしがゴーレムだといったのに。おまえは本気にせんかった」と老人がいった。

「ゴーレムみたいな歩き方だ、といっただけでしょうが」

「ゴーレムでなくて、どうしてゴーレムみたいな歩き方ができる？」

「はいはい、わかりましたよ……あんたがこわしたんだから、直してやって」

「いまは天国にいる祖父が、むかしこう教えてくれたもんだ。導師《ラビ》のモ・ハ・ラ・ル――つまり、モレイヌ・ハ・ラヴ・ロウが――なにとぞその霊に祝福あれ――三百年前、いや、四百年前だったかな、プラハでゴーレムを作ったときに、ゴーレムのひたいに聖なる御名《みな》を書き記した、と」

思い出し笑いをうかべながら、老夫人があとをひきとった。「そしたらゴーレムは、ラビのために薪《まき》を割ったり、水をくんだり、ゲットーを守ったりしてくれたのよね」

「ところが、たった一度だけ、ゴーレムがラビ・ロウの言いつけにそむいたことがあった。そこでラビ・ロウがゴーレムのひたいからシェム・ハ・メフォラシュ[★8]の文字を消すと、ゴーレムはまるで死人のようにばったり倒れた。そこでみんなはゴーレムを教会堂《シュール》の屋根裏に運びこんだから、ゴーレムの体はいまもそこにある。共産主義者どもが彼をモスクワに送ってればべつだが……これをただのお話だと思うなよ」

「めっそうもない《アヴアダ・ノット》！」と老夫人はいった。

「わしは教会堂とラビの墓をこの目で見たんだからな」夫が断固たる口調でいった。

「でも、ガンバイナー、これはべつの種類のゴーレムじゃないかしら。だって、ほら、このおでこ――なんにも文字が書いてないもの」

「それがどうした？ わしがそこに文字を書いちゃいかんという法でもあるのか？ バッドがくれたろう、現代陶芸の時間に使ったという粘土のかたまり、あれをどうした？」

老人は手を洗い、小さな黒い縁なし帽をかぶりなおしてから、その粘土を使って、灰色のひたいの上に、四つのヘブライ文字をゆっくりとていねいに書きつけた。

「祭司エズラでもこれ以上はうまくは書けないぐらい」と老夫人が感嘆の声を上げながら、「でも、なんにも起こらないわね」椅子の上でぐったりしている生命のない人形を見て、そうつけたした。

「そりゃまあ、そもそもこのわしはラビ・ロウか？」夫は卑下するようにそうたずね、「いや、ちがう」と自分で答えた。背をかがめ、露出した機械仕掛けを調べながら、「このバネがこうきて……この針金がこうつながって、と……」人形が身動きした。「だが、これはどこにつながるんだ？ それからこれは？」

「ほっときなさいよ」と妻がいった。人形がのろのろと上体を起こし、ぎょろりと目玉を回転させた。

「聞け、レブ《ミスター》・ゴーレムよ」老人は人差し指をふりたてながらいった。「いまからわしのいうことをよく聞くんだぞ——わかるか？」

「わかる……」

「もしおまえがここにいたければ、ミスター・ガンバイナーのいうことを聞け」

「ミスター・ガンバイナーのいうことを聞く……」

「そうとも、ゴーレムならそうこなくちゃな。おい、マルカ、そのハンドバッグから手鏡をよこしてくれ。さあ、どうだ、自分の顔が見えるか？　ひたいになんと書いてある？　もしおまえがミスター・ガンバイナーのいうことを聞かないと、そこに書いてある文字を消してしまうぞ。すると、おまえはいのちがなくなる」

「いのちがなくなる……」

「そのとおり。さあ、よく聞けよ。そこのポーチの下に芝刈り機がある。それをとりにいけ。それから、芝生を刈るんだ。刈りおわったらもどってこい。さあ、行け」

「行く……」人形はのそのそと階段を下りていった。まもなく、芝刈り機のブーンという回転音が、静かな空気に包まれた通りにひびきはじめた。その通りは、ジャッキー・クーパー[9]がウォーレス・ビアリー[10]のワイシャツの上に大粒の涙をこぼし、チェスター・コンクリン[11]がマリー・ドレスラー[12]を見て目をまるくした、あの通りにそっくりだった。

「ところで、ティリーにはなんと書いてやるつもりだい？」年老いたガンバイナー氏はたずねた。

「なんと書いてやるつもりかって？」年老いたガンバイナー夫人は肩をすくめた。「そうね、こっちのお天気はすばらしくて——なにとぞ聖なる御名に祝福あれ——ふたりとも元気でやってますよって」

老人はゆっくりとうなずき、夫婦ともどもフロント・ポーチに腰をおろして、暖かい午後の日ざしを浴びつづけた。

訳注

★1 半分が平屋建て、半分が二階建てで、二重になった屋根。

★2 サイレント映画の初期から二枚目として活躍し、一九二六年の『栄光』で注目された俳優。三〇年代なかば以降は脇役に転向した。

★3 パラマウント映画で活躍。ジョン・ギルバートと結婚。セシル・B・デミル映画のスターで、グロリア・スワンソンの後継者とも目された。

★4 チャップリン、キートンとならぶ三大喜劇王のひとり。ロイド眼鏡の名のもとにもなった。代表作は一九二三年の『要心無用』。

★5 ちびではにかみ屋のスタン・ローレルと、でぶの大男で気むずかしいオリヴァー・ハーディ。

★6　ハル・ローチの手でチームを結成、日本では〝極楽〟コンビの名で人気があった。ブロードウェイの舞台『リオ・リタ』で大評判となり、ハリウッドへ招かれた。

★7　ヴォードヴィリアンのロバート・ウールジーとバート・ホイーラーのコンビ。ブロードウェイの舞台『リオ・リタ』で大評判となり、ハリウッドへ招かれた。

★8　ハル・ローチ創案の短編映画に登場した子役グループ。この喜劇はサイレント映画時代の一九二二年から、テレビ番組まで、二十二年間にわたって制作がつづけられた。

★9　シェムは「名」、ハは the に相当する冠詞、メフォラシュは「明白な」で、ヘブライ語聖書では、「神の真の御名」を意味する。年に一度、贖罪の日（ヨーム・キップール）にしか、正しく発音することが許されない。

★10　ちびっ子ギャングのメンバーから人気子役スターとなり、のちには映画『スーパーマン』シリーズやテレビの『刑事コロンボ』にも出演した。

★11　サイレント時代の喜劇からスタートして、一九三〇年の『惨劇の波止場』ではエドマンド・ロウと共演、トーキー時代には悪役もこなした俳優。

★12　キーストン・コメディと呼ばれるまぬけな警官隊の登場するどたばた喜劇で活躍。《モダン・タイムズ》や《チャップリンの独裁者》ではチャップリンと共演した喜劇俳優。

舞台の人気女優。マック・セネットの『醜女の深情』でチャップリンと共演。『惨劇の波止場』では六十一歳でアカデミー主演女優賞を獲得した。

物は証言できない

浅倉久志訳

ショルトー・ヒルの大半は住宅地だが、パーシモン通りとランパート通りが商業区域を形づくっている。後者の城壁《ランパート》という名は、すでに忘れられて久しい砦《とりで》にちなんだものだ。この砦は、ベネディクト・アーノルド（英国軍の制服を着こみ、苦い不満とゆがんだ誇りに蝕《むしば》まれていた独立戦争の裏切り者）の奇襲を受けて破壊されてしまった。パーシモン通りは登り坂になって、ランパート通りのどてっ腹へ直角にぶつかり、そこで終わっている。赤煉瓦《あかれんが》造りの家や商店、倉庫や事務所の立ちならぶこの界隈《かいわい》は、地形をもとにして〈Tの字〉と呼びならわされ、タバコやジャガイモ、糖蜜、落花生《らっかせい》、干し魚、ビール、安食堂の食べ物のにおいがする。（嚙《か》みタバコと木ぎれ削りに余念のない街の閑人《ひまじん》たちの証言によると）ベイリス老人の事務所のにおいもする。その窓はいつも閉まったまま――これまで一度も開いたためしがないし、そもそも開くようにはできてないらしい。街路や、農場や、厩舎《きゅうしゃ》から流れてきたにおいがベイリス事務所へはいりこんだらさいご、それっきり日の目を拝めない、という。こうした噂《うわさ》を、当のベイリス老人はちゃんと知っていた。どこでなにが起きているかを逐一《ちくいち》知っていた。ただ、まったく気にしないだけだ。その必要もないのさ、というのがみんなの意見だった。

弁護士J・ベイリス（古ぼけた看板には、そう書かれている）の営業ぶりは手広く、競争相手はすくなかった。仲買人《なかがいにん》ジェームズ・ベイリス（と書かれた看板はいくらか後年のものだが、お世辞にも新しいとはいえない）の営業ぶりもやはり手広く、競争相手はすくなかった。後者の営業の根城は、〈Tの字〉でなく、川と、運河と、鉄道線路に近い界隈――通称〈どん底〉にあって、分厚いドアと鉄格子のはまった窓のある、白い石壁の建物だった。

仲買人ジェームズ・ベイリスは、社交界のつまはじきだった。だが、だれの目にも、本人がそれを気にしているとは見えなかった。ベイリス老人は、たいていのことを歯牙《しが》にもかけない。古い白の帽子をかぶり、古い黒のコートを着て、古い牛革の靴《くつ》を履《は》いているが、この靴は購入当時からすでに古く見えた――（さきほどの嚙みタバコと木ぎれ削りの閑人たちによると）その靴は、まだ靴型の上にあったころ、自分がだれの足に履かれる運命かを知ったとたんに、みるみる古ぼけたという。

いまから二十五年前の一八二五年のこと、地元の新聞にこんな広告が出たことがある――この種のものとしては最初の広告が。

「謹告！　（と、その広告ははじまっていた）このほどジェームズ・ベイリスはキャナル通りの旧造兵廠《ぞうへいしょう》を購入、黒人問屋として開業いたす所存。すべての良質にして有望なる年若い黒人を、つねに最高値にて買い取ります。また、黒人の委託販売をも引き受けます。また、お手持ちの奴隷《どれい》が、いちご腫、瘰癧《るいれき》、肺病、リューマチ等により労働に不適切な体となった場合も、ご相談に応じ、適当なる条件にて処分いたします」

地元の新聞のウィンスタンリー編集長がのちに語ったところでは、この広告掲載を断念させようと努力はしたという。「これでは世間がだまっていませんよ。こういう問題は、これまで一度も公然と口にされたことがないんですから」編集長はそう指摘した。ベイリスはほほえんだ。当時のベイリスはすでに中年で、てかてかした赤ら顔と、鼠色《ねずみいろ》の長い髪の持ち主だった。その笑顔は、あけっぴろげとはいえなかった。

「では、このわしが先駆者ということになるな」とベイリスはいった。「この州には大農園がないし、これからもできんだろう。わしはこの問題をじっくり考えてみた。この州で半ダース以上の奴隷をかかえたりしたら、だれにとっても採算が合わんはずだ。しかも、黒人はどんどん子供を産んで数がふえる。それはとめようがない。これまで法律事務所の仕事でさんざん見てきたよ、おおぜいの農園主が、奴隷を買うための借金がかさんで破産するのをな——連中は翌年の収穫、いや、ときには三年先の収穫までをあてにして手形を切る。ところが、かりに豊作でも綿花の値崩れが起きると、手形が落とせずに、土地や奴隷を手放す結果になる。逆に綿花がうんと値上がりして、奴隷を買った年の借金が払えた場合は、やっこさん、性懲《しょうこ》りもなく」——ベイリスはけっして口汚い言葉を使わない——「また何人かの奴隷を買おうと手形を切る。まもなくひどい不景気がやってくるが、このあたりでは奴隷の引き取り手がない。そうなったらさいご、かかえこんだ十何人もの奴隷が食い扶持《ぶち》だけの働きもせず、いやというほどただ飯をかっ食らう。そういうわけだよ、ウィンスタンリーさん。奴隷の売り先は南部か南西部しかない。あっちでは新しい土地がどんどん開拓されて、大農園ができているからね」

　ウィンスタンリー編集長は、首をうなずかせた。「わかります、わかります。しかし、世間はこういう問題が公然と語られるのを好まんのです。奴隷売買は見くだされています。あなたもご存じでしょう。それは必要悪だと見られていて、いうならば、その……」編集長は声を低めた。「あなた個人に含むところはないですが……いうならば、その、売春宿のようなものですよ。どうか気をわるくしないでください、ベイリスさん」

　弁護士兼仲買人は、またもや微笑をうかべた。「奴隷制は法律で公認されている。綿花同様に、それは国内経済の不可欠な一部分だよ。そう、かりにわしが、『うちの綿花が大好きだから、この地方でしか売らない』といったらどうなる？　頭がおかしいんじゃないかと、みんなが思うだろう。奴隷は境界諸州《ボーダー・ステイツ》（デラウェア、メリーランド、ウェスト・ヴァージニア、ケンタッキー、ミズーリの各州）では余剰産物になってきたから、地元の需要を満たすだけの奴隷が生まれてこない地方へ売りわたすしかない。だから、この広告を印刷にまわしてくれ。世間の連中はわたしをディナーには招待せんが、奴隷を売りにくることはまちがいなし。まあ、見ていたまえ」

予言どおり、たしかにこの広告は世論の憤激を招いた。どこの大旦那《オールド・マースタ》や大奥様《オールド・ミシズ》も、絶対にうちの黒人を〝川下《かわしも》〟へ売る気はない、と断言した。だが、どういうわけか、仲買人の――いわゆる――〝ブタ箱〟は、しょっちゅう顔ぶれが入れ替わるものの、けっこう満員だった。ベイリス老人は、代理人たちを買い付けや売り込みに送りだした。ときにはナチェズやニュー・オーリンズに本拠を持つ会社の代理人を引き受けもした。また、手っとり早い投資で儲《もう》けたがる名家の紳士たちと、匿名《とくめい》で手を組むこともあった。もちろん、相手は儲けを手に入れてもベイリスとディナーをともにせず、人前では彼と握手もしなかった。こんな噂もときどき流れた。ベイリスの事業の法律面に関係した諸問題で、弁護士協会がベイリスに不利な訴えを起こすらしい。だが、すべてはなんの効果もなかった。

「ベイリスさん」ある日、この老人の事務所に、ネッド・ウィカースンという若手弁護士が訪ねてきた。『自己弁護をする人間は愚かな依頼人を持つことになる』という警句を考えた人物がだれだったかは知りませんが、あなたとはお近づきでなかったようですね」

「ありがとうよ」

「というわけで」と青年は言葉をつづけた。「ぼくは依頼人のサム・ワースに、こう忠告しました。法廷で争うのはよしたほうがいい。もし、示談で解決できるものなら」

「きみの忠告の前半は賢明だが、示談で解決すべき問題など、どこにもないな」

「それがあるんですよ、ベイリスさん。六百三十五ドルで解決すべき問題が」ウィカースン青年は弁護士稼業にはいって二年になるが、まだ鼻の頭にソバカスが残っている。彼は紙入れから一枚の証書をとりだすと、それを前においた。「これがそうです」

老人は鼻の頭までメガネをずらし、その証書をとりあげた。もぐもぐ唇を動かしながら、文面に目を通した。「ほう、まったくこのとおり。ふん。なるほど。『領収書。レミュエル郡ワース・クロッシング在住のサミュエル・ワース氏より、三十六歳、比較的色白の黒人ドミニック・スウィフト、通称ドミノの譲渡代金全額として現金六百ドルを正に受け取りました。この黒人は心身ともに健全なる終身奴隷であり、ここにその身分を永久に保証いたします。レミュエル郡ラトランド在住、ジェームズ・ベイリス』うん。どこにも不備な点はない。それにとにかく、いまのはどういう意味だ、六百ドルに三十五ドルの上乗せとは？」

「医療費と埋葬費です。ドミノは先週死にました」

「死んだ？　ほう、そうかね。それは残念な。まあ、死を免れることはだれにもできんて」

「あいにく、そういう人生観をうかがっても、ぼくの依頼人は納得しないでしょう。彼にいわせると、ドミノが働いたのはせいぜい二日たらず。最初は、怠けているとかんちがいして鞭《むち》打ったそうです。しかし、医師の——スローン先生ですが——診察を受けたところ、先生がいうには、これは肺病だ、と。それからまもなくドミノは死にました」

「黒人は急性の肺病に罹《かか》りやすいからな。なにかの妙薬があればいいんだが。その反面、マラリアや黄熱病にはめったに罹らんね。神の思し召《おぼめ》しで」

ベイリスはひねり嚙みタバコをナイフで切りとり、頰のなかへ押しこんでから、嚙みタバコとナイフをウィカースンにさしだしたが、相手は首を横にふった。

「さっきも申しあげたとおり、できれば法廷には持ちこまず、示談で解決したいと思っています。もし代金全額を払い戻してくださるなら、ほかの経費まで要求するつもりはありません。いかがです?」

ベイリスは、うすぎたない事務所のなかを見まわした。北の壁の本棚には、背が剝《は》がれたり割れたりした法律書がならんでいる。南の壁には、ジョン・C・カルフーン（奴隷制の支持者で、一八二五年から三二年まで米国副大統領をつとめた）の銀板写真が斜めにかかっている。東の壁には、ひとつしかない、ほこりだらけのうす暗い窓。そして、西の壁に設けられたドアの下半分は、二世代の人間たちの靴やブーツに蹴《け》とばされ、傷だらけで、あっちこっちが割れている。「冗談じゃない。もちろん断るさ」

ウィカースンは眉根《まゆね》をよせた。「もし裁判で負けたら、わ、わたしの弁護料まで払わなくちゃなりませんよ」

「わしが負けるとは思えんな」と老人は答えた。

「いや、もちろんあなたは負けます」若い弁護士はそう主張したが、それほど自信たっぷりな口調ではなかった。「あれが〝急性〟の肺病でないことは、スローン先生が証言してくれます。先生がいうには、黒人によくある慢性肺結核だそうです。ところが、あなたはドミノが健康体だと保証された」

「まったく医者という手合いは、どこからそういうご大層な病名を思いつくのかな」ベイリスは平然と答えた。「ネッド、つい最近、ニュー・オーリンズで興味深い法律上の論点が持ちあがってな。うちの代理人が手紙で知らせてきたよ。黒人の制動手が事故で両脚を砕《くだ》かれ、その奴隷を鉄道に貸し出していた男が訴訟を起こしたところ、鉄道側は〝共働者の不注意〟を申し立てて、損害賠償に応じない――この場合の共働者は機関士だが」

「争う余地のない抗弁に思えますね」若い弁護士は思わず興味をひかれたようだった。

「それでどうなりました?」

「ちょっと待った、法廷の判決文を思いだせるかな」これはうわべの謙遜《けんそん》だった。奴隷に関係したあらゆる法規や判決について、ベイリス老人の記憶力はつとに有名なのだ。

「えーと。うん。法廷の判決文はこうだった。『奴隷という身分のため、この制動手は通常の共働者の範疇《はんちゅう》に属さない。奴隷は法律の定めるところの最も厳格な制約に縛られている。奴隷はいかに危険が切迫していても、持ち場を放棄すれば処罰を受け、また、勤務中の過失もしくは怠慢の廉《かど》で自由市民を非難することもできない。それは奴隷という状態が生みだす必然性によるものである』というわけで、その奴隷の所有者は――ル・

トゥールというクレオール人だったが――千三百ドルの賠償金をかちとった」

「なるほど、そういわれればそうかも。だが、ドミノの場合はスローン先生が――」

「まあ、待て、ネッド。ドミノはわしの主治医、フレッド・ピアス先生の綿密な身体検査によれば――」

「お言葉ですがね、あのピアスがこの二十年間、酒臭い息を吐《は》いていなかった日がありますか！ あの爺《じい》さんの患者ときたら、奴隷しかいませんよ」

「なるほど。すると、あの医者は黒人に関して、いわゆる専門家ということにならんかね。ネッド、法廷に持ちこむのはよしたまえ。どだい主張の根拠がない。うちの倉庫番も証言するぞ。売られたときのドミノは健康体だった。ワースに鞭打たれて病気になったのにちがいない、と」

ウィカースンは立ちあがった。「では、部分的損害賠償に応じますか？」老人は首を横にふった。長い頭髪には白いものがまじっているが、その下の顔はまだつやつやしている。「あなたはドミノが病気なのをご存じだった」とウィカースンはいった。「ミス・ホィットフォードの奴隷で、鍛冶屋《かじや》をやってるマイカに会ってきましたよ。しばらく前に、マイカがあなたのブタ箱の修理をしたことがあったでしょう？ 彼にいわせると、ドミノが咳《せき》をしているのも聞いたし、血を吐くところも見たそうです。それと、あなたがドミノのようすを見て、ラム酒と糖蜜をやりながら、こういっているのも見聞きしたそうですよ。『ドム、わしがおまえを売るまでは咳をせんことだ。さもないと、南部へ売りとばしてやる。あそこじゃ、黒人を甘やかしてはくれんぞ』これはあなたがドミノを売りつける直前のことでした――わたしの依頼人にね」

ベイリス老人はけわしい目つきになった。「わしにいわせれば、マイカは黒人の分際でしゃべりすぎだ。たとえミス・ホイットフォードの奴隷にしてもな――あのご婦人は、道でわしに出会っても知らんぷりをなさるぐらいお高くとまってらっしゃる。だがな、ウィカースン君、きみはきわめて重要なことをひとつ忘れとるぞ！」老人の声が大きくなり、指を突きつけた。「マイカがなにを聞いたとしても、それは問題にならん。マイカは所有物なんだ！　ちょうどわしの馬が所有物であるようにな！　物は証言できない！　きみは自分が弁護士だと主張する気か？　それなら知っとるだろう。奴隷は遺産を相続することも――また、遺贈を受けることもできず――結婚することも、自分の子を結婚させることもできず――民事訴訟も、刑事訴訟も起こすことができない――それが法律の基本的原則だ。奴隷は、べつの奴隷への反対証言を除いて、法廷では証言できない」

ウィカースンは唇をきつく噛みしめると、戸口に近づいていきなりドアを蹴りあけ、外に群がって聞き耳を立てていた野次馬を追い散らしてから、大股《おおまた》で去っていった。ベイリス老人も、野次馬を払いのけるようにして、そのあとを追った。

「それと、サム・ワースにこういっとけ。わしの邪魔をしにくるな、と！」ベイリスはウィカースンの背中に向かってさけんだ。「あいつのようなやくざものの扱いかたは先刻承知だ!」そういうと、にやにや笑いながら見物していた野次馬のほうへ、猛烈な見幕で向きなおった。

「とっとと失せろ、このうじ虫ども!」怒りのあまり、老人の声は上ずっていた。

「この歩道はあんたの持ち物かよ」野次馬がぶつぶつとつぶやいた。「この州では、どの白人もほかの白人とおんなじ権利があるんだぜ」そういいながらも野次馬は通り道をあけた。老人は足どりも荒く事務所のなかへとってかえし、ばたんとドアを閉めきった。


ふだんのベイリスは夕食を自宅で、つまり、ランパート通りの歩道のはずれにある二階建ての家でとる習慣だった。だが、なんとなく、今夜はまっすぐそこへ帰る気になれなかった。帰っても、話し相手といえば、家事とコックを受け持つリューマチ病みのエディ爺さんだけだ。そこで、ベイリスは馬にまたがると、にぎやかな雑踏《ざつとう》のなかにあるフェニックス・ホテルへ向かった。ホテルにはいろうとしたそのとき、サム・ワースがなかから出てきた。酒樽《さかだる》に、太く短い両腕と、がにまたの両脚をくっつけたような男だ。ワースはベイリスの前に立ちふさがると、ウィスキー臭い息を吐きかけた。

「示談に応じる気がないんだと?」ワースはうなるようにいった。彼の妻は夫よりも背の高い、たくましい女性だったが、急いで馬車から降りると夫の腕をつかんだ。

「さあ、行きましょう、サム」と彼女はうながした。

「道をあけてくれ」とベイリスがいった。

「おれに対する脅し文句をならべたそうだな」とワースはいった。

「そうだ。わしにうるさくつきまとうと、その脅しを実行するぞ！」

あっというまに人だかりができたが、ワース夫人が夫の手をひっぱってその場から遠ざけ、馬車まで背中を押していった。ベイリスはホテルのなかへ足を踏みいれた。とたんに客たちの話し声がやみ、ややあってから前よりも小声の会話が復活した。ベイリスは知りあいがいないかとあたりを見まわし、テーブルを選ぶのにしばらく迷った。だが、だれもがそっぽを向いたままだ。ようやく、ピアス医師の禿《は》げ頭と、まるめた背中が目にはいった。ひとりでサイド・テーブルによりかかり、グラス相手にひとりごとをつぶやいている。ベイリスはその向かい側へどすんと腰をおろし、ため息をついた。ピアス医師が顔を上げた。

「ヴァージニア大学のある卒業生が」と医師はいった。目がとろんとしていた。

「またまたご酩酊《めいてい》か？」ベイリスはウェイターの姿を目で探した。ピアス医師はグラスの残りを飲みほした。

「あんたを見つけしだい、乗馬用の鞭でお仕置きをしてやる、とさ」

「だれが？」ベイリスは驚いてたずねた。

「ジャック・モーラン少佐」

ベイリスは笑いだした。少佐は一八一二年戦争（イギリスとの第二次独立戦争）生き残りのよぼよぼの元軍人で、いつもしゃちこばった姿勢で年とった白い牝馬《ひんば》にまたがっている。「いったいどうして？」とベイリスはきいた。

「あんたがあるご婦人の悪口をいったという噂があってな」いくらベイリス老人が相手の目をとらえようとしてもだめだったのに、ピアスが手招きすると、さっそくウェイター が酒のお代わりを運んできた。医師はグラスを傾けた。ベイリスは帰りかけたウェイターの袖《そで》をとらえて、食事を注文した。医師はグラスを傾けた。「ジャックは……つまり、少佐はこういうんだ。あの男に決闘の申し込みはできん――名誉ある決闘の場に奴隷商人と同席はできん――だから、その代わりに、あの男を見つけしだい鞭打つ、と」医師の声はグラスのなかにこもって聞こえた。

ベイリスは口もとをゆがめて笑った。「少佐を怖がる必要はあるまいよ。わしのおやじといっても通るぐらいのお年だしな。あるご婦人の悪口？　どこのご婦人だ？　おそらく少佐がいうのは、例のくずれかかった古い大きなお屋敷に住み、黒人鍛冶屋の稼ぎで暮らしている、年とったご婦人のことか？」

ピアス医師は肯定のつぶやきを返した。そしてグラスをおいた。ベイリスは食堂のなかを見まわしたが、だれもが彼と視線が合ったとたんに目をそらしてしまう。医師が咳ばらいをした。

「噂によると、あんたはその黒人への嫌悪を口にしたらしいね。なんでもそのご婦人は、自分が死んだ場合、あんたにその黒人を買い取られるのを防ぐため、彼を解放してやるつもりだ、といったそうだよ」

ベイリスは目をまるくした。「あいつを解放する？　そんなことはできんぞ。解放後九十日以内にあいつがこの州を立ち退《の》く保証として、千ドルの金を積まんかぎりはな。自由の身になった黒人がこの州にとどまることを許されんのは、あの婆《ばあ》さんも知っているはずだ。その千ドルを、あの婆さんがどこから工面できる？　それに、もしマイカがこの州を追いだされたら、あの婆さん、ひとりでどうやって暮らしていくつもりだ？その程度の分別もないのか！」

「そう」ピアスはグラスを見つめたまま、同意した。「ミス・ホイットフォードは年寄りだし、もうろくしているし、金もないくせに誇りだけは高すぎるが、なんともふひーな」——医師の舌がもつれた——「なんともふしぎなことにだね、白人も、黒人も、混血インディアンも含めて、この町の連中は、みんなあの老婦人が大好きなのさ。例外はあんただけ。しかも、この町の連中は、だれもあんたが好きじゃない。もうひとつふしぎなことにだな、いまのわれわれが——」

医師の歯がグラスにカチッと当たった。医師はグラスをおき、ウィスキーをごくりと飲みこんだ。それから黄ばんだ目でベイリスをじっと見つめた。両手と首だけがかすかにふるえていた。「いずれそのうち、われわれはまちがいなく連邦を脱退し、北部のヤンキーどもと一戦をまじえるだろう——奴隷制度を守るためにな——われわれはその制度にがんじがらめだ——その制度のために喜んで死ぬ覚悟だし——経済もまたそれに縛られている——だれの胸にも、人間の本性と法律と宗教がそれを是認しているという確信がある——だがふしぎなことに、だれも奴隷商人には好感を持たない。だれもが毛嫌いしている」

「もっと目新しい話はないのか」ディナーが運ばれてきたので、テーブルの上に場所をあけるため、ベイリスは両肘《ひじ》をひいた。それから食欲旺盛《おうせい》にがつがつと食べはじめた。

「もうひとつ」と、医師が背をまるめて身を乗りだした。「あんたの最近の人気に影をさしたのは、例のドミノの問題だよ。あの問題で、あんたはまちがいを犯したと思うね。買い主の危険負担がどうであろうと、ドミノをもっと遠方の土地へ売ればよかった。どこかの米作農園にでも。そういう大農園なら、彼の死は監督の年次報告書に書きこまれる統計上の数字でしかなかったろう。ここのみんなは、あんたがサム・ワースをだました、と思っているよ。あの男はよくある金持ちの不在地主じゃない。どこかの貧乏白人に黒人の監督をまかせ、自分は町でのうのうと遊び暮らしている連中とはちがう。手持ちの奴隷はたったの四、五人で、本人と息子が奴隷と肩をならべて働いているんだ。だれもが畝《うね》を一本ずつ受け持ってな」

ベイリスは生返事をして、パンのかけらで肉汁をすくいとった。

「長年、あんたは世間の意見にさからってきた。だが、いまに世間の好意がほしくなるときがくるかもしれんよ。これはわたしからの忠告だ——そもそも、あんたの代理人はドミノに百ドルしか払わなかったんだし——ワースと五百ドルで示談にしてはどうかね」

　ベイリスは服の袖で口をぬぐった。帽子に手を伸ばし、それをかぶってから、テーブルの上に夕食代をおいて立ちあがった。

「他人の心配より、自分の心配をしたらどうだ」とベイリスはいった。ピアス医師は肩をすくめた。「その一杯で今夜は切りあげたほうがいい。明日は朝早くからブタ箱であんたにやってもらう仕事がある。来週の大売り出し用の目録を作らなくちゃならん。おい、聞こえたかね?」老人はホテルから出ていった。その通り道ですれちがう客たちの表情や言葉には、まったく無関心だった。

　馬の背にまたがってから、ベイリスはちょっとためらった。暖かい夜で、なんとなく空気が湿っぽい。夕涼みにそのへんをすこし乗りまわしてみるか、と考えた。黄色いガス灯の明かりからつぎの明かりへと側対歩《アンブル》で馬が進んでいくあいだに、例の目録へどんな宣伝文句を入れようか、と考えた。《フィリス、極上の女奴隷、二十五歳、炊事、裁縫はもちろん、アイロン掛けにも堪能……》

　はじめてこの商売に手をつけたころは、黒人の五人に三人までが、カフィー、カッジョー、またはクォッシュという名前だった。前に聞いた話だと、それはアフリカのどこかの方言で、曜日の名前らしい。そういえば、アフリカからの奴隷輸入がまた合法化されるという噂もある。そうなれば大いにけっこう。だが、くそ、そのての噂はいつも現れては消えていく。

金敷きをたたくハンマーの音で、そこが黒人マイカの仕事場のそばなのに気づいた。馬車角を曲がると、明かりを背に浮きだした、がにまたのサム・ワースの姿が見えた。馬車からは一頭の馬がはずされ、マイカの用意した新しい蹄鉄《ていてつ》を打ちつけられるのを待っている。

とつぜんベイリスはある決心をした。ドミノの件でワースとの示談に応じよう。その動機をわざわざ自分で分析してみるつもりはなかった。さっきのディナーで心地よく満腹して、いつになく慈悲深い気分だったし、そうすれば人気が上向くだろうという漠然とした考えもあった。大売り出しの直前とその期間中は、世間の評判も大切だ。ワースには三百ドルの申し出をしよう、と心に決めた——まあ、ぎりぎり三百五十ドルまで出してもいいが、それが限度だ。商売であるからには、いくらかの儲けを出さないと。

ベイリスがゆっくりと仕事場のそばまで馬を乗りつけたとき、鍛冶屋のマイカがハンマーの手をとめ、外に目をやった。ワースがふりかえった。とつぜんの静寂のなかで、ベイリスは近づいてくるべつの馬の蹄《ひづめ》の音を聞いた。

「例の件であんたと解決をつけにきた」と奴隷商人はいった。ワースは血走った目で彼を見あげた。低い、不機嫌な声でワースは悪態をつき、尻のポケットに手を伸ばした。ベイリスからすれば、ワースの意図は明白だ。そこで奴隷商人は、すばやく自分の拳銃《けんじゅう》をひきぬいて撃《う》った。馬が竿立《さおだ》ちになり、女の悲鳴がひびいた——いまの悲鳴だと、女はふたりか？　無意識に指が動き、拳銃のもうひとつの銃身から二発目が発射された瞬間、ワースがどさっと倒れた。

「後生だから、おらを殺さねえでくれ、ベイリスのだんな!」とマイカがさけんだ。

「お怪我《けが》はねえですかい、エリザベスお嬢さま?」ワース夫人とミス・ホイットフォードが、だしぬけに馬車の陰の暗闇《くらやみ》から現れた。ふたりはワースのそばにひざまずいた。

ベイリスは手首が痺《しび》れるほどの衝撃を受けて、思わず空《から》の拳銃をとり落とした。ふたたびおそってきた打撃でなかば馬から落ち、なかばひきずられるかたちになった。また女の悲鳴が聞こえ、男たちが駆《か》けよってきた――いったいどこからやってきたんだ?

ベイリスはうしろからだれかの腕で羽交《はが》い締めにされ、茫然《ぼうぜん》とそこに立ちつくした。

「この罰《ばち》当たりな悪党め。冷酷にあの男を射殺するとは!」高齢のジャック・モーラン少佐が鞍《くら》から下りると、さっきベイリスの手首を打ちすえた乗馬用の鞭をふりあげた。

「ちがう――あいつがわしを罵《ののし》ったんだ――それから拳銃を抜こうとした――いまのは正当防衛だ!」

ワース夫人が顔を上げた。その大きな顔には幾すじもの涙が跡をひいていた。

「うちの人は丸腰だったわ。家を出がけに拳銃をおいていかせたのよ」

「きさまはこういったろうが。『あんたと決着をつけにきた』と。そういうなり、きさまは至近距離からあの男を撃った」老少佐の声が、ラッパのように高らかにひびいた。

「こいつはミス・ホイットフォードも撃とうとしたんだ!」とだれかがいった。そのあとからべつの声が、もうじき保安官事務所からカーター副保安官がやってくる、とつけたした。おおぜいの体がベイリスを押しつけ、おおぜいの顔が彼をにらみつけ、たくさんの拳《こぶし》が彼の前でふりかざされた。

「ちがう、そうじゃない！」とベイリスはさけんだ。

ギャロップで駆けつけたカーター副保安官が、熱心にさしだされた何人かの手のほうへ黒い牝馬の手綱《たづな》をほうり投げ、鞍から飛びおりてワースのそばに歩みよった。

「じゃ、どういうことなんだよ？」嘲《あざけ》りのこもった声がベイリスにたずねた。

「わしは馬に乗ったままで近づいて……こういった。『例の件であんたと解決をつけにきた』……そしたらワースはわしをくそみそに罵って、尻のポケットに手を伸ばしたんだ」

だれの顔も不信の表情をうかべているのを、ベイリスは見てとった。

「ジャック少佐はもうお年だし」とベイリスは震える声でいった。「いまのは聞きまちがえだ。少佐は――」

「わしの耳はちゃんと聞こえとる。きさまを縛り首にするにはじゅうぶんだ！」

ベイリスは必死にあたりを見まわした。両膝《ひざ》をついていたカーター副保安官が立ちあがり、人びとが通路をあけた。「奥さん、ご主人は亡くなられました。お気の毒です」ワース夫人の返事は低いうめき声だけだった。群衆が怒号を上げた。カーター副保安官はくるりとベイリスに向きなおった。つかのまベイリスは相手を見つめてから、あわてて目をそらした。それから必死に訴えはじめた――激しい不安のため、その言葉はまるでうわごとのようだった。ベイリスは両腕をつかまれているので指さすことができない。そこで、まだ仕事場のなかに立っている――無言で突っ立っている鍛冶屋のマイカのほうへ首をふってみせた。

「マイカに」と、ベイリスはどもりながらいった。「マイカに聞いてくれ！」

マイカは見ていたんだと、ベイリスはいいたかった――大声でさけびたかった。マイカはワースのそばにいたし、マイカはわしが実際になんといったかを聞いたし、マイカは少佐よりも若くて耳がよく聞こえるし、それにマイカはワースが尻のポケットへ手を……。

カーター副保安官がベイリスの肩に片手をおいてなにかいいはじめたが、もはやベイリスにはその言葉が聞こえなかった。とつぜん、夜ぜんたいが静まりかえり、彼の耳には自分の声しか聞こえなくなった。（もう遠い昔のことに思えるが）若いウィカースン弁護士相手にこうしゃべっている自分の声しか。

「マイカがなにを見たとしても、それは問題にならん。マイカがなにを聞いたとしても、それは問題にならん。マイカは所有物なんだ！……物は証言できない！」

みんなはベイリスの両手を縛り、馬の鞍の上へ押しあげた。

「奴隷は法律の定めるところの最も厳格な制約に縛られている……奴隷は遺産を相続することも――また、遺贈を受けることもできず……民事訴訟も、刑事訴訟も起こすことができない――」

ベイリスは頭をめぐらした。一同が馬で出発しようとしている。彼はマイカに目をやり、ふたりの視線が合った。マイカは知っている。

「……それが法律の基本的原則だ。奴隷は、べつの奴隷への反対証言を除いて、法廷では証言できない」

だれかがベイリス老人の馬の手綱をとった。これから先は、他人の指図どおりに動くしかない。マイカの仕事場の明かりがしだいに遠のいていった。暗闇がベイリスを包みこんだ。奴隷という状態が生みだす必然性、それがいま自分にはねかえってきたのだ。

さあ、みんなで眠ろう

浅倉久志訳

ピンクの肌をした若い士官候補生が、うしろからハーパーを追いぬいていった。走りながらげらげら笑い、なにやらわめきながら、スタンガンを撃《う》ちまくっている。風向きが変わり、ヤフーたちの強烈な体臭が吹きつけてきた。それをまともに顔に受けて、みんながうへっ、と嫌悪もあらわに大声を上げた。

「三びき、やっつけた！」士官候補生の若造がハーパーをふりかえってさけんだ。「見たかい、一発で二ひき仕留めたのを？　だけど、やつらはなんて臭いんだ！」

ハーパーは汗だくの相手を見やって、ぼそりとつぶやいた。「おまえさんだって、あんまりいいにおいとはいえんぜ」だが、相手は返事を待っていなかった。すでにみんなが駆《か》けだしていた。おおまかな半円形を作って、全員が走りつづけている。ヤフーたちを追いたて、四百メートル先の荒涼《こうりょう》とした断崖《だんがい》の裾《すそ》へ追いこもうという作戦だ。

ヤフーたちは奇怪なあえぎとうめきをもらしながら、全裸の体をかがめて、でこぼこの多い大地の上をぎごちなく跳びはねていく。そのひとりが、百メートルほどむこうで足をつまずかせた。一瞬、両手と両足が宙に浮いたと思うまもなく、地面にたたきつけられ、ぴくりと痙攣《けいれん》して、それっきり動かなくなった。

頭の禿《は》げた乗客が勝ちほこった笑い声を上げ、足をとめてそのヤフーをけとばしてから、またとことこ走りだした。ハーパーは倒れた原始人のそばにひざまずき、毛に覆われた手首をとって脈を調べた。ゆるくて弱い気がするが、ヤフーの正常な脈拍がどういうものかは、だれも知らない。それに、だれもそれを気にしない――ハーパーを除いては。

もしかすると、それはハーパーが偉大な博物学者バレット・ハーパーの孫であるからだろうか――もちろん、故郷の地球での話だ。どういうわけか人間というものは、人類発祥の地である惑星の自然しか愛せないらしい。地球なら勝手がよくわかっている。地球以外の世界は、あまりにも奇妙で異質だ――それを征服するか、逆に適応するか、でなければ、あきらめて満足するか。しかし、新しい惑星の植物相や動物相に愛着を感じることはめったにない。地球生まれが生物に対していだくような愛情は、もうだれも持っていない。

いまやみんなの声は前より大きくなっていたが、ハーパーはその理由を知るために顔を上げようともしなかった。毛深い灰色の胸に手を当ててみた。心臓の鼓動はまだ感じられるが、とてもゆるくて不規則だ。だれかがそばに寄ってきた。

「その雄なら、一時間かそこらで意識がもどりますよ」事務長の声だった。「さあさあ

──せっかくのおたのしみを見逃しちゃだめ──追いつめられたときに、やつらがどんな行動をとるかをね！　けとばそうとしたり、砂を投げつけたり」──思いだし笑いをしながら──「涙をぽろぽろこぼしていうんですよ。『ウーフ！　ウーフ！』と」ハーパーはいった。「ふつうの人間なら一時間かそこらで意識がもどるだろう。だが、ヤフーの代謝機能はちがうんじゃないかな……。このあたりにたくさんの骨が散らばってることからしても」

事務長はぺっと唾《つば》を吐《は》いた。「つまり、それでやつらが人間じゃないことが証明されるじゃないですか。死者の埋葬さえしないんだから……ありゃりゃ！──あれを見て！」そういってから、悪態をついた。

ハーパーは立ちあがった。一行のなかから失望と落胆の声が上がった。

「どうしたんだね？」ハーパーはたずねた。

事務長が指さした。みんなが追うのをやめて、一カ所に集まり、しきりに身ぶりをくりかえしている。「こんどの狩りの企画をしたまぬけはどこのどいつだ？」と事務長は腹立たしげにたずねた。「断崖の選択がわるい！　あそこにくそヤフーどもの巣があるのに！　ほら、やつらが登っていくでしょうが──」事務長はスタンガンの狙いをつけ、発射した。大岩の側面を四つんばいで登ろうとしていたヤフーが、両腕をふり上げたまま墜落し、岩から岩へとはねかえったすえ、下の平地にたたきつけられた。「あれなら絶対に意識はもどらない！」事務長は得意げにそういった。

しかし、それが最後の死傷者だった。ほかのヤフーたちは洞窟《どうくつ》や岩の裂け目へ無事に逃げこんだようだ。追っていくものはだれもいない。せまくて、悪臭のこもったその領域では、ヤフーも人間と互角に渡りあえるし、スタンガンで狙おうにもいい足場がない。しかも、ヤフーには石ころと、棍棒《こんぼう》と、自前の鋭い歯がある。一行はてんでんばらばらに引きあげはじめた。

「こいつは雌かな？」事務長は靴《くつ》のつま先で倒れているヤフーを押しやり、仰向けにして性別をたしかめると、不満のつぶやきをもらした。「囚人たちにあてがう割当てが、雌一ぴきに囚人ふたり以上になったら、もう貨物室は大荒れですよ」事務長は首を横にふり、また罵《のの》りの言葉をつぶやいた。

二隻《せき》の貨物艇が、積荷を宇宙船に運ぶために降下してきた。

「そろそろランチへひきあげませんか？」と事務長がたずねた。てらてらした赤ら顔の持ち主だ。これまでのハーパーは、この相手をそこそこ感じのいい男だと思っていた――これまでは、だ。事務長のほうは、ハーパーの内心を知るよしもなかった。にっこり笑いかけながらこういった。「もう乗船しましょうや。おたのしみはこれでおしまい」

ハーパーはとっさに決心した。「おみやげを連れて帰ることはできるかな？　たとえば、ここに倒れているでっかいのを？」

事務長はあいまいな表情だった。「さあ、それはどうですかね、ハーパーさん。本船に連れて帰るのは雌だけというしきたりなんですよ。それも、ご用ずみになったら、すぐに始末する。囚人たちのおたのしみが終わればね」事務長は流し目をよこした。リンゴのように赤いその顔のまんなかにパンチを一発入れてやりたい。そんな強い衝動をこらえて、ハーパーはポケットに手をつっこんだ。事務長は心得顔で横を向き、ハーパーは相手の制服の胸ポケットに一枚の紙幣を滑りこませた。

「まあ、なんとかなるでしょう。じつは、セローペ第三惑星の行政長官が、自家用動物園にヤフーを一ぴきほしがってましてね。こうしましょうか。行政長官の分を一ぴき、あなたの分を一ぴき連れ帰る——積荷監督に、片方はスペアだといっときます。ただし、もしどっちかが死んだら、残った一ぴきは行政長官用。いかがです？」

ハーパーのうなずきを見て、事務長はポケットからタグをとりだし、それをヤフーの手首に縛りつけてから、近づいた貨物艇に帽子をふった。「もっとも、なんでこんなものをほしがる人がいるのか、わたしにはさっぱり解《げ》せませんがね」上機嫌な口調だった。「こいつらときたら、動物よりも不潔だし。つまり、豚《ぶた》や馬なんかは、いつも囲いのなかでおんなじ片隅を使うじゃないですか。ところが、こいつらときたら、どこでもおかまいなく垂れ流し。だが、どうしてもほしいとおっしゃるなら——」事務長は肩をすくめた。

貨物艇がぐったりしたヤフーの体（まだかすかに脈はある）を運びあげるのを待って、ハーパーと事務長は乗客用ランチに乗りこんだ。本船に向かって急上昇する途中で、事務長は二隻の貨物艇を指さした。「むこうの二隻は、えらくのんびりした旅で本線へもどることになると思いますよ」

ハーパーはなに食わぬ顔で理由をたずねた。事務長は小さく笑った。艇長も笑った。

「貨物係の連中が、囚人よりも先に味見したがる。そういうわけです」

さっきの士官候補生の若造が、頬をふだんよりひときわ濃いピンク色に染めながら、世慣れたふりを装おうとした。「で、どうなんだい、事務長？　かなりいけるわけ？」

ほかの乗客たちが顔の汗をふきふき、熱心に身を乗りだした。事務長は答えた。「そうですね、この世界には役得ってものがあるけど、あれだけは願い下げですな」

聞き手たちはどっと大笑いした。しかし、二隻の貨物艇を見おろしてから視線をもどしたあと、なんとなくほかの乗客たちと目を合わすのを避けているように見える乗客は、ひとりだけではなかった。

〈バーナムの惑星〉（当時の慣習で、最初の発見者である船長の名にちなんだもの）は、経済面から見ると、まったくのゴミだった。惑星表面の大部分が水におおわれ、その海が育《はぐく》んだのは、ほんの数種類の見るも不快な生物だけで、しかも利用価値はゼロ。ただひとつのまとまった陸地は——だれもその名誉をほしがらないままに、しかたなくバーナムランドと命名されたが——不毛の荒れ地で、有用な鉱物資源も、耕作可能な土壌もない。そこの生態系は一種のハエに支えられているらしい。そのハエを、どことなくトカゲに似た生物が食べ、そのトカゲをヤフーが食べる。もしなにかが海中で死に、浜へ打ちあげられると、ヤフーがそれも食べる。ハエがなにを食べているかはだれも知らないが、その幼虫は死んだヤフーを食べる。

ヤフーは小柄で毛深い、発育不良ぎみの生き物で、その言語は——もしそれを言語といえるなら——うめきと舌打ち音とうなりに限定されているらしい。彼らは衣服をまとわず、道具を作らず、火の使い道を知らない。生け捕りにされてよそへ連れていかれると、まもなく衰弱して死ぬ。人類が発見したすべての未開種族のなかでも、いちばん原始的だ。ふつうなら、彼らはその利用価値のない惑星にとり残されたまま、木の枝でいつまでもトカゲを殺しつづけていたかもしれない——そうならなかった理由がひとつある。

〈バーナムの惑星〉は、クールター星系とセローペ星系のちょうどまんなかに位置していて、このふたつの星系をつなぐのは、長い長い宇宙の旅路だ。乗客はいらいらしはじめるし、乗組員は反抗的になるし、囚人はひと暴れしそうになる。そこで〈バーナムの惑星〉に寄り道して、〝ガス抜き〟をする習慣がしだいに根づいてきた。〝ガス抜き〟とはまた古風な表現だが、人間の使う機械が、この表現の生まれた時代とは変わっても、人間の本性は変わらなかった。

もちろん、〈バーナムの惑星〉はだれの所有物でもない。だから、そこでなにが起ころうと、だれも気にしない。

ヤフーにとっては災難だった。

ハーパーは〝おみやげ〟に関する書類上の手続きでしばらく手間どったが、ようやく『ヤフー、一、雄、生体』と記入された手荷物預り証を受けとり、いそいで貨物室へ下りていった。まだ生きていることを願いながら。

エレベーターから出たとたん、ばか騒ぎが耳に飛びこんできた。囚人監房からありったけの音量で伝わってくる、リズミカルでくりかえしの多い歌声だ。「聞こえますか、あれが？」当直係員のひとりが、ハーパーから手荷物預り証を受けとりながらそうたずねた。囚人たちはいったいなにをわめいているのか、とハーパーはたずねた。「口にもできないような言葉ですよ」と係員は答えた。腹の出た、白髪《しらが》まじりのこの男は、おそらく孫たちに自分の〝冒険〟のお話を聞かせるのがたのしみなのだろう。だが、これは孫たちにけっして聞かせられない種類のお話だ。

「どうもわたしはこの習慣が気に入らなくて」と係員は言葉をつづけた。「むかしからそうだったし、これからもそうでしょうな。あの生き物は、わたしの目には人間に見えるんです——いくら知能が低くたって。それに、もし人間じゃないとしたら、その雌を囚人にあてがうほどわれわれは落ちぶれたのかって、そういいたくなりませんか？」

もどってきた貨物艇が離着床の上で大きな摩擦音を立てた。そのひびきが囚人監房にも届いたのにちがいない。囚人たちのさけび声から言葉らしいものがすっかり消えうせた。あとは狂ったようなわめき声になり、それが刻一刻と大きくなる。

「はい、これがあなたのペット」と白髪まじりの係員はいった。「まだ気絶してますね……手荷物車をお貸ししましょう。ご用がすんだら、客室乗務員に返してください」係員は囚人監房からひびく狂乱の咆哮《ほうこう》に負けまいと、声を張りあげた。

主任船医は、船長のテーブルへお茶に招かれていて留守だった。当直の医療士は露骨にいやな顔をした。「あれ、またですか？ こっちは獣医じゃないんだけど……まあ、その手荷物車をなかへ入れてください。いま、インターンがもう一ぴきを治療中で……ひやあ！」医療士は鼻をつまんで、そそくさと出ていった。

インターンは、黒い髪を短く刈りつめた、青白い肌の青年だった。セローペ第三惑星の行政長官用として選ばれたヤフーに、いま高圧スプレーの注射をしおわったところで、顔を上げると微笑をうかべた。

「なるほど、ジュニアにお仲間ができたわけですか……まだ、ほかにも？」

ハーパーは首を横にふった。インターンは言葉をつづけた。「これはおもしろいことになりそうだ。こっちの若いほうはショック状態らしくて。いま硫酸アンチダールを二cc注射したんですが、あなたのにもそうしたほうがよさそうですね。そのあとは……。そうね、やっぱり血清アルブミンがいちばんかな。でもその前に、ベッドへストラップで固定するのを手伝ってください。正気づいたら収容できる部屋が船尾にあるんですが、その前にぼくがいちおう檻《おり》を組み立てなくちゃならないんで」インターンはハーパーのヤフーのぐったりした腕に強心剤を注射した。

「だれがこの連中に命名したのか知らないけど、スウィフトを知ってたんですよね」とインターンがいった。「あの古い本を読みましたか？　『ガリヴァー旅行記』を？」

ハーパーはうなずいた。

「スウィフトは発狂した、ちがいますか？　彼は人類を憎んだ。彼の目には、人間がみんなヤフーに見えた……。ある意味では無理もないと思いますよ。みんながこうした原始人を軽蔑《けいべつ》する理由は、そこにあるんじゃないかな。自分たちのカリカチュアに見えるからですよ。ぼくとしては、彼らのことでいろんな発見ができることを願ってます。代謝の仕組みとか、そういったことを……。あなたはどこに興味がおありですか？」

質問は軽い調子だが、インターンが彼に向けた視線は鋭い。ハーパーは肩をすくめた。

「さあ、なんだろうね。科学的興味でないのはたしかだ。ビジネスマンだから」そこでためらってから、「きみはタスマニア人の話を聞いたり、読んだりしたことがある？」

インターンは首を横にふった。若いヤフーの腕に注射針をさしこみ、血清の注入をはじめた。「もしその連中が地球の住人だったとしたら、ぼくが知るはずはありません。地球へ行ったことがないんです。クールター生まれの第三世代だから」

ハーパーはいった。「タスマニアはオーストラリア大陸の南にある島だ。そこの先住民は、地球で発見されたなかでいちばん原始的だった。移住者の手でほとんど絶滅の危機にさらされたが、あるひとりの移住者が生き残りをもっと小さい島へ移すことに成功したんだよ。ところが、そこで奇妙なことが起きた」

インターンは年上のヤフーから目を上げ、なにが起きたのかとたずねた。

「タスマニア人たちは――といっても、少数の生き残りだが――もうこれまでだ、と思ったらしい。彼らは子供を作ろうとしなくなった。それから数年のうちには、全員が死に絶えた……こっちはまだ子供のころに、その話を本で読んでね。どういうわけか、えらく悲しくなった。そういう話を聞くたびに――ドードー鳥、オオウミガラス、クアッガ（南アフリカ産のシマウマに似た動物）、タスマニア人。一度そんな話を聞いたら、もう頭から追いだせなくなる。ヤフーの噂を耳にしはじめたとき、昔のタスマニア人みたいだな、という気がしたんだよ。ただ、バーナムランドには移住者がいないが」

インターンはうなずいた。「しかし、だからといって、ここの毛むくじゃらさんたちにとっては、なんの助けにもなりませんね。もちろん、現在の生き残りの数がどれぐらいか――また、むかしはもっとたくさんいたのか、それはだれも知らない。でも、船内日誌を調べてみて、どれだけおおぜいの雌が生け捕りにされ、船内へ運ばれたか、その数字を比較してみたんですよ」青年は正面からハーパーを見つめた。「そしてわかったことがひとつ。この惑星へ着陸するたびに、その数は減っていきます」

ハーパーはうなだれ、そして首をうなずかせた。インターンの声はつづいた。「つまり、〈バーナムの惑星〉には、責任の所在がないんですよ。もし、ヤフーが労働力として役立つなら、きっと手のこんだ方法で搾取されていたでしょう。しかし、現状ではみんなが無関心。たとえヤフーの半数がスタンガンで撃たれて死んだって、だれも気にしません。もし、貨物艇の乗員が雌たちを——囚人たちが用をすませたあとで、あの哀れな生き物がまだ生きていたとしてですが——着陸を待たずに、地上六、七メートルの高さから投げ落としたとしても、やはりだれも気にしないでしょう。ハーパーさん？」

　ふたりの目が合った。ハーパーはたずねた。「なんだね？」

「誤解しないでくださいよ……ぼくにもこれからのキャリアがあります。職を賭《と》してまで哀れなヤフーを救うつもりはありません——だが、もしあなたが関心をお持ちで——もしいくらかでも顔がきくようだったら——それと、もしなにかの力になってやりたいとお考えなら——」そこでちょっと間をおいて、「そう、いますぐはじめないとね。だって、あのての途中下船があと何回かつづいたら、もうヤフーはまったくいなくなるでしょうから。タスマニア人たちとおなじように！」

　セローペ第三惑星は、詩人たちから〝秋の惑星〟と呼ばれている。すくなくとも宣伝用の映像テープでは、いつも『セローペ第三惑星、詩人たちの名づけた〝秋の惑星〟』と呼ばれているが、その詩人たちの名前はだれも知らない。まあ、とにかく、この委託統治領がつねにニュー・イングランドの十一月初旬の気候なのは事実だ。二ひきのヤフーがいたバーナムランドの気候は、乾燥して暖かだった。そこで行政長官は、ヤフーたちを暖房つきの檻に入れた。その檻は、ハーパーが会社の独身幹部寮であてがわれている部屋に劣らぬ広さがあった。

「さあ、おいで」行政長官は果物のひときれをさしだしながら、鳥のさえずりに似た音を出した。二ひきのヤフーは奥の片隅にうずくまったままだ。

「あんまり利口じゃないようだね」と長官は悲しげにいった。「ほかの動物たちはみんなわたしの手から餌《えさ》を食べるのに」長官はこの自家用動物園がとてもご自慢だった。この委託統治領では唯一の動物園で、毎週日曜日には一般公開される。

ハーパーはため息をつきながら、ヤフーが原始人であって、動物ではないという説明をくりかえした。しかし、行政長官がまだ懐疑的なのを見て、戦術を変えることにした。地球の大動物園のこと、そこでは動物たちが檻のなかではなく、広い構内で放し飼いにされていることを物語ったのだ。行政長官は考え深げにうなずいた。ハーパーはこんな話をつけたした。英国のある公爵家が――何世代も何世代も――領地内の公園で野生白牛の最後のひと群れを飼いつづけ、保存していた、と。

行政長官はあごをさすった。「なるほど、なるほど。きみの論点はわかる」そういってから、大きく吐息をついた。「だが、それはむりだ」

「でも、なぜです、閣下?」ハーパーは思わず大声を出した。

理由は簡単だった。「金がない。その費用をだれが払う? 評議会から予算をかちとるために、財務長官は血の涙を流しているところだ。いまの予算に、もう一ペニーでもつけたすというのは――むりな相談だよ、きみ。わたしの力でできることはしよう。つまり、この二ひきをここで養うことは。だが、わたしにできるのはそこまでだ」

ハーパーは、ありったけの手づるを求めて奔走した。予算委員長、財務検察官、評議会長、地域保全省の大臣、観光局長などに掛けあってみた。だが、だれもがお手上げだった。ていねいな説明が返ってきた。〈バーナムの惑星〉が無人地帯のままで維持されているのは、それに関する命令を出すことがだれにも許されないからだ。もしどこかの政府がそれをやった場合は、統治権の主張とみなされる。その場合、ほかのすべての政府が、その統治権を否定し、自分たちの権利を主張せざるをえなくなる。

いま現在は、ある種の平和がたもたれている――たとえそれが、なんとなく緊張した、不安な平和であるにしても。その平和が、ハーパーのヤフーのせいで乱されたりすることがあってはならない。ヤフーが人間？　そうかもしれない。だが、だれがそれを気にする？　ハーパーもそのへんは心得ていて、道徳性という言葉はおくびにも出さなかった。いまのそれは、騎士道とおなじぐらいに意味のない言葉なのだから。

その間を利用して、ハーパーはヤフーの言語をまなびはじめた。ゆっくりと、たゆみない努力で、ヤフーたちの信頼をもかちとった。むこうはハーパーの手からこわごわ餌を受けとるようになった。ハーパーは行政長官を説得して、壁のひとつをとりこわし、ヤフーの部屋をひろげてもらった。長官は気の優しい老人で、毛深くて猫背、がにまたで扁平足《へんぺいそく》のこの原始人たちに好感をいだきはじめたらしい。やがて長官は、ヤフーが動物よりも利口だという判断をくだすようになった。

「あいつらに服を着せてやりたまえ、ハーパー」と長官は指図した。「人間なら、人間らしくふるまうことを教えないとな。裸で歩きまわるには、図体がでかすぎるよ」

ということで、やがて体を洗い、服を着せられたジュニアとシニアは、立体テレビ経由で文明世界に紹介されることになった。この番組は録画の上、各地で公開された。

タバコをのむかい、ジュニア？　ほら、火をつけてやろう。シニア、ジュニアにグラスの水をやってくれないか？　ふたりともスリッパをぬいで。それからもう一度はく。よし、こんどはきみたちの言葉でしゃべるから、そのとおりにするんだよ……。

　だが、もしこれで世論が変わるとハーパーが考えていたとすれば、それは甘かった。アシカだって芸をするぜ、ちがうか？　それに、サルもだ。連中が言葉をしゃべるだと？　オウムのほうがうまくしゃべるじゃないか。それにとにかく、動物か原始人かなんてことをだれが気にする？　まあ、見世物としちゃおもしろいが、しょせんそれだけのこと。

　そして、バーナムランドからの報告では、ヤフーは減少の一途をたどっていた。

　やがて、ある晩、酒に酔ったふたりの宇宙船員がフェンスを乗りこえ、行政長官の動物園内でばか騒ぎをはじめた。帰る前に、そのふたりは放電灯の外管を割っていった。朝になって、ジュニアとシニアがそこから洩《も》れた有毒蒸気を吸って中毒死しているのが発見された。

　それが日曜の朝のこと。日曜の午後のハーパーは、やけ酒をあおり、ぐでんぐでんに泥酔していた。ふたりの男が彼の部屋のドアをノックしたが、返事がない。かまわず彼らはドアをあけ、部屋にはいった。ハーパーは目を赤く充血させ、テーブルの上に突っ伏していた。

「人間なんだぞ」とハーパーはつぶやいた。「あいつらは人間だったのに！」とさけんだ。

「そうです、ハーパーさん、よくわかりますよ」黒い髪を短く刈りつめた、青白い顔の青年がいった。

　ハーパーは泥酔した目で彼を見すえた。「なんだ、おまえか。クールター生まれの第三世代さんよ。失せろ。だいじなキャリアに傷がつくぜ。なんのために？　臭いヤフーのためにか？」若い医師がもうひとりに首をうなずかせると、その相手がポケットから小びんをとりだし、栓をあけた。ふたりは力ずくで小びんの口をハーパーの鼻先に近づけた。ハーパーは息をあえがせながら抵抗したが、むこうは力をゆるめない。二、三分で彼はしらふに返った。

「なんて荒療治だ」ハーパーは咳《せ》きこみ、首を横にふった。「しかし――ありがとう、ドクター・ヒル。きみの船は入港したのか？　それとも、一時滞在？」

　もとインターンは肩をすくめた。「船内勤務はやめました。だから、新しいキャリアを棒にふる心配はない。こちらはぼくの上司のドクター・アンスコムです」

　アンスコムもやはり若くて、クールター星系出身者の例にもれず、青白い肌色だった。アンスコムがいった。「あなたはヤフー語がおできになるそうですね」

ハーパーは顔をしかめた。「いまさらそれがなんの役に立つ？　あいつらは死んだよ、かわいそうに」

アンスコムはうなずいた。「わたしも心から残念に思います。なにぶんあの蒸気の作用は即効性で……。だが、〈バーナムの惑星〉には、まだ少数の生き残りがいて、救おうと思えば救えるんです。学術研究合同委員会が興味を示しました。あなたは？」

ハーパーは会社勤め十五年で、ようやくこれだけの広さと設備の部屋を独身幹部寮で持つことができたのだ。彼は室内を見まわした。そして、きのう届いた書状を手にとった。「……職務怠慢で物笑いの種……配置転換と降格を承諾しない場合は……」彼はゆっくりと首をうなずかせ、その書状をおいた。「もう選択はすませたよ。そちらの計画は？」

ハーパーと、ヒルと、アンスコムは、バーナムランドの北海岸で丘の上に腰をおろしていた。目の前にあるごつごつした断崖は、石を投げれば届く距離よりもやや遠くにある。背後には、背の高い柵《さく》がすでに張りめぐらされていた。生き残りの少数のヤフーは、断崖の洞穴《ほらあな》で〝巣ごもり〟中だった。ハーパーはまたしても拡声器で呼びかけた。むりをして原始人の言語の舌打ち音やうめき声をくりかえしたために、声がかすれていた。ヒルがそわそわと身じろぎした。「いまのはほんとに、『ココニ食イ物ガアル。ココニ水ガアル』という意味なんですか——『早ク下リテコイ。オマエタチヲ食ッテヤル』じゃなくて？　もう、ぼくでもそらでいえそうな気がしますよ」

姿勢を変え、伸びをしながら、アンスコムがいった。「もう、これで二日か。あなたの話にあった大昔のタスマニア人より、もっとせっかちな種族自殺をむこうが考えてなけりゃいいですが――」アンスコムは口をつぐんだ。ハーパーに腕をわしづかみにされたからだ。

　断崖の上で動きが生まれた。影がひとつ。小石がころがり落ちてきた。岩棚の上からしわくちゃの顔が、こわごわこちらをのぞいた。その顔の持ち主が、そろそろと、何度も足をとめ、ためらいながら断崖を下りてきた。年老いた女だ。最後に平地へ飛びおりたとき、しなびて垂れさがった乳房が、へこんだ腹の上にぶつかった。岩の壁を背に、老婆は三人と向かいあった。

「ここに食い物がある」ハーパーは優しくくりかえした。「ここに水がある」老婆は吐息をついた。とぼとぼと平地を横切り、立ちどまり、恐怖に身ぶるいしていたが、だしぬけに食べ物と水のほうへ身を投げだしてきた。

「学術研究合同委員会は、これで第一ラウンドをものにしましたよ」とヒルがいった。

アンスコムがうなずいたあと、ぐいと親指をふりあげた。ヒルがそっちを見上げた。

　もうひとつの頭が断崖の上に現れたのだ。つづいて、もうひとつ。また、ひとつ。三人はじっと見まもった。たるんだのどからしずくをぽたぽた垂らしながら、老婆が立ちあがった。そして、断崖へ向きなおった。「下りてこい」と老婆はさけんだ。「ここに食い物と水がある。死んだらだめ。下りてきて、食え、飲め」部族のみんなが、ぽつぽつとその言葉にしたがった。ぜんぶで三十人。

ハーパーがたずねた。「ほかのみんなはどこだ?」

老婆は彼の前で、かさかさにひからびた両の乳房を持ちあげてみせた。「この乳を飲んだ子はどこだ? おまえの兄弟が連れていった仲間はどこだ?」老婆は悲しげなさけびをひと声しぼりだしてから、黙りこんだ。

だが、老婆の涙はとまらなかった――ハーパーもいっしょに涙を流していた。

「これで万事うまくいきますよ」とヒルがいった。アンスコムもうなずいた。「こんなに数がすくなくなって残念だけど。隠れ場からひっぱりだすのにガスを使わなきゃならないか、と心配してたんです。そんなことをしたら、また何人かの命が失われるし」

このふたりは、どちらも涙を流していなかった。

宇宙船がバーナムランドを訪れるようになって以来はじめて、ヤフーたちは自力で乗船した。ためらいがちで不安な足どりだったが、すでにハーパーが、おまえたちはこれから新しい故郷へ行くのだ、と説明してあったし、むこうは彼を信用していた。ハーパーは、これから行く土地には食い物も水もたくさんあるし、だれも彼らを狩りにやってこない、と話した。宇宙船が発進して、原始人の最後のひとりが、光を弱めた放電灯の明かりの下で眠りこけるまで、ハーパーは説明をつづけた。それからふらふらと自分の船室へもどり、おなじように眠りこけた。そのまま、三十時間も眠りつづけた。

目がさめて、ありあわせのもので朝食をすませたあと、ハーパーは原始人たちが収容されている貨物室へ向かった。彼は顔をしかめた。以前にべつの宇宙船で、シニアを連れに貨物室へ行ったとき、囚人たちが雌の到着を待ちわびて大声で騒いでいたことを思いだしたのだ。貨物室への入口でハーパーはドクター・ヒルに出会い、あいさつを交わした。

「残念ながら、何人かのヤフーが病気なんです」とヒルはいった。「しかし、いまドクター・アンスコムが手当をしてます。元気な連中はこっちの船室へ移されました」

ハーパーはまじまじと目を見はった。「病気？　どうして病気になるわけがある？　原因は？　それと、何人ぐらいが？」

ドクター・ヒルは答えた。「奔馬性《ほんばせい》ペストのようです……。倒れたのは十五人。あなたは六種類の予防注射をぜんぶすませてますよね？　よかった。じゃ、ご心配なく――」

ハーパーは背すじにうそ寒いものを感じた。彼は青白い肌の若い医師をじっと見つめた。「奔馬性ペストの六種類の予防注射をすませないかぎり、どの星系でも、どの惑星でも、入出国は許されないはずだ」ゆっくりとそういった。「だから、われわれ三人ともに免疫があるとしたら、どうして原始人たちに伝染する可能性がある？　それにどうして十五人だけですんだ？　きっかり半数じゃないか。あとの半分はどうなったんだ、ドクター・ヒル？　きみたちの実験用の対照群なのか？」

ドクター・ヒルは穏やかに彼を見つめた。「じつはそうなんです。どうか冷静になってください。こういう条件でしか、学術研究合同委員会の同意が得られなかったんですよ。なにしろ、奔馬性ペストの人体実験には、囚人たちでさえ志願しないんですから」

ハーパーはうなずいた。凍りついた気分だった。ややあって、こうたずねた。「アンスコムは彼らを治療できる見込みがあるのか？」

ドクター・ヒルは眉《まゆ》を上げた。「可能性はね。ためしてみたい薬剤があるんです。それにとにかく、今回の報告で、この病気に対する新しいデータが得られます。なにぶん、長期的展望でのぞまなきゃならないんで」

ハーパーはうなずいた。「たぶんきみのいうとおりだろう」

正午までに十五人が全員死亡した。

「これで対照群の人数が不ぞろいになってしまったな」とドクター・アンスコムがぼやいた。「七人と八人か。しかし、贅沢《ぜいたく》はいえない。それに、どうしようもないんだし。明日からはじめよう」

「また奔馬性ペストかね？」とハーパーはたずねた。

アンスコムとヒルが首を横にふった。「脱水症状の実験です」とヒルが答えた。「そのあとは、火傷《やけど》の新しい治療法をぜひテストしてみたい……。まったく残念ですよね、毎年毎年、何千というヤフーがむだに殺されていたことを考えると。ドードー鳥とおなじように。やっとぎりぎりで間に合いました——あなたのおかげですよ、ハーパー」

ハーパーはふたりをじっと見つめた。それから、「クイス・クストディエト・イプソス・クストデス？」とたずねた。ふたりは礼儀正しい無表情で彼を見かえした。「忘れていたよ。最近の医者はもうラテン語を勉強しなくなったんだな、ちがうか？　いまのは古いことわざでね。その意味は——〝護衛たちを護衛するものはだれか？〟……じゃ、お医者さんたち、わたしはこれで失礼」

ハーパーはヤフーたちの船室にはいった。「いまきた」と十五人にあいさつをした。

「よくきた」と彼らは答えた。あの老婆がたずねた。〝べつの洞穴〟にいる兄弟たちや姉妹たちはどうしているか、と。

「みな元気……食ったか、飲んだか？　おなかいっぱいか？　では眠ろう」とハーパーはいった。

老婆はけげんな表情だった。「こんなに早く？　まだ明るい」老婆は放電灯を指さした。ハーパーは相手を見つめた。この老婆はあんなに怖がっていたのに。だが、わたしを信用してここまでついてきてくれたのだ。とつぜんハーパーは身をかがめ、老婆にキスをした。相手はあんぐり口をあけた。

「いまから明かり消える」とハーパーはいった。彼は靴《くつ》を片方ぬぐと、それで放電灯の外管をたたき割った。つぎに暗がりのなかで換気扇のスイッチを探して、それを切った。それから腰をおろした。ヤフーたちをここまで連れてきたのは自分だ。もしヤフーたちが死ななければならないのなら、自分がその運命をわかちあうのは当然だろう。もはやよるべのない者たちにも、そしてよるべのない者たちの世話をする者にも、行き場はないのだから。

「さあ、みんなで眠ろう」と彼はいった。

さもなくば海は牡蠣《かき》でいっぱいに

若島正訳

男がF&O自転車店に入ってきたとき、オスカーはあいそよく「やあ、いらっしゃい!」と迎えた。そして、眼鏡《めがね》をかけたビジネススーツ姿のこの中年の客をまじまじと眺め、額にしわを寄せてから、太い指をパチンとならした。

「わかってるんだがなあ」と彼はつぶやいた。「えーっと――名前がここまで出かかってるってのに、くそっ……」オスカーは胸のがっしりした男だった。髪はオレンジ色をしている。

「そりゃそうでしょう」と男が言った。折り襟《えり》には獅子《しし》の紋章が付いている。「ほら、わたしに売ってくれたじゃないですか、うちの娘が乗る、ギア付きの女性用自転車を。そのとき、あなたの共同経営者が製作中とかの、あの赤いフランス製の競走用自転車の話をしたじゃありませんか」

オスカーは大きな手でレジをバシンと叩《たた》いた。そして頭を上げ、こりゃ驚いたという目をした。「ワトニーさん!」ワトニー氏がにっこりした。「そうそう。忘れるわきゃありませんよ。たしか後でこの向かいに行ってビールを二杯飲んだんでしたよね。それで、ワトニーさん、ここんところ調子はどうですか？　たぶんあの自転車は——英国製じゃなかったかなあ？　そう。さぞかしご満足いただけたんでしょうな。そうでなきゃ、ここに戻ってきたはずだし」

あの自転車は快調、快調ですよとワトニー氏が言った。それから彼はこう言った。「ただ、この店は変わったんでしょう。今はあなたお一人。共同経営者が……」

オスカーはうつむいて、下唇を突きだし、うなずいた。「聞いたんですか。そうなんですよ。今はわたし一人っきりでしてね。もう三カ月になるんです」

共同経営が終わったのは三カ月前だが、実はそのずっと前からぎくしゃくしていた。ファードが好きなのは、本とLPレコード、それに高級な話題である。それに対してオスカーが好きなのは、ビールとボウリング、それに女だ。どんな女でも。どんな時でも。

店は公園の近くにあり、行楽客に自転車を貸し出して繁盛していた。もし女が女と呼んでもさしつかえない年齢で、老女と呼ばれるほどには年を取っていないか、その中間の年齢で、連れがいないとしたら、オスカーは決まってこう話しかける。「その自転車どんな感じ？　いい調子？」

「え……と思いますけど」

するともう一台の自転車に乗って、オスカーはこう言う。「念には念をってこともあるから、ちょっとばかし一緒に並んで走ってあげるよ。すぐ戻るからな、ファード」ファードはいつも憂鬱《ゆううつ》そうにうなずいた。オスカーがすぐ戻ってこないのを知っていたからだ。後になって、オスカーはこう言う。「おれが公園で精出してるあいだ、おまえもちゃんとこの店で精出してくれたんだろうな」

「ずっと一人っきりにほうっておいて」とファードがぶつぶつ言う。

するとたいていオスカーが烈火のごとく怒る。「わかったよ、それじゃ次はおまえが行って、おれがここに残ることにしようじゃないか。おまえにもちょっとばかり楽しんでもらわないと悪いからな」しかしもちろん、ひょろひょろっとして、ぎょろ目のファードが絶対行かないことくらい、オスカーは承知している。「健康にいいぞ」とオスカーは言って胸骨をどんと叩く。「胸毛も生えてくるしな」

胸毛くらい必要なだけちゃんと生えてるよ、とファードはぶつぶつ言う。そしてこっそり下腕部を眺める。上腕部はなめらかで肌も白いのだが、下腕部には長くて黒い毛がもじゃもじゃ生えている。高校のときからそうで、同級生に笑われたことがあった。「鳥《バーディ》のファーディ」とからかうのだ。気にすることはわかっているくせに、そうしてからかう。よくそんなことができるものだ――と当時彼は思った。今でもまだそう思う――どうして人間は、他人を傷つけない者をわざと傷つけたりするんだろう？　よくそんなことができるものだ。

彼は他のことでも気をもんだ。しょっちゅう。

「共産党員は——」彼は新聞を読みながら頭をふった。するとオスカーはうるさいと言って黙らせた。あるいは死刑のことだってそうだ。「無実の人間が処刑されたらひどいよな」とファードが声をしぼりだした。するとオスカーは、そいつの運が悪いだけさと言った。

「そこのタイヤ・アイアンを貸してくれ」とオスカー。

それにファードは他人のちょっとした心配事ですら気をもんだ。子供用バスケットの付いたタンデム自転車を持って夫婦連れがやってきたときなんかがそうだ。二人は自由な空気を吸っていた。それで女がおしめを替えようとしたら、安全ピンが一本折れてしまったのだ。

「安全ピンって、どうして絶対見つからないのかしら」と女が愚痴をこぼしながら、あちこちをがさごそやった。「安全ピンって、絶対見つからないのよね」

ファードは同情の声をあげ、持ってないかと探しに行った。しかし、事務室にあるはずだと思っていたのに、見つからなかった。そこで仕方なく、おしめの端を不恰好に結んで、夫婦連れは出て行った。

昼飯のとき、安全ピンのことはかわいそうだったとファードが言った。オスカーはサンドイッチにかぶりつき、歯でひっぱり、食いちぎり、噛《か》んで、呑《の》み込んだ。ファードはサンドイッチに何を塗るかいろいろためしてみるのが好きだった——いちばんのお気に入りは、クリームチーズに、オリーヴ、アンチョヴィ、アヴォカドにマヨネーズをちょっとつけて混ぜたやつだ——けれどもオスカーはいつも同じピンク色のランチョンミートだった。

「赤ん坊は大変だよな」とファードがかじりながら言った。「一緒に連れてくだけじゃなくて、育てるのが」

オスカーが言った。「まったく、どこの町内にもドラッグストアがあるのによ、仮に文字が読めなくても、見りゃそれとわかるって」

「ドラッグストア？　ああ、安全ピンを買うって話か」

「そうさ。安全ピンだ」

「でも……ほら……言われてみるとたしかに……探しているときには、安全ピンって絶対に見つからないものだな」

オスカーはビールの栓《せん》を抜き、最初の一杯を流し込んだ。「そうだ！　その代わり、服のハンガーは山ほどあるぞ。毎月捨てても、また次の月には洋服ダンスがハンガーでいっぱいになってるんだ。おまえ、暇なときにやってみたらどうだ、ハンガーから安全ピンを作る装置を発明するのを」

ファードはぼんやりとうなずいた。「でも、今は暇なときには、フランス製の競走用自転車にかかりきりだからなあ……」それはみごとなマシンで、軽くて、車体が低く、速くて、赤くて、ぴかぴかなのだ。乗っているとまるで鳥になったような気分だ。しかし、もとが良くても、ファードはそれをもっと良くできる自信があった。彼は店にやってくる客に、誰彼となくそれを見せびらかしたが、近頃はその関心も薄れていた。

いちばん最近の趣味は自然で、ちゃんと言うと、自然に関する本を読むことだった。ある日、公園で遊んでいた子供たちがぶらりとやってきたことがある。ブリキ缶にサンショウウオやヒキガエルを入れていて、それを自慢げにファードに見せてくれた。その後、赤い競走用自転車に取り組む時間は減り、空き時間は博物学の本を読んで過ごすようになった。

「擬態《ぎたい》か！」と彼はオスカーに向かって大声を出した。「すばらしいなあ！」

オスカーは新聞に載っていたボウリングのスコアから興味深そうに顔を上げた。「この前、エディ・アダムズがマリリン・モンローの物まねをやっているのを、テレビで観た。まったくたまげたな」

ファードはいらいらして頭を横にふった。「そういう物まねじゃないんだよ。つまり、昆虫やクモが葉っぱや小枝の形をまねて、鳥とか他の昆虫やクモから食べられないように防ぐってこと」

オスカーの粗野な顔だちに、信じられないという表情が浮かんだ。「形を変えるっていうのか？　かついでるんじゃないんだろうな？」

「いや、本当さ。ただ、ときどき擬態は攻撃を目的にすることもあるけど――たとえば、南アフリカの海ガメは岩のような形をしていて、そこに寄ってきた魚をつかまえたりする。それからスマトラのクモ。仰向けになっていると鳥の糞《ふん》みたいに見え、それで蝶《ちょう》をつかまえるんだ」

オスカーは笑った。冗談じゃないとばかにしたような笑い声だった。それがおさまると彼はまたボウリングのスコアに戻った。片手がポケットをさぐり、そこから離れて、シャツの下のオレンジ色の胸毛を無意識的にぽりぽり搔《か》き、それから尻のポケットをまさぐった。

「鉛筆はどこに行ったかな?」と彼はつぶやいて、立ち上がり、事務所にどかどかと入っていって、引き出しをあけた。彼が「おい!」と叫ぶので、ファードはその小さい部屋に行った。

「どうした?」とファードはたずねた。

オスカーは引き出しを指さした。「ここには安全ピンがないって、おまえが言ってたときのことを憶えてるか? ほら見ろよ――この引き出し、安全ピンだらけだ」

ファードは目を丸くして、頭を搔き、消え入りそうな声で、ここはたしか前に調べたはずなんだが……と言った。

外で高い声がたずねた。「どなたかいらっしゃいません?」

オスカーはたちまち机とその中身のことを忘れて、「すぐ行きますよ」と声をかけ、とんでいった。ファードはゆっくりとその後についていった。

店には若い女がいた。がっしりした体格の女で、ふくらはぎには筋肉がついているし、胸板も厚い。彼女は持ってきた自転車の座席部分を指さしていて、オスカーは「ふんふん」と相づちを打っているが、視線は女に向いている。「ちょっと前すぎるんですよ（「ふんふん」）、ほら。スパナさえあれば簡単なんですけど（「ふんふん」）。ばかなことに、道具箱を持ってくるのを忘れちゃって」

オスカーは機械的に「ふんふん」と繰り返していたが、はっと目覚めた。「あっというまに直しますよ」と彼は言って――自分で直しますからと女が何度も言ったのに――直してみせた。あっというまに、とはいかなかったが。修理代はいらないと彼は言った。そしてできるだけ会話を引き延ばそうとした。

「どうもありがとうございました」と若い女が言った。「それじゃもう行かないと」

「その自転車、どんな感じ？」

「最高です。それじゃどうも――」

「あのね、なんだったら、ちょっとばかし一緒に並んで走ってあげるよ、ほんのちょっと――」

若い女の胸からころころとした笑い声が出た。「まあ、わたしについてこられないわよ！　わたしの自転車は競走用なんだもの！」

店の隅にちらりとやったオスカーの視線を見た瞬間、ファードは彼の腹づもりを知った。ファードは前に進み出た。「やめてくれ」という叫び声は、共同経営者の大声でかき消された。「ここにある競走用自転車だったら、あなたのについていけますよ！」

若い女は愉快そうにくすくす笑い、それじゃ、競走してみますか、と言って出発した。オスカーは、ファードが差し出した手を無視して、フランス製の競走用自転車に飛び乗り、出て行った。ファードは戸口に立って、二人がハンドルバーに身をかがめ、公園へと消えていくところを見送った。それから彼はゆっくりと店内に戻った。

オスカーが戻ってきたのはほとんど夕方だった。汗をかいているが顔は笑っている。喜色満面の笑みだ。「いやあ、すげえ女だったなあ！」と彼は大声を出した。頭をふり、口笛を吹き、身ぶり手ぶりをして、蒸気がもれたみたいな音をたてる。「まったくたまげたな、なんて一日だったんだ！」

「自転車を返してくれ」とファードは言った。

あああ、いいとも、とオスカーは言って、ファードに返すと顔を洗いに行った。ファードは自転車を見つめた。赤いエナメルがすっかり砂だらけだ。泥がべっとりついて、ごみやら枯草もついている。まるできたなくなって――汚《けが》されたみたいだ。彼が乗ったときには空をすいすい飛ぶ鳥みたいな気分だったのに……。

オスカーがしずくを垂らし、にこにこして戻ってきた。彼は驚きの声をあげて駆け寄った。

「どいてろ」とファードは言って、ナイフを持ったまま手ぶりで示した。そしてタイヤに、座席に、座席カバーに切りつけた。何度も何度も。

「気でも狂ったのか？」とオスカーは叫んだ。「おまえどうしたんだ？　ファード、やめろ、やめてくれ、ファード――」

ファードはスポークを切り裂いて、折り曲げたり、ねじったりした。それからいちばん重いハンマーを手にして、車体を叩いてぐしゃぐしゃにしてしまい、それでもまだ息が切れそうになるまで叩きつづけていた。

「おまえは気が狂ってるだけじゃない」とオスカーは苦々しく言った。「ひどく焼き餅《もち》を焼いてるんだな。おまえなんか目ざわりだ！」彼はどしんどしんと去って行った。

ファードは、気分がすぐれず、店じまいをしてから、ゆっくりと帰宅した。読書をする気にもならなかったので、電気を消してベッドにもぐりこんだが、何時間も目があいたままで、夜のかさこそいう音に耳を傾けながら、熱くてねじくれた夢想にふけっていた。

それから何日か、仕事でやむをえないときはべつにして、二人はいっさい口をきかなかった。フランス製の競走用自転車の残骸《ざんがい》は、店の裏手に置かれていた。それを目にしたくないので、二週間ばかり、二人とも裏手に行くのは避けていた。

ある朝、ファードが出勤すると、共同経営者が話しかけてきた。彼は口をひらく前から驚きで頭を横にふりはじめた。「いったいどうやったんだ、教えてくれよ、ファード。まったく、みごとなもんじゃないか――脱帽だな――仲直りしようじゃないか、どうだい、ファード」

ファードは彼の手を握った。「いいとも。でも、何の話をしてるんだい?」オスカーは裏手に案内した。そこには赤い競走用自転車が、すっかり元どおりになって、傷一つなく、エナメルもぴかぴかだった。ファードは唖然《あぜん》とした。そしてしゃがみこんで調べてみた。たしかにあの自転車だ。彼が手を加えた変更や、改良がみんなそのまま残っている。

彼はゆっくりと背筋をのばした。「再生か……」

「はあ? なんて言った?」とオスカーはたずねた。それから、「おい、おまえ、顔が真っ白だぞ。どうしてたんだ、徹夜して眠らなかったのか? まあこっちへ来て座れよ。それにしても、どうやったのか、まだわからないな」

中に入って、ファードは腰をおろした。そして唇をなめた。「オスカー——聞いてくれ——」

「どうした?」

「オスカー。きみは再生というのを知ってるか? 知らない? じゃあ聞いてくれ。トカゲのなかで、尾っぽをつかまえて、その尾っぽが取れたとしても、また新しいのが生えてくるのがいる。ロブスターはハサミをなくしても、また新しいのが再生する。虫のなかにも——それからヒドラやヒトデでも——ばらばらにしたとすると、そのそれぞれになくした部分が生えてくるのがいる。サンショウウオは手をなくしても再生するし、カエルはまた足が生えてくる」

「冗談言うなよ、ファード。でも、その、自然ってやつだな。なかなかおもしろいじゃないか。話を自転車に戻すと――おまえはどうやってあんなにうまく修理したんだ？」

「触ったことなんかない。勝手に再生したんだ。イモリみたいに。それかロブスターみたいに」

オスカーは考えてみた。彼は頭を下げ、上目遣いにファードをにらんだ。「それじゃ、ファード……いいか……どうして故障した自転車がみなそうなるってわけじゃないんだ？」

「これは普通の自転車じゃないからだよ。つまり、これは本物の自転車じゃない」オスカーの表情を見て、彼は叫んだ。「でも本当なんだから！」

その言葉で、オスカーの態度が困惑から不信へと変わった。彼は立ち上がった。「それじゃ議論上、虫とかウナギとかなんだか知らないが、おまえの言ってたことがみな本当だったとしよう。でもそれは生き物だろ。ところが自転車はそうじゃない」彼はどうだと言わんばかりに見下ろした。

ファードは足をぶらぶらさせて、それを見つめた。「水晶も生き物じゃないけど、割れた水晶も条件さえ良ければ再生できるんだ。オスカー、安全ピンがまだ机の中にあるか見てきてくれないか？　たのむよ、オスカー」

ファードが聞き耳を立てているあいだに、オスカーはぶつくさ言いながら、机の引き出しをあけ、がさごそやり、バシンとしめて、ドスンドスンと戻ってきた。

「からっぽだ」と彼は言った。「ぜんぶなくなってる。あのときあの女が言ったみたいに、それからおまえが言ったみたいに、安全ピンって要るときには絶対に見つからないものだな。ぜんぶ消えて――ファード? どうした――」

ファードは洋服ダンスの扉をあけ、ハンガーがぞろぞろところがり出すのを飛び下がってよけた。

「それからきみが言うとおりに」とファードは口元をゆがめて言った。「その反対で、いつもハンガーは山ほどある。前はここにはなかったはずなのに」

オスカーは肩をすくめた。「おまえが何を言いたいのかわからんな。でも誰だって、ここに忍び込んでピンを奪い、ハンガーを置いておくことはできたはずだ。おれでも――だが、おれはしていない。それにおまえでも。ひょっとしたら――」彼は目を細めた。「ひょっとしたら、おまえは眠っているあいだにここに忍び込んだのかもしれないぞ。医者に診《み》てもらったほうがいいんじゃないのか。おいおい、なんてしょぼくれた顔してるんだ」

ファードは戻ってきて座り込み、頭を抱えた。「しょぼくれた気分だよ。ぼくは怖くなってきたんだ、オスカー。何が怖いかって?」彼はぜいぜいと息をした。「これから話すよ。前に説明したように、野生の場所に住んでいる生き物は、そこにある他のもののまねをする。小枝だとか、葉っぱだとか……石みたいに見えるガマガエルもそうだ。それで、もし……人間の場所に住んでいるものがいたとしたら。町とか。家とか。そういうものがまねできるのは——その、人間の場所で見つかる他のもので——」

「人間の場所だって?」

「ひょっとしたら、違う種類の生命体がいるのかもしれない。ひょっとしたら、そういうものは空気中の要素から養分を得ているのかもしれない。安全ピンがいったい何物か——その違う種類のやつじゃないか? オスカー、安全ピンというのはサナギで、それから、言ってみれば、孵化《ふか》するのさ。幼虫に。それがちょうどハンガーに見た目が似てるんだ。手触りも似てるが、本当はハンガーじゃない。オスカー、本当はそうじゃないんだ、本当は、本当は……」

彼は両手で顔を覆って泣きだした。オスカーは彼を見つめて、首をふった。

しばらくしてから、ファードは多少おちついた。そして鼻をすすった。「警官が見つけて、持ち主が現れるまで保管しておく自転車があるよな、持ち主が現れないからぼくたちが安値で買い上げるだろ、あれは持ち主なんかいないからで、それと同じで子供たちがよく買ってくれって持ってくるじゃないか、たまたま見つけたんだって、それはそのとおりで、工場で作られたものじゃないんだ。勝手にできたんだ。勝手にできるんだ。たたき壊して捨てても、また再生するんだ」

オスカーはまるでそばにいる誰かに向かってするみたいに横を向き、首をふった。

「いやはや、まったく」と彼は言った。それから、ファードに向かって。「つまり、ある日に安全ピンがあったと思ったら、次の日にはそいつがハンガーになってるって言うのか？」

ファードが言った。「ある日には繭《まゆ》、次の日には蛾《が》。ある日には卵、次の日には鶏。しかしこういう……やつらの場合には、それが誰の目にもとまる日中に起こるんじゃない。でも夜になると、オスカー——夜になると、それが起こっているのが聞こえるんだ。夜にかさこそと小さな音が聞こえるだろ。オスカー——」

オスカーは言った。「それじゃどうしておれたちは自転車だらけになって、へそのところまで埋もれてしまわないんだ？　もしハンガーがみな自転車になるとしたら——」

しかしファードはそのことも考えてあった。もしタラの卵とか、牡蠣《かき》の卵がみな成育したとすれば、ぎっしりいるタラや牡蠣の背中づたいに海を歩いて渡ることもできるだろう。あまりにも多くが死に、あまりにも多くが捕食性の生き物に食べられてしまうので、自然は必要最小数を成育させるには最大数を出産しなければならないのだ。すると、オスカーはこう質問した。それじゃいったい、その、誰が、その、ハンガーを食うんだ？

ファードの視線は壁から建物、公園、さらに建物、それから地平線へと移動した。「全体像をつかんでもらわないとな。ぼくは本物のピンやハンガーのことをしゃべってるんじゃない。やつらにはちょうどいい名前がある——『偽りの友《フォ・ファミ》』ってやつだ。高校でフランス語を学んだとき、一見すると字面が英語に似ているが、意味はまったく違うようなフランス語の言葉に気をつけろって言われたものだ。それを『偽りの友』と言う。

偽《にせ》の友。偽のピン。偽のハンガー……。それを誰が食べるかって？　さあね。ひょっとしたら、偽の真空掃除機じゃないの？」

共同経営者は、大きなうめき声をあげて、両手で太ももを叩いた。そしてこう言った。「ファード、いいかげんにしてくれ。おまえのどこがいけないか知ってるか？　おまえはだな、牡蠣の話をするけれど、牡蠣のどこがいいかということを忘れてるんだ。おまえは、世の中の人間には二種類あるってことを忘れてるんだ。本を閉じることだな、虫の本とか、フランス語の本を。書を捨てて町に出よう、人と出会ってつきあおう。酒も飲んでみることだ。いいこと教えてやろうか。今度ノーマが――それが競走用自転車に乗っている金髪娘の名前なんだが――今度彼女がここに来たら、おまえが赤い競走用自転車に乗って、おまえが一緒に森の中へ行けよ。おれは気にしないから。たぶん彼女も気にしないだろう。それほどは」

しかしファードは嫌だと言った。「あの赤い競走用自転車には二度と触りたくない。怖いんだ」

それを聞いて、オスカーはファードを引っぱり上げ、抵抗する彼を裏手まで引きずっていって、強引にフランス製の自転車に乗せた。「恐怖を克服するにはこれしかないんだ！」

ファードは顔面蒼白《そうはく》でよろけながら出発した。そしてたちまちのうちに地面に叩きつけられ、手足をばたばたさせながらころがり、悲鳴をあげた。

オスカーは彼を自転車から引き離した。

「こいつがぼくを放り出したんだ！」とファードは叫んだ。「ぼくを殺そうとしたんだ！　ほら――血だ！」

道のこぶでひっくりかえったんだと共同経営者は言った。怖がってるからだと。血だって？　スポークが折れてる。頬をすりむいたんだ。それで彼はファードに、恐怖を克服するためにもう一度自転車に乗れとすすめた。

しかしファードは気が狂ったようになった。どんな人間も安全じゃない――警告しておくけど、人類が危機にさらされてるんだ、と彼は叫んだ。オスカーはやっとのことで彼をなだめて、家に帰って寝ることを承知させた。

もちろん、その一部始終をワトニー氏にしゃべったわけではない。共同経営者が自転車業に嫌気がさしたんですよ、とだけ彼は言った。

「くよくよして、世の中を変えようとしても得にはなりませんわな」と彼は指摘した。「物事はあるがままに受け入れろって、わたしはいつも言うんです。長いものには巻かれろ、って言うじゃありませんか」

それこそまさしくわたしの人生哲学ですよ、とワトニー氏は言った。あれ以来、変わりはありませんか、と彼はたずねた。

「そうね……まああってとこかな。婚約したんですよ、実は。相手の名前はノーマ。

自転車狂でしてね。あれやこれやを考えてみると、景気は悪くありませんね。そりゃ、仕事も多くなったけど、一人で好き勝手にやれますから……」

　ワトニー氏はうなずいて、店を見まわした。「まだ女性用のドロップ・フレーム型が製造されてるんですな」と彼は言った。「女性の多くがスラックスをはく時代になったのに、なんでわざわざこんなものを作るのかなあ」

　オスカーが言った。「さあね。これはこれでいいんじゃないですか。自転車は人間みたいだって、考えてみたことあります？　つまり、いろんな機械のなかで、自転車だけに男と女があって」

　ワトニー氏は少しくすくす笑って、なるほどおっしゃるとおりだ、これまで考えたこともありませんでしたよ、と言った。そこでオスカーは、何かこれということがあっていらっしゃったのでしょうかとワトニー氏にたずねた――いやべつにいつでも歓迎ですけどね。

「いや、ちょっとどんな自転車が置いてあるか見たいと思いまして。うちの息子の誕生日が近づいてるもので――」

　オスカーは訳知り顔にうなずいた。「他のどの店にも置いてないものがあるんですよ」と彼は言った。「当店特製でしてね。フランス製の競走用自転車と、アメリカ製標準モデルの、いちばんいいところを兼ね備えたやつで、それもこの店で製造して、タイプが三種類ございます――お子様用、中型、一般用と。どうです、いけるでしょう？」

なるほど、ちょうどそれがよさそうかもしれませんね、とワトニー氏は言った。「ところで」と彼はたずねた。「前ここにあった、フランス製の競走用自転車で、赤いやつはどうなったんです？」

オスカーの顔がゆがんだ。それから何食わぬ顔になって、彼は身をのりだして客を肘《ひじ》でこづいた。「ああ、あれですか。あの老いぼれのフランス馬ね。あれはもう種馬にしてやりましたわ！」

それで二人は笑いに笑い、さらに無駄話を少ししてから売買を終え、それからビールを飲んでまた笑った。そしてファードも気の毒にと二人は言った。哀れなファードは、自宅の洋服ダンスの中で、ほどけたワイヤー製のハンガーがしっかり首に巻きつけられているところを発見されたのである。

ラホール駐屯地での出来事

若島正訳

私がこれを書いているのは、晩春の、夜明けにはまだ少し時間があるときである。カモメが川から飛び立ってきて、かんだかく鳴き叫び、また帰っていく時刻になるまでにも一時間はたっぷりある。その後は、ハトの低い鳴き声がして、それから一日がはじまる。おそらくは、蒸し暑くて、ねっとりとした一日が。今、空気は爽快《そうかい》なほどにひんやりしているが、私はいつのまにか震えている。そして私はいつのまにか、あの寒さを思い出している。あの身を切るような、寒かった朝のことを。あのとき、死がまるで夕食に招かれて正装したように、満艦飾に着飾って現れたのだった。もう遠い過去になったあの朝に……。

一九四六年から四七年にかけての冬は、私には充分すぎるほど、あるいはそれ以上の寒さだった。もっとも、寒暖計は、故郷での寒い冬よりもはるかに高い目盛りだったが。その当時、私は英国にいて、湿気も冷気も私から離れてくれそうになかった。私が滞在していた別荘には、絵に出てきそうなほどのすばらしい暖炉があった——実のところ、各部屋に暖炉があったのだ。ただ、石炭は配給制で、薪《まき》も手に入らないだけではなく、聞いたこともないくらいだった。旧式の電気式暖房機はあったが、それも鈍い銅色の光を放つだけで、数インチも離れるともうだめだ。唯一のガスの炎はというと、当然ながら台所にあるが、ごたごたした小さな部屋で、書くことなどできない。

私が英国にいたのは、まさしく書くためだった。朝のうちは私設図書館に通った。そこは幸運にも爆撃をまぬがれ、アメリカでは入手できない資料が山ほどあった。午後にはいよいよ執筆だ。そして宵《よい》の口には第三放送に耳を傾けながら、原稿を読み返して手直しした。

夜更けはどうだったか。言ったとおりで、寒いのだ。厳しい寒さで、じめじめしている。湯たんぽを入れたベッドにもぐりこんで読書する手もある。映画に行く手もある。近所の酒場へ行って、まだ酒を置いているかどうかたしかめ、置いてなければ（たいていはそうだった）りんご酒を一杯飲む手もある。ビールは好きじゃない。店の名前は……まあ言わないでおこう。グリーン・マンか、グレイプスか、なんとかアームズでもいい。多少は伏せておくことが必要かと思う。もっとも、この物語の主な登場人物は、もう一人残らず死んでしまったに違いないのだが。好奇心旺盛《おうせい》な諸氏は、新聞の綴《と》じ込みをお調べになるのがよかろう。

それはさておき、時刻は夜の八時だった。映画館にはマルクス兄弟がかかっていたが、もうそれは戦前に二度観たことがあるし、戦時中にもまた二度観ている。湯たんぽ二個がピンクの口をあけ、早目にベッドにもぐりこめば、私の足をしもやけから守る用意をしていた。できることならそうしたいところだったが、たまたま手元には、エトルリアの墳墓に関する図版入りの大部の書物しか読むものがなかったのである。

というわけで、酒場が勝った。まったく勝負にならなかった。

そこはあたたかく、やかましく、煙たくて、和気藹々《あいあい》としていた。なるほどたしかに、その和気藹々とした雰囲気は私の方にはほとんど向けられていなかったが、露骨に嫌われているのではないかぎり、かまいはしない。おまけに、その場に居合わせた全員は運が良かった。ちょうどウィスキーがあったのである。それにジンも。スコットランド人の剝《む》き出しの膝《ひざ》をあたためてくれるそいつをちびりちびりとやりながら、私はダーツやサッカー賭《と》博《ばく》や九柱戯《きゆうちゆうぎ》といった当地の奇妙な風習に興じる人々を眺めていた。

大柄で、田舎《いなか》者の顔つきをした男が私の右手にいて、どうやら私を無視することに決め込んでいたようだが、そいつがいきなりこう言った。「おやおや、じいさんの野郎、ジンがあるって聞きつけやがったな！」満員の部屋にざわざわとさざ波が起こり、私もふり返った。

入ってきたのは、男と女の二人連れだった。抜け殼《から》みたいな年配の小男は、赤い鼻の先までほとんどすっぽりとマユのようにくるまっている。その妻らしい年配の女が一緒で、外套《がいとう》にセーター、それにマフラーを脱ぐのを手伝ってやっていた。脱いでしまうと、まるで半分の大きさになったようだった。二人はどうやらここの常連で、人気者らしかった。

「よう、じいさん！」人々が声をかけた。「よう、かあちゃん！」

「この人が帰る時間になって、迎えに来れるかどうか、わからないけどね」と女が言った。

「わしの面倒はわしが見るわい」と老人が反論した。

「もしあたしが来れなかったら、誰か手助けしてやって、ちゃんとボタンがぜんぶとめてあるかどうか見てやってちょうだいね。ジン一杯にビール二杯よ、アルフレッド――それ以上はだめよ、いいこと！」そして、鋭い目つきでさっとあたりを見まわしてから、女は去った。

女のほうが若く見えたが、いくつも違わなかったかもしれない。痩《や》せていて、白髪で、皺《しわ》だらけだ。しかし、ピンクとかグレイといったやわらかさはどこにもない。あたりを見まわしたときには、黒い目がぱちっと見開いた。背筋はしゃんとしていた。しゃべり方にも、どこかこの土地のものとは言えないところがある――歌うような調子なのだ。

老人は私のそばのテーブルに席を与えられた。老人がやってきたのを最初に告げた男が言った。「今日、年金が入ったんだろ、え、じいさん？　おれたちに一杯おごってくれよ、いい奴だからさ」

老人は一握りの小銭を見つめていたが、曲がった指でそれをかきまぜた。「うちの家内がくれたのは、ジン一杯とビール二杯分だけじゃ」と彼は言った。

「トムはからかってるだけさ、じいさん」と誰かが言った。「誰に対してもこうなんだから。気にするな」そしてみんなは話の続きをした。その夜の主な話題は、当地に駐留しているアメリカ兵の細君である英国人が、三つ子を出産したという話だった。「まったく、ヤンキーときたら」とみんなはしょうがない奴らだと言わんばかりの口調だった。「まったく、ヤンキーときたら」トムが口真似《まね》をした。彼の眼鏡《めがね》はブリッジのところにテープを巻いて修理してあった。「おまえらやおれがいくら頑張ったところで、見つけることも買うこともできないような上物のウィスキーで、あいつらはへべれけになってやがる。車も、まるでただみたいに、ぶっ壊すし――おまえらやおれが、一生金を貯《た》めたところで買えないような車をな。まるで野蛮人みたいなわめきちらし方だよ、まったく」

ばつの悪そうな沈黙が訪れた。誰かが「なあ、トム――」と言った。誰かが私を見て、すぐに目をそらした。そして誰かが、「どこの国にも、いい奴と悪い奴がいる」とぼそぼそつぶやいた。私は黙っていた。たとえアメリカ人が、民間人あるいは軍人を問わず、一晩のうちに英国から消えていなくなったとしても、やはり相変わらず愚痴をこぼしていそうな中年男と口論したところで仕方がない。

ところが、それに真っ向から反論したのがじいさんだったのには、私のみならずみんなも驚いた。

「おまえはなにもわかっとらんな、若造」どう見ても五十は過ぎているトムに向かって彼は言った。「連中がヤンキーだからっていうわけじゃない。兵士だからさ、それも異国にいる。男にとっちゃつらいもんだ。わしもこの目で見たことがある。なんなら話してやってもいいが――」

「おいおい、勘弁してくれよ！」トムが大声で言った――とはいえ、それで人気が上昇したわけではない。「もうすっかり聞かされたんだ、百万遍もな。かつてのラホール駐屯軍に、ペルシャ人やらアフガン人やらなんじゃらかんじゃらだろ、山砲に騾馬《らば》、それにほら、あの行進ときた。まったくいい加減にしてくれよ、じいさん！」

トムが平手打ちを食らわせたら死んでしまいそうなほど、じいさんはよろよろに見えた。しかし、ジンを一口すすった老人は、黙ってはいなかった。

「そりゃ、聞きたくはなかろうが、どのみちわしは話すからな。なにしろこのわしは、おまえが生まれる前からお国の旗のために戦っておったのだ」一瞬、老人の色あせた青い目に、困惑が浮かんだ。「まったく、恐ろしいこともずいぶん見た」その声は、さきほどの激しい怒りの声とはがらりと変わっていた。「そのなかでもいちばん恐ろしかったのは――わしの目の前で戦友が死んだことだ。それも、苦しんでいるのに、わしは何もしてやれなかった」その言葉はゆっくり震えながら消えていった。

トムはそうやすやすとは引き下がらなかった。「サッカーの結果はどうなった？」誰に訊《き》くともなく彼はたずねた。誰も答えなかった。

「それに高地での戦闘だけじゃない」とじいさんはつづけた。「あれは何のためだったんだ？　インド？　インドなんか今手放そうとしてるじゃないか。いや──他のことだ……わしの無二の親友だったのに」

「ダーツをやらないか？」奥の部屋を身ぶりで示しながら、トムが誘った。開いたドアからは、ダーツのボードと、少なくとも六代前の国王の時代にさかのぼる、古い写真が並んでいるのが見えた。私は前からそれをじっくり見てみたいものだと思っていたが、一度もそうしたことがなかった。

「……それにぜんぶ本当の話だ、その証拠に、新聞の切抜きだって残してある。若い新聞記者がちょうどそこにいて、一部始終を目撃して書いたんだ。いや、まったく恐ろしかった！」赤くなった目に涙があふれた。「でも、ああなるしか仕方がなかったんだ」

「ダーツの相手は？」

誰かが言った。「うるさいぞ、トム。さあつづけてくれ、じいさん」

話は何年も前にさかのぼる。

ラホールの大通り（これはカルカッタからペシャワールにいたる大幹線道路の一部に相当する）を歩いて行くと、博物館、大聖堂、シャリマール庭園、官邸、それからパンジャブ・クラブがある。そのクラブは将校や身分の高い民間人の専用なので、下士官では入れないから、そのまま通り過ぎる。それから埃《ほこり》っぽい道を三マイルほど、これといってなにもない（原住民は勘定に入らない）ところを過ぎると、そこが駐屯地で、そこに駐屯軍がいた。

「くそったれ北軍くそったれ第三師団くそったれ司令本部め」沖仲仕《ドッカー》というあだなの男はそう言って、道に唾《つば》を吐《は》いた。「土曜の夜に商業道路を一ヤードでも歩いてみろ、もうそれだけで大目玉だ」と彼は言った。「いつの夜だっておんなじだけどな！」

しかし友達のネズミというあだなの男は、商業道路のきらびやかさをなにも知らなかった。彼が入隊したのは、まるでロンドンかバグダッドかバビロンみたいなつもりで生涯を暮らしてきた市場町でのことだった。ラホール？　汚い野良着を着た、のんだくれの農場労働者である獣《けもの》みたいなおやじから逃れられさえすれば、たとえカムチャッカ勤務の軍隊にだって喜んで志願しただろう。いったいどうして、そんな思い切った勇気が出せたのか、しばしば不思議になるくらいだった。

「ときどき怖くなるんだよ、ドッカー」と彼は告白した。「なにもかも、まるっきり勝手が違うものだから」

ドッカーは、相手を小馬鹿にしたような表情をするのが癖だが、それが親愛の情で半分打ち消された目つきになって彼を見た。「おれと一緒にいるときは、そんなにびくびくするなって！」彼はごく軽く相手の肩に手をふれた。ドッカーは長身で体格もよく、まっすぐな黒い髪と土色の皮膚《ひふ》で、口元はすぐに怒りっぽくなり、怒らなくてもすぐに汚い言葉を吐き、おまけに頭の中ときたら、すぐにむかっとなって、なかなかすぐには忘れてくれないのだった。

あるとき、特務曹長《そうちょう》が「それが上官を見る目つきか！」とどなって、彼をひどく蹴飛《けと》ばしたことがある。その夜、小さなバザールの向こう側にある、貯水池と暗誦者《ハーフィズ》が教えている場所を通り過ぎたところにある路地で、何者かが特務曹長を鉄の棒で思いっきりぶん殴った。脳天まっぷたつだ。誰のしわざかって？　誰にもわかりはしない。特務曹長が負傷者名簿からはずれて、その話をあちこちでしてまわり、太い指で髪を分け、黒い瘡蓋《かさぶた》のできた長くて醜い傷跡を見せていたところへ、たまたまドッカーがゆっくりとした足どりで通りかかった。特務曹長は、その足音に聞き憶えがあるといわんばかりに、さっと顔を上げ、二人のあいだにぎらぎらした視線が交わされた。しかし両者はまったく無言だった。

それ以来、ドッカーを蹴飛ばす者は誰もいなくなり、顔色とおずおずした態度からみんながネズミと呼んでいる一兵卒の小男が、実はドッカーの親友だということが知れ渡ると、それ以来、誰もネズミを蹴飛ばさなくなった。

「あそこの黒いのを見ろよ、ドッカー」とネズミが言った。「腰から上んところに白い紐《ひも》を巻きつけてるだけの。あれがブラーミンってやつだよ。本国で言えば教区牧師だな。でも、あれっぽっちしか服を着てない教区牧師なんて、考えてもみろよ！」

大柄な兵士の顔に、かすかな関心の色が浮かんだ。「おれがまだガキの頃、六ペンスくれた牧師がいた」と彼は言った。「ただ、教会に行って洗礼とかしてもらった後で、やっとくれやがった。いい奴だったよ。ちょっとおつむがいかれてたがな」

通りは人でごったがえしていたが、兵士が歩くと必ず人がよけてくれるものだ。二人は通りすがりに、ペシャワールから出てきた盲目のユダヤ人を見た。灰色の仔羊革《こひつじ》の帽子をかぶり、ハルモニウムを弾いている。ネズミにはまったく聞いたこともない音楽だったが、それでも心を揺さぶられた。ドッカーが賽銭《さいせん》皿に数枚の銅貨を気前よく放りこむと、小柄な友人がそのしぐさをほめた。

「あすこの路地にはな――」ネズミは身を寄せて、声を低くした。「女がいるって話だよ。なかには、兵士なんか見向きもしないのもいるらしい。だが、なかにはそうするのもいるって」

ドッカーはかぶっている帽子のふちを立てた。「それじゃちょっとのぞいていこうか」と彼は言った。「どの女がこっちを向いてくれるかな」ところがそうはならなかった――少なくともその日のうちは。というのも、二人はバザールに向かう途中の伍長勤務上等兵のオーエンに出会ったからで、オーエンと一緒にいるのはひだ飾りのついた服に洒落《しゃれ》た帽子とパラソル姿の三人の若いご婦人方だった。このご婦人方は、これからバザールに行って、オーエン伍長勤務上等兵が祖国にいる母親や姉妹のための贈り物を買う、その手助けをすることになっていた。これはまったくの偶然の一致で、それというのも、ドッカーはその話を聞くやいなや、自分とネズミも同じ用事なのだと説明した。

「ただ、値段がいちばんいいところじゃ、英語が通じないとか言うじゃありませんか。このアルフもおれも、パンジャブ語はまるっきりだめなんですよ」

若いご婦人方——そのうちの二人はクルセイロ、一人はデ・シルバといって、従姉妹《いとこ》どうしだった——が言うには、パンジャブ語なら多少知っているから、オーエン伍長勤務上等兵のお友達なら喜んでお手伝いしますよとのことで、オーエンもこの件に関してはごく親切にふるまってくれたので——三人も連れてるんだから、そりゃそうだろう——みんなは三組になって出かけた。ネズミはいちばん若いクルセイロ嬢の腕を取り、ドッカーはデ・シルバ嬢と。オーエンはこの取り合わせにあまりご機嫌ではなかったのかもしれないが、とにかくにこにことしていた。

もう何年も前になるが、事の起こりはそうだった。

ハリー・オーエンは非の打ち所がない男だった。肩幅は広く、腰はくびれて、髪は栗《くり》色《いろ》で、目は明るく澄みきった青色だ。笑みをたやさず、いつも美しい白い歯がのぞいている。そんなに美しい歯をしている男は数少ない。将校の細君たちも、つい身分を忘れて「おはよう、オーエン」と声をかけてしまうほどだった。まるで彼の中には太陽があって、いつも光り輝いているようだった。

三組は親しくなった。いや六人と言おうか。ドッカーとリー・デ・シルバ、ハリーとマーガレット・クルセイロ、それにネズミとルーシー・クルセイロである。たしかに、ルーシーはいささかおつむが弱くて無口だったが、あまり何も言うことのない連れにはかえってそれが好都合だった。しかし、もしデ・シルバ嬢と一緒に歩いていたなら、いろんな思いが胸のうちにわきあがっていただろう。

しかし、それが無理な相談であることはわかっていた。デ・シルバ嬢は頭がいいし、美人だし、自信たっぷりだった。彼女のそばにいれば何ものが言えなくなったはずだ。それに、一緒に歩いている相手の男はドッカーときている。だから、彼女がどれだけネズミに対してやさしい声をかけようと、彼のほうは恥ずかしくなって、うなずくくらいが精一杯だった。

後になってから、彼はこう思うことになる。もしドッカーが最初から知っていたらどうなっただろう、つまり、リー・デ・シルバは純粋な英国人ではないし、彼女もその従姉妹も、同じ階級の女性たちもみな、兵士の目から見れば実は……だとすると……。

だがドッカーは知らなかった。貞操というものは、ドッカーが貧民街で宿無し暮らしをした、あの子供時代の大半を過ごしたキャッツ・ミート・コートでは、そんなに値打ちのあるものではなかった――それどころか、ほとんどまったく知られていなかった。半分混血であれ、四分の一混血であれ、生粋《きっすい》の英国人であれ、彼はとにかく良家の子女とつきあった経験がなかった。将校の娘たちはまったく縁のない世界に住んでいて、下士官の娘たちも似たようなものだった。

オーエン伍長勤務上等兵のような男にとっては、欧亜混血の娘たちには、故郷の英国娘ならみな持っている、「触ったら承知しないわよ」というところが欠けているように見えたのかもしれない。しかしドッカーは、午後のお茶も、小さく切ったサンドイッチも、厳格なパパも目を光らしているママも、田舎町でお付きを連れて上品に散歩することも、なんにも知らなかった。激烈で野蛮な十八世紀からちっとも変わっていないような世界で育った彼にとっては、ヴィクトリア朝時代など存在しなかったのである。

だがそうだといって、彼が大胆にふるまうことにはならなかった。ちょうどその反対だ。ドッカーにとって、鉄道の電信技師（それが黒い口髭《くちひげ》をはやしてがっしりした体つきのデ・シルバ氏の職業だった）は、知識人階級の一員だった。相変わらず容色盛んなデ・シルバ夫人がコルセットをつけていないことや、若い娘たちが家の中を裸で走りまわっていてもほったらかしなのを、彼はほとんど目にとめていなかった。それに、そんなことはどうでもよかった。わかっているのは、はした金で手に入る女の子と、そうではない女の子がいるということだけだったのである。後者はみな良家の子女なのだ。ケンジントンに別荘を持つ家庭よりも、デ・シルバ家が三、四世代にわたって住んでいる古い家のほうが、たとえ部屋は暗くていつもきちんと片づいているわけでもないし、香と妙な料理の匂いがしていようと、ドッカーにとってははるかに良家なのである。ここの娘たちが漂白したみたいに真っ白な顔をしていなくても、それはいっこうにさしつかえなかった。ドッカー自身が色黒だったからだ。祖先をたどれば、ポルトガルの将軍や、かつての東インド会社で高い地位についていた人物がいる、とデ・シルバ夫妻が自慢しても、ドッカーは疑う気になれなかった。彼は身のほどを知っていたのである。

だが、リー・デ・シルバ嬢は、ドッカーに話しかけるときは物静かでおしとやかだった。だが、家族の誰かが気にくわないことをしたときには、やにわにくってかかることもあった。おそらく両親はドッカーにそれほどご執心ではなかったのだろう。なにしろただの伍長にすぎないのだから。娘にはもっと高望みをしてほしいと思っていたのではないか。リーの口から、剣を浴びせるような台詞《せりふ》が、かつてはポルトガル語だった言葉で出てくると、両親も黙ってしまった。

あの日の午後、兵舎が閑散としていたとき、ドッカーは相談事があると言ってオーエンとネズミを呼んだ。彼は酒瓶《さかびん》を取り出してすすめた。

「そんなことをしたら除隊ものだ。ありがたいけど、結構だよ」とオーエンが言った。ネズミは一口ちょっぴりすすった。ドッカーの様子がどうも変だ、と彼は思った。えらそうにしているかと思うと恥ずかしそうになる。上機嫌かと思うとそわそわする。

「実はこういうことだ」と彼は言った。「おれはデ・シルバ嬢と結婚するつもりなんだ」

そして彼はどうだといわんばかりの目つきをした。

「よかったな!」とネズミが言った。

「彼女が承知してくれることはわかってる」とドッカーはつづけた。「ただ……その……スザンナって娘がいてな」

「ああ、なるほど」とオーエンが相づちを打った。「スザンナって娘がいたな」

スザンナは小さな一軒家をかまえている娘で、兵士たちが足しげく通っていたが、そのうちの一人がドッカーだった。彼女の母親は、ヒンズー教徒でも回教徒でもないような、高地のはるか奥に住む種族の出身者だった。それがまたどうやってラホールへ出てきたのか、そこから姿を消してどこへ行ったのかは神のみぞ知る。事実、赤ん坊を産んでから姿を消してしまったのである。そしておそらく、父親が誰かもまた、神のみぞ知るなのだ。

スザンナはスコットランド伝道会の下で庇護《ひご》と教育を受け、その出版局の冊子課に勤めていたことがある。伝道会の幹部は、スザンナを一度ならず二度も、いや三度も快く赦《ゆる》したが、出版局にとどめておくことはできなくなった。そこでスザンナはスコットランド国教会の教義とその行いを棄《す》て、ひたすら悪に走ることになってしまったのである。

「あいつとは別れるよ」とドッカーはきっぱり言った。「でも贈り物をやるつもりはない――つまり手切れ金ってことだ。それが習わしなのは知ってるが、なにしろこれから結婚するとなると、手持ちの金はぜんぶいるしな」

「ちょっとスザンナにはむごいんじゃないのか」とオーエンが言った。

「仕方ないさ」とドッカーはあっさり言った。「で、おれは手紙を書こうと思ってるんだ」彼は手助けがほしかったが、独特の文体についてもまたうるさかった。二度書き直していちばん汚れの少ない手紙は、次のように短いものだった。

親愛なる友へ

とても愉快だったがもうおしまいにしよう、というのもおれは他の人と結婚するから。もうお互いに会わないほうがいい。これからも楽しく陽気にやってくれ。

敬具

「これでよし」とドッカーは満足げに言った。「ここに二アンナある——おまえらのどっちでもいい、これをやるから、すぐに手紙を出してきてくれ。おれはこれからおめかしして、今晩デ・シルバ氏に話しに行くから」

しかし、その晩彼はデ・シルバ氏に話すことはできなかった。それというのも、高峰カチエンジュンガのような巨躯《きょく》で、喜色満面の特務曹長がずかずかと入ってきて、ドッカーの装具に隠してあった酒瓶を見つけてしまったからだ。ドッカーは三週間の営倉入りとなり、除隊処分にならずにすんだのが幸運だった。営倉から出てくると、ことづてが待っていた。

親愛なるドッカーへ

悪く受け取らないでほしいのだが、デ・シルバ嬢とぼくは今度の日曜日に結婚することになっている。きみがいないあいだに求婚するなんて、本当はしてはいけないことだったのかもしれないが、詩人曰《いわ》く、愛に掟《おきて》はないとか。ぼくたち二人とも、きみがこれからも友人でいてくれることを願っている。

敬具

ハリー・オーエン

ドッカーは長いことじっと座ったままでにらんでいた。それからネズミにこう言った。「まあ、そういうものなら仕方ないか。あんな良家の娘がおれみたいな野良犬と結婚するはずがないって、最初からわかってたのに」

「でもね、ドッカー」とネズミが言った。それから言葉があふれて出た。「まるで違うんだよ！　わからないのかい？　スザンナに送るはずの手紙だけど——オーエンはデ・シルバ嬢のところへ持ってったんだよ！　それからあつかましくも求婚したんだ！　あんたが酒瓶を持ってるって垂れ込んだのも、きっとあいつなんだ」

ドッカーの顔色が変わったが、声はおだやかだった。「なるほど。そうだったのか」

それから彼は黙り込んだ。その夜、彼はしこたま酔っぱらって荒れ狂い、小さなバザールで露店を二十軒叩き壊し、止めに入ったシーク教徒二人を半殺しにして、みんなが眠っている兵舎に音もなく忍び込み、ライフル銃を装塡《そうてん》して、ハリー・オーエンの脳天をぶち抜いた……。

「嘘だ、嘘だ、嘘っぱちだ！」とトムが言った。「インドに行ったことがあるなんて、信じられるもんか！」

黙ってビールをすすっていたじいさんが憤然とした。

「ほう、そうか！　誰かあの写真を取ってきてくれ——前の国王のすぐ下にあるやつを

――」

　彼は奥の部屋を身ぶりで指した。たちまち誰かが戻ってきて、ボール紙を裏貼《うらば》りした古い写真を手渡した。ひどく変色しているが、書割《かきわり》の前でポーズを取っている三人の兵士ははっきりと見分けられる。体にぴったりの、装飾が付いた軍服を着ていて、妙な、洒落た帽子を頭の横にちょこんとのっけている。

「それがわしじゃ」とじいさんは言って、曲がったよぼよぼの指でさした。三人の顔はみな似ているものの、まんなかのがいちばん背丈が低い。

　写真がまわってきたとき、私は裏返してみた。裏には写真館の名前が飾り文字で印刷してあり、たしかに、ラホールの店だった。それを私は、直接トムに向かってではなく、彼のいる方向に見せてやった。写真の、渦巻《うずまき》文字で埋め尽くされていない片隅に、薄れたインクで八〇年代末の日付が書いてあり、三人の名前があった。ハリー・オーエン伍長勤務上等兵、ダニエル・デヴォア伍長、アルフレッド・グレアム一兵卒。

「……新聞社から来た若造が、軍隊付きの牧師にそのことで質問していたな」とじいさんは言っていた。「なかなか熱心な奴でな、若いくせに眼鏡をかけていた。『でもそんなことって』とそいつが言う、『まるで英国軍人らしくないじゃありませんか――なんでまたそんなことをしたんでしょうか？』すると牧師がそいつをじっと見て、ためいきをついてこう言った。「兵舎暮らしの独身男に、石膏《せっこう》の聖人になれと言っても無理な相談だよ』その記者はしばらく考えこんでから『なるほど、そうでしょうねえ』と言って、それを手帳に書き留めていたな」

「わかった」とトムがしょうことなしに言った。「それであんたはインドにいたわけだ。だからといって、話の残りが本当だということにはならんぞ」

「本当じゃ。わしはちゃんと切り抜きを持っとる。ラホールで出ていた、《シヴィル・アンド・ミリタリー・ガゼット》と言ってな」

トムが歌いだした。

「これはみんなダービーで起こったこと
(おれは嘘つきなんかじゃないぜ)
だからあんたもダービーにいたら
同じことを見たはずじゃないか」

誰かが笑った。老人の耄碌《もうろく》した青い目に涙があふれだし、赤くなったふちからこぼれそうになった。

トムが言った。「切り抜きがあるのに」「そうだよな、あんたはいつも切り抜きを持ってるんだよな。でも、それを見たのはあんたしかいないんだよ」

「わしと一緒にこい」ガファーは瘤《こぶ》のような手をテーブルに突っぱって立ち上がろうとした。「わしと一緒にくるんだ。切り抜きはわしの古いトランクに入っとる。それで、うちの家内にたのんでくれ——鍵は家内が持ってるんだ——おまえがたのんでくれ」「ええっ！」とトムが叫んだ。「おれがあんたのかみさんにものをたのむって？　そりゃ、フイップスネイド動物園に行って、ライオンか虎《とら》に、ちょっと肉を分けてもらえませんかってたのむほうがまだましだぜ。あんたのかみさんは韃靼人《だったんじん》じゃないか、まったく！」

どうやら、じいさんの心から会話の重荷が下ろされたようだった。彼はまるでトムがもっともなお世辞を言ったみたいに、うなずいてにこにこしだした。しかし、トムの口調よりも、トムが口にした人物のことを思い出したらしい。

「いやあ、あいつはほんとにかわいい娘だったよ」と彼は小声で言った。「あんな美人は見たことない。それで結局のところ、あいつが結婚した相手はこのわしだったのさ。他の二人じゃなくて、ネズミと呼ばれていたこのわしだ！」そして彼はくすくす笑った。あまり気持ちのいい笑い方ではなかった。私がひょいと顔を上げ、視線が合うと、そこに浮かんでいたのは狡猾《こうかつ》でひどく醜い目の色だった。

私はぞっとした。一瞬のうちに、二つのことがほとんどはっきりした。「じいさん」と私はさりげなく言った。「あんたの奥さんの旧姓は何だったんだ？」

じいさんは考えこんでいるようだったが、私がたずねたのと同じくらいさりげなく答えた。「あいつの名前か？　リー・デ・シルバさ。英国人の血と、ポルトガル人の血と、それから他にも——でもそんなことはどうでもいい。わしにはな。ちゃんと教会で結婚式をあげたんだから」

「それから」と私は質問した。「D—e—v—o—r—e（デヴォア）ってどう発音する？」

かすんだ目が震えた。「西インド港《ドック》で働いてた。だからわしらはドッカーと呼んでたのさ」と老人は言った。「だが本名は、ダニル・ディーヴァーだ」

「そのとおり」と私は言った。「もちろんそのとおりだ。そして、ダニルの装具にウィスキーの瓶があるのを告げ口して、奴を営倉へぶちこんだ張本人も、ハリー・オーエンじゃなかった——それに、手紙を別の娘に届けたのもハリー・オーエンじゃなかった——そうだろう？　あれは、チャンスが与えられたらハリーがどうするか、よくわかっていた人間のしわざだ。その男は、ちょうどいい嘘のかたまりを吹き込めば、ドッカーがきっとハリーを殺すということもわかっていた。そしてその筋書きどおりになったんじゃないのか？　そこで邪魔者はみないなくなり、後はあんたの出番だ、そうだろう？」

ほんの一瞬、グレアムじいさんの顔に恐怖の色が浮かんだ。それから挑発も。そして勝利も。それから、あっというまにすべてが消えて、混濁とした老人の記憶だけが残った。

「あのときは寒かったなあ」と老人は哀れな声をあげた。「ダニー・ディーヴァーが縛り首になった朝は、ひどく寒かった。新聞社から来た若造がいて、その記事を書いたな。

妙な名前だった――キプリングとかそんなふうな――ラディ・キプリング、たしかそうだった」

「そう」と私は言った。「そんなふうな名前だ」

クィーン・エステル、おうちはどこさ?

浅倉久志訳

おおさむ、おおさむ。下宿の部屋は寒い上に、勤め先からうんと遠い。若者たちでさえ、この冬には不平たらたら。この国が生まれ故郷のくせして——氷みたいに冷える、という。だったら、南国育ちの女にがまんできるわけないでしょうが？　おまけに、もう若くもないのにさ。あんなに遠くはない勤め先を見つけようとしたこともある（近場にはなにもなかった）。《おやまあ、そうなの？　でも、女の身でそのお年となると、働くのは無理じゃないかしらね》と、どこの奥さんもいう。はい、はい、無理ですよね、ほんとに。そう考えると文句はいえないか。ありがたいです、奥様。

廊下の突きあたりの共同バスルームでは、ときおりお湯が出るそうな——だけど、部屋の蛇口から出る水はとても冷たい。火のなかへ手をつっこんだみたい。どういうことよ——湯／水と書いてあるのに。でも、勤め先から帰ったあとでは時間が遅すぎるし。さあ、これからその勤め先へでかけなくちゃ。時間に縛られて。

吹きっさらしの街角で長いバス待ち。氷みたいな風が吹くのに、風よけもない。どっちのバスも——途中で一度乗りかえがあって、そこでまた待たされる——暖かくはないけれど、まあ、そんなに寒くはない。バスを降りたら、こんどは何ブロックもの歩き。奥様はまだご就寝中。

奥様《ミストレス》……その家の女主人のライディ夫人のことを、クィーン・エステルは考えてみる。最初はその言葉にびっくり仰天——ミストレスというのは、結婚証明書もなしに男と暮らしてる女のことだと思っていたからだ。でも、いまはその呼び方にも慣れた。ライディ夫人はその言葉が好きらしい。旦那様《マスター》という言葉も、そして旦那《だんな》様の弟を呼ぶ坊《ヤング》っちゃま《・マスター》という言葉も。

そのふたりはもう食卓にすわっていた。「乗りかえのバス」とクィーン・エステルはスカーフをはずしながら弁解した。「また遅れたですよ。じらすです、あたしを」

「ああ、二、三分の遅刻はどうってことないよ。気にしなくていい」旦那様のライディ氏がそういった。旦那様は絶対にメイドを名前で呼ばないし、奥様もそうだが、坊っちゃまは——

いまもそうだが、白いミルクの線を上唇にくっつけたまま、にやっと笑ってたずねる。「クィーン・エステル、おうちはどこさ？」それがいつものふたりのゲームだ。少年の兄は——ちらと掛け時計に目をやり、腕時計と見くらべ、首をちょっと曲げて二階の物音に耳をすましてから、弟に向かって、ばかな質問で困らせるんじゃないよ、という。少年はぷっと頰をふくらませるが、すばやい彼女の返事でごきげんが直る。

「あたし、カーヴァー荘からくるよ。バー通りそばのイチジク通りね」

少年の笑みがひろがる。「イチジク！　ヘンテコな名前の通りだね……。でも、クィーン・エステル、ほんとのおうちはどこさ？　ぼく、知ってるぜ。スパニッシュ・マーンだろ。おばさんがイチジクっていってるものは、ぼくらのいうバ・ナ・ナさ。そうだよね、フレディ？　ぼく知ってるんだから」

少年の兄は食卓から立ちあがった。「いい子にしてるんだぞ」そういい残して一日の勤めにでかけていった。

少年が彼女にウィンクした。「クィーン・エステルは、BWI（英領西インド諸島）のサンタ・マリアナ、スパニッシュ・マーンからきたんだよね。でも、ほんとはスパニッシュ・メインというんじゃないかなあ、クィーン・エステル？」少年はしかつめらしく首をかしげた。「むかしはカリブ海のことをそういってたんだって」

そういうと、少年は陰気でぶさいくな小さい顔を、遠ざかっていく彼女の背中に向けた。クィーン・エステルはもう地下室へ下りていくところだ。そこでコートをぬぎ、靴《くつ》をはきかえるために。

「スパニッシュ・マンの海、三方あたしらにとりまいてるよ」やがて彼女はもどってきて、少年にそう答えた。

「それって、『あたしらをとりまいてる』といわなきゃ、クィーン・エステル……。おばさん、すごくおかしなしゃべりかたするね。それにあんまりきれいじゃないし」

二度目の朝食の準備から顔を上げて、彼女はにっこりした。「おたがいさまだ、坊っちゃま」

「まあ、ぼくだってそうだけどさ。父親似なんだって。ぼくは兄貴の弟で、あの女の弟じゃないもんね。故郷《くに》にいたときはよく泳ぎに行ったのかい、クィーン・エステル？」

彼女は新しくドリップするコーヒーのポットを用意し、トースターのプラグをさしこみ、卵をいくつか割ってかきまぜながら、バターをキツネ色に焦がした。それから彼女は少年に物語りはじめた。三方を海にかこまれたスパニッシュ・マンのサンタ・マリアナでどんなふうに泳いだかを。そこは小アンティル諸島でもいちばん小さい島で……。いま働いている土地で彼女が暮らしたのは、人生のごく一部だけ。それ以外のときは――実をいうと、たいていはそれと同時にだが――このアメリカ本土の昼と夜、静けさと寒さのなかでも、白い波が白い砂浜に砕ける音を聞き、パンノキの下でカニたちがガサゴソ這《は》いまわる音を聞いている。

「早く下へおりなくちゃと思ってね。わざわざ二階まで重いトレイを運んでもらう前に」奥様が睡眠不足の腫《は》れぼったい目をこすりながらそういった。これがエレナー・ライディ夫人――旦那様の連れ合い――で、まだ髪の毛にカーラーをくっつけたままだ。ライディ夫人はうめきをもらしながら腰をおろし、コーヒーをひと口すすってため息をついた。「あなたがいなかったら、いったいわたしはどうすればいいの？」

奥様はそういうと、調理中の朝食をざっと見まわした。「すこしでも口に入れられるといいんだけど。体力をつけないと。でも、朝によっては……」ぼんやりとそういった。もう一度食卓の上を見まわして、「パイナップルはないのかしら？」元気のない声でそうたずねた。「すりおろして、すこしお砂糖をかけたのが？ あら、いいのよ、わざわざ手間をかけなくても」クィーン・エステルが冷蔵庫をあけるのを見て、奥様はそうつけたした。「ロドニー、ロドニー？ 返事ぐらいなさい。大きな声を出させないで」

「ここにいるよ、エル。なにさ？」

「それはまたなんて声？ あなたのことがどうでもよかったら、わたしはこういうでしょうね。いいえ、なんでもないわよ、って。でも、あなたの兄さんときたら、あなたが食べようが食べまいが知らん顔。まだボウルに半分も――」

「もう食べた」

「まだ食べてないわ。ぜんぶ食べなさい」

「遅刻しちゃうよ、エル。みんながぼくを待ってるんだ」

「じゃ、待たせておけば。からっぽのおなかで飛びだしていって、またろくでもないものを買い食いする気なんでしょ？ だめ。そのシリアル、ぜんぶ食べちゃいなさい」

「でも、冷めちゃった」

「冷めるまでほっといたのはだれ？ あなたをこのまま行かせていいものかしらん。ハーヴィーはあなたより年上で、遊び相手ときたら年上の女の子ばっかり。それとも、ひょっとして、あの子らはお化粧であんなふうに――食べなさい。あなた、聞いてるの？

食べなさい。ほんとにあれを見ると胸がわるくなるわ。口紅をつけてる上に、あの服装！　あんな女の子たちとつきあってるのを見つけたら、ただじゃおかないわよ。きっとあの子たち、あと二、三年もしたら病気でボロボロだから」クィーン・エステルは、無言でパイナップルをおろし金ですりつづけた。「あなたがおとなの付き添いもなしに美術館へ行くのだって感心しないのに。なにが起きるか知れたもんじゃない。先週も、おんなじ年ごろの男の子がトラックにはねられて死んだのよ。ねえ、けさは――こっちを見なさい、この子ったら、わたしが話しかけてるのに――けさはお通じがあったの？」

「うん」

「おやまあ。なんてぶっそうな顔つき。どうせ嘘なんでしょ。それじゃ、二階へ行って――まあ、ロドニー！」

だが、ロドニーはわっと泣きだし、スプーンをほうり投げ、部屋から飛びだしていった。ライディ夫人がショックにあんぐり口をあけ、メイドの視線をとらえようとするうちにも、ロドニーはばたんとドアを閉め、玄関の階段を駆けおりていく。

いつもの朝のはじまりだ。

「あの子の兄がなにもかもわたしに押しつけるせいよ」ライディ夫人はパイナップルのかけらを舌で探しながらそういった。大きなため息をついて、「あなたのおかげでいくぶん助かってるけどね。でも、話のついでにいっときます。あの子、真夜中にとつぜん悲鳴を上げて目をさますのよ。一度、あなたには注意したわよね。いわなかった？」

クィーン・エステルはためらってから答えた。一度そういわれてから、坊っちゃまにあの話はしてません、と。

「一度で十分です。なんていったかしら？　あの名前？　あなたがあの子に聞かせた迷信深い話。わたしが途中でやめさせたあれは？　ガッピー？」

「ダッピーです、奥様」むかしの奴隷《どれい》時代から伝わるただのお話なのに、とクィーン・エステルは思った。あるいじわるなクレオールの奥方が、ある晩、恋人と草地で逢《あ》い引きするつもりだったのに、なんとその代わりに出会ったのはダッピー。奴隷たちみんなが奥方の悲鳴を聞いたけれど、怖くてだれも外へ出ていかなかった。いまでもペティ・モルネの近くには、罰当《ばち》たり奥様のお墓と呼ばれる石塚があるそうな。クィーン・エステルがその物語を話しおわったとき、ライディ夫人がとつぜん戸口に現れ、びっくりしたのはロドニー坊っちゃまだった。

「なぜ子供にそんなお話を聞かせるんですか？」奥様はひどくご立腹でそうたずねた。

「ほら、この子は死ぬほどおびえてるじゃないの」

「そっちのほうが怖いよ、エル。そうっとやってきて、いきなりどなるんだもん」

クィーン・エステルは急いで話題をそらそうとした。

「ただの作り話です。年寄りたちの。わたし、ダッピー怖くない――」

だが、最後までいわせてはもらえなかった。ガミガミどなられ、やけどする思いだった。彼女は思った。もうこれでおじゃん（まあ、最初からむりだったけど）。あの小さい屋根裏部屋へ荷物を運びこんでもいいなんて、奥様がいってくれるわけはない。あそこで寝起きできれば、身を切るように寒い道をここまでかよう時間がはぶけるのに。

いま、奥様はこういった。「なんて間の抜けた名前だこと……あの子、朝食をあんまり食べていかなかったわね」白く霜《しも》の下りた地面をちらと窓越しにながめて、「あなたも気がついたと思うけど」

流しの水音に負けまいと、クィーン・エステルは、はい、と声をはりあげて、水のなかに洗剤を入れた。坊っちゃまは朝食をあんまり食べません――だが、それは口に出さなかった。

「なぜだか知ってるんでしょう？　知らない？　だれもあの子に間食させてないでしょうね、あなたの知るかぎりで？　西インド諸島のピリ辛料理とか、ベイリーフ入りのチキンライスとか？　ええ、ええ、知ってますよ、あのとき一度だけよね、わかりました。あなたは一を聞いて十を知る人だから」ライディ夫人は立ちあがった。ちらっと顔をしかめて、「また新しい一日。なにもかもがわたしの肩にかぶさってくる。なにもかもが……。それだけのお皿を洗うのに、午前中いっぱいかけないでちょうだいね」

チキンライス、ベイリーフとコショウの実入りの。クィーン・エステルはそう考えて、心のなかで舌鼓《したつづみ》を打った。ぴりっとした味。スパニッシュ・マンの隣のうちの庭では、あのお婆さんが鉄の大鍋《おおなべ》でそれを作ってた。ヘプシバお婆さん。奴隷の子に生まれて、いまでも〝ウイトル〟（飲食物の意味の「ヴィトル」の訛った発音）とか、〝ヴィスキー〟とかいってる……とても賢いお婆さん。だけど、チキンライスのどこがいけないのさ？　あの子はたらふく食べてくれたのに。義理の姉さんがとつぜん、予定より早く家に帰ってくるまでは。そこでどなり声と、涙と、バスルームへの駆けこみ。「あなたがあの子に妙なものを食べさせるからよ！」でも、そうじゃないよ。ぜったいに。

クィーン・エステルが二階の敷物に掃除機をかける準備をしているとき、奥様が部屋の戸口に現れ、目もとにハンカチを当てながらいった。「ねえ、わたしはけっして信心深い人間じゃないわ。でも、いまふっと考えたの。わたしが子供を授からなかったのは祝福だったたって。それには不向きだと、神さまがお考えになったからよ。どうしてだかわかる？　それはわたしが自分の生活をうっちゃってまで、子供につくそうとするからなの。ちょうどいまのわたしが、義父の子供のためにそうしてるようにね。あなた、想像できる？　五十二歳にもなった男が、しかも男やもめが、とつぜん自分の半分ほどの年の女を妻にしようと考えるなんて――」ひとしきりまくしたててから、こうしめくくった。「そんなわけで、いまは夫婦ともあの世。いやらしい助平おやじだった義父の尻ぬぐいをさせられる羽目になったのは、いったいだれ？　そうなのよ……まあ、見てちょうだい。あなたのいうあのりっぱな若紳士が、ベッドルームの椅子《いす》のクッションの下になにを隠していたかを」

そういうと、奥様はその雑誌のページをめくった。クィーン・エステルは笑いをこらえた。あたりまえのことです、といいたかった。若紳士は若いご婦人が大好き。寒くて凍りつきそうなこの北国でもそれはおなじ——たしかに、あの坊やはまだ子供。だから、あたりまえのことだけど、ただながめてるだけ——ただの写真を。

「そうなのよ。いっときますけどね、わたしの目をくらまそうなんて無理な話、まあ、見てなさい。あの子がもどってきたら、しっかりいい聞かせてやるわ。美術館めぐり。わいせつな写真。それに、育ちのよくない友だち。もうたくさん！」

クィーン・エステルは廊下の敷物に掃除機をかけおわり、こんどは客間の掃除にとりかかろうとした。鏡のなかでなかばそれを見とどけた奥様は、階下へ向かった。視野から消える手前で、奥様が上を見上げた。クィーン・エステルにはそれがちらっと見えた。彼女は眉をよせた。一瞬後、かすかな揺れが足もとの床をふるわせた。地下室のドア。蝶番《ちょうつがい》がゆるんでるからだ。クィーン・エステルは掃除機をかけはじめた。しばらくのあいだ、彼女は身動きもせずに、じっとそこに立っていた。それから、まだブーンとうなりつづけている掃除機を部屋の隅に立てかけ、そうっと階段を下りていった。

キッチンのはずれに掃除道具をしまう大きなクローゼットがあり、そこの壁にはひびがはいっている。クィーン・エステルはその割れ目からむこうをのぞいた。斜め下の地下室には古い蓄音機がおかれ、その上に自分の上着とオーバーとスカーフがひろげてある。その横には外出用の靴。といっても、傷みぐあいは、いま家のなかではいてる靴とどっこいどっこいだけど。

ライディ夫人はその蓄音機のそばに立ち、頭を上げ、聞き耳を立てていた。掃除機の音が二階から伝わってくる。奥様はすばやく首をうなずかせ、きっと唇をひきしめると、着古されたコートのポケットを調べはじめた。苛立《いらだ》ちのまじった満足そうなつぶやきをもらしながらひっぱりだしたのは、アルコール添加ワインの半パイントびんと、キャッサバ・ケーキのかけらだった。「これだけあれば証拠は十分ね。のんだくれのメイド。ネズミとゴキブリの飼い主。そう、まちがいない」しみのついた、ゼラチン版の絵はがきは、セント・キッツ島とネビス島のメソジスト慈善協会主催の年に一度のフェスティバルのお知らせだった。それとラッキー・タイガーの夢占い本、ぼろぼろの封筒……。

そこで一呼吸おいて、奥様はその封筒から角のまるまった写真をひっぱりだした。おかみ棺にはいった、クィーン・エステルの兄サムエルの写真だ。「妹に負けず劣らずハンサムだこと」それと、何枚かの外国郵便為替《かわせ》の受領書は、サムエルの娘のアダへの送金——「わたしのお金を外国へ送るなんて」中身のすくない小銭入れと、平べったいブリキのシガレット・ケース。奥様が神経質な指先でその蓋《ふた》をあけようとしたはずみに、爪《つめ》が欠けた。舌打ちしながら蓋をあけたとたん、とてつもない嫌悪の表情が奥様の顔にうかび、そこに見たものは——

——干からびた小さなカエルが一ぴき——カエル？——ま——まさか！——

「きゃっ！」奥様はかぼそくぎくしゃくした、嫌悪の声を上げた。「うっ！　ううっ！」ブリキのケースをほうりだしたが、その中身は赤い糸で縛ってあり、その糸が欠けた爪にひっかかった。

「——この家から出ていって！」奥様は手首を激しく振りながら、怒りの声を上げた。「もう二度とこないでよ。あの女のけがらわしい——ああっ！」赤い糸がぷつんと切れて、なかのものが空中を飛び、地下室の奥の片隅へと着地した。奥様が家のなかへ駆けもどろうと階段の一段目に足をかけたとき、背後で物音が聞こえた。

あとになってクィーン・エステルがかぞえてみると、掃除道具のクローゼットから地下室の階段の下までは二十五段。しかし、その瞬間には、階段がどこまでもつづいているように思えた。悲鳴がしだいに大きくなり、悲鳴のひとつひとつがその中間に呼吸のひまもすきまもはさまず、その前の悲鳴に追いついていくようだった。しかし、クィーン・エステルがどたどた階段を駆けおり、階段の下でうずくまった奥様にあやうく足をとられかけたときには、もうその悲鳴もとだえていた。

奥様には目もくれず、クィーン・エステルは迫りよるものと向かいあった。彼女は片手をふところにつっこみ、胸の上においた。「ぺっ！」と唾《つば》を吐《は》いた。「ぶさいくな老いぼれダッピー！　ダッピーなんか怖いもんか。そう、なーんにも怖くないよ！」

そういうと、彼女はよく効く護符《オービア》をとりだした。ずーっと昔にヘプシバお婆さんが——アシャンティ族とコロマンティ族の血が半分ずつまじった、あの賢いお婆さんが——こしらえてくれたお守りだ。ダッピーはうなりを上げ、よだれを垂らし、切り株みたいにすりへったきたならしい歯をむきだしたが、彼女が魔除《まよ》けの言葉を唱えながら前進すると、一歩一歩あとずさりをはじめた。そのうちに、とうとうダッピーはしなびて、またもう一度赤い糸に縛られ、ブリキのシガレット・ケースのなかへ安全におさまってしまった。ぶさいくな老いぼれダッピー！

ライディ氏は妻の急死をストイックな冷静さで受けとめた。そして、ライディ氏の年端のいかない弟は、いまではもうめったに悪夢にうなされず、クィーン・エステルが三人分だけこしらえる西インド諸島のピリ辛料理をぱくぱく平らげる。屋根裏の小さい部屋は彼女のものだ。煙突が部屋の一隅を通りぬけているので、クィーン・エステルはとても温かい。ほかほか、ほかほか。

尾をつながれた王族

浅倉久志訳

彼はみんなのところへ水を運んできた。ひとりずつ順々に。

「この水はおいしいわ、一つ目」お母様のひとりがいった。「とてもおいしい」

「わたしたちに水を運んできてくれるものはおおぜいいる」と、べつのお母様がいった。

「でも、おまえの水がいちばんおいしい」

「それはこの子の息がかぐわしいからよ」と、またべつのお母様がいった。

その場を去りかけた一つ目は、ちょっと足をとめた。お父様のひとりがいった。「おまえにいいことを教えてやろう。わたしたち以外のだれも知らないことをな。いまからそうっとこの子の耳にささやいてやるだけさ。いいだろう？」

片隅で見張りが身じろぎした。ひとりのお母様と、ひとりのお父様が、いっしょに声を張りあげた。「だんだん寒くなってきた。外は――霜《しも》。土の上の白くて、痛いもの。わたしたちはそう聞いた。霜が下りた、と」見張りはのどの奥でうなったが、動こうとしなかった。「寒くなって、食べ物はすくない、水もすくない、そう聞いた。でも、わたしたちにはいつも食べ物がある。いつも水がある、水、食べ物、水……」ふたりはつづけた。見張りは動こうとしない。

「もっとそばへおいで」と、さっきのお父様が優しくいった。「おまえにいいことを教えてやろう。見張りが眠っているうちにな」そのお父様の声は太くてよくひびく。「わたしの口のそばへおいで。一つ目よ、秘密の話だ」

「お父様、おれはそばへ行くなといわれてます」一つ目は不安そうにいった。「水を運ぶときはべつだけど」

「そばへきていいのよ」と、ひとりのお母様がいった。乳のように甘い声、とてもいい声だ。「おまえの息はかぐわしい。おいで、聞きなさい。おいで」

べつのお父様がいった。「おまえだけでは寒いだろう。わたしたちのそばへきて体を温めろ」一つ目は首を左右に振り、なにかつぶやいた。

「ここには食べ物がある。それを食べればいい」またべつのお父様がいった。一つ目は二、三歩進んだが、そこでためらった。

「こっちへきて、わたしとつがいなさい」乳のような声をしたお母様がいった。「いまはわたしの時なの。おいで」

一つ目はたしかにいまが彼女の時だと感じ、思いきって前に飛びだしたが、見張りに通せんぼをされた。

「行け。みなさんの飲み水を持ってこい」見張りはいった。ばかでっかい体だ。

「その子はいまわたしたちの水を持ってきたのに」と、ひとりのお母様が悲しそうにいった。「まぬけな見張りね。わたしたちはこんなにのどが渇いてるのに。なぜ彼をとめるの？」

ひとりのお父様がいった。「その子の口のなかには、わたしたちのために運んできた水がある。わきへどいて、その子を通してやれ。ああ、なんと醜い、まぬけな見張りだろう！」

「おれの口のなかには、みなさんのために運んできた水がある」と一つ目はいった。「わきへどいて――」彼はそこでいいやめた。みんなのあざ笑いやくすくす笑いがはじまったからだ。

見張りはもう怒ってさえいなかった。「おまえの口のなかにあるのは嘘だけだ。さあ、とっとと失せろ！」

いまようやく、一つ目は自分の失敗に気づいた。「おれはもう眠ってもいいんだよ」そうつぶやいた。

「では眠れ。だが、むこうへ行け」見張りが歯をむきだした。一つ目は身を縮めて後ずさりしたのち、向きを変え、しおしおとその場を去った。うしろから、さっきのお母様が乳のような声でこういうのが聞こえた。「まぬけな一つ目ね、お父様」

「さあ、はじめようか」とお父様がいった。帰っていく途中で、一つ目はふたりがつがっている気配を聞いた。

一つ目は、これまでに何度か逃げようとしたことがあるが、どこへ行ってもだれかに通せん坊をされた。「こいつは一つ目だ。こんな遠くへなにしにきた。一つ目よ、おまえの持ち場へもどれ。おまえの仕事をしろ、お母様たちやお父様たちに水を運べ。見張りのところへ食べ物を運べ。もどれ、もどれ、一つ目よ、もどれ」通せん坊たちは彼をとりまいてそうさけび、行こうとしていた方角から彼を追いかえした。

「おれはもういやだ。一つ目でいるのは」と彼は抗議した。

通せん坊たちはみんなであざ笑い、どっとはやしたてた。「じゃ、もうひとつの目を生やすか？　もどれ、もどれ。これは一族の命令だぞ！」そういうと、通せん坊たちは彼に嚙《か》みつき、力ずくで彼を追いかえしたのだ。

一度、彼はこういったことがある。「金色の輝きにいいつけてやる！」

するとある古株がこういった。「では、もどれ、一つ目よ。その道みち、おまえに金色の輝きを見せてやろう」そういって、古株がなにか丸いものを持ちあげると、それが金色に輝いた。一つ目は驚きと喜びに大声を上げた。

だが、そのあとでこういった。「もっとでっかいものだと思ったのに」

「もどれ、一つ目よ。さもないと殺されるぞ」と古株はいった。「〈外〉はおまえの行くところじゃない。もどれ……。そっちじゃない！　そっちへ行けば死が待ってるぞ。よくおぼえておけ。こっちだ。行け。急げよ——犬どもがいるかもしれん」

ときどきは、新米に、つまり、つぶれた片目をまだ血で濡《ぬ》らしたやつに、仕事のやりかたを教えることもあった。水のある場所へ行き、たらふく飲んでから、こんどは口のなかいっぱいに水を含み、お父様たちとお母様たちのところへ急ぐのだ。ほんのひとしずくも飲みこまないように気をつけ、長い道とたくさんの曲がり角をおぼえ、暗がりのなかをどんどん下りていって、見張りのわきを通りすぎ、お父様たちやお母様たちにその水を口移しするのだ。何度も何度も。

「なぜあのみんなはつながれているんだい？」と新米がたずねる。

「なぜおれたちは片目がない？　一族の命令だからだ。一族が食べ物を集め、一つ目たちが見張りのところへそれを届け、見張りがそれを貯《たくわ》えて、お父様たちとお母様たちに食べさせる」

「なぜ？」

一つ目たちはそこで足をとめた。上からのしずくがぽたぽたと水たまりのなかへ滴り落ちてきた。なぜだと？　食べたり飲んだりしなければ、死んでしまうじゃないか。だけど、なぜ一族は、命令でお父様たちとお母様たちをつなぎあわせ、自分の食べ物や水を自分で探せないようにしたんだろう？　「おれはただのまぬけな一つ目さ。でも、お父様たちやお母様たちから教えてもらいたい……。なにかの秘密があるらしいんだ……。おれが水を運びおわると、いつも見張りはおれを追っぱらって、みんなの話を聞かせてくれないけど……」

「あいつはでっかい見張りだ。あいつの歯は鋭いぞ！」

水が上からざーっと降ってきて、しぶきを散らしながら水たまりへ流れこむ。一つ目たちは口のなかを水でいっぱいにすると、また歩きだした。そのあと、彼は、口のなかの最後のひとしずくまでを空にしたあとで、こうささやいた。「お母様、秘密のことを聞きたいです」

彼女は身をこわばらせた。それから彼をつかもうとした。ほかのお父様たちやお母様たちが話をやめて身じろぎした。入口で見張りが起きあがった。「どうした？」と見張りが呼びかけた。警戒のこもったその声は、ふるえをおびている。

「妙な音がする」ひとりのお父様がいった。「見張りよ、耳をすませ！」それから――「奴隷《どれい》かな？」とささやいた。

見張りは首を横にふった。お父様たちも、お母様たちも静まりかえった。「なにも聞こえない」と、見張りがあやふやな口ぶりでいった。

「見張りよ、おまえは年寄りだから耳が遠いんだ」太い声をしたお父様がいった。「まちがいなく妙な音がするぞ！　危険がせまっている！　行って見てこい――いますぐに！」

見張りはうろたえた。「わしはここを離れられない」と反論した。「一族の命令で、わしはここを動けない――」

お父様たちとお母様たちが声を合わせ、見張りをどなりつけた。「一族！　一族！　このわたしたちが一族だ！　早くわたしたちのために危険をさぐっておいで！」

「一つ目は――あの一つ目はどこだ？　あいつを行かせよう！」しかし、みんながさけんだ。もう一つ目はここにいない（なかのひとりについては、たしかにそのとおりだった）！　しかたなく、見張りはぐちをこぼしながら、よたよたと通路を登っていった。見張りが去ったとたん、乳のような声をしたお母様が一つ目をなでさすりはじめ、そしてこういった。利口でいい子ね、おまえの息はかぐわしいし、それに――

「そんなことをしているひまはないぞ、お母様」とわきから声がした。「その子に秘密を話すんだ。早く！　早く！」

「おまえが一つ目にされて、みんなと隔てられ、わたしたちに仕えるようになる前には、最初にだれとつがったの？」と彼女はたずねた。

「もちろん、おれと一腹の姉妹たちとです」

「もちろん……それがいちばん手近だものね。そのあとは、おまえと一腹の子供たちの母親とつがった。おまえの父親はたぶんおまえの兄さんかしら。そのあと、おまえは娘たちとつがったり、叔母《おば》たちとつがったり……」

「もちろん」

そういうひっきりなしの近親繁殖が、そのうちに一族の力を弱めることになるのを知らなかったの、とお母様は彼にたずねた。

「おれ、知りませんでした」

お母様は頭を上げ、耳をすませた。「あのまぬけな見張りはまだもどってこない。よかった……。ねえ、一つ目、つまりはそういうことなのよ。目が見えなかったり、耳が聞こえなかったり、体がいびつだったり、流産したり、頭がおかしかったり、死産だったり。そういうことは、どんな一腹の子にだってときどき起きる。そんな欠点のあるものが欠点のあるものとつがい、新しい血が家系にはいってこないと、一族の力が弱まっていく。そうでしょう、お父様たちとお母様たち？」

みんなが答えた。「お母様、まったくそのとおり」

一つ目がたずねた。「じゃ、これがみんなのいう秘密ですか？　あるお父様から聞いたけど、秘密はいいことだって。でも、これはわるいことじゃないですか」

だまって、とみんなが彼に教えた。よく聞きなさい。

乳のように甘い声でお母様が話をつづけた。「でも、わたしたちはおなじ一腹から生まれた子じゃないのよ。血族じゃなく、近親でさえもない。ときどきだけど、数多くの腹から生まれたおおぜいの子のなかから、いちばん強く、いちばん利口なものたちが選ばれるの。そして、そのなかからいちばん優れたものたちが選ばれる。そのあとに最後の選択がやってくる――たぶん八つ、それとも十、それとも十二。そして、そのなかのふたりの雄、多いときはみたりの雄がお父様になり、残りの雌はお母様になる。そして、この若者たち、最高の若者たちのそのまた選りぬきの若者たちが、外の世界からいちばん遠い場所、いちばん安全な場所へかくまわれる。そこでひとりの見張りがみんなを守り、べつの場所にいる一つ目が食べ物と水を運んでくる……」

お父様のひとりが、その物語のあとをひきとった。「わたしたちが話しているのは、自分たちのことなんだよ。一族はわたしたちを一つにつなぎあわせた。たくさんの結び目でわたしたちの尾と尾をかたく結びあわせ、だれも逃げられないようにした。わたしたちは上からやってくる危険と向かいあう必要はないし、食べ物を集める必要もない。食べて、飲んで、丈夫な体になって——見たとおり、わたしたちの体はおまえよりもずっと大きいだろうが——そして、つがえばいい。このすべてが一族の命令なんだよ」

「なるほど……知らなかった。そう、それはいいことです。賢いやりかたです」

それを聞いて、お母様たちとお父様たちが大声を上げた。「よくない！」とみんなが断言した。「賢くない！　正しくもない！　わたしたちがまだ若くて、まだなにも知らないうちは、つなぎあわされていてもよかった、そう。しかし、いまのわたしたちをこうしてつなぎあわせておくのはよくない。わたしたちだって、自由に動きまわりたい！　わたしたちだって、金色の輝きや奴隷たちを見たい。つなぎあわされたまま、こんなうす暗い場所にずっと閉じこめられているのは、もうたくさんだ！」

「一つ目よ！」とみんながさけんだ。「おまえはわたしたちに仕えるため、べつにされている——」

「そう」と彼はつぶやいた。「おれは水の運び役です」

だが、それはいまのみんなが彼に求めている役目ではなかった。「一つ目よ」とみんながささやいた。「優しくて、ハンサムで、利口で、若くて、かぐわしい息を持つ一つ目よ！　わたしたちを自由にしてほしい！　結び目をほどいておくれ！　わたしたちには手が届かない。おまえなら手が届く――」

彼は抗議した。「そんなむちゃな！」

みんなの声が怒りで大きくなった。「そうしろ！　これは一族の命令だ！　わたしたちはこれまでも支配してきたし、これからも支配していく。おまえもわたしたちといっしょに支配するのだ！」

「……そして、わたしたちとつがうのよ！」ひとりのお母様の声が、耳のそばで聞こえた。彼は身ぶるいした。

またもや、みんながシュウシュウささやきはじめた。「いいかい、一つ目、おまえはどこに死の場所があるかを知っているはずだ。そこには食べてはならない食べ物がならんでいる。その食べ物を運んできて、ここへならべなさい。わたしたちはそのことを知っている。しかし、いまにもどってきた見張りは、なにも知らずにそれを食べるだろう。そのときだ、一つ目、そのときに――」

とつぜん沈黙が下りた。

ひとりのお父様がさけんだ。太い声が恐怖でかんだかくなった。「煙だ！」

しかし、べつのお父様がいった。「わたしたちには危害がおよばないよう、一族が手をつくしてくれるはずだ」そして、ほかのみんなも口々にその言葉をくりかえした。だれもが奇妙に限られた動きで、行ったりきたりをはじめた。左右へ二、三歩ずつ動いたり、ぐるっとまわったり、おたがいの背中に乗っかったり、下りたり。みんながなにかを待っている。

一つ目は、煙が濃くなってきたのを感じた。お母様のひとりがいった。「待ちながら、みんなで耳をすませましょう。見張りの足音や、一族が救助によこすものたちの足音が聞こえてくるはず。そのあいだに、一つ目、おまえは結び目を調べなさい。結び目をためして、わたしたちを解き放せるかどうかを判断するのよ」

ひとりのお父様が問いただした。「いまのはどういうことだ？　〝調べる〟とか、〝ためす〟とか、〝判断する〟とか？　理屈はあとまわし、そいつを行動させれば、それですむ！　このことはもうみんなで相談したんじゃないのか？　いつも、いつも？　そして、みんなが同意したんじゃないのか？」

べつのお母様がいった。「そのとおりよ。一つ目には自由がある。わたしたちにはない、動きの自由がね。あの子は結び目に手が届くけれど、わたしたちは手が届かない。おいで、一つ目。さあ、行動よ。こっちは耳をすましてるからね。おまえがわたしたちを自由にしおわったら、もうわたしたちは見張りやほかのものたちを待つ必要がない。でも、なぜ彼らはやってこないの？」怒りのまじった不安な口調で、彼女はそうしめくくった。

みんなが一つ目に向かって口々にさけんだ。早く尾の結び目をほどき、わたしたちを自由にしろ。わたしたちといっしょになれば、すばらしい思いができるぞ。そのあと、みんなはかんだかい声でつけたした。「さもないと、おまえを殺してやる！」

　みんなが一つ目を押しやり、さっさとはじめろ、とうながした。煙の臭いは濃くなるばかりだ。

　まもなく一つ目はいった。「むりです。どの結び目も固くてほどけません」

「おまえを殺してやる！」と、みんながどなった。「そんなはずがあるものか！　そんなはずはないというのが、わたしたちの一致した意見だ！」そこで何度も何度も一つ目はやってみたが、結び目はほどけなかった。

「ねえ、聞いて。お母様たちも、お父様たちも」と、乳のような声をしたお母様がいった。「時間がないわ。だれもやってこない。一族はこのわたしたちを見捨てたのよ。彼らにも危険がおよんでいるのにちがいない。だから、彼らは無理をせずに、わたしたちを見捨てることにしたのよ。そのあと、新しいお母様たちとお父様たちをこしらえるため、きっと新しい選択をするんだわ」

　沈黙。みんなは耳をすまし、耳をそばだて、重くよどんだ空気をクンクンと嗅《か》いだ。やがて、みんなが悲鳴を上げ、恐怖にかられ、跳びあがっては落っこち、おたがいの上に折り重なった。ひとりのお母様の声が――柔らかで、温かく、ふっくらして、甘い声が――語りかけた。「方法はただ一つ。結び目がほどけないなら、切り離すしかないわ。一つ目！　おまえのその歯を使うのよ。早く！　いますぐに！」

　ほかのみんなはうずくまり、身をすくめ、はあはあ息をあえがせた。一つ目が生きた結び目に歯を食いこませたとたん、ひとりのお父様が悲鳴を上げ、前に飛びだし、やめろ、とさけんだ。

「痛い！」と、そのお父様は泣き声を出した。「痛い思いなんて、これまで一度もしたことがないんだ。とてもがまんできない。もうじき見張りがもどってくるだろうし、ほかのみんながわたしたちを救ってくれるだろう。一族が――」

さっきのお母様の言葉に耳をかたむける者は、だれもいなくなった。

「お母様よ、おれは怖いです」一つ目はいった。「煙が濃くなりました」

「では逃げなさい。わが身を救いなさい」と彼女はいった。

「あなたを置きざりにして逃げられません」

「わたしを？　わたしは全体の一部なのよ。行きなさい。わが身を救いなさい」

だが、それでも一つ目は行こうとせず、もう一度彼女のそばに這《は》いよった。

そしていまようやく、彼女と一つ目は通路のはずれにたどりついた。死者の数はかぞえきれないほどだった。いまではもう煙が薄れていた。お母様は前足で彼にすがりついていた。後足は地面にひきずったままだった。彼女の体力は弱っていた。歩くという慣れない仕事がこたえた上に、彼女を自由の身にしてくれた尻尾《しっぽ》の傷口から、ひとすじの濃く赤い血が滴り落ちているからだ。

「これが〈外〉かしら？」と彼女はたずねた。

「そうでしょう。そう、それにちがいない。見てください！　上を――金色の輝きだ！

ほかのことは知りませんけど」と一つ目が答えた。

「なるほど、あれが金色の輝きなのね。話には聞いていたけど――そう、それとほかのことも話に聞いていたとおり。あっちにあるのが奴隷たちの家で、こっちにあるのが奴隷たちの世話している畑。あそこで奴隷たちは食べ物を育て、わたしたちのためにそれを貯えておくのよ。ねえ、手を貸してちょうだい。わたしはゆっくりとしか歩けない。これからわたしたちのための場所を見つけなくちゃね。わたしたちはつがうのよ。いまではこのわたしたちが一族なんだから」彼女の声は乳のようだった。「そして、わたしたちの数は尽きることがないわ」

彼はいった。「はい、お母様。わたしたちの数は尽きることがないです」

一つしかない目で、彼は〈外〉を見まわした――奴隷たちのいる〈上の世界〉を。奴隷たちは自分が支配者だと思いこみ、罠《わな》や、テリアや、白イタチや、毒や、煙を使って、たえず一族に戦いを挑んでくる。やつらはこの大虐殺を勝利だと思っているのだろうか？　もしそうなら、やつらの考えは甘い。これはただの小競《こぜ》り合《あ》いだ。

奴隷はやはり奴隷だ。尾をつながれたものたちが王族なのだ。

「こっちです、お母様」と彼はいった。そして、ゆっくりと、苦しそうに、だが絶対の自信を持って、彼と新しい連れ合いは、世界をわが手につかもうと歩きだした。

サシェヴラル

若島正訳

部屋は表の窓に板が張られ、室内は暗くて寒く、悪臭がただよっていた。しみだらけのマットレスの上で、毛布にくるまった男がいびきをかいて眠っている。背もたれのない椅子《いす》が一脚、テーブルの上には袋に入ったハンバーガーの食いさしと、ビールの空き缶が数個、それに安物の蠟燭《ろうそく》がひとつのっかっていて、それがあたりに影を投げかけていた。

影の中でごそごそと音がして、それから歯をカチカチさせるかすかな音が聞こえ、それからかぼそい小さな声が、ためらいがちにこう言った。「きみもとっても寒いんだろうな、ジョージ……」返事がない。「だってぼくもとっても寒いんだから……」声は消えていった。しばらくしてからまた、「まだ眠っているぞ。人間には休息が必要だからな。そりゃつらいだろう……」その声は何かに耳をすましているようで、何も聞こえないようだった。しばらくしてから、違う調子で、声が言った。「まあいいさ」

「ん？」と声が静寂に問いかけた。またほんのわずかだけ歯を鳴らす音がして、それから声が言った。「やあ、プリンセス。ようこそ、マダム。それに将軍も――あなたに会えるなんてほんとに嬉しいよ。みんなをお茶の会に招きたいなあ。最高のミニチュア・ティーセットを用意するよ。もっと強いのが飲みたかったら、きっと教授が――」声がためらい、また続けた。「食器棚の上にあるボトルに酒をちょっぴり残してるはずさ。さあ座って」

外で風の音がした。それがやみ、蠟燭の炎がまだ踊っているなかを、かすかなハミングがうめき声のように高くなったかと思うと低くなり、そしてパチリと電気を切ったようにに突然やんだ。声が最初のうちはふるえながらこう続けた。「ココとモモ？　ごめん、あいつらは呼べないんだ。なにしろひどく頭が悪いし、行儀も悪いし、しゃべることすらできないんだから……」

しみだらけのマットレスにころがっていた男が、痙攣《けいれん》したように身動きして目を覚まし、叫び声をあげて起きあがった。そして頭を右左に振って、顔をしかめ、虚空《こくう》を殴った。

「悪い夢でも見たのかい、ジョージ？」声がおぼつかなげにたずねた。

ジョージは「ウーン！」と言って、手のひらの肉のところを目に押し当てた。そして両手を下ろし、咳払《せきばら》いをしてからべとっと唾《つば》を吐《は》いた。それから手を伸ばして、片方の端がテーブルの脚に結わえてある、だらりとした鎖《くさり》を床からつかみ、そいつを引っぱりはじめた。鎖が抵抗して、ジョージがぐいっと引っぱり、何かが落ちて甲高い声をあげ、ジョージがまた引っぱり、獲物を引き寄せてつかんだ。

「サシェヴラル――」

「悪い夢でも見たんじゃなかったらいいんだけど、ジョージ――」

「サシェヴラル――だれかいたのか? おまえ、嘘をついたら――」

「ううん、ジョージ、ほんとだよ! だれもいないさ、ジョージ!」

「嘘をついたら殺してやる!」

「嘘なんかつかないよ、ジョージ。だって嘘をつくのは悪いことなんだろ」

ジョージは赤くなった目で彼をにらみつけ、両手でぐいっと締め上げた。サシェヴラルは叫び声をあげ、顔をジョージの手首のところに突っ込んだ。宙を噛《か》む音がして、ジョージが手を放すと、サシェヴラルはすばやく逃げていった。ジョージはズボンの足のところを袖《そで》でぬぐい、腹立たしそうなり声をあげた。「なんてことをしやがるんだ、この不潔な猿め!」

サシェヴラルは影の中で泣き声を出した。「仕方ないんだよ、ジョージ。ぼくには括約筋がないんだし、それに怖くて、痛かったんだもの……」

ジョージはうめいて、毛布の下で身をすくめた。「この鎖の先に百万ドル」と彼は言った。「それなのにおれはこんな穴倉暮らしだなんて。まるでアル中か、黒人か、浮浪者みたいじゃないか!」彼は拳《こぶし》で床を殴った。「どうなってるんだ!」と彼は叫び、もぞもぞと身動きして四つんばいになり、そして身体を起こした。肩に毛布を巻きつけて、彼はよろめきながらすばやく戸口に行くと、閂《かんぬき》をたしかめ、それから板囲いがしてある表の窓と、格子付きの霜《しも》がはった裏窓の掛け金を順に点検した。それから彼は部屋の隅で、口汚く罵《のの》りためいきをつきながら、何かした。

テーブルの下でサシェヴラルは鎖を引っぱってみたが無駄だった。「ここは嫌だよ、ジョージ」と彼は言った。「寒いし汚いし、それにぼくも汚くて寒いし、腹がへってるし。真っ暗で、だれも来ないし、ここは嫌だよ、ジョージ。これっぽっちも好きじゃない。もう一度教授のところへ帰りたいよ。あの頃はとても幸せだったんだもの。教授は親切にしてくれたし、プリンセスも、マダム・オーパルも、将軍もみんな親切にしてくれた。秘密を知ってるのはその四人だけだったのに。きみに見つかるまでは」

ジョージはぐるりとふり向いて彼を見つめた。片目が蠟燭の光に輝いた。

「前はよくお茶の会を開いて、マダム・オーパルが来るときには、一人で来るときでも、いつもチョコレートを持ってきてくれたし、絵入りの雑誌から恋愛物の話をぼくに読んで聞かせてくれて、それはぜんぶ実話だったんだ。どうして教授とまた一緒になれないの？」

ジョージは息を呑《の》み込んで、かすかに舌打ちしながら口を開いた。「ホイットマン教授は心臓麻痺《まひ》に襲われて死んだんだ」と彼は言った。

サシェヴラルは小首を傾げて彼を見つめた。「襲われて……」

「だからあいつはもう死んでいるんだ！　忘れちまえ！」男の口からひきちぎられたよ

うな言葉が出た。彼はどたどたと部屋の向こうに行った。サシェヴラルは鎖の端に退いた。

「まったくおれはどうすりゃいいんだ……。数週間もしたら、このあばらやは取り壊される。ひょっとしたら」彼は鎖を踏みつけながら、ずるそうに言った。「おまえを動物園に売っぱらってやろうか。そこがおまえにふさわしい場所だ」彼はかがみこみ、ぶつぶつ言いながら鎖を取り上げた。

サシェヴラルは歯をカチカチと震わせはじめた。「嫌だよ！」と彼は絶叫した。「動物園なんてぼくにふさわしい場所じゃない！　あそこにいるチビはひどく頭が悪いんだ――行儀も悪いし、しゃべることすらできないんだから！」

ジョージは片目を閉じて、うなずいた。そしてゆっくり、ゆっくりと、鎖をたぐり寄せた。「なあ」と彼は言った。「腹をわって話そうじゃないか。ホイットマン教授はあそこでちょっとした芸をやっていた。それがなんでまた、あそこをやめてずらかってここに来たりしたんだ？」彼はゆっくりと鎖をたぐり寄せた。サシェヴラルはぶるっと震えたが、抵抗しなかった。

「ぼくたちは大学の実験室に行くことになってたんだ」と彼は言った。「教授が教えてくれた。ぼくがこんなに頭がいいのに、ココやモモと一緒につまらない芸をするなんてもったいない。もっと早くやめりゃよかった、って教授が言ってた」

ジョージは口の片端を吊り上げ、無精髭《ぶしょうひげ》に皺《しわ》を寄せた。「いんや、サシェヴラル。それじゃ筋が通らんな。おまえは実験室で猿がどんな目にあうか知ってるか？　切り刻まれるのさ。それだけだ。おれは知ってる。実験室に行ったことがあって、質問したからな。一匹につきだいたい十五ドル払って、それで切り刻むんだ」彼は指を鋏《はさみ》のようにキキキキ……と動かした。サシェヴラルは震え上がった。ジョージはまた鎖を踏みつけ、サシェヴラルの首根っこをつかまえた。そして固い指先で腹をこづいた。寒さはいっそうひどくなり、汚れた空気の中で男の吐く息が靄《もや》のように見えた。彼はまたこづいた。サシェヴラルは気分が悪そうな音をたて、もがいた。「なあ」とジョージが言った。「腹をわって話そうじゃないか。おまえの中には百万ドルがある、不潔な猿のくせにな。きっとそのはずなんだ。ただ、どうすりゃいいのかわからん。そいつを教えてくれ」

サシェヴラルは泣き声を出した。「ぼくにもわからないよ、ジョージ。わからないんだ」

男は顔をしかめてから、ずるそうな笑みを浮かべた。「それはおまえがそう言ってるだけだ。でもどうかな。もしやつらが見つけたら、やつらはおまえをおれから奪うだろう。それくらいのことを、おれが知らないとでも思ってるのか？　そうとも。百万ドルだ……もしやつらにもわからなかったら、なんでおれが尾行されてる？　まず髭をはやした男、それから赤いスノースーツを着た子供だ。二人が一緒にいるのも見たことがある。よく聞けよ、この猿野郎、言っとくがな、おまえは考えたほうがいいぞ――ようく考えてみろ！」彼は固くて汚い指でまたこづいた。そしてまたこう言った。「いいか、おれはこの両目さえしっかり開けていりゃ、百万ドルがどこかでおれを待ってるってことは、とうの昔からわかってたんだ。おれみたいな人間が、百万ドルを手に入れるつもりなのに、なんでまた青果市場で荷降ろしなんかしなくちゃならん？　そしたら――」彼は声を低くして、目を細めた。「――このホイットマン教授って奴が現れて、イーグル・ホテルに泊まった。前にこいつが田舎《いなか》で芸をやっていたのを見たことがある。おれはあちこちうろついてたからな。最初はこいつが腹話術の練習をしてるのかと思った。そしたら、おまえを見つけた――部屋から聞こえてくるもう一つの声はおまえだったんだ！　そのときおれは――」

突然彼は言葉を切った。外のドアがぎしぎしと開いて、玄関に足音が聞こえた。何者かがノックした。何者かが取っ手をまわそうとした。「サシェヴラル？　サシェヴラル？」と何者かが言って、ジョージは毛むくじゃらの汚い手をサシェヴラルの口にぐいっと押し当てた。サシェヴラルはのけぞって身をゆがめ、目をきょろきょろさせた。声はがっかりしたような音になり、足音がおぼつかなげに動き、後退しはじめた。そのときサシェヴラルがジョージの股《また》ぐらを蹴《け》り上げた。男がうめき声をあげ、罵声《ばせい》を吐き、つかんでいた手を放した――

「助けて！」サシェヴラルが大声を出した。「助けて！　助けて！　助けてよ！」拳がドアを叩き、裏窓のガラスが壊れて床に落ち、老人の皺だらけの顔がそこから中をのぞいてまた引っ込んだ。ジョージは戸口へ走っていき、それから向き直って、悲鳴をあげながら逃げるサシェヴラルを追いかけた。赤いスノースーツ姿の小さな人影が裏窓の格子をくぐり抜け、走っていってドアの閂をはずした。ブーツに格子縞《こうしじま》のジャケット、ウールの防寒帽という恰好の何者かが飛び込んできて、その黒い大きな髭にきらめいている雪が溶けた。

「助けて！」とサシェヴラルが叫び、あちらからこちらへと走りまわった。「この男がホイットマン教授に襲いかかり、殴り倒したら、教授はもう起きあがらなかったんだ――」

ジョージは身をかがめて、椅子をつかんだが、赤いスノースーツがその両足のあいだに入り込んだのでよろめいた。椅子が手からもぎ取られ、ジョージが拳で殴りかかろうとしたところを、髭の人物が椅子で殴りつけた。鼻柱がボキッという音をたて、彼は倒れてもんどりうち、動かなくなった。静寂。

サシエヴラルがしゃっくりをした。それからこう言った。「どうして男物の服を着てるの、プリンセス・ザーガ？」

「髭をはやしてると、男でも人目を惹《ひ》くからね」とプリンセスが言って、鎖をほどいた。「宣伝する必要がないもの……さあ、早いことここから出ましょう」彼女がサシェヴラルを拾い上げ、三人は暗くて人気《ひとけ》のない通りに出た。板囲いをした窓が虚ろににらんでいた。雪が降りしきり、無惨な玄関や部屋の中にも吹き込んだ。部屋の中では、ジョージの小さな血溜まりが、もう凍《い》てつきはじめていた。

「あれがわしらの車だよ、サシェヴラル」と赤いスノースーツの男が言って、子供みたいな大きさの、くたびれた老人の顔に葉巻をくわえた。「まったく手間取ったな——」

「まだカーニバルに出てるんでしょ、ピンキー将軍？」

「いいや、坊や。新しい経営者たちが組合を認めないものだから、わしらは引退してサラソータで保険暮らしをしてるんだ。きみもきっと気に入るぞ。ただし言っとくが、組合がずっとましだというわけじゃない。真にマルクス主義的な、社会労働党の基盤に立った産業労働者政府を、労働者にあきらめさせるためのビスマルク的方策さ。うちにはテレビがあるぞ、坊や」

「それにお待ちかねの人がいるのよ——」プリンセス・ザーガがステーションワゴンのドアを開け、サシェヴラルを中に入れた。その後部座席にいたのは、世界一巨大で、世界一横幅が広くて、世界一太っている女だった。

「プリンセス・オーパル！」サシェヴラルはそう叫んで、彼女の腕の中に飛び込んだ——そして広々とした胸元に埋もれ、彼女のあたたかいゴシック風の涙にひたされた。

彼女はサシェヴラルを宝物と呼び、かわいい子、わたしのピーター・パンと呼んだ。

「これはぜんぶマダム・オーパルが計画したのよ」とプリンセス・ザーガが言って、車を出した。ピンキー将軍は葉巻に火をつけて、《ウィークリー・ピープル》のページを開いた。

「ええそう、そうなの」マダム・オーパルはささやき、口づけて、サシェヴラルを抱きしめた。「まあ、ほったらかしにされてたのね！　すっかり痩《や》せちゃって！　また昔みたいにお茶会をしましょうね、最高のミニチュア・ティーセットで。あなたにはちゃんとした食事をあげて、身体も洗ってあげるし、毛の手入れもして、首にリボンをつけてあげるわ」

サシェヴラルが泣き出した。「ジョージにはひどい目にあわされたんだ」と彼は言った。

「気にしない、気にしない、その程度の男だったんだから」とマダム・オーパルがなぐさめるように言った。

「ほんとにひどい奴！」とプリンセス・ザーガが口をはさんだ。

「資本主義的収奪だな」とピンキー将軍が言い出した。

「気にしない、気にしない、忘れてしまいなさい、悪い夢を見ただけよ……」

サシェヴラルはマダム・オーパルのスパンコールをつけたビロードの広大な胸で涙をふいた。「ジョージはひどく意地悪だったんだ。ひどく意地悪にぼくを扱って。でもいちばんひどいのは、ほら、マダム・オーパル、ぼくに嘘をついたんだよ——いつも嘘をついてばかりで、ぼくももう少しで信じそうになっちゃった——それがいちばん恐ろしいところなんだけど。ぼくはもう少しで、自分が猿だって思い込むところだったんだ」

眺めのいい静かな部屋

若島正訳

いつもどおり、スタンリー・C・リチャーズ氏がきっかり真夜中に目覚めると、いつもどおりの順番で、拷問《ごうもん》が待ち受けていた。

真夜中。大聖堂の鐘が十二時を打ちはじめる。その一つめで、リチャーズ氏は目を覚まし、今どこにいるのかを思い出して(つまり、どこにいないのかも思い出して)ためいきをつき、ベッドカバーを握りしめた。

三つめで、ネルソン・スタッカー氏が目を覚ました。彼はどこにいるのかいないのかも思い出せずに、亡き妻の名前を呼びはじめた。

七つめで、スタッカー氏のよるべない声に眠りを覚まされて、トマス・ビグロー氏が咳《せ》き込みはじめた。彼は起きているあいだはいつも咳《せき》をしている――長くて、ゆっくりとした、深い、紐《ひも》のような、痰《たん》がからまった、胸の奥からしぼり出す咳だ。日中には、それを恥じているみたいに、彼は他人の耳には届かないところにいるのを好んだ――庭のはずれとか、近くの公園とか、教会の人気のない礼拝堂とか、(天気の悪い日には)

地下室にいることすらあった。しかし夜には、どこにも逃げようがない。

そして鐘が十を打ったとき、アマデオ・パルンボ氏は、四十年間にわたって忙しく幸せな生活を送った、じめじめする小さな果物野菜店の夢から揺り起こされ、その店だけではなく建物全体が、果物野菜店を必要としない公団建設のせいで取り壊されたのを思い出した――苦しみ、悲しみ、寂しさを表す言葉が、少年時代の言葉となって口をついた。「ああ、ジェズ・マリ！」彼は泣き叫んだ。「ああ、サン・ジュセップ、サン・ジャコム！」

そして、鐘が最後の十二を打つと、その音が闇《やみ》の中に延々とこだまして、夜の拷問のパターンが永遠に確立されるのだった。

老齢の男女で満員――というより、明らかに超満員――になっている、古びた建物の軒下にあるその部屋では、夜は永遠に続くようだった。

就寝時刻は十時半で、その十時半になると、ダクトを見下ろす屋根裏部屋に住んでいる老人四人は、また一日を生き延びた疲れですぐ深い眠りに沈んだ。ところが真夜中になるとまた表面近くまで浮かび上がってくるのだ。

鐘がうるさいとか、気にさわるということではない。その反対で、やさしいメロディを奏でる鐘として、大聖堂と同様、世界的に有名である――アレクサンドラ養老院は、その教会と何か宗派的なつながりがあるらしい。スタンリー・リチャーズ氏が目を覚ますのは鐘のせいだというわけでもない。なにしろ大聖堂の鐘が聞こえる場所に住んでいたこともあるから、鐘の音などおかまいなしに寝込むこともできただろう。

……一つめの音で眠りを妨げられるのは、その後に何が起こるか、確実な予感があるからだ。鐘の音に慣れていないのは、スタッカー氏だった。スタッカー氏はひどく年をとっていて、自分がやもめであり、妻が亡くなってからずいぶんになるのを、日中にはわかっていたが、夜になると忘れてしまうのだった――また忘れ、また忘れ、また忘れるのである。ちょっとしたことで浅い眠りが邪魔され、気がつけば、これまでほとんどの夜を過ごしたダブルベッドで寝ているのではないことしかわからなかった。見たことのないベッドだし、それに亡くなるまで一日たりとも一夜たりとも離ればなれになったことがない妻もいない――妻が亡くなったことは、暗闇の中では思い出すこともできないし、また思い出したくもないのだった。

それで――

ゴーン。ゴーン。ゴーン。

そして――

「ヘニー?」スタッカー老人は呼びかけた。「ヘニー? ヘ・ニー?」それから、とうとう怖くなって、大きな声で「ヘニー、ヘニー!」

そのせいで、隣のベッドでビグロー氏が目を覚まして、恥ずかしいがどうにもならない咳を始めた――こらえようとすると余計にひどくなるのだ。なんと哀れなビグロー氏! 寒くて、まわりは敵だらけの夜に、いったい咳を隠せる場所などあるだろうか?

それで、数秒もたたないうちに、ビグロー氏はアマデオ老人を起こしてしまった――アマデオ老人はたちどころに、いったい自分がどこにいるのか、そしてどこにいないのか、それはどうしてか、そしてそこには二度と戻れないことを知った――二度と！――あのすてきなひんやりとした地下の店、ひんやりとしているのが美しい果物と愛らしい野菜にはうってつけで、いつもなじみのすてきな香りがして、いつもなじみの客たちには一世代以上もご愛顧を賜り、ご近所どうしのつきあいは（悪いところもあるにはあるが）家族以上の深いつきあいだったのに――ああ、呪《のろ》わしい時制の変化！――今となっては永遠に消え去った彼の生活は、都会的に一新されて、巨大な箱形建築物の巨大な複合体となり、そこには街路の雑踏もなければ、酒場も、食堂も、小さな菓子屋も、手押し車もなくなった。そして、アマデオ・パルンボが営む地下の果物野菜店も。

「ああ、ジェズ」彼は泣いた。「ああ、サンタ・マリ……」

こうして一晩中この繰り返しが続く。リチャーズ氏は鐘の音にわずらわされることもなく、妻がいないのを悲しむこともなく、咳に悩まされることもなく、職業とかいつもの家や場所を失ったのを嘆くこともなかった。彼の望みはただ眠ることだけで、同室者たちが眠らせてくれないので、その望みはかなえられないのだった。

「起きろよ！　おい、リチャーズ。おまえボケたんじゃないのか、人が話しかけてるのに眠ったりして」ハモンド氏が彼を揺り起こした。

リチャーズ氏ははっとして頭を起こした。そしてにっこりした。「すまん」

「あまり行儀がいいとは言えんな」とハモンド氏がぶつくさ言った。

「ねえ、ハリー――」彼の妻が言った。

「ねえ、ハリー、っていうのはやめてくれ、アリス！」

彼らは一階正面のサンルームにいた。ハモンド夫人は編み物をしながらほほえんだ。ダーリング夫妻は不愉快な表情だった。「ボケ」というのはアレクサンドラ養老院では禁句なのだ。ハモンド氏はぶつぶつ言いながら新聞をたたんだ。

「何年も、何年も前から、癖になってしまって」リチャーズ氏が言い出した。

「ええっ、人が話しかけてるのに眠ってしまうのが？」ハモンドは逃がそうとはしなかった。

「いや、うたたねするのがだよ。何度も何度もあったなあ、一晩中ジャングルを行進して、昼間になったら、見張りを一人つけ、それで残り全員がその場に寝ころんで、ほんの、そうだな、五、六分も寝たら、さっと飛び起きてまた行進を続けたことが」

ダーリング夫妻は不愉快そうな表情をやめて、興味津々という表情になった。ハモンド夫人は編み物の手をとめた。彼女の夫はふたたび新聞紙を広げてこう言った。「ここにこんな記事があるんだがな――リチャーズ、さっきみたいに寝込まないでくれよ――ここにこんな記事があるんだが――」

しかしダーリング氏は明らかにそこのそんな記事には興味がなかった。彼は目をさらに大きく見ひらき、身を乗り出してたずねた。「それって、グランド・シャコ戦争でボリビア兵を相手に戦ったときの話ですか、リチャーズさん？」

またしても、新聞をふるわせ、断固として声をはりあげながら、ハモンド氏が言った。「ここにこんな記事があるんだが――」

しかしダーリング氏は、さらに声をはりあげて言った。「ねえ、リチャーズさん？ボリビア兵相手に戦ったんでしょ？」

すまなそうな笑みをリチャーズ氏から向けられて、ハモンド氏は顔をしかめた。リチャーズ氏が言った。「まず、順番として言っておくがね、ダーリングさん。グラン・チャコ戦争でボリビア兵は味方だった。相手はパラグァイ兵だ。もうその頃は、うたたねするのが何年も前からのわしの癖になっていて、それを部下にも教えたものだ。ニカラグアでは山賊野郎のサンディーノを相手にしたし――ベネズエラでは独裁者のロペスを打倒しようとして――」彼は何かを思い出したみたいにくすくす笑った。

ダーリング氏は話のおもしろさに顔を輝かせてこう言った。「ねえ、リチャーズさん、それで――？」

いささか不謹慎な話をすることをご婦人方に詫《わ》び（ご婦人方はすぐに、あらまあと驚いた表情と、ぜひ聞かせてほしいという表情を見せた）、ラテン系はなにしろ習慣が違うのでと断ってから、ロペスは一度も結婚したことがないのに大勢の子持ちだったという話をリチャーズ氏は続けた。

「まあ!」とハモンド夫人が言った。

「まさか!」と言ったのはダーリング夫人で、どこといって特徴のない、ずんぐりした女性だが、嫌な気分になるほどではない。しかしハモンド夫人はなかなかの美人で、肌にもまだはりとつやがあり、雪のように白い髪もきっちりとセットしてある。

ロペスは独裁者だったが、それなりに紳士で、作った子供はみな法的に認知して、私生子《せいし》(というのが法律用語)ではなく嫡子《ちゃくし》にしていた。ある日、リンドバーグ大佐がベネズエラまで飛行してきて、空港でロペス大統領の出迎えを受けたときの話。彼の大勢の子供たちも来ていて、リンドバーグ大佐に花束を贈呈した。

リンドバーグは花束を受け取ってこうたずねた。「みな紙製《しせい》ですか?」

そこでロペスはこう答えたという。「ええ——でも認知してありますから!」

ハモンド氏はついおかしくて鼻をならした。ハモンド夫人は小声で笑いをもらしていた。ダーリング夫人はまったく無表情で、彼女の夫はにっこりとして、話がそれでおしまいなのにどうやら気づいていないらしく、続きを聞こうと待っている。そこでリチャーズ氏は解説した。「つまりリンドバーグは、その花が紙でこしらえた造花か、それとも本物の花かとたずねたわけですな。ところがロペスは、それを聞いて、子供たちの話をしているものだとばかり思いこんでしまい、それで……」ようやく話のオチがわかって、ダーリング氏は笑いに笑い、目の涙をぬぐった。

「いやあ、あなたはたしかにおもしろい人生を歩んでこられましたな」と彼は言った。

「ついでにおたずねしますが、ぜんぶで何回戦争に行かれたんですか？」

リチャーズ氏はほほえんで、首を横に振った。「数えられないんだよ。小さくて戦争と呼べないようなのもあるし――」

ダーリング氏は指を折って数えだした。「第一次バルカン戦争に行った、とたしか前におっしゃいましたよね。そう、それと第二次バルカン戦争もでしょう？　あのトルコ軍を相手にして――あの頃は強敵だったでしょうなあ。それと第一次世界大戦、中国革命、それからポーランドのロシアからの独立闘争を手助けして、おまけに――」彼はいくつかわからなくなって、もう一度指を折りだした。

新聞をばしっと叩いてからポケットに突っ込み、ハモンド氏が言った。「おまえ、自分のことを冒険野郎と思ってるんだろ？」

「いや、わしは――」

「おれに言わせればな――いいか、おれに言わせればだな、リチャーズ――おまえはただの人殺しだ！」

ダーリング氏がポカンと口をあけた。ハモンド夫人は大声を出した。「ハリー」

「傭兵《ようへい》、人殺し、それだけのことさ！」

「ハリー、なんてことを！」

リチャーズ氏はためらったが、彼が口をひらく前に、ダーリング夫人が口をひらいた。彼女の頭の働きはのろくて、とてものろく、何か言葉やほのめかしが頭の中に入ると、それが目に見える効果を現すまでには数分かかるのだった。「リチャーズさん」と彼女は、夫のショックも、夫の友達のばつの悪さも、ハモンド氏の怒りも、ハモンド夫人の憤慨も、まったく意に介さずに言った。「おききしたいことがあるんですが。トルコの男性って、奥さんをみなハーメンに閉じ込めてるって聞くんですけど、それって本当なんですか？　それともただの作り話なんですか？　教えてくださいな」

晴れやかな顔になって、リチャーズ氏が答えようとしたら、抜け目のないハモンド氏が先手を打ってこう言った。「今日の夕食はチキンか」

たちまちのうちに、トルコ人のことも、その妻たちのことも、ハーメンも、ころりと忘れてしまって、ダーリング夫人が言った。「夕食はチキン？」

唇を結んで大きくうなずきながら、ハモンド氏が言った。「そうとも。夕食はチキン。すてきな鶏の腿肉《ももにく》か、うまそうだな。ミセス・ダーリング、どうしました？」

いきいきとして熱心に彼女は言った。「そうですの、わたしいつも言ってるんですのよ、鶏の腿肉ほどおいしいものはないって。背中はごつごつしてるし、胸肉はこってりしすぎて、足は白いのがいっぱいついてるし、手羽だと――まあ何もついてないけど、腿は――腿がちょうどいいって、わたしいつも言ってるんですの」

「その、つまりだな、ハモンドさん」とリチャーズ氏が言いかけたが、こうした戦いをすでに経験しているハモンド氏は引き下がるつもりはなかった。

「そう、あなたのおっしゃるとおり、ミセス・ダーリング」と彼は言った。「皮がこんがり焼けた鶏の腿肉に、マッシュポテトが添えてある。それがうってつけなんでしょ？」

彼女は耳を傾け、うなずいて、にこにこしていた。それからこう声をはりあげた。「まあ、それこそわたしがいつも言ってるものですわ。こんがり焼けた皮に、マッシュポテト——わたしが作るマッシュポテトを、エドガーはいつも気に入ってくれたんですの、そうでしょ、エドガー？　エドガー？」

エドガー・ダーリングは仕方なしに、興味の対象をリチャーズ氏から移すことにした。戦争！　革命！　冒険野郎！　私生児をたくさん作った南米の独裁者！　それから——たった今ここで——侮辱の言葉！　冒険好きな友達をまだしげしげと見つめながら、彼は妻の方にぐるりと向き直った。「おい、メイベル？　何だい——？」

「あなた、わたしが作るマッシュポテト、いつも気に入ってくれたわね？　ハモンドさんがちょうど今おっしゃってたのは、皮がこんがり焼けている鶏の腿肉にマッシュポテトって、まさしくうってつけだって。それで、わたしが作るマッシュポテトを、あなたがいつも気に入ってくれたって言ってあげてたのよ。わたしの作り方というのは」彼女は、にこにこして興味深げなハモンド氏に説明した。「すりつぶしてからちょっとミルクを入れるのよ、それからバターミルクも少量、それと塩に胡椒《こしよう》、大きなバターも。エドガーはよく言ってたわ、おまえは本当にバターをけちらないんだなあ、メイベル、って。それでわたしはこう言うの、ええ、けちったらだめ、そう言いながら、きれいに切った夕マネギを炒《いた》めてそれからぜんぶ一緒にすると、そりゃあもう、エドガーの喜びようったら！　そうでしょ、エドガー？　あの頃はすてきな家だったわ」そう付け加えると、彼女はすっかり気分がこわれてしまった。

「トルコ人は――」

「アップルパイがよろしいですな」とハモンド氏が口をはさんだ。

震えだしていたダーリング夫人の口もとがゆっくりとほほえみに変わった。「そう」と彼女は言った。「わたしはいつも言ってるの、アップルパイがとってもいいのは、皮がね」と彼女は本気になって言った。「皮がかりかりっとしているときで、かりかりっとした皮を作ろうと思うと――」


午後遅くになって太陽が翳《かげ》り、サンルームにいた入居者たちの多くはロビーに行って暖炉のそばに座ったり、音楽室に行ってテレビを見たりした。自室でうたたねをしている者も多く、ハリー・ハモンド氏もそのうちの一人だった。

アリス・ハモンド夫人はエレベーターを降りてロビーに入ると、あたりを見まわした。スタンリー・C・リチャーズがソファの端に座り、暖炉で赤々とした炎が踊っているのを眺めていた。ふさぎ込んでいる様子だ。彼女が隣に座ると、彼は顔を上げた。そしてほほえんだが、それは一瞬のことにすぎなかった。

「やあ、ハモンドさん。こんにちは」

「こんにちは、リチャーズさん。外はすっかり霧《きり》が出てきましたわね」

「ええ。ええ。すっかり霧が出てきましたな」彼は気のない返事をした。

「もちろん、今の時間だと外は暗くて退屈なだけですけど、今朝なんか——今朝は早くお目覚めになったかしら？　窓から見た景色がすばらしいのにお気づきになって？　大聖堂と公園があって、なにもかもがとってもすてきな薄い霧に包まれているんですよ」

彼は顔をしかめるようなほほえみを浮かべたが、それも長くは続かなかった。「残念ですがね、ハモンドさん。うちの窓から見える景色といえば、ダクトだけです」

「あら、それはおかわいそうに。わたしたちの部屋はとっても眺めがよくて、すてきな部屋だし静かなんですよ。それはそうとして……せっかくミセス・ダーリングがトルコの女性について質問したのに、あなたの答えをうかがえなかったのは本当に残念でしたわ」

「ハーメン暮らしの？」

「ハーメン暮らしの」

二人の視線が合って、ジョークを分かち合った。それから彼女はうつむいて、編み物を手探りしながら言った。「今朝ハリーが失礼なことを言ってすみませんでした。あの後で喧嘩《けんか》したんですよ——墓地のことで喧嘩して以来、久しぶりの大喧嘩。墓地の話はご存じでしたわね？」

彼が知らないということに彼女は驚いた——養老院の誰もが知っているとばかり思っ

ていたのだ。ハモンド家の家族の多く、そして彼女の友達の多くが、グリーンローン共同墓地に埋葬されている。たしかに、交通機関でかなりの距離にあるが、その土地からほんの一区画のところにこざっぱりした喫茶店があり、そこに立ち寄ってお茶とお菓子で一服することもできる。

それに、グリーンローンはとても美しい場所だ……べつに美しい場所じゃなかったら行きたくないというわけではない。それはべつにどうということでもない。家族は家族、友達は友達で、亡くなってしまったからといって気にかけなくなるということはない。一カ月に一度——たとえ一週間に一度でも——お墓に参ったところでかまわないではないか。お花を持って行って、管理が行き届いているのを見て安心し、心からのささやかな祈りを捧げる——それのどこがおかしいのか？

「どこもおかしくはありませんよ、ハモンドさん」

「そうでしょ。それなのに——ハリーときたら。墓参りには行かないし、絶対に行こうとしないうえに、わたしも行かせてくれないんですの。いいえ、『行くのは禁じる』とか、そんなことを言うわけじゃないんです。それでも意地悪になって、すごく不愉快な態度になり、わたしがちょっとでも口にしたらもうずっと機嫌が悪くて——そういうわけで、行きたいのはやまやまなのに、行けないんです。もうこれ以上。お葬式にしても一緒。絶対にだめ。先月、とても古くからの大切なお友達が亡くなったんですの。親切にしてもらった恩義がいっぱいある女性。それで、葬儀の手筈《てはず》もわたしがするようにと、その人にたのまれていたんです――つまり、費用はぜんぶ持つからって。献花とか、賛美歌とか、招待客の名簿とか、そんなことを。

　自慢するわけじゃありませんけど、友人や親戚《しんせき》の葬儀で、そういう面倒をそりゃあもうよく見てきましたわ――すべてが予定どおりにうまく運ぶのを見届けるのが好きなんです。こちらにできることといったら、それくらいしかないじゃないですか。それなのにハリーはそうさせてくれないんです。ジェニーにたのまれたのよ、ハリー、ってわたしは言ってやりました。ジェニーはあなたにとっても友達だったじゃないの、あんなに山ほど自由公債を買って困ってたときに助けてくれ、損をかぶってくれたのは、ジェニーしかいなかったじゃないのって。それなのに、どうせ死人にはわかりっこないんだ、なんてハリーは言うんですよ。それであの人はすっかり頭にきて、またいつもの発作を起こしたものだから、もちろんわたしが手筈の面倒を見ることもできなくなり、それはぜんぶ赤の他人まかせになってしまって……。こんなことをお聞かせして、退屈じゃありません？」

　リチャーズ氏がこれまでハモンド夫人と二人きりで話したことはそんなになかったが、ハモンド夫人と一緒にいるのは楽しかった。夫人の話の中身は、およそ明るい気分になるようなものではないが、それでも年輪を重ねた人間が考えることとしてはふさわしい。それに、胆嚢《たんのう》がどうとか、マッシュポテトのことだとか、恩知らずな子供たちの話とか、X氏がY氏とチェッカーをやっているときにインチキをした（らしい）とか、亡くなった A夫人、B夫人、あるいはC夫人がどれほどすばらしい女性だったかとか、そんな独り言を延々と聞かされるよりは間違いなくいい。そう、もちろん退屈じゃない。

するとハモンド夫人はびっくりするようなことを言った。

「ハリーはあなたのことを根に持ってるんです。あなたの人生が、自分のよりずっと豊かだからって」

「ええっ？」リチャーズ氏は驚きのあまりにものが言えなくなった。

「そうなんです」なにも隠しだてすることなく、夫人の青く澄んだ目が彼を見つめていた。「あなたはどこにでも行ったことがあって、どんなことでも体験してきた。それに対して、ハリーはどこにも行ったことがないし、なにも体験したことがないんです。冒険とはどういうものか、わかるわけがないんですの。ハリーはずっとリンネル輸入業界で働いてきました。本当の話、これくらい退屈な仕事は世の中にないんですよ。だからこれまでを振り返ることもなにもないし、この先期待することもなにもないんです。新聞に関税の話が載っているぞって言っても、みんなはそんなことを聞くより、あなたが外国で自由のために戦った、いろんな軍隊体験の話を聞きたがる。それでハリーは頭にくるんです。今朝、主人があなたに向かってあんなひどいことを言ったのを、どうぞ許してやってくださいね」

ただの人殺し……

ハモンド夫人は、養老院ではただ一人百歳を超えているハンニヴァン夫人を見舞うために、やむをえず去っていった。ハンニヴァン夫人は部屋にいて、体調が悪く、それでハモンド夫人に来てくれとたのんだのである――ハモンド夫人が去ってから、リチャーズ氏になかなか魅力的な名案が浮かんだ。つまり、うたたねしてもいいのはハリー・ハモンド氏だけとは限らない。もしその気になれば、スタンリー・C・リチャーズでもうたたねできるし、この瞬間に彼はたいへんその気になっていた。そこで彼は立ち上がってエレベーターのところに向かった。

彼はひどく疲れていた。昨日の夜、同室者がいつもよりもっとやかましかったのだ。今日の晩だってどうなるかわかったものではない。他の部屋に移る可能性はなかった――単に空きがないからだ（養老院の院長であるフィッシャー夫人に相談してみたらそう言われたのだ）。他の部屋にいる独身男性が彼と替わってくれるということは――そこまでばかな奴がいるはずはない。なぜ替わってくれとたのんでいるのか、その理由くらいよくよく知っているはずだ。残る可能性は、誰かが死んだらということ。トム・スコービー老人は心臓が悪い。キングスリー氏は歩くことすらままならない。マニング氏は――

なんて陰気なことを考えてるんだ、とスタンリー・C・リチャーズは己を叱責《しっせき》した。エレベーターが最上階（夏はいちばん暑く、冬はいちばん寒い）に着いて、自分の部屋に行った。ベッドが待っているのを思い浮かべて、ドアをあけるときにもう少しでほほえみそうになった。

ところが、誰かが彼のベッドに腰をおろしていた。

ハリー・ハモンド氏だった。

リチャーズ氏を見て、ハモンド氏はぎくりとして、ほんの少し飛び上がった。考え込んでいるような表情が、笑みに変わった。

「思いがけないところにお越しいただいて光栄ですな」とリチャーズ氏が言った。

「おや、そうかな？　そいつはありがたい」ハモンドはくすくす笑った。「ちょっとしたジョークさ。気にしなくて結構」

気にしませんよ、とリチャーズ氏は言ったが、ただ——「うたたねをするつもりだったのに、そこのベッドに腰かけていられるとね」

客人は大儀そうに立ち上がり、そばの椅子《いす》まで歩いていって、空いたベッドにリチャーズを手招きした。「だがあんたが一眠りする前に、謝っておきたいのさ。そうとも」と彼は満足そうに言った。「今朝は申し訳ないことをしたな。つまり、あんたのことをあんなに言って。撤回したいんだ。全面撤回するよ、リチャーズ、なにもかも」

リチャーズ氏はゆっくりとベッドに腰をおろし、苦痛の種を見つめた。しばらくしてから彼は言った。「それはどうも」

ハモンド氏はいやいやとばかりに手を振り、大きな笑みを浮かべた。「ちょっとおたずねしたいんだがな。きっとあんたは教えてくれるだろう。あんたはみんなに山ほどしゃべっているからな——そう、山ほど。この話を聞かされてからどれくらいになるかな——ええっと、八年になるのか。つまり、あんたがここに来てから。そう、八年だ。あんたのしゃべり方はみごとなものだ——言葉の使い方が。自然に出てくるんだな、なにしろあんたは口が達者だから。あんたってまったく口達者だな」

リチャーズ氏は当惑した。明らかに敵意を含んだ客人の態度にではなく、その腹づもりに。「昨日の晩はあまり眠れなくてね」と彼は言った。「たずねたいことって?」

「あんたがどっちの側についてたのかってことさ」とハモンド氏は慎重にたずねた。「第一次バルカン戦争で。聞かせてもらってもいいかな?」

「ギリシャの側だ。なんでまた?」

「いつのことだ? その第一次バルカン戦争は?」

リチャーズ氏は眉をひそめた。「えーっと……一九一二年か、一九一三年。第一次大戦の直前だった。それがなんでまた——」

「それであんたは第二次バルカン戦争にも行ったし、第一次大戦にも、ポーランド・ロシア戦争にも行ったし、おまけに中国のいろんな革命戦争にも行ったし、さらにおまけに南米各地の革命戦争にも行ったし——そうそう!——忘れちゃいけない、グラン・チャコ戦争にも行ったんだったな、ボリビアとウルグァイが戦った——」

「パラグァイだよ——」

「パラグァイか、すまん。それがいつかというと——？」

「三〇年代のいつかだ。正直言って、もう正確には憶えていない。なんだったら調べてあげてもいいぞ。ハモンドさん、それがどうしたというんだ？」

表情と同じ、憎悪と毒気に満ちた、低くはりつめた声で、ハモンド氏が言った。「あんたは嘘つきだ」

リチャーズは立ち上がった。「いったいわしをどうしたいんだね。きみはとても運がいいじゃないか。あんなにかわいらしくて、頭のいい奥さんがいて。大きくてすてきな部屋も独り占めできて。眺めのいい静かな部屋だし、夜にぐっすり眠れる。わしには身寄りがいない。それなのに——」

「あんたには身寄りがいなくって当然だよ。嘘つきだからな。二十五年間、傭兵として世界中を駆けめぐったというのは、本当かい？　ええ？　あんたは——」

「出て行ってくれないか、ハモンドさん」

すばやく立ち上がったハモンド氏は、顔をしかめて戸口に向かった。そしてふりむくとこう言った。「でも、おれはあんたの息の根をとめてやるぞ！　あんたが見せかけのこけおどしだってことを暴露してやる！」彼はポケットから何かを取り出してかざした。それは腕時計だった。「昼食の前に手を洗おうとして、あんたはこれを階下の男子便所に置き忘れた。そしてそれを見つけたのがこのおれだ！」彼は勝ち誇ったように腕時計をぶらぶらさせた。

遠くに離れすぎているので、薄れゆく光の中ではっきりと見分けるのは困難だ。しかしその持ち主は、裏蓋《うらぶた》に何が刻み込まれているか、はっきりと見なくても知っていた……

ハモンド氏は立ち去って、廊下でエレベーターのボタンを押しているところだったが、最後の捨て台詞《ぜりふ》がまだリチャーズ氏の耳の中で響いていた。「今に見ていろよ！　今に――」

別の声がシャフトの下からかすかに聞こえてきた。「今はお乗せできません、お食事のカートをまず運ばないといけませんから」いつもどおり、寝たきりの患者が他の入居者より先に夕食を配膳されているのだ。

ハモンド氏の足がぱたぱた階段へと向かった。そのとき突然リチャーズ氏が飛び出して、走って追いかけてきた。なんだこいつはという表情で、ハモンド氏がふり向いた。リチャーズは腕時計をひったくろうとしたが、ハモンドはすばやく手を引っ込めた。数秒のあいだ、二人は顔と顔を見合わせたまま立っていた。リチャーズ氏の心中をさまざまな思いがかけめぐった。それから彼は腹を決めた。思いがけない、きわめて効果的な動作で、彼はハモンド氏を階段から突き落とした。

ハモンド氏は前のめりに落ちて、あけた口が発するはずの長い長い音はけっして言葉にならなかった。彼はどさどさっと鈍い音をたてながら、落下しつづけ、手足をだらりとさせたままで段から段へと落ち、ようやくいちばん下のところでごろりと止まった。

リチャーズ氏はすぐに追いついた。腕時計はまだ動いている。死人の顔をほとんど不思議そうな様子もなくのぞき込みながら、リチャーズ氏はしばし思考をめぐらせた。

当然のことながら、ハモンド夫人はショックを受けるに違いない。しかし、夫に先立たれるのは見返りがないわけでもない。まず、ハリー・ハモンドのわがままと癇癪《かんしゃく》にもう我慢しなくてもいい。それに葬儀があって、得心がいくまで手筈ができる――献花も、賛美歌も、招待客の名簿も、なにもかも。

それにこれからは、グリーンローン共同墓地に好きなだけお参りできる。お花を持って行ける墓も一つ増えるし、管理が行き届いているのもわかるし、きちんと世話がされている墓が一つ増えて、そこでささやかな祈りを捧げられる。それに、その後で、そばにあるこざっぱりした喫茶店でお茶を飲むこともできる。

もちろん、最初のうちは一抹の寂しさもあるだろう。とりわけ、ハモンドのツインルームに一人きりでいるときは、きっと寂しさを感じるはずだ――あの眺めのいい部屋で。静かですてきな部屋。そこでは老人が突然叫び声をあげることもないし、老人が永遠に咳き込むこともないし、老人が一晩中眠れずに大きなうめき声をたてることもない。

すばやい動作で、リチャーズ氏は腕時計をすくいあげ、ポケットにしまった。あとで、裏蓋を入れ替えてもらおう。そこに刻まれている文句、彼がすっかり暗記している文句を、他人に見られるのはまずい――絶対に、絶対にまずい。

勤続半世紀表彰
一九〇〇－一九五〇
スタンリー・カール・リチャーズ
ウォルトン社会計課

リチャーズ氏は顔を上げた。「助けてくれ！」と彼は叫んだ。「助けてくれ！　誰か医者を呼んでくれ、早く！　ハモンドさんが階段から落ちたんだ！」

走ってくる足の音がして、大きな声がした。しかしリチャーズ氏はほとんど聞いてはいなかった。どれだけ時間をおけばいいか？　三カ月？　それとも六カ月？　まあなりゆきにまかせよう。

そうなるに決まっているから、いくらでも待てる。そう長くはあるまい。彼女はあのすてきなツインルームに一人きりでいれば、きっと寂しく思うはずだ。あの眺めのいい静かな部屋で。もう、話を切り出すときの言葉はわかっていた。「ミセス・ハモンド――いや、アリス」すてきな名前だ。彼女にぴったりだ。「アリス――きみは、人殺しと結婚したってかまわないと思うかい？」

グーバーども

浅倉久志訳

ガキのころのおれは、両親に死に別れたあと、しばらく祖父の家に引き取られていたんだが、これがどケチで意地悪な老いぼれで、そうできるなら、だれだってつきあいをごめんこうむりたいぐらいのクソじじいだった。その小さな古いあばら家には、風情だのオモムキだのはかけらもない上に、灯油やベーコンの脂身《あぶらみ》、カビだらけの古い壁、それによごれた衣類のにおいがプンプンしてた。ベーコンの脂身のはいった缶詰だけは、あの地方でも指折りのコレクションだったにちがいない。いつかそのうち、この重要食品が品不足になっちゃまずいと、万一の準備をしてるみたいにさ。

うすぎたなくて古ぼけたキッチンには、ストーブがふたつあった。薪《まき》ストーブと石油ストーブだ。家の裏手の雑木林には、何年分もの燃料になるだけのそだや枯れ木がころがってるが、おじいは斧《おの》を使うのさえおっくうな怠け者ときてる。着るものだっておなじこと。金を払って近所の女に洗濯をたのむなんてことはするわけないし、自分で洗うのはまっぴらごめん。よごれものがどんどん溜《た》まってくると、その山を掘っくりかえし、いちばんましなやつをもう一度着るわけだ。あげくの果てに、あんまりすごいにおいがするもんだから、学校ではみんながおれのそばにすわるのをいやがるようになる。見かねた先生が近所の人たちに事情を話すと、ガソリン発動機つきの旧式な洗濯機を持ってる奥さんがひとりやふたりはいるもので、荷馬車に自分の子どもとブッシェルかごをふたつほど乗っけて、うちまできてくれるんだ。

「こんなになるまでよくもほっとけるもんだね、ハークネスさん」むこうは鼻にしわをよせ、口で息をしながらいう。「さあ、そのよごれものの山をさっさとこの車に積んどくれ。洗ったげるから。そんなものを着て、体じゅうにおできでもこさえたらえらいこった！　このままじゃ、ふたりとも避病院行きだよ、くわばら、くわばら！」

すると、あのクソじじいはもうろくしたふりでよろよろと出てくるんだが、なに、その気になりゃ黒蛇みたいにすばしっこいんだぜ。おじいはしかめっつらと身ぶりでおれを急《せ》きたて、よごれものを馬車に積ませる。そのあいだも哀れっぽく鼻を鳴らして、

「どうもこりゃありがたいこって、ワラビーの奥さん……」とかなんとか、相手の名前をそこへはさんでから、「まったく聖書にもあるとおり。隣人がいなけりゃ、この世は闇《やみ》じゃ。わしみてえにあわれな病気持ちの年寄りに、この子はどえらい重荷ですわ。ここまでよぼよぼになってからこんな重荷を押しつけられるなんて、どだい間尺《ましやく》に合わねえ。わしにはもうとてもそんな力は……いや、ほんとの話。それにな、奥さん、この子はきっとわしの命取りになる。だってね、こいつは働くのがきらいでさ、いくら叱《しか》って

も、まるきりいうことを聞かねえんで」と、そんなぐあいにいつまでもグチがつづくんだ。

そのあと、相手の声も聞こえず、姿も見えなくなると、このクソじじいめ、バネが底から飛びだした安楽椅子《いす》にすわったまま、ニタニタ、ゲラゲラ笑いだし、どうだ、うまい取引だろうが、と自慢するんだぜ。

「じっとすわって根気よく待ってりゃ、いずれ噂《うわさ》がひろまること請けあい。そこでどこかのおめでたいバカがやってきて、仕事をひきうけていく！ ふん、けっこうな話じゃねえか。やらせてやれ。それでむこうの魂も救われるんだしよ」ケタケタ、ヒッヒと笑うと、アップル・ツイストの噛《か》みタバコの汁がきたない白ひげの上へたらたらこぼれる。

おじいは、恥知らずで自尊心のかけらもなかった。平気でおれに食べ物をもらいに行かせた。そのくせ、密造酒を買う金はちゃんと残してある。それだけじゃない、おれに盗みまでさせるんだぜ。「盗みはいやだなんて、えらそうなことをほざくな、ぼうず。あんなにらくな仕事があるか。おまえのオーバーのポケットにゃ、でっかい穴があいとろうが？ ええか、ぼうず、ポークビーンズの缶詰やサーディンの箱をその穴へつっこめ。品物は裏地のなかへ落っこちる。あとは両手を外に出して、なに食わぬ顔で店から出てくりゃええ。両手はだれからも見えるように外へ出しとけよ。いやとはいわさんぞ、ぼうず。おまえだって食い物はほしい、そうだろうが？」

おじいはなんでも計算ずくだった。Ａ＆Ｐの品物を万引きしてどこがわるい？ Ａ＆

Pは独占企業じゃねえか。アー・クォンの店の品物を万引きしてどこがわるい？アー・クォンは中国人じゃねえか。「一日に魚の頭がひとつと、米がひとつかみ。それだけでやつは生きていけるんだぞ、ぼうず。だからアメリカ人はやつらと太刀打《たちう》ちできねえ」

おじいは町を歩きまわりながら、そんな調子でしゃべりまくる。ある日、おれが〈東方光〉の雑貨屋で〝買い物〟をしてるさいちゅうに、アー・クォンのおやじがこっちを手招きしたもんだ。おれはすっかりブルって、ちびりそうになった。てっきりアー・クォンのおやじに万引き現場を押さえられ、斧で頭をぶち割られるんじゃないかと思ったよ。だけど、むこうは紙包みをよこしただけ。「これ、おめえのじっちゃに渡せ」とむこうはいう。おれはそれを受けとるなり、いちもくさんに逃げだしたね。

紙包みの中身は、魚の頭がいくつかはいった袋に、米の袋だった。

おじいが、ちっとは反省したと思うかい？

「こりゃぶったまげたな、ぼうず」おじいは歯のない歯ぐきを舌でなめまわした。「こいつでチャウダーをこさえよう。チャウダーには魚の頭がいちばん。米もうめえぞ。米ってやつは胃袋にしっくりなじむからな」

おじいは米西戦争で名誉の負傷をしたのに、政治家どもに恩給をだましとられたという。ユーコン川へ砂金採りにも行ったという。鉄道技師だったともいうし、あれやこれやの仕事をしたともいうが、だんだん大きくなるにつれて、おれにもわかってきた。みんな大嘘。根も葉もない作りごとだ。おじいはらくな真実を話すより、苦労して嘘をでっちあげるたちの人間なんだ。だけど、おれがそれに気がつくまでにはしばらくかかったよ。

おじいは意地悪だった。それも掛け値なしの意地悪。といっても、おれをなぐったり、けったりするわけじゃない。むこうはそうしたいんだ。ときにはそうしたくてうずうずしながら、ベルトをひっこぬいて、大声で悪態をつく。だけど、手を出すのが怖いんだよな。おれはまだ十そこそこだったが、年のわりに大柄だったし、どんどん大きくなるいっぽうだし、それに丈夫な歯も生えてたからね。あと二、三年したら、おれにコテンパンにたたきのめされるだろうってことが、おじいにもわかってたのさ。

だから、脅し文句をならべるだけ。意地悪で嫌味な脅し文句をだ。「小雨《こさめ》がパラついてるぐらいで、年寄りの薬を買いにいけんちゅうのか」おじいはそうどなる――猫も溺《おぼ》れるぐらいのどしゃ降りのなかで、わしの飲む酒を買ってこいってことだ。「もうがまんできん。ぼうず、いいか、よく聞けよ！　もううんざりだ！　おまえを役人に引き渡してやる！　郡役所の連中にな！　おまえが孤児院でどんな暮らしをするか、この目で見てやろうじゃないか！　一日三回、水っぽいトウモロコシ粥《がゆ》を食わされてよ、いやだとそっぽを向こうもんなら、九本ひものついた鞭《むち》でひっぱたかれるんだぞ。わしは行ってくる、いまから行ってくる。聞こえるか？　おまえを引きとりにきてくれ、とたのんでくる……」

おじいは身支度すると、大雨のなかへ飛びだした。もちろん、密造酒を一パイント買いに行っただけだが、こっちはそうとは知らない。その晩は歯をガチガチいわせてふるえながら、隠れ場から隠れ場へと逃げまわったっけ。眠りこけたのはベッドの下さ。だけど、役人なんかやってこないってことが、ぼつぼつこっちにもわかってくると、むこうは新しい脅し文句を発明した。「ぼうず、おまえってやつをどうしたもんかな。よし、こうしよう。おまえを売り飛ばしてやるぞ、ぼうず――おまえをグーバーどもにいいいいいい売り飛ばしてやる！」

さて、いわれたこっちはさっぱりわからない。いったいそのグーバーどもって、隣の郡区に住んでるのか、それともどこか外国の化け物の名前なのか。とにかくわかってるのは、どうせたちのよくないやつらだろうってこと。いいやつらだったら、おじいがその名を口にするもんか。たとえば、おれにまともな服をあてがってくれたり、身ぎれいにさせてくれたり、ちゃんと食わせてくれたりするような一家の名前を出して、あのうちへやってしまうぞ、と脅したりするわけはない。それだけはたしかだ。いつだったか、おじいはブタに食わせるぞとおれを脅した――うちのブタじゃないぜ。うちじゃブタは飼ってないし、第一エサをやるだけでもえらい手間だ、だけど、村ではブタをたくさん飼ってた――それに、ブタが子どもを食うことはだれでも知ってる。といっても、もちろんおれみたいにでっかい子どもじゃなく、赤んぼうだけだが、当時のおれはそこまで知らなかった。

「グーバーってなんだい？」しばらくしておれはたずねた。ひょっとするとなにかの動物かな、とも思ったが、すぐに気がついた。動物がものを買えるわけがない。人間にきまってる。ひょっとすると、グーバーってのは名字かな？――うちの名字がハークネスなのとおんなじように。

「あとでおまえは思うだろうよ。ああ、知らなきゃよかった、とな」それがむこうの返事だった。意地悪な小さい目をうんと小さくしておいて、急にぐっと目をむいたもんだから、白目がぎょろっと飛びだして、まぶたの下が赤く見えた。「きっとおまえはそう思うぞ！　グーバーどもに売り飛ばされたあとで！　いいか、誓ってそうしてやるからな。天と地にまします主の御名《みな》にかけて……」教会へ行ったこともなけりゃ、祈りを唱えたこともないやつが、よくいえたもんだ。とにかく、おじいはそこで言葉を切ってから、かさぶただらけの下唇を吸いこみ、おれにこっくりうなずいてみせた。

ひょっとしたら、べつの役人のことかな。郡じゃなくて、州の役人かも。州のグーバー部長のミスター・スミスとか……？　それに、もちろん、その部下もいるわけだし。とにかく、おれを買いたがる理由は、どうせろくでもないことにきまってる。それだけはわかる。だけど、もっとくわしいことを知りたい。だから、ロドニー・スロートにたずねてみた。友だちじゃない。友だちと呼べるやつは、おれにはひとりもいなかった。だけど、やつはすくなくとも敵じゃなかったし、それに本をよく読んでるって噂だった。

「ロドニー、グーバーなんてものがほんとにいるのかな？」

やつはこっくりうなずいた。「うん、地面の下の穴に住んでら」

いまから十年ほど前に、とつぜんおれは気がついた。あのときロドニーが考えてたのは、もちろんゴーファー（畑栗鼠《はたけりす》）のことだったんだ——そう気がついたとたん、飲みかけのコーヒーを膝《ひざ》の上にこぼして、両脚にやけどをこさえちまったよ。それまでは、あのときのあいつがなにを考えてたかは謎《なぞ》だったんだ。やつらは地面の下の穴に住んでる、とロドニーがいったとき、まさかそんな意味だとは思わなかった。やつらは地面の下の穴に住んでる！　うへっ、こりゃいままで想像してたどんなものよりもわるいぞ。

クソじじいは、おれがすっかり怖《お》じ気《け》づいたのを見てとった。まるで血のにおいを嗅《か》ぎつけたみたいに。それからはもう手をゆるめない。これをやれ、あれをやれ。もしこれをやらねえ、あれをやらねえなんてぬかしたら、いいか、誓っておまえをグーバーどもに売り飛ばしてやる……。そういわれて、こっちは肝っ玉がちぢんだぜ。グーバーどもがおれを殺すとか——それとも痛めつけるとか——おじいはそこまでいわないが、どうしてそうじゃないとわかる？　とにかく、地面の下の穴に住んでるやつらだぜ、そうだろう？

おれに友だちがいないみたいに、おじいにも友だちはいなかったが、何人かの仲間はいた。それだけはおれよりましだった。そのひとりは、ぬけがら同然の大男で、長くて太った顔のまんなかだけがくぼみ、白い無精ひげを生やし、黒い眉《まゆ》は縮かんだ毛虫そっくり。名前はバーロウ・ブルックという。バーロウでもなけりゃ、ブルックでも、ミスター・ブルックでもない。

おれはそいつの前で皿を割っちまった。

「その小僧をお仕置きしろ」とバーロウ・ブルックがいう。

おじいは、いつものぐちをこぼしはじめた。「バーロウ・ブルック、このぼうずはな、昼も夜もわしに迷惑のかけっぱなしよ」

「鞭でぶちのめしてやれ」

「誓っていうぞ、ぼうず、わしもほとほと堪忍袋《かんにんぶくろ》の緒《お》が切れた。いよいよ決着をつけるときだ。聞こえるか、ぼうず？　決着をつけるときだ。わしはバーロウ・ブルックのいうように、おめえを鞭で打ったりはせん。あいにく、気の優しい性分でな。だが、はっきりいっとくぞ、ぼうず、ここにいるバーロウ・ブルックが証人だ。おまえがいまの行いを改めんかぎり、近いうちにかならずグーバーどもに売り飛ばしてやる」

バーロウ・ブルックは、冷えきった、古いほこりだらけの薪ストーブの扉をつま先であけ、ぺっと唾《つば》を吐《は》いた。「ジョージ・ウルフがよくグーバーどもの話をしてたっけ」

パンのかたまりをひとつと、六百個もあるベーコンの缶詰をひとつとると、指でこそげとった脂身をパンになすりつけ、そいつをかじりはじめた。

「ジョージ・ウルフか」とおじいがいった。「あいつは悪党だ」

「札つきの悪党よ。あいつがよくグーバーどもの噂をしてたっけ。ジョージ・ウルフんとこの娘を知ってるか？」

「あの生意気娘か？」

「札つきの生意気娘さ。あんたのいうことなんてだれが聞くもんかい、とくる。父ちゃんでもないくせに。うちの母ちゃんと結婚もしてないくせに、とくる。やつはカンカンになってお仕置きしようとするが、どっこい、つかまるもんじゃねえ。気をつけろよ、とやつはあの娘にいう。そんなことしてると、いずれグーバーどもがやってくるぞ」だみ声でしゃべるその男の口から、パンくずが、それも脂でねとねとのパンくずが飛んできたが、おれはひとことも聞きもらすまいとしたよ。ジョージ・ウルフの生意気な娘の話をな。

バーロウ・ブルックは、いま食ったエサを、煤《すす》だらけの酒ビンのらっぱ飲みで胃袋へ流しこんだ。口のまわりを拭《ふ》こうともしなかった。

「あの娘はやつにこういった。グーバーなんているわけないさ。グーバーってピーナッツのことじゃんか。すると、ジョージ・ウルフはこういった。だから、やつらはグーバーと呼ばれてるんだ。かっこうがそっくりだからよ。といっても、ピーナッツみたいに小さくないぜ。あんなに小さくない。しわくちゃの古い殻《から》をかぶってる。きたない黄色の殻だ。そこから毛がちょろちょろ生えてることもある。用心しろよ。生意気ぬかしてると、そのうち、やつらにつかまるぞ。そうとも、ジョージ・ウルフはそういった」

バーロウ・ブルックは、そこでカビの生えた靴《くつ》を石油ストーブの上においた。

「いまのを聞いたかよ、ぼうず」おじいがにたにた笑いながらおれを見た。

おれはごくんと唾をのみこんだ。それからたずねたね。ジョージ・ウルフの生意気娘は、それからどうなったんだい？　すると、性悪なふたりの老いぼれがこっそりすばやく目くばせしあうじゃないか。きっとその娘の身になにかが起きたんだ、それだけはわかった。いまもわかってる。それがどんなことか、うすうす見当もつく。だが、そのときは……。バーロウ・ブルックはこういっただけだ。「やつらはあの娘をつかまえたぜ」おれにわかったのは、そのやつらがグーバーどもだってことだけさ。

それからってものは、もうこんりんざい皿を割らないように気をつけたね。せっせと皿をならべたり、運んだり。おじいから、「ぼうず、こっちへこい」と呼ばれたら、ほいほい飛んでいった。だが、むこうは弱いものいじめで、弱いものいじめってやつは満足を知らない。おれの弱み、グーバーどもに売り飛ばされるのを死ぬほど怖がってるという弱みを握った以上、もう情け容赦なしだ。雑木林の奥にはヒッコリーの木が何本かあるんだが、ある日、おじいはおれにその木の実をとりにいかせた。べつにいやな仕事じゃないから、おれはすたすたでかけた。

そして、すたすた帰ってきた。村のはずれにはウォーバンクという悪党一家が住んでいて、あんまりたちがわるいもんで、おじいでさえ関わりあいになりたがらない。やつらときたら、おじいよりも意地悪だし、おまけにやつら以上に意地悪なでっかい黄色の犬を何頭も飼ってるんだ。おれがバケツをさげてヒッコリーの木に近づいたら、なんとそこにディング・ウォーバンクとカット・ウォーバンクが、やっぱりバケツをさげてそここにきてるじゃないか。犬どもまでおともに連れて。

「やい、とっとと失せろ」とディング。

「ここはおめえらの林じゃねえ」とおれ。

「ほら、行け」とカット。すると犬どもが追いかけてきたから、あわてておれは逃げだした。なかの一頭がおれのズボンのけつに食らいつき、その歯にひっぱられてズボンがぬげそうになった。うしろで、カットが犬どもを呼びもどした。

「二度とそのつらをここへ出すな」とディングがどなった。

おじいはカンカンになって、どなりちらした。ウォーバンク一家のようなくそ野郎どもに、〝自分の〟雑木林から木の実をとるなといわれるすじあいはねえ。

「もういっぺん行ってこい」と、おじいは命令した。「さっさと行かんか」

おれはその場を動かなかった。

「行け、この小僧！　行け、行け、行け！　グーバーどもに売り飛ばされたいか？」

ああ、やっぱりそうきたか、と思ったね。そりゃグーバーどもは怖い。だけど、まだこの目で見たわけじゃない。ウォーバンクの黄色い犬どもはちがう。この目で見た上に、白く光った歯がズボンをひっぱるのまで感じたんだ。いやだ、てこでも動かないぞ。

おじいは怒りくるってどなりまくった。それから、急にあきらめたらしい。「わかったよ、ぼうず」とおじいはいった。「いやならいい。もうおまえに説教はあきらめた。よし、いまから一時間以内に、グーバーどもに売り飛ばしてやる。これはわしが生きてること、わしの名がデイド・ハークネスであることほどにたしかな話だぞ。もうその顔も見たくねえ——だが、庭から一歩も外へ出るんじゃねえぞ！」

むこうが考えてたのは、こういうことじゃないかと思う。一時間もすればウォーバンク一家は帰るだろうから、それからおれが急いでヒッコリーの実を拾ってくるようなら許してやるか……ここ当分は。

おれはよろよろとその場を離れた。「いまは四時だ」おじいがうしろからどなった。「やつらは五時にここへくる。荷造りなんかせんでええ——おまえにはなにもやらん！」

あんな一時間は、もうまっぴらだ。あっちへ隠れ、こっちへ隠れ、そのうちに、これまでにないほど汗びっしょりでほこりまみれになった。だけど、どこの隠れ場も安心できない。そのうちにのどがカラカラになって、外のポンプのそばまで行くしかなくなった。おじいがなにかブツブツひとりごとをいってるのが聞こえる。

おじいは庭から外へ出るなといったが、知ったことか——こっちがいうことを聞かなくたって、おじいになにができる？　グーバーどもに売り飛ばすのか？　どのみちそうするつもりだろうが……。もちろん、むこうは前にもそういったのに、いつも思いなおしてきたわけだ。ただ、はっきりわかってることがひとつある。もうこれ以上こんな暮らしにはがまんできない。ほかのどんな暮らしでも、これよりはましだろう。

ジョージ・ウルフの家には一度も行ったことがないが、どこにあるかは知ってたし、そんなに遠くでもなかった。小川ぞいに古い砂利《じゃり》道《みち》を、ほんの一キロ半ほど歩いた先だ。

みすぼらしい古ぼけた小屋で、ペンキなんて塗ったためしがないらしい。もっとも、そのときのおれはガラスの割れた窓や、横へかたむいた屋根や、雑草や下生えが伸びほうだいの前庭なんて、目に入れるゆとりもなかったがね。

もし、ジョージ・ウルフがここでグーバーどもと知りあったのなら、グーバーどもがこの家からそう遠くに住んでるはずはない。頭のなかでそんな考えが走りだすのといっしょに、足のほうもひとりでに走りだした。森をぬけ、丘をくだり、もうちょいで沼地へ飛びこみそうになって、やっと立ちどまった。

「グーバー！」とおれはどなった。「グーバー！　おーい、グーバー！　聞こえるか？」と大声でわめいた。

そのあと、聞こえるのはおれの声のこだまだけだった。そこはうす暗くて、じめじめしてて、いやなにおいがした。おれは暑くて、寒くて、汗びっしょりだったが、大きく息を吸いこんで、またさけびはじめた。

「おじいに売り飛ばされたって、おいらは平気だ！　おいらを買うんなら、さっさと買いやがれ。もうこれ以上おいらを怖がらせようたってむりだからな！　おいらを買いてえか？　じゃ、さっさと買いにきやがれ！」

そういいおわったとき、なにかブンブンと音がひびいた。ただのトンボか。灰色の下生えのなかでなにかが動いた。ただの風か。そう遠くないところで地面に穴がひとつ見える。ただの、ごくふつうの穴か。だが、その正体がわかるまで、じっと待ってる気はなかった。おれはくるりと背を向けて、いちもくさんに逃げだしたよ。

どこへ？　どこへといったって、もどる場所はおじいの家しかない。おれの知ってる家はあそこだけ。これからなにが起こるかわからないが、あそこで起こることはまちがいない。そうにきまってる。

そのうちにだんだん足どりがにぶって、ふつうの歩きになり、やっとのことでわが家の庭へたどりついた。おそらくおじいは、おれがいなくなったのさえ気がついてないはずだ。おれにそんなまねができるとは思ってないはずだ。それからしばらくは、まだおじいのひとりごとが聞こえた。だけど、そのひとりごとがばったりとまったんだ。

おれもそうだった。つまり、息がばったりとまったというか、とにかくそんな感じなんだ。古い教会の鐘が鳴りだして、最初の音は聞きのがしたが、数をかぞえるまでもなかった。あの鐘は一時間おきにしか鳴らない。だから、きっといまは五時だ。

茂みのほうをちらっと見た。いま立ってる場所からだと、おじいの椅子はその茂みのかげになってる。そう、椅子は見えない。だけど、おじいの姿は見える――とにかく、頭だけは。なぜかっていうと、おじいが立ちあがって、首を前に突きだしたからだ。その顔は、おっそろしく不気味な白茶けた色だった。両目はまるで冷めた目玉焼きみたいにかすみがかかってた。おじいがなにを見てるのかを知るには、うしろをふりかえらなきゃならなかったが、もちろん察しはついていた。

グーバーどもだ。裏道をこっちへやってくる。

やつらはおれよりも背が低かった。ぜんぶで三人、きたならしい黄色のしわくちゃの古い殻をかぶって、そこからちょろちょろ毛が生えてる。泥もくっついてる。

「こども、どこか?」と先頭のグーバーがいった。

「この、こどもか?」と第二のグーバー。

「こども、売るか?」と第三のグーバー。

やつらは近づいてきて、おれの腕をひっぱったり、足にさわったりした。おれの鼻をつまんだり、舌をひっぱったりした。おれをコマみたいにくるくるまわらせて、背中をどやしたりした。それでおしまい。

「だめ」と先頭のグーバーがいった。

「よくない」と第二のグーバー。

「こども、買わない」と第三のグーバー。

やつらはこっちに背を向けて歩きだした。おれはやつらが帰るのを見送った。おじいが気絶して、ポーチの上にどさっと倒れる音がしたが、おれはふりかえりもしなかった。

そのあとかい? きまってるさ。おれはおじいの暮らしを生き地獄に変えてから、その二年後、十二のときに家出してやったよ。さすがのクソじじいも、こんどばかりはお手上げだったね。

パシャルーニー大尉

中村融訳

午前もなかば、特大のキャディラックが学校の正面に乗りつけた。ステアリング・ホイールを握るのは、お仕着せ姿のおかかえ運転手。縦縞《たてじま》のズボンと山高帽でめかしこんだ男が助手席から降り、後部座席のドアをあけた。校庭にいた子供たちがもう集まってきて、金網フェンスごしに目をこらしている。

「うわあ、ロールズ・ロイズだ！」

「ロールズ・ロイズじゃないよ——キャディだよ」

「賭《か》けてもいいけど、ロールズ・ロイズに決まってらあ」

「ふん、賭けるものなんかないくせに。それに、キャディはロールズ・ロイズに負けないくらいすごいんだぞ」

うやうやしくあけられたドアから降り立った男は、長身で肩幅があったが、肌の色は青白かった。薄い口髭《くちひげ》が短い上唇にかぶさっている。ビロードの襟《えり》がついた黒っぽいオーヴァーを着こみ、アストラカン織りの帽子を小粋《こいき》にかたむけてかぶっていた。

「ご苦労、ジャーヴィス」

「おそれいります」

長身の男は学校の正面階段を小走りに駆けあがり、屋内へ姿を消した。

「すげえ、本物の執事だ！」

「へえ、なんで本物の執事だってわかるんだよ？」

「あの恰好を見てみろよ！　映画かＴＶで執事を見たことあんだろう。それに——それに——『おそれいります』っていったじゃないか。執事はそういう決まりなんだよ」

「すげえ！」

「すげえ！」

成人男子のキビキビしたすばやい跫音《あしおと》に驚いて、箒《ほうき》に寄りかかっていた用務員は顔をあげた。アストラカン織りの帽子をかぶった男が、足どりをゆるめず用務員にひと声かけた。

「校長室は？」

「へえ。まっすぐ左へ行って、階段を上がってください、そうしたらまっすぐ——」

長身の男はそっけなくうなずき、ピカピカ光るものを放った。用務員は飛びだして、

「——左へ行って階段を——」それをキャッチした。音はしなかったが、長身の男は見えなくなった。べつのもっと若い用務員がやってきて、小腰をかがめてのぞきこんだ。

「なにをもらったんだい、バーニー？」バーニーは光るものをかかげた。「おい、一ドル銀貨じゃねえか！　こいつにお目にかかるのは、えらく久しぶりだなあ……。いったい何者だろう、知ってるのかい？」

バーニーはうなずき、「紳士ってやつだ」といった。「そいつにお目にかかるのも、やっぱり久しぶりだなあ……」

長身の男は校長室にはいると、デスクについているずんぐりした不器量な女性に笑顔を見せ、そうしながら軽く会釈し、アストラカン織りの帽子を脱いだ。「トンプスン少佐と申します」

「まあ」と秘書がいった。「あらまあ。これはこれは。どういうご用件で――」

「校長先生にお目にかかれるはずですが」

「まあ、そうですわ。奥でお待ちしております。少佐」彼女は顔を赤らめて笑みを返した。「ミスター・バックリー！」と声をはりあげ、動こうとしない椅子《いす》を押しのけようとする。「ミスター・バック――」

トンプスン少佐が、「僭越《せんえつ》ですが」といいながら、椅子をさりげなく引き……秘書の女性の肘《ひじ》に手をそえて立ちあがらせた。彼女はまた顔を赤らめた。

奥の執務室に通じるドアにはまったすりガラスが、一瞬小刻みに震えたかと思うと、ドアそのものが開き、痩《や》せぎすの小男が飛びだしてきた。鼻眼鏡《はなめがね》をかけ、灰色がかった薄茶色のまばらな髪をなでつけて、禿《は》げた部分を隠したつもりでいる。「なんだね、ミス・シュルツ——いったい——おお」

とてつもなく長身で、とてつもなく肩幅のあるトンプスン少佐が、腕をまっすぐのばして差しだした。「トンプスン少佐です」とミス・シュルツが大きめの声でいった。すると少佐が、「ドクター・バックリーですね」といいながら、校長の手を握り、勢いよく上下にふった。「お初にお目にかかります」

瘦せぎすの小男は満面の笑みを浮かべた。と、その顔をひくひくさせ、「ミスター・バックリーです」といった。「もちろん、文学修士号を取得しておりますし、博士号《ドクター》の取得をかねてから……しかし……」

トンプスン少佐がにっこりし、「ここだけの話ですが」と声をひそめていった。「ここだけの話ですが、わたしは文学士号さえ取得していないのです」ふくみ笑いし、「どう思われます？　はめをはずしすぎて——ハーヴァード・イエール戦ですよ——四年生のときでした——停学を食らいましてね」少佐がさも愉快そうに笑い声をあげた。つられてミスター・バックリーも笑い声をあげる。「翌年に復学してもよかったのですが、まあ、そのときにはたまたまべつの方面に関心が向いていたんです。まあ、そういうわけですよ」と後悔と満足の両方をうまくにじませた声で少佐は締めくくった。「あの子はどんなふうです？」といきなり真面目な口調でたずねる。

ミスター・バックリーは頭をもたげ、眉《まゆ》をつりあげた。「ジミーですか、うーむ、なんというか、その——。どうやら、ジミーには、こういってもかまわないと思いますが、うーん、かなりの潜在的な能力が——」

ものやわらかで重々しい口調で、トンプスン少佐がいった。「しかし、その潜在能力を発揮していない。ということですな？」

校長は言葉に窮《きゆう》した。トンプスン少佐に誤解されたくなかった。その件についてはミセス・モーリーと話しあったことがある。非常にすばらしい女性だ、ミセス・モーリーは。少佐が訪ねて来ると知らせてきた彼女からの電話を切るか切らないかのうちに、少佐が部屋にはいって来たのだ。その件についてはミセス・モーリーと一、二度話しあったことがある。けっきょく、彼女は少年の里親のようなもので——

トンプスン少佐がいった。「わたしの妹に会われたことはおありですか？」

「いえ、残念ながら。いちどもありません。手紙を書きましたが——」

「返事は来なかったのですね。わかります。わたしの手紙にも返事をよこしませんでした。もし妻がまだ生きていたら……」

沈黙が降りた。やがてミスター・バックリーが、いいにくそうに、「その、ジミーについて困った点のひとつは、学習の問題のほかに、その、うーむ、どういえばいいのか、うーん、ものごとを誇張していう癖でしょうか」

セス・トーマス社製の壁時計が、カチコチと大きな音をたてて時を刻んだ。「たとえば……どんな？」

ミスター・バックリーの痩せた顔が、ほんのわずかに赤くなった。彼は目を伏せ、あたりを見まわした。しかし、相手は容赦しなかった。「どんな誇張でしょう?」

校長は深呼吸した。「その……あの子はわたしたちにいったんです。だれにでもいったんです、教師にも、友人にも、ミセス・モーリーにも、このわたしにも……つまり……」

トンプスン少佐はにっこりした。「ひょっとすると、こういったんですかな。ぼくの父さんは南アメリカに牧場を持っていて、一万頭の馬を飼っている……と」

「そのとおりです!」とミスター・バックリーが大声をあげた。

微笑を浮かべたまま、少佐はいった。「ミスター・バックリー、南アメリカ各地にあるわたしの牧場に、いったい何頭の馬がいるのかは見当もつきません」小男の耳が各地という言葉をとらえ、まぶたがピクピクと震えた。理解がきざしたしるしだ。「その数字を優に超えていそうですね。あちらでは、数えたりしないのですよ。馬は。しかし、牛の数なら——さしたる苦労もなく教えてさしあげられます——」内ポケットに手を差しいれ、「——最新の統計によれば……お望みでしたら……」

それにはおよばない、まったくおよばないとミスター・バックリーがトンプスン少佐に請けあっていたちょうどそのとき、外のドアが開いて、ミス・シュルツがもどってきた。その前を歩くのは、逃げだしたくてたまらないといったようすの小柄な幼い少年だ。少年は、耳まで裂けそうなミスター・バックリーの笑顔を不安の面もちで見てとると、まわれ右しようとした。だが、ミス・シュルツが道をふさいでいた。

「こちらがどなたかわかる、ジミー？」彼女はそういうと、少年を前に押しだした。長身の男がゆっくりと身をかがめ、ジミーの肩にゆっくりと手をかけた。少年は呆気《あっけ》にとられて男を見あげた。口をあけ、かぶりをふる。ミス・シュルツがうれしそうにクスクス笑い、親しみのこもった手つきで少年を軽く押しやった。

「南アメリカに住んでいて」と茶目っ気たっぷりにミスター・バックリー。「数えきれないほど馬を飼っていて――」少年が真っ赤になった。「――いくつも牧場を持っている人はだれだね？　当ててごらん！」

はじめのうちジミーは、顔をあげようとしなかった。やがて顔をあげた。その表情は反抗的とさえいえそうだった。ジミーは目の前にいる長身の男をじっと見あげた。と、その口がポカンとあいた。彼は男を指さし、

「思いだした！」と叫んだ。「いま思いだした！　母さんの家にいた人だ！　緑のアイスクリームを食べたよね！」

トンプスン少佐がやさしい声でいった。「食べたよ。ピスタチオだったね」

聞き慣れない言葉に少年は混乱したようだった。「おぼえてないけど……色は緑だった」

ミスター・バックリーが満面の笑みを浮かべたまままいった。「ピスタチオは緑色だよ」

ジミーは腹立たしげにいった。「でも、おぼえてないんだ！　おぼえてるわけないよ。

たったの四つだったんだから！」その声は叫びにまで高まっていた。ジミーはわっと泣きだした。

トンプスン少佐は片膝《かたひざ》をつき、少年を胸に抱きしめた。

「おぼえてないよ、おじさんがぼくのお父さんかどうか」少年はしゃくりあげた。「おぼえてないよ……」

父親は少年をやさしくたたき、いっぽうミス・シュルツは大きな鼻をかみ、ミスター・バックリーは眼鏡をはずして、親指と人差し指で目頭《めがしら》をぬぐった。


今日はジミーに学校を休ませて、いっしょにいてもかまわないでしょうか、と父親がたずねると、校長は渋るどころか、喜んで賛成した。「もちろん、こういう場合ですから、けっこうです、少佐、お安いご用です」と校長。「心得ていますよ。なにもかも。しかし、あいにくですなあ、ずいぶんと久しぶりなのに、それほど早くおもどりにならなければならないのは」舌打ちして、「残念です」

「わたしも残念です。しかし、ワシントンに長居はできないのです。すぐに――その、南アメリカに帰らなければ。あちらでは万事順調というわけではないのですよ、おわかりいただけると思いますが」

ミスター・バックリーは納得した。スペインの血のなせる業《わざ》だろう、と彼は思った。世代を重ねてムーア人と戦ってきたために、スペイン人はおそろしく好戦的になったのだ……。ジミーは上着と帽子を身につけ、不信とうぬぼれの表情をふたつながらに顔に浮かべてもどってきた。「ミス・ハンフリーズにメモをわたしたら、先生は行ってらっしゃいっていったよ。お父さんにクラスで南アメリカについて話してもらえないかって。だからぼくはいったんだ——もしかしたら、って」彼はなんとなく心もとなげに父親を見あげた。

ミス・シュルツが小さく息を呑《の》み、ミスター・バックリーは破顔した。「それは名案ですな」と声をはりあげる。秘書に向きなおりかけたところで訪問客に向きなおり、「特別集会を開くのはどうでしょう——？　子供たちにはすばらしい……」言葉が途切れた。トンプスン少佐が唇をすぼめ、まず疑わしげに頭をもたげてから首をふり、時間がないだろうと伝えたのだ。

父親の合図で、少年はすばやく上着のボタンをとめはじめた。「その——お聞かせ願えればさいわいですが——その」ミスター・バックリーがたずねた。「あちらの教育システムはどのようなものなのでしょう？」

大事なものが欠けている、と少佐は答えた。「ジミーを呼びにやらなかった理由のひとつがそれなのです」（「ああ、なるほど」と校長がすかさず相づちを打った。）「もうひとつは、この子に自分の国で育ってほしかったからです。あちらでは、この子はずっと外国人でしょう。それならアメリカに帰って、その一員のように感じるほうがいいんです。どちらがこの子のためか、おわかりでしょう？　いえ、いえ。寂しくてたまりませんでしたよ――これからもそうです……。いつかこの子にもわかるときが来るでしょう」

廊下は休み時間からもどってきた子供たちで混雑していた。ジミーは――父親の手を握り――誇らしげに頭をあげ、左右に視線を投げながら歩いた。トンプスン少佐は歩幅を子供にあわせていた。教師とすれちがうたびに、ごく軽い会釈をした。六年生の大きな少年たちでさえ感銘を受けたようすで、うらやましげにジミーを見つめた。

「あの人があの子のお父さん――」

「――でかい黒塗りの車に、おかきゃえの運転手に――」

「少佐だってさ!」

ジミーの頭がますます高くなった。その足がひとりでに小さなわきのドアに向かう。子供たちがいつも使うドアだ。しかし、気の短い年寄りの用務員バーニーが、やって来るふたりの姿を目にした。彼は小走りに大きな正面ドアまで行くと、父子《おやこ》にそのまま進むよう合図し、ドアをさっとあけ放った。

「ぼくのお父さんだよ、バーニー」

それは紹介ではなく宣言だった。バーニーは首をのけぞらせ、口をパクパクさせた。

「やっとわかった、おまえさんの肝っ玉がだれゆずりなのか!」と声をはりあげ、「ここの連中は」と少佐にいう。「意地悪で文句ばっかりいってるけど、あっしはいってやるんです、いってやるんですよ、『肝っ玉を太くしろよ』ってね。うん、わかりますよ、むかしはあっしだって軍隊にいたんだ。ええ、そうですとも。ジョン・〝ブラック・ジャック〟・パーチング将軍麾下《きか》の部隊でメキシコにいたとき、パンチョ・ヴィラって野郎を追いかけてたんです」

「でも、相手の逃げ足のほうが速かったわけだ」とトンプスン少佐。彼とジミーはドアをぬけた。

ふたりの背後でバーニーの笑い声がはじけた。彼は階段のところまで駆けより、ふたりのうしろ姿に声をかけた。「そのうち昼飯の時間か放課後、焼却炉の裏のあっしの部屋に遊びにおいで、坊や、水差しや記念品を見せてやるよ！」

ジミーはうれしくてにんまりした。「行くよ、バーニー、行くよ」と叫び返し、「もしかしたら、明日」

「ジャーヴィス」と少佐がいった。「この子はジェイムズ。せがれ《ジュニア》だ」

「お早うございます、ジェイムズ様」

「うわあ！」

ミセス・モーリーは、隣人の助けを借りて髪の毛と格闘しているところだった。「興奮しすぎちゃって」と彼女はいった。「こちらのミセス・マークス——長年のお隣さんですのよ——に頼まなけりゃならなかったんです。頼まなけりゃならなかったんですよ、うちへ来て、コーヒーをいれて、着替えを手伝ってちょうだいってね。ほんとにもう！

こんなに長いあいだ、手紙一本よこさないんだから。ミセス・ギブスンは――」

トンプスン少佐が咳払《せきばら》いして、「妹の立場も察してやってもらえませんか、ミセス・モーリー。妹をかばうわけではありません。妹が結婚したことをわたしが知らされなかったのをご存じでしょうか？」婦人たちはふたりともこの不誠実に大声をあげた。「しかし、けっきょく妹は妹です。責めを負うのは亭主のほうですよ。その紳士とはいちど話しあわなければなりませんね、わたしがひどく誤解していなければの話ですが」

ミセス・マークスはきっぱりとうなずいた。「私腹を肥やしているんですわ。お金をためこんで、奥さんを子供に会わせないように――」

「食べるものじゃないんです」とミセス・モーリーが説明した。「住むところでもなければ、時間でもないんです。お金に関するかぎり、着るものなんですよ。でも、それはわたしの問題です。なんとかなりました。でも――おわかりでしょう――この子はどうなんです？　ジミーはどうなんです？　みんなに家族がいるのに、この子には家族がいないなんて、どう見えると思います？　お父さんはどこか遠い外国にいて、お母さんはこの世を去っていて、叔母《おば》さんは顔も見せないなんて。どう見えると思います？　この子の気持ちがわかりますか？　無理もありませんわ――」

「ほらほら、リンディ、そんなに興奮しないで」とミセス・マークス。「わたしがいつもいってたでしょう、いつかお父さんがあらわれるって。いわなかった？　血は水より濃いものよ。あなたは立派な行いをしてるんだし、無駄なことをしてるわけじゃないわ。

そうでしょう?」

ミセス・モーリーは、お隣の友人のいうとおりだと認めるほかなかった。「いただいた小切手ですが、あんなにたくさんの額を、ミスター――失礼、少佐《メイジャー》トンプスン」と彼女はいった。「全部ひっくるめてもお釣りがきましたわ」

しかし、少佐は謙遜《けんそん》した。指先で薄い口髭をなでながら、法律的にも道徳的にも縁もゆかりもないミセス・モーリーが、母のない幼い息子に示してくれた気遣いと愛情に報いるには、あんな小切手では足りないと述べた。

「たしかに、わたしは精一杯のことをしました。神さまはご存じです。精一杯のことを……」その声が震えがちになり、彼女はさめざめと泣きだした。

川をわたるとき、川面《かわも》の氷は割れはじめていた。ジミーは車のウィンドウに顔を押しつけ、その光景に賛嘆の声をもらした。やがて座席の自分の側にすわりなおし、はにかんだ笑みを父親に向けた。

「ニューヨークへ来るのははじめてかい?」と少佐がたずねた。

「うん。あのときは……いっぺん叔母さんがニューヨークへ行くっていったんだ。でも、行ったのはミセス・モーリーのところで、ぼくはそこがニューヨークだと思った。それで、叔母さんはもどって来るっていったけど、もどって来なかった。どうでもいいけど」しばらくして、ジミーはつけ加えた。

「いいかい、ジム……。叔母さんには叔母さんの苦労があるんだ。悪く思っちゃいけない。おまえをちゃんとした場所にあずけていっただろう？」

ふたりの会話はつぎつぎと話題を変え、ジミーの叔母ミセス・ギブスンのことはまもなく忘れられた。少年は遠いところにある父親の牧場についてなにもかも知りたがったが、すぐに自分の話に夢中になって、牧場の話を信じない年かさの少年三人と喧嘩《けんか》になり、自分、つまりジミーが三人ともたたきのめした顚末《てんまつ》を語った。三人は泣きながら家へ逃げ帰り、翌日はジミーに会うのがこわくて学校をサボったのだという。「ぼくにからかわれて、もういっぺんたたきのめされると思ったんだよ」

「ふむ」

「もちろん、たたきのめしてやったさ。ぼくはだれだってたたきのめしてやれるんだ」

トンプスン少佐は咳払いし、「できるんだろうな」といった。「でも、かまうんじゃない。そんなことはしなくていい。おまえがほんとうのことを知っていれば、ほかのだれがどう思おうと関係ないんだ。胸の内にしまっておけばいい。かまったりするなよ」

ジミーはじっくり考えてから、牧場のことをまた訊《き》きはじめた。彼は父親の話に耳をかたむけた。果てしなく広がる南アメリカの大平原、雪をかぶった山脈《シエラ》、見わたすかぎりを埋めつくす牛と馬、牝牛を五分で——人間なら二分で——骨にしてしまう獰猛《どうもう》なピラニアや鰐《わに》がうようよいる広い川、草原の火事、野営の焚《た》き火、山賊の襲撃——

「山賊！　ねえ……お父さんは……撃《う》たれたことあるの？」

いや、いや、お父さんはしょっちゅう的《まと》になった。でも、撃たれたことはない。「山賊に捕まったことはあるの？　縛られて、地下牢に閉じこめられたことは？」トンプスン少佐は、かすかに面白がるように口もとをほころばせた。「似たようなことならあったよ」

ジミーはごくりと唾《つば》を呑み、「ひとりきりだったの？」と訊いた。車は雪原をぬけ、点在する農家のわきを通って疾走した。少佐は少年の気遣わしげな顔を見て、かぶりをふった。いや、ひとりきりじゃなかった。いっしょに捕まった友だちがいた。「その人の名前は？」

「その人の名前か。名前はパシャルーニー大尉だ」

心配が吹きとび、ジミーは笑い声をあげた。「変な名前」それから、「ううん、変じゃないよ。ふざけただけさ。話をつづけて。ねえ……」

昼下がりにニューヨークへ着いた。鏡板の壁、リンネルのナプキン、カットグラスの水差しのそなわったレストランでふたりは豪勢な昼食をとった。少佐はカクテルを飲み、その息子はグレナディン（ザクロのシロップ。カクテル用）を垂らしたレモネードを飲んだ。ふたりともフライド・ポテトとオニオン・リングが添えられ、たっぷりのケチャップとおかしな名前のついたソースのかかったグリル焼きのステーキを食べた。そのあと、トンプスン少佐は細巻きの葉巻を一服した。すてきな絵の描かれた大型のブック・マッチを持ち帰っていいとジミーに告げ、テーブルの下でパリパリの新札を彼の手にすべりこませ、ウェイターにチップをわたすようにうながした。

「次回ニューヨークへお越しの節は、ぜひご贔屓《ひいき》に」とウェイター。

「うん……。これ、とっといて」

「おそれいります」

車はブロードウェーとにぎやかな大通りをつぎつぎとぬけ、やがて少佐が車を止めるように命じた。それからふたりは特大の宝石店へはいり、ジミーのためにタイピンとカフスボタンを選んだ。どちらも小さなサファイアがはまっていた。そしてミセス・モーリーのためにブローチを。すがすがしい黄金の昼下がりで、澄みきった青空が頭上に広がっていた。歩道の縁石で車を待つあいだ、ジミーが顔を上向けていった。「ぼくのほしいものがなにかわかる？」

「いいや、ジム。なんだい？」

「鞍《くら》だよ」

ジャーヴィスがドアをあけ、ふたりは車に乗りこんだ。「ミセス・モーリーの家に馬を飼う場所があるかな？　なさそうに思えるが」

「なくてもいいよ。ほしいのは――」

「――鞍だけか。よし、いつかおまえも馬に乗るだろう。わかった」

革のにおいでむせ返るような店内で、販売員は最初のうち子供用の鞍を見せようとしたが、トンプスン少佐には、いわれるまでもなく、それがジミーの考えているものとはほど遠いことがわかった。ふたりは本物の鞍を買った。フルサイズで、あぶみ付きのやつだ。それと革を良好な状態に保っておくための手入れ用品一式のはいった箱。エンパイア・ステート・ビルディングのてっぺんまで上がり、セントラル・パークの動物園へ行き、古風な制服をまとったおもちゃの兵隊を何箱分か選びだし、ニュース映画と短編を上映している映画館で一時間を過ごすと夕食の時間だった。夕食にはホットドッグを食べた。たっぷりと。マスタードを塗り、ザワークラウトを添えると、ほっぺたが落ちるほどうまかった。

「来た道をもどるかわりに」とトンプスン少佐がいった。「フェリーで川をわたるのはどうかな？」

ジミーはマスタードの小さな染みをおずおずとなめとった。「もどらなくちゃいけないの？」

「残念だがそうだ。もどらなくちゃいけない」

「でも、いっしょにもどってくれるんでしょう？」

少佐はうなずいた。「でも、そのあとは……その……説明したように、お父さんはその足でまた出ていかなければならないんだ」

少年はじっくり考えてから、いった。「じゃあ、フェリーに乗ろうよ」

深紅の影がまだ西の地平線を縞模様《しま》に染めていたものの、夕方の風は冷たかった。空を背にした高層建築群の輪郭《りんかく》が、背後に消えていった。「もっと川を見ていたいけど」

とジミー。「でも、寒いや」

「じゃあ、船室《キャビン》にはいろう」なかは風通しが悪かったが、暖かかった。ジミーは窓に顔を押しつけ、邪魔になるキャビンの明かりの反射光をかざした手で防ぎながら、外を流れる暗い川を熱心に見つめた。少佐はまた細巻きの葉巻に火をつけた。ひとりの男がキャビンのドアをあけた。ふたりの目があった。男は姿を消し、もうひとりの男を連れてすぐにまたあらわれた。

「悪いな。ちょっと人と話をしてくる」少佐は葉巻をはじくと、立ちあがって船首へ行った。少年はちょっとふり向いてから、また川を見つめはじめた。

「これはこれは」とふたりのうち大柄なほうがいった。「ビリー・ルーニーじゃねえか。よりによって」

「太守《バシャ》その人だ」ともうひとり。こちらは痩せぎすだ。

「おふたりさん。まさかジャージーへ遊びに行くわけじゃ――?」

「あのガキはだれだい?」と質問にはとりあわず大男がいった。痩せぎすの男は、アストラカン織りの帽子、仕立てのいいオーヴァーをしげしげとながめ、唇をすぼめて口笛を吹く真似《まね》をした。

「あのガキはだれだい?」

「かわいい子だろう? 聞いて驚くなよ。ジミー・トンプスンをおぼえてるか?」彼はまた葉巻をはじいた。

こんどの口笛は真似ではなかった。「ああ、おぼえてるとも。あいつのガキなのか? ジミーにガキがいたとは知らなかったぜ」

少佐の口もとにつかのまの微笑が浮かんだ。「ジミー本人だって忘れてるさ。おぼえてたって、気にしないだろう。おれは自由で、あの子の親父は自由じゃないのがわかったから、ちょっと寄ってやろうと思ったのさ。どうやらおふたりさんにはつまらない仕事がたくさんあって、おれの手をわずらわせたいらしいな」ふたりの男はうなずいた。「やっぱりそうか……。よし、さよならをいわせてくれ」

細巻きではない葉巻をとりだしながら、大男がたずねた。「あのガキはどうやって家へ帰るんだ? 寒い夜だぜ、ルーニー」

「わかってる。ちゃんと帰れるよ。車を持ってる知りあいがいるから、家まで送ってもらうさ」ふたりの男は、引き返していく彼を見送った。

「ジム」彼は少年の肩に手をかけた。「残念だが、けっきょくいっしょにはもどれなくなった。急用ができたんだ。でも、ジャーヴィスと運転手といっしょに前に乗れば、寂しくはないだろう」

少年はいった。「まずお手洗いに行ってくる」手洗いから出てくると、少佐とふたりの男がドアの近くにかたまって立っていた。

「ジム、お父さんの古い友だちふたりが、おまえに会いたいそうだ。合衆国外務職員局のシュミッツ大尉とブレイディ中尉――こちらがジェイムズ、せがれだ」

「よろしく」と合衆国外務職員局のシュミッツ大尉。

「こちらもよろしく」と同局のブレイディ中尉。

四人は大きな黒塗りのリムジンまで歩き、そこでジャーヴィスと運転手に復路の乗客はジミーひとりだと説明した。「いまさよならをいったほうがいい。フェリーが停まったら、時間がないだろう……。こんどいつ会えるかはわからない、ジミー。喧嘩をせずに、ミセス・モーリーのいうことをよく聞くんだぞ。あの人は立派な女性だ。お父さんは――」

言葉が途切れた。少年が手をのばし、首っ玉にかじりついてきたのだ。抱擁は短かった。ジミーは車に乗りかけたところでふり返った。「もう忘れないよ」と彼はいった。「あのときはまだ小さかったんだ。たったの四つだったんだよ。鞍はどこ？　ああ、あった」ジミーは車に乗りこみ、ジャーヴィスを乗りこえた。それで運転手とジャーヴィスにはさまれる形になった。体をはずませて、「ねえ、もうじき埠頭《ふとう》だよ！」それからウィンドウのほうに身を乗りだし、声をはりあげる。「ほんとうにありがとう。すごく楽しかったよ。こんど会うときは、もっともっと大きくなってるよ」それからみるみる近づいてくるフェリー桟橋《さんばし》のほうに勢いこんで顔を向けた。

シュミッツ大尉がいった。「ほう……車と運転手と使用人とはどういうことなんだ、ルーニー？」

「代理店で調達したのさ。領収証がポケットにはいってる」

「あんたはなにごともきっちりやるな、パシャ」とブレイディ中尉が感想を述べた。船が桟橋にぶつかり、はね返り、またドスンとぶつかると、油まみれの杭《くい》にそって進んだ。ベルが鳴り、鎖がガラガラと音をたてる。「まあ、けっきょく、あの子の親父とおれは古いつきあいだったわけだ、ある種の有名な施設でルーム・メイトだったことはべつにしても……」だしぬけに態度が変わった。「でも、あんなくそったれがいていいのか?」と声を荒らげ、「あんな子供がいるのに、洟《はな》もひっかけやしないんだぞ」

タラップがかけわたされた。乗客が船から流れ出ていった。シュミッツ大尉がいった。「倉庫街で金庫が破られたのを知ってるか、ルーニー?」

「初耳だな」とおだやかな声にもどって彼は答えた。

「あんたの名前がそこらじゅうに出てるぜ。おれたちの最初の感想は、感想はだ、『おやおや。パシャ・ルーニーが出てきたにちげえねえ』だったんだ。そうだよな、コンラッド?」とブレイディ中尉が声をかけた。

だが、相棒はべつのことを考えていた。「あのガキは、おれの知ってるだれかに似てるんだ」と彼はいった。「といって、あの下司《げす》野郎ジミー・トンプスンのことじゃないぜ」

パシャ・ルーニーは、フェリーから降りていく車の列を見送っていた。「母親似なんだよ」とぽつりという。「ヘレン・ファレルだ。死んじまったが」

シュミッツがパチンと指を鳴らし、「そうか。なるほど。そのとおりだ。あの女はすげえべっぴんだったからな……」アストラカン織りの帽子をかぶった男に向きなおり、「勘違いじゃなかったら、おまえさんはあの女に惚《ほ》れてたんじゃなかったか、ルーニー？　あの女がジミー・トンプスンとつきあいだす前に？」

黒塗りの車がフェリー埠頭へ降りていった。窓ぎわで動くものがあった。小柄な少年がバイバイと手をふっているのかもしれなかった。アストラカン織りの帽子をかぶった男は手をふり返した。「ああ」としばらくして男はいった。「ぞっこんだったよ……」

そして赤い薔薇《ばら》一輪を忘れずに

伊藤典夫訳

チャーリー・バートンの職場は、ニューヨーク東部地区で中古ガスストーブの再生と卸売《おろしう》りをやっている商店だった。使い古しのストーブが運ばれてくると、チャーリーは裏口でそれを受け取り、手押し車に載せてなかに運び、ばらばらに分解し、磨いて（さらに磨いて、磨いて、磨いて、磨いて）、そのくたびれ方ではこれ以上は無理という限度までピカピカにし、欠けた部品を組み込み、店頭に並べて、買いにくる客に供するのである。

販売はチャーリーの仕事ではなかった。そちらは雇い主がいっさいを受け持っていた。がっしりした猪首《いくび》の男で、店には毎日それほど長くはいない。買いに来る小売業者たちにおべっかを使っていないときには、この男はチャーリーに対して容赦がなかった。男の名前はマット・マンゴーといい、店にはこざっぱりしたミドルクラスの服を着て、ふだん「別の場所」といっている方面から現われた。それ以上くわしい説明はないので、チャーリーのほうもあえて詮索《せんさく》しなかった。

しかしながらチャーリーの見るところ、マンゴーが、こちらの中古ストーブ店で使うような侮辱的な態度ややり口を、その別の場所と称するところの従業員や客に対してとっているかどうかは怪しい――いや、マンゴーがそうしているはずがないことは確信があった。

いろいろな罵声《ばせい》をいろいろ気にさわるやり方で浴びせるほかに、マンゴーにはチャーリーを押したり小突いたりし、何かにつけていじめる癖があった。もしチャーリーが我慢しきれず、手を休めたりふりかえって文句をいったりしようものなら、マンゴーはわざと驚いた顔をして「何だ？　何だ？」とからみはじめる。――そしてチャーリーが反論を組み立てる暇もないうちに、まっすぐに揃《そろ》えた太い指でチャーリーのわき腹なりみぞおちなりに突きを入れ、すかさず遠くへ飛びのいて、そこから大声で口ぎたなく、早く仕事にもどれとせきたてるのである。もちろん自然なことの成行きのなかで、どのみちチャーリーがかたづけてしまう仕事ではあるのだが。

チャーリーの住まいは、古ぼけた見ばえの悪い建物の二階にあった。一階には黒服の二人の老婆が住んでいて、英語は通じず、よく教会へかよっていた。最上階にはアジア系の男がいるが、この住人についてはチャーリーは何も知らなかった。というか何も知らずにいたのだが、その晩チャーリーが筋肉の痛みと苦しみと怒りに押しひしがれて仕事からもどると、その男が一階入口にある自分のドアベルの上の表札のフレームに名刺をさしこもうとしているのを見つけた。フレームが曲がり、名刺がつかえているので、チャーリーが長めのナイフを取りだし、古びてゆがんだ金属をこじあけると、名刺はするりとはいった。するとアジア系の男がこういった。「すまないね、どうも」

「ああ、どうってことはないさ」とチャーリーはいい、何という名前なのかとのぞきこんだ。だが名刺には《書店》とあるだけだった。「おかしな場所に店を出すんだな」とチャーリー。「だけど、本の注文は郵便で受けようってわけか」

「いや、ああ」とアジア系の男はいった。そして軽く会釈し、淡くほほえみ、かすかに手ぶりをすると、チャーリーに先に行くようにうながして、暗くて臭い階段をのぼった。ひとつめの階段をなかば上がったところで、アジア系の男はいった。「開業したての売り場所で、しばし、ちょっとお茶と煙草《たばこ》シガレットはいかがかな」

「ほう、いいね」とチャーリーはすぐさまいった。「それはごちそうさん」ひとの家に招かれたことなどめったになく、実をいえば、チャーリーは少々みにくく、のろく、鈍感──その点はマンゴーが言い立てているとおりだった。ここで彼はたずねた。「おたくは中国人かい、日本人かい？」

「ちがう」とその隣人はいった。そのまま何もいわず、最上階に着いたところで、ドアを合鍵であけ、手をすべりこませて明かりのスイッチをつけると、チャーリーにはいれという仕草をし、「是非に」とつけ加えた。

たしかにそこはチャーリーが見慣れている書店とは趣きがちがっていた……という意味では、多少とも彼はこの手のものを見慣れていたとはいえる。開いた書棚はなく、壁には飾り戸棚《キャビネット》が並び、木製の櫃《ひつ》もたくさん見えた。ミスター書店主は、残り火を吹いて茶をわかすようなことはしなかった。すでに甘くしてある茶をじかに魔法瓶《びん》からプラスチックのカップに注ぎ、煙草もふつうのアメリカ煙草だった。一服が過ぎると、男はキャビネットや櫃をあけはじめた。はじめに出してきたのはとてつもなく小さな本で、とてつもなく不思議な言語で書かれていた。「こんな紙は見たこともないよ」とチャーリーはいった。

「事実のところ、椰子《やし》の葉さ。仏教の連禱《れんとう》だ。本文を印するのに、インクではなくて煤《すす》を使ってある。貴重ではないかね？」

チャーリーはいやいやと首をふり、あらたまってきいた。「これは幾らぐらいするんだ？」

書店主は妙な格好の付け札をながめた。「値段はな、生まれたての赤んぼうとおなじ重さの銀の延《の》べ棒だ」男はチャーリーの手からそっと本を取り、小仕切りのなかにもどしてキャビネットを閉じると、いい香りのする櫃の丸っこい蓋《ふた》を上げ、何やらもっと大きな、はるかに大きなものを取りだした。金繊維を織った布にくるまれている。「手飼いの象の増やし方を図解した大著の刊本だ。黄色い紙を明礬《みょうばん》で波形にろふしてある。まさに珍品。ご同感かね？」

ひとつには、チャーリーが反論しにくい立場にいたこともあるが、もうひとつには、つぎの挿絵《さしえ》におおいに驚き、刺激されてしまったこともあった。「おいおい、こいつは何をやってるんだ！」と叫んだ。

書店主は目をやった。うっすらした寛容な笑みが、象牙《ぞうげ》のような顔にしわを寄せた。

「ひょうきんな」と意見を述べた。男は本を引き取ろうと近づいた。

「こっちは幾らなんだね？」

男は付け札を調べた。「この本の値段は」といい、「こうあるな。〈白鸚鵡《おうむ》一番、刺繍《ししゅう》入りの紫のころも一着、打ち延ばした金で作った極上象眼《ぞうがん》食器六十七個、銀線細工の大盃《つがい》百枚、それに十カティー分のカルダモン〉」男は本を下げると、ふたたびつつみ、櫃のなかの定位置にもどした。

「あんたはこれをみんな自分の国から持ってきたのかい？」

「すべてな」とアジア系の男はいい、うなずいた。「わが祖先の宝物さ。氷雪はらんだヒマラヤの峠《とうげ》を、ヤクの背に積んでいくつ越えたことか。苦難の旅路だ」身ぶりをした。「古き家伝の文化で、いまこれのみが形をとどめている」

チャーリーは痛ましげに目を細めた。「それは気の毒だったな。そうか！　やっと思いだしたよ！　新聞で読んだ！　チベット難民だ。――中国共産党が押し寄せてくるんで、それで逃げだした！」

書店主は首をふった。「事実のところはちがう。チベット系ではないよ。逃れの理由は、強欲きわまるドゥー・ツハ・フムイェグの軍勢が攻め来たったからさ。ブータン国王の邪悪な逆臣だ。ブータン本土への通路がなかったので、逃れはインド方面だった」

男は考えこみ、またひとつの櫃から本を取りだした。

「いや、あんたの英語はすごくじょうずだよ」

「じきじきの個人教授を受けたのが、かの物故したオリヴァー・ブラント＝ピゴット師、プーナのキリスト教神殿のはいびゃくされたシャーマンだ」男はたいへん重そうな書物の重そうな厚紙表紙を持ちあげた。

「それはいつのころだね？」

「昔さ」男は表紙を置き、大きな厚いページをゆっくりとめくった。「見たまえ、部族の衣装をまとった蛮人たちが、捧げ物を運んでくる」チャーリーは、ここでどういう態度が求められているかを正しくわきまえていた。とうてい買える身分ではないし、とても手がとどきそうな代物ではない。だがあたかも買いそうな顔をするのが礼儀というものである。興味があることを示すにはそれしかなかった。というわけで、彼はいまいちどきいた。

いまいちど書店主のほっそりした白い指が付け札をさがした。「ああ、ふむ。これの値段は、薄色の金襴《きんらん》六反《たん》でくるんだシムルグ（ペルシャ神話の怪鳥）のミイラ、粒金細工の箱におさめた最高級の麝香《じゃこう》百袋、それにペルシャの鎖蛇《くさりへび》のヴェネツィア糖蜜漬けだ」男はページをもどし、表紙をかぶせ、再包装にかかった。

チャーリーはしばらく考えた末、どの本もみんなそういう値段がついているのかとたずねた。「あっく、うん。ここにある本は全部そういう値段であって、おそろしく入念に見積もりを重ねて決められている。わたしの祖先がロム・ブヤの高《たか》つ谷《たに》を治めていたころだ。——かつては世界の十字路だったが、地震でほとんどの峠が埋まってからは、ラサやサマルカンドやそういった町に交易が移ってしまった。だからさ」

ひとつの疑問が、口もとにしわとなって形をとりだし、いま声に変わった。「しかし、金銭で支払いはできないのかい？」

書店主は、中指の先っぽを鼻のあたまに置いた。「金銭でだと？　ちょっと考えさせてくれ……ああ！　ここにある『金剛鸚哥《こんごういんこ》、白鷺《しらさぎ》、鷓鴣《しゃこ》の書』の五色刷り、安いぞ。ムガル帝国バーブル朝の金貨でわずか八十三モフールと、高潔者アロンのディルへム銀貨一枚だ。……あんた方は高潔者アロンというか？　そう呼ばない。失礼。ハールーン・アッラシードだ。お買い得だよ」

チャーリーは首をふった。「いや、つまり、ふつうのカネでさ」

書店主は会釈し、その首をふった。「おとなりの御仁。わたしはだてに二十七回も命を危険にさらし、悲嘆や苦痛を数限りなく味わってまで、先祖から受け継いだ宝物をびた銭で売りとばしたり、先祖のりっぱな価値基準をないがしろにしに来たわけじゃないんだよ。ああ、まさかね」そして元の入れ物に『金剛鸚哥、白鷺、鷓鴣の書』五色刷りをおさめた。

漠とした意固地さがチャーリーの心にとりついた。「では、そんなら、いちばん安い本というのはどれだね？」

ロム・ブヤの高つ谷の後裔《こうえい》は肩をすくめ、下唇を指でつまみ、あちこち見まわすと、短く小声の叫びをもらし、遠い隅にある最後のキャビネットから巨大な巻物を取りだした。軸は玉髄で、象牙の飾りがつき、サマール香木を使った容器は朱の漆塗《うるしぬ》りで、鎗金《そうきん》が施されていた。ひも状の紙押さえは、縞《しま》のきれいな瑪瑙《めのう》でできていた。

「これは君主のつれづれの折の他愛ない慰みさ。つづめていえば、題名はこうだ。『世にも稀《まれ》なる秘密の書。ごみと糞と麩《ふすま》からいかに金銀を製するか、またいかに愛情を勝ち得るか、加えて、和合の態位百三十八種と、直立を保つばかりか美味《おい》しいこと請けあいの滋養物レシピ六十種。ある賢者の著』という」男は巻物を開くと、テーブルの横幅いっぱいにゆっくりと解きはじめた。

絵はどれも息をのむほど精緻な職人芸であり、色も華麗なもので、そのすばらしい顔料が乾かぬうちに処置したのだろう、砕いた金色水晶がちりばめてあった。チャーリーの心臓は一回大きく跳ねあがり、また沈んだ。「いや、おれがいったのはいちばん安い――」

書店主はかすかなあくびをかみ殺した。「これがいちばん安いんだ」と気のない声で、ほとんど。「肉欲以上に安いもの、錬金術や媚薬《びやく》以上に値打ちのないものがあるかね？値段は……値段は」男がながめる付け札は、黒檀《こくたん》に碧玉《へきぎょく》をはめこんだものだ。「値段はバビロンのサンダル商人の割れた頭と、その口にはさんだ赤い赤い薔薇《ばら》一輪だ。はした値さ。支払ってもらって、どういう益があるかはいま失念したが、それはたいした問題じゃない。わたしの唯一の仕事は、決まった値段で売ることだ。——それともちろん、星の光が薄れるまであんたを客としてもてなすことだ」

チャーリーは立ちあがった。「何にしても、そろそろ失礼するよ。いろいろ見せてもらって、ほんとうにありがとう。もしかしたら明日、何か買いに来るかもしれない。全部売り切れてしまってなければね」心は内なる願いを承知し、理性はその願いが無理なことをわきまえている。しかし彼の口は、最後の最後まで節度を守りとおした。

チャーリーは階段を下った。心にはへんてこな思いが沸きたっていた。楽しいような、やけくそのような思いだった。のぼってくる重い足音がひびいた。マンゴーでなくて誰であろう。「おまえの部屋はたしか二階だといっていたな。嘘《うそ》をついたって無駄だぞ。来い、うすぼけ、ちょっと用がある。気分転換にアルバイトさせてやる。おれのくそ自動車がパンクしたんだ。直しに来いよ、おい、低能。おれが来いといったら、来るんだ！」そして揃えた太い指でチャーリーの腎臓のあたりに突きを入れると、苦痛の叫びもおかまいなく、なかば彼を導くように、なかば駆りたてるようにして、がらんとした通りから通りへと戸の閉まった倉庫街を歩きつづけ、とある場所へ出た。なるほど、そこには一台の自動車がこころもち傾《かし》いで駐《と》まっている。

「そのくそジャッキを上げるんだ。なんだ、その夢見ているような顔は！　どたどたするな、しゃきんと立て。おれが暇だと思っているのか？　くそばかどもに薄汚いストーブを売るだけが能だと思っているのか？　早く車体を持ちあげろ、ぼんくら！　いいか聞けよ、おれはな、ここの店のほかに、ロングアイランドのバビロンじゃいちばんでかい靴屋《くつや》をやってるんだ。そのタイヤレバーを拾え！」

ナポリ

浅倉久志訳

わたしにはその理由がよくわからない以上、奇妙としかいいようがない——もっとも、貧困のせいでは、という推測は成り立つ——そう、ヨーロッパのほかの君主たちがまだ大理石や花崗岩《かこうがん》で宮殿を建造していた時代に、ナポリと両シチリアと呼ばれたあの奇妙で不運な王国は、なんと赤煉瓦《あかれんが》で宮殿を建てていたのだ。とにかく、これが彼らの選択だった。イタリアにおけるブルボン王家最後の末裔《まつえい》たちはすでに王座を失い、悶々《もんもん》たる気分を慰めようにも、もはや仕切りの陰から聞こえる去勢歌手《カストラート》の歌声もなく、その王家の子孫たちも、いまでは高級宝石店の上品な紳士店員といった職業で生計を立てている始末——ことによると、それが昔日の栄光の記憶から（といっても、知れたものだが）さほど遠く隔たっていないにしてもだ。ただ、赤煉瓦造りの宮殿《パラッツオ》はまだ健在で、いまなおナポリ港風景の一部を形づくっており、そして——すくなくともその幾棟かは——いまなお政治の中枢の役目を果たしている（べつの場所では、赤煉瓦と貧困のあいだになんらかの関係があるならともかく、わたしの目にはおなじく謎《なぞ》めいた理由で、それとおなじ様式、おなじ材料を使って造られた建物が、貧民救護修道女会とか、そのての宗教団体の看板を掲げ、病人や老人、そのほかの不幸な人びとや悩める人びとへの献身的奉仕をつづけている。どちらがより崇高な機能であり、どちらがより大きい報奨を受けるかという疑問には、さほどひまをかけずに解答が出るにちがいない)。

いまから二十年ほど前、若くもなければ年老いてもおらず、醜くもなければ美男でもなく、明らかに金持ちには見えないが貧しくも見えないひとりの男が、波止場《はとば》を出て赤煉瓦の宮殿のそばを通りすぎ、古ぼけたナポリの下町の雑踏のなかへと足を踏みいれた。その男がさほど好奇心もなく観察したところでは、外国での伝聞とは異なり、ここの街路にあふれているのは短軀《たんく》で色浅黒い人びとでなく、長身で白い肌の人びとだった。しかし、そのての言い伝えに寄せた期待は、べつの面で満たされた——驢馬《ろば》に曳《ひ》かれたおびただしい数の荷車、だぶだぶの黒いドレスの女たち、それにこれまたおびただしい数の乞食《こじき》、そのほかにも、明白で奥深い貧困のさまざまな徴候が目につくのだ。さっそくひとりの青年がこの旅行者に近づき、ひそひそ声である奉仕の申し出をした。その青年は上着の襟《えり》を立て、喉《のど》のあたりをしっかり押さえていたが、その日がべつに寒くもなく、涼しくさえないことを考えると、おそらくワイシャツを着ていないことを隠すためではなかろうか。だが、事実、その青年がワイシャツを着ていないのかどうかは、たしかめるすべがなかった。おそらくワイシャツを持ってはいるが、おそらくきょうは洗濯日であり、おそらくそのワイシャツは路地の上に張りわたされた物干し綱に吊《つる》されて、なにぶんあまり日のささない路地であるため、すぐには乾かないのだろう。

そうした路地や、そうした物干し綱はきわめて数が多く、そうしたワイシャツもきわめて数が多いことは考えられる。そしてまた、それを着る男性も数多いが、そのみんながみんな年若いわけではない。もし統計をとったならば、外出用ワイシャツの枚数が不足していることが明らかになるかもしれない。

ナポリ。

旅行者はしきりに立ちどまっては考えをめぐらしながら、港湾地域から険しい丘のほうへ向かってゆっくりと坂を登りつづけた。ときには軽く眉《まゆ》をひそめることもあり、またときには淡い笑みを浮かべることもあった。遠い昔、どこかの身分の卑しいヒーローまたはヒロインが発見した事実がある。この半島でとれる硬質小麦は、穂のついたままで貯蔵すると黴《かび》が生えたり、さび病が出たり、腐ったりするが、いったん粉に挽《ひ》いてから、水をまぜてペースト状に練り上げ、圧力を加えて細長い紐《ひも》の形にひっぱりだしたものを干しておけば、人びとが空腹をしのげるかぎりにおいて、半永久的に保存できる、ということだ。それを茹《ゆ》でれば、パンに劣らぬ栄養価があって、しかもはるかに長持ちする食品になるし、オリーブ油やトマトや肉やチーズ、それにたとえば月桂樹やバジルの葉を入れると、なかなかおいしい料理ができあがる。しかし、時代が経過しても、こうした添え物や調味料は、費用の点でなかなか庶民には手が届かなかった。そこで、多少なりともプレーン・パスタの単調さに変化をつけようと、考えられるかぎりの種々さまざまな形が作られた。薄っぺらな紐や分厚い紐、幅の広いリボンや幅の狭いリボン、長い中空の管や、肘《ひじ》のように曲がった中空の管、弓形や、貝殻《かいがら》形や、星形や、車輪形や、バラ形や、その他いろいろ。さよう、なにはなくても、種々さまざまな形のプレーン・パスタを食べれば、いちおう気分が落ちつくではないか……もちろん、口に入れるパスタがあっての話だが。

せまい通りや、それ以上にせまい路地に面した戸口は、すくなくともふたつにひとつがなにかの商店であり、それらの商店の多くがパスタを売っていた。目先を変えるため、それらのパスタの包みは、ただ、ぽんと積みあげてあるだけではなかった。たとえば――まっすぐな種類のパスタは――花を咲かせた茎の集まりのように、その上端が斜めに外へひろげられていた。そんな陳列を見るたびに、旅行者はうっすら笑みをうかべた。旅行者と歩調を合わせている青年も、そんなつつましい陳列に目をやりはした。だが、青年はそれを見てもけっして微笑しなかった。いや、それどころか、低いささやき声で話しつづけるあいだ、ただの一度も微笑をうかべなかった。

そうした路地の大部分は、店の表に商品を並べるだけの幅がないように思えるが、そうした陳列はなおもつづいた。中古の衣服や、数少ない新品の衣服がならんでいた。また、まるのままのチーズもならんでいた。もっとも、この界隈《かいわい》ではチーズをまるごと買う人間はおろか、そのひと切れを、それともポロポロに崩れるかけらを買う人間さえ見あたらない。まだ生きてぴんぴんしている小魚もならんでいたし、死んでから長い日数を経た大きな魚の、くすんだ色の切り身もならんでいた。干からびて堅くなり、強烈な臭気を放っている塩漬けの切り身は、嵐に波立つはるか遠くの海を連想させた。バスケットのなかにはトマトやトウガラシがはいっていた。丹念に一滴ずつオイルを詰めた小瓶《こびん》もあった。さまざまな色あいのオリーブの実もならんでいた。聖人の肖像画も売られており、そのおなじ店が珊瑚《さんご》や銀の小さい像を――そして、こうした貧困の風景にはひどく不似合いな――黄金像も売っていた。せまい店のせまい陳列窓には、そう、十字架もあり、ロザリオもあった。あの宗教の普遍的イメージだ……しかし、ここにならんだ角《つの》はいったいなんだろう？　これらの小さな手はいったいなんだろう？　人差し指と中指のあいだから親指が突きだした、この小さい拳《こぶし》は？

だが、質問はしないほうがいい。そんなことをすれば、この通りはたちまちからっぽになるだろう。ナポリのみんながそのことを知っているし、ナポリのだれもがそのことをひそひそ声でしか話さない……その上、よそ者にはまったく話さない。ひと言もしゃべるな。でないと、噂《うわさ》が広まる。このへんの街路では、他人の顔をあまり長く見つめてはならない。とりわけ、市民たちが産みふやしたおびただしい数の子供たちを見つめてはならない。あなたの目が邪眼でないと、だれにわかる？

旅行者の目は、群れ集うぼろ着姿の子供《バンビーニ》たちをさっと目におさめてから、痩《や》せこけた猫たちを見てとり、働き者の主婦たちが炭火をあおいでいるこんろにちらと目をやった。ひと部屋しかない住居の場合、街路を台所の代用にするのはいたしかたがない。

ただし、料理する素材があり、それを煮炊きする燃料があっての話だが。

せまい街路がようやくひろがって、一種の広場《ピアッツァ》になった。その一端には教会があり、広場の両側の空白の壁は、港の近くの赤煉瓦造りよりもはるかに古ぼけた宮殿の壁だった。スペイン総督時代のものか、ロベルト賢明王時代のものか。だれにわかる？　とにかく、そこにはもはや商店もなく、露店もなく、路地に向かって開け放された、ひと部屋だけの〝住居〟もなかった……また、めずらしいことに、おおぜいの人びとも……いや、乞食の姿さえも……目につかなかった。そして、一見どこにも通じてなさそうな一種の路地がひとつあり、これまた意外にも、人っ子ひとりの姿もなかった。さて、この旅行者は、青年が（むきだしの喉を隠した上着の襟をしっかり手で押さえながら）影法師のようにまとわりついてくるのを、ときおり横目でながめるだけで、むこうが〝案内人〟としての役目から、たえずささやきかける説明にはまったく返事しなかった。だが、ここではじめて旅行者は足をとめ、すばやく相手の顔をじかに一瞥《いちべつ》してから、その小さい路地のほうへあごをしゃくり、そこへ足を踏みいれた。

ワイシャツのない青年は、天国を仰ぎ見るように顔を上げた。それからまたうつむいて、すりへった、きたない石畳を見おろした。肩をすくめるというには小さすぎる動作をしたあとで、むきだしの喉から、ため息というには小さすぎる音をもらした。

そして、あとにつづいた。

旅行者はふりかえり、青年の目をのぞきこむことなく、その耳へ二言三言、手短になにごとかをささやいた。

それまでこわばって無表情だった青年の顔が、ふいにだらりと弛緩《しかん》した。つかのま、そこに驚きが現れた。眉が一、二度動いた。

——はい、そうです——と青年はいった。——たしかに——

それから、軽く一礼し、片腕を小さく動かしてこういった——どうぞ、こちらへ。すぐそこです——と青年はいった。

どちらの男も、教会の前では立ちどまらなかった。

やがて、きゅうに通りの数がふえてきた。どれもが路地だ。その路地がただの細いすきまになった。商店の数が減りはじめ、ならんだ商品がいっそう貧弱になった。頭上でぽたぽた雫《しずく》を垂らしている生乾きの洗濯物の列には、もはや人間の衣服の面影がほとんどなかった。物干し綱からぶらさがり、ゆるやかで生暖かくて悪臭のする突風にときおり揺さぶられているのは、もしかすると昔は衣服だったのかもしれない。鋏《はさみ》と針と糸を使ってどこまでも根気よく、どこまでも丹念に繕《つくろ》いをすれば、衣服の面影がふたたびよみがえるかもしれない。だが、現状では、このぼろ切れにそんな名前をつけるのはおこがましいかぎりだ。それとも、こう考えるべきだろうか。これらの壁の背後、かさぶただらけの壁、剝《は》がれかけた壁、割れた壁、不潔でじめじめして膿汁《うみじる》を垂らした壁の背後には、人間とは異なる仕立ての衣服を必要とする手足を持った、小鬼の一族が住んでいるのだ、と。

旅行者がすこし足を遅らせはじめた。

なんとひんぱんに、なんと注意深く、ほとんどおそるおそるというような感じで、案内役の青年は頭をめぐらし、客がついてくることを確認することだろう。ひょっとしてその客が、回転軸にとりつけられた、古びて猥褻《わいせつ》なほどぬるぬるした板石に誤って足をのせたため、声にならぬ悲鳴を上げて、神のみぞ知る奈落へ転落したのではなかろうか。ひょっとして大きな野兎《のうさぎ》が輪縄の罠《わな》にかかったように、風にぱたぱた煽《あお》られるぼろ切れの上へひっぱりあげられたのでは……。ぼろ切れ？　それとも信号旗？　ひょっとしてどこかの奇妙な艦隊が、真鍮《しんちゆう》製の望遠鏡の焦点をこちらに合わせているのでは？　いや、ひょっとしてだいじな客が不安と用心のあまり、きゅうに向きを変えて逃げだすのでは、という不安と用心からか？　その場合は、案内役の青年も、客のあとを追って逃げだすことになるだろう。もっとも、この場合の青年の不安は、報酬がふいになるのでは、というだけのものだが。

ワイシャツのない境遇で、それ以上に大きい不安がどこにある？

角を曲がり、虫食いだらけのドアをくぐると、そこは中庭だった。ここの虫たちはもう何世紀も前に最後の食事をすませ、残りの木材は食用に不適、と見放したのかもしれない。その中庭は、エトルリア人の考える地獄の玄関口のようにうす暗くてじめじめしていた。中庭というより、最後の入居者を長年待ちわびてもまだ完全に満員にはならない、どこかの塚か古墳の控えの間《ま》であるかもしれなかった。影。異臭。この不潔でじめじめした空気の中では、そこにぶらさがったぼろ切れがたとえ乾いたにしても、けっして衣服の用をなさないだろう。そうするだけの気位のある人間が、まだこの中庭のなかにいたとして、せいぜいどこかの汚れた戸口の階段を拭《ふ》くぐらいの役にしか立たない。だが、もしそんな人間がいないとすれば、どうしてそこに洗って濡《ぬ》れたぼろ切れが干してあるのか？　ひょっとすると、世間体をつくろいたい意識が、虫の息にしてもまだ残されているからか。だれにわかる？

ナポリ。

その中庭の角を曲がるとドアがあり、そのドアを抜けると廊下、その突き当たりが階段で、階段を登ったところに戸口があったが、その戸口にはもはやドアがついてなかった。そこには仕切りのつもりか、もはや毛布の面影さえないしろものが垂れさがっていた。青年は足をとめ、壁をたたき、低くささやいた。なにかが室内で音を立てた。なにかがひきずるような音とともに、床を横切ってきた。なにかが、それと同時に、ぶらさがった掛け布をわきへひきよせ、その掛け布のかげに体を包もうとしているらしかった。戸口の奥では、ひとりの男がベッドの上にすわっていた。おそらくベッドの上にすわるより、ベッドのなかに寝ていたほうが、まだしも見るに耐える姿だったろう。大小の亀裂がはいり、あっちこっちが剝落《はくらく》した湿っぽい壁には、何枚かの肖像が貼《は》ってあった。雑誌の切り抜きだ。ふたりのアメリカ大統領。ふたりの法王。ひとりのロシア指導者。そしてふたりの聖人。比較するのもおぞましいかぎりだ。その不潔で不愉快な壁に似姿を貼られた人物たちについていえるのは、とにかくその全員がすでに死亡しているという共通点ぐらいだろう。

——こんにちは——と、案内役の青年がいった。

——こんにちは——と、ベッドの上の男がいった。しばらく間があいた。だが、たとえそんなあいさつをしなくても、責められはしなかったろう。

——この方は外国人だ——

ベッドの上の男は無言。落ちくぼんだ目がそちらを向いただけだ。

——この方は、えへん、あー、あるものを買いたい、と——

——だが、売るものはない——

なんとかすれた、なんとかよわい声。

——ごくささやかなものだよ。あるもの。あるささやかな——

——だが、なにもない。なにも持ってない。ここにはなにも——

男の片手が短いしぐさをしてから、だらりと垂れ、動かなくなった。年上の旅行者の顔に、ちょっぴり苛立《いらだ》ちが現れたようすだ。年下の訪問者は、なにひとつ見逃さない目でそれを見てとり、もう一歩ベッドに近づいた。——この方は外国人だよ——と、のろまな子供にいいきかせるような口調でくりかえした。

ベッドの上の男は周囲を見まわした。かがめた背中はきたならしい骨と皮。男は肩をすぼめ、いっそう猫背になった。——外国人なのはわかった。それがどうした？——その低い声はまったく興味なさそうだった。

——この方は外国人だ。よく聞け、このまぬけ、詐欺師《さぎし》の息子、娼婦の息子よ、この方にはお金がある——青年はだしぬけに旅行者に向きなおると、こういった——こいつに見せてください——

旅行者はためらい、周囲を見まわした。唇が動いた。鼻も動いた。両手は動かなかった。

——見せなくちゃだめです。見せなくちゃ、払いようが——

旅行者はやにわにコートの内ポケットから紙入れをとりだし、いきなりそれをひらき、いきなり紙入れをまた懐《ふところ》にしまいこんでから、背中をきたならしい壁すれすれに近づけ、腕組みをした。

ゆっくり、ゆっくりと、ベッドの上の男が両足を床におろした。

——外で待て——と男はいった。——階段の途中——と、つけたした。

階段の踊り場でふたりは待った。耳をすませた。聞こえてくる。ずるずる、ずるずるという足音。それまで聞こえなかったべつの声。——だめだめ——その声は、ドア代わりに戸口にぶらさがったカーテンか、毛布か、正体不明のしろものごしに聞こえてくるようだ。なにかひよわで陰惨な争いを物語る、かすかな物音。声はするが、もうそれは言葉の体《てい》をなしていない。あえぎ。ただそれだけ。なにかが泣きさけびはじめた。ぞっとするようなかすれ声。やがて、戸口の外、階段のてっぺんに、さっきの男がよろよろと壁にぶつかりながら現れた。両の手のひらを合わせて、ふたりのほうへさしだしている。手のなかになにかを包みこんでいるかのように。

――早く――と、男はいった。あえぎながら。

そのあいだもずっと、男の背後ではあの恐ろしい泣き声がつづいていた。

青年は左手を前にさしだしたままで、階段を駆けのぼった。背中に隠した右手で握り拳を作り、人差し指と中指のあいだから親指を突きだした。つぎに青年がさっと上に伸ばした両手が、男の両手と出会った。青年は顔をゆがめ、さらにいっそうゆがめながら、踊り場まで階段を駆けおりてきた。

――金を――

ふたたび、両手と両手が出会った。旅行者は自分の両手を懐の奥深くつっこみ、片手をそこに残したまま、もう片手をひきだした。紙入れをひっぱりだし、なおも手さぐりをつづけた。

――ここではだめ、ここではだめ。わかるでしょう――と、青年が注意した。――警察が――

ちらっと旅行者は周囲を見まわした。――そうだった。ああ、神さま、ここではだめ――と、旅行者はいった。――船内で――

青年はうなずいた。大ざっぱに金を二分すると、その片方を、ふりむきもせずに背後の階段の上へほうりあげた。ふたりでそそくさと階段を駆けおりるあいだ、青年は旅行者のそばに近づかなかった。

　階上では泣き声がやんだ。さっき聞こえたべつの声が話しはじめた。形容しようもない声、ほとんど一語おきに調子の変わる声が。

――わたしの娘の娘がおまえを産み落とした日に呪いあれ。おまえなど炎に焼かれてしまえ。魔女《ストレーガ》の息子、娼婦《ストランペット》の息子よ、煉獄《れんごく》の炎で、十万年も、休むことなく焼かれるがいい――

　声がやみ、一瞬、言葉がとぎれた。そして、またつづいた。

――もう十何回も、わたしは死のうと思った。だが、魔女の私生児のおまえは、わたしの死を盗みとり、わたしの死を赤の他人どもに売りわたした。ああ、おまえなど破裂してしまえ、おまえなど焼きほろぼされてしまえ――

　ふたたび声がとぎれ、ふたたびすすり泣きがはじまった。

　ふたりの男はしみだらけの階段の下までたどりつくと、そこで別れた。青年はあっというまに旅行者を抜き去って、そのまま二度とうしろをふりかえらなかった。

　階上では、かすかに、うっすら驚きを含んだ声で、ベッドの上の男が口をひらいた。

――死ぬ？　なぜおまえが死なねばならんのだ？　おれには食べ物が必要なのに？

――

　ナポリ。

すべての根っこに宿る力

深町眞理子訳

サント・トマース郡の警察官カルロス・ロドリーゲス・ヌーニェイスは、ドクター・オリベーラの診療所の個人待合室にすわり、いまの自分の立場について思案していた。ひょっとすると、ここへきたのはまちがいだったかも。

といっても、べつに個人待合室のことをそう言っているのではない。ここはいつもすいていて、込みあうのは、大きな祝祭《フィエスタ》のあとの一週間だけ。その週だけは、裕福な家庭のお坊っちゃんがたでけっこう満員になる。フィエスタともなると、お坊っちゃんがたは連邦府首都へとくりだし、図書館や劇場や美術館その他、多くの国立の施設を観光する……が、けっして、けっして〝その種の家《ラス・カシタス》〟へ足を運ぶことなどない。ならば、彼らがここを訪れるそのわけは？

「ストレスですって、先生。ぜったいただのストレスですってば……！　うへえ、勘弁してよ、先生！　なんでまたそんなぶっとい注射を——ほんのちょっとしたストレスだってだけなのに？」

医師はにんまりほほえみつつ、猫なで声で応対をつづけながらも、ペニシリンの注射器を満たす手を止めない。

だが、カルロス巡査の場合、こうしたことはあてはまらない。実際、裕福でない家庭の〝お坊っちゃんがた〟は、これには該当しないのだ。そうした若者は——まずひとつには——フィエスタに郡都へ（あるいはせいぜい州都へ）くりだすくらいの経済的余裕しかない。さらに——いまひとつには——それで結果として面倒事を背負いこんだとしても、それを医者のところへ持ちこんだりはしない。祈禱師《クランデーロ》のもとへ持ちこむ。いまカルロスが思案しているのも、もしや自分もそうすべきではなかったか、と考えるからなのだ。いや、いけない……それはだめだ……民間の薬草医だの呪医だのを訪れることで、彼の公務員としての、公僕としての社会的立場があやうくなる。さらに、おなじ医者でも一般待合室のほうだと、これは文字どおり一般の目がある。そこにいるところを目撃などされようものなら、すぐにうわさがひろがり、ドン・ファン・アントーニオがうるさく質問をしかけてくるだろう。ドン・ファン・アントーニオは警察署長《ヘフエ・デ・ポリシーア》。しかもこのところこの上司の態度が、自分にたいして親しみを欠いているようにカルロスには思えてならない。もっとも、それを言うなら、近ごろは周囲のみんながみんな、ばかにこの自分にたいしてそっけないように感じられるのだが。どうしてそんな目にあうのか、さっぱりわからない。カルロスはいたって穏健な警察官である。慣習化している賄賂《わいろ》だって、ほんのかたちばかりのものしか受け取らないし、保護した酔っぱらいをひどく殴ったりもしない。留置人たちに煙草《たばこ》を分けてやることだってある。それもしばしば。それだから、周囲のみんながこの自分を見るや、突如として——ときには文字どおり一瞬のうちに——変貌《へんぼう》して、おそろしくもまたすさまじい悪魔的な形相になるのはなぜなのか、カルロスには合点がいかない。みんなの顔はふくれあがり、幼いころにフィエスタのパレードで見たモーロ人のお面や、行事のあとで焼かれる藁人形《フダス》などよりも、もっとおっかない顔に見える。同時に、あたりの空気がかっと熱くなり、ひとの声はしゃがれて、なにやらいやらしいことをささやきだす。ときとして呼吸さえ困難になることもある。そのうえ、頭が——

ふいに、ドクター・オリベーラの母である老ドーニャ・カリダードの写真——ふちがぼかしになった大きな楕円形《だえんけい》の——が、壁からカルロスを睨《にら》みつけてきた。くちびるがねじまがる。渋面になる。カルロスはあわてて席を立った。ドーニャ・カリダードから思いもかけない、しかもまったくいわれのない敵意を向けられる——これはもはや、辛抱できる限界を超えている。手をつきだし、外への扉をあけようとしたそのとき、ふいに奥への扉がひらいて、医師が戸口にあらわれた——一瞬の驚き、だがそのあとは、すぐまたいつもの品のよい丁重さ。軽く会釈しつつカルロスを請《しょう》じ入れる。ドーニャ・カリダードもまたもとどおり、冷厳な無表情にもどる。

かたくるしい挨拶《あいさつ》がかわされた。それから沈黙。ドクター・オリベーラがおもむろにデスクの上の出版物をゆびさした。「いまこの医学雑誌を読んでいたんですがね。卵のことです。現代の科学は、卵について多くのことを発見してきた」カルロスはうなずいてみせる。ドクター・オリベーラは両手の指先をつきあわせた。溜《た》め息をついた。それから立ちあがり、顔に同情の色を浮かべて、手真似《てまね》でズボンをおろすようにと指示した。「あ、いや、そうじゃないんで、先生」巡査はあわてて言った。「ぜんぜんそういうことじゃないんです」ドクター・オリベーラの口のはたがさがった。苛立《いらだ》ちと困惑とのあいだで逡巡《しゅんじゅん》しているようだ。カルロスは強く音をたてて息を吸いこむなり、一気に吐《は》きだすように言った。「頭が割れそうなんです。眩暈《めまい》がするし、痛みもあるし、目玉がふくれあがって、胸が焼けて、心臓もやっぱりそんなふうで、それに――それに――」そこで口をつぐんだ。ひとびとの顔が変貌する、などということを打ち明けるわけにはいかない。たとえばの話、ついいましがたのドーニャ・カリダードの顔のことなどを。このドクター・オリベーラが、秘密を守ってくれるという保証はどこにもないのだから。カルロスは喉《のど》を詰まらせ、なんとか唾《つば》をのみこもうとした。

医師の表情がしだいに自信たっぷりな、したりげなものに変わっていった。くちびるをへの字に結び、ひとつうなずいてから、たずねる。「腹の調子はどう？　お通じはたびたびある？　回数はじゅうぶん？」

その点は問題ない、カルロスはそう答えたかった。なのに、喉が依然として思うようにならず、ようやく出てきたのも、なにやら不確かなしゃがれ声だけ。ようやく唾をのみこむことに成功したときには、医者先生《セニョール・メディコ》がまたしゃべりだしていた。

「体の不調の九十パーセントまでは」と、鼻の奥でおごそかな、もったいぶった音をたてながら、「排泄《はいせつ》機能がじゅうぶんに働かないことに起因している。排泄の回数が不十分だと、体組織が中毒を起こす。いいですか、巡査さん――体に毒がまわるんです！　その結果がどうなるかを調べてみると――わかってくるのは――」ここでせかせかと首を左右にふり、両手を高くあげて、「――わかってくるのは、痛みというものが響きあうということ。腹のなかだけじゃなく、ほかのところでも響きあう。たとえば――」と、指折り数えながら、「――頭。胸。目。肝臓に腎臓。泌尿器。背中。腰。脚。全身がね、そう、衰弱してくる」ここで声をひそめ、ずいと身をのりだして、なかばささやくように、なかば押しつけるようにつづけて、「つまり機能不全におちいる、と……」目をとじ、くちびるをかたく結び、後ろにそりかえり、鼻孔をぴくつかせ、小さくこくこくと何度もうなずいてみせる。それからいきなりぱっと目をあけ、眉《まゆ》をつりあげる。「ね？」

カルロスは言った。「先生、おれはまだ三十ですよ。これまでは、いたって健康で、たとえばの話、鉄道の枕木さえ持ちあげられるくらいで。ワイフもしごく満足してます。よかったかって訊《き》くと、〝もちろん《コモ・ノ》〟って答えて、そのあとで必ず、〝すばらしかった！《アイ・ブエノ》〟って言いますしね。けっして機能不全とか――」一般待合室で赤ん坊が泣きだした。ドクター・オリベーラは背筋をのばすと、ペンをとりだした。

「処方箋《しょほうせん》をあげとくからね――よく効きますよ」そう言いながら、用箋《ようせん》の頭のところに、仰々しい飾り文字で、〝セニョール・C・ロドリーゲス・ヌーニェイス〟と書きつける。

さらに何行かをすらすらと書き足し、署名すると、吸い取り紙でおさえ、手わたしてよこした。「毎食前に一錠ずつ、四日間。または排泄機能が頻繁に働くようになるまで……ところで、薬はうちで購入する？　それとも薬局《ファルマーシア》で？」

失望して、だが礼は失しないように、カルロスは言った。「こちらでいただきます、先生。それで――謝礼《オノラーリオ》はいかほど？」

ドクター・オリベーラは恐縮のていで言った。「では薬代だけ……十ペソ。特別にね、あなたは公僕だから。いや、どうも……そうだ！　ついでですが、卵は避けること。消化によくない――非常に、非常に大きな分子を持ってますからな、卵は」

カルロスはふたたび個人待合室経由で辞去した。ドーニャ・カリダードがさげすむように顔をそむけた。外に出たところで、エウヘーニオとオノフリオ・クルースという、従兄弟《いとこ》同士の野卑な樵夫《きこり》二人組に出くわした。彼らはたがいにこづきあいながら嘲笑《ちょうしょう》を浴びせてき、今回はカルロスのほうが顔をそむけた。

広場を横ぎりながら、カルロスが漠然と意識していたのは、カルニータス（メキシコ料理。かりっと焼いた細切りポーク）の香ばしいにおいと、熟した果物の香り、それに、木を燃やした煙のにおいだった。またもや、頭と目と喉《のど》がおかしくなってきた。ふと思いだしたのは、林野局当局が森林保護の一環として、一カ月間、樹木の伐採を禁じているということだった。そして自分もまた警察官として、この禁令に違反するものがいれば、取り締まるつもりでいたということも。ひとりの歯のないインディオの老婆が、フィッシュフライの一片をもぐもぐ嚙《か》みながら、灰色に汚れた裸足《はだし》の足で歩いてきた。とたんに、老婆の顔がゆがんで、とてつもなく大きく、恐ろしげなお面になった。カルロスは目をつむり、つまずいた。すこしたつと、いくらか気分が持ちなおしてきたので、アーケードになった市場の階段をあがり、トイレ《エスクサード》にはいった。職掌柄、例によって二十センターボの使用料は払わずにすみ、そのことにわずかながらも慰めを感じた。個室のドアをしめると、もらってきた錠剤を便器に投げ捨て、水を流した。世のなかとはこんなものだ。二十センターボ節約して、十ペソ無駄にする。目の前の壁面には、また新たな落書きが出現していた。ひとつは、〈カルロス・ロドリーゲス・Nのおふくろは淫売《いんばい》〉と読める。普段であれば、さほど憤慨せずにこれを読んだろう。いや、けっこう節度のある言い回しに感心しさえしたかも——たとえ片方を省略して頭文字だけにしているにしても、彼の姓をふたつとも併記することにより、彼を私生児と誹謗《ひぼう》することだけは避けているのだから。いまひとつには、義務教育年齢を強制的にひきさげるという政策の効果が、壁の落書きの位置がだんだんさがってきているということにもあらわれている——この事実が彼の心にも興味ぶかく銘記されたかもしれない。

だが、きょうばかりは——きょうばっかりは——

憤怒にわれを忘れて、やにわにカルロスは支離滅裂なことをわめきたてながら、外へとびだした。そしてあやうく上司である警察署長、ドン・ファン・アントーニオにぶつかりそうになった。署長はカルロスを、近ごろでは珍しくもなくなった妙な目つきでながめると、「なにをわめいているんだ？」と言いながら、くんくんと彼の呼気を嗅《か》いだ。

このさらなる侮辱をぐっとのみこんで、カルロスはしどろもどろに、いま市場のなかで物乞いをしている悪童らが、うんぬん、といったことをつぶやいた。彼の弁明をドン・ファン・アントーニオは無造作に聞き流し、身ぶりで広場の反対側をさしてみせた。

「州都からバス二十台でやってきた高校生と大学生の一団が、いまあそこで休憩しようとしている。これから全国青少年大会に出かける途中だそうだ。おまえが物乞いの悪童らを追いかけまわしているあいだ、署長であるこのおれが、交通整理をさせられなきゃならんのか？」

「いえ、はい、ただいま、署長《セニョール・ヘフエ》！」カルロスは小走りに広場へ向かい、一列縦隊でゆっくりと走りこんでくる黄色いバスの前に立つと、駐車場として使える広場の一郭《いっかく》、多少なりとも交通規制された一郭へとバス列を誘導しはじめた。そこ以外の区画は、すでにさまざまな大道商人たちに占拠されていた――売り物は、稚拙な魚の絵を描いた黒い陶器、もっともポピュラーな女性の名を書きこんだ褐色の陶器、雛《ひな》の鸚鵡《おうむ》、タバスコ州を産地とするバナナ、鮮やかな色塗りの籐椅子《とういす》、熟した中身を見せるために薄切りにされたパイナップル、靴《くつ》、タイヤのゴムを底に張ったサンダル、聖画と蠟燭《ろうそく》、ショール《レボーソ》とマンティーリャ、梨形《なしがた》にかためた農家の自家製バター、鉄板焼きの細切り牛肉、百種類もの豆類、一千種類もの唐辛子《チリペッパー》、作業着、派手な色のスカート、ビニールのテーブルクロス、愛国画、ニットキャップ、ソンブレロ。まさにラテンアメリカの市場に特有の、無限のバラエティー——そしてカルロスはバスの扉を手でたたきながら、もうちょっと後ろへさがるようにと運転手に呼びかけた。もうちょっと後ろへ……もうちょっと……もうちょっと——

がっしゃーん！

後退させたバスがもろにぶつかったのは、よりにもよって、町長《プレシデンテ・ムニシパル》ドン・パシフィコーの、ぴっかぴかの新車だった！　運転手がとびおりてきて、毒づいた。市長もとびおりてきて、怒声を浴びせた。バスの学生たちが降りてきた。野次馬が集まってきた。署長がどなりながら駆けつけてきた。セニョリータ・フィロメーナ——町長の年老いた未婚の伯母《おば》——が、金切り声をあげて、しなびた両手をしなびた胸に押しあてた。彼女の数知れぬ兄弟姉妹の孫息子、孫娘たちが、いっせいに泣きだした。カルロスはもごもごとあいまいにつぶやいて、あいまいなしぐさをし、いっぽう、鉄道の駅長である雄牛のような男——普段からなにかといえば声高に警察を批難したがる、名うての無教養男——が、いつもながらに声をあげて高笑いした。

群衆が暴徒になった——敵意ある暴徒に。その暴徒がたえず二手に分かれては、また押し寄せてき、おまけにいまはそのおぞましくもゆがんだ顔と、二重に見える姿とで、哀れな警官をおびやかし、混乱させようとする。ぞっとするような悪夢だった。

見るものはつねにそれを意識せざるを得ないのだが、ルーペの肉体は、ルーペのドレスからは完全に独立した存在だった。支えをもとめてドレスに依存することもなく、それから逃げるために闘ったり、抵抗したりすることもなく、ただしっかりと、艶《つや》やかに、うるわしく存在して、その存在と自由との両方を高らかに宣言し、そしてドレスそれ自体とおなじく、いつの場合もまばゆく、清らかで、美しい。かくも器量よしの妻を持てば、ほかの男ならその貞節を疑ったかもしれないが、カルロスにかぎって、それはなかった。

ロドリーゲス農場《ランチート・ロドリーゲス》でなによりすばらしいのは、むろん、ルーペそのひとにほかならないが、それ以外にも、この小農場にはいろいろすばらしいものがあった――いや、じつのところ、ここのものはなんでも上等なのだ。四面の壁の大きな褐色の日干し煉瓦《れんが》は、ひとつひとつが入念につくられ、きちんと手入れされ、積みかたもきれいだし、屋根瓦《やねがわら》はひびわれもせず、雨漏《あまも》りもせず、ずりおちてもこない。木製の鳥籠《とりかご》では、小鳥《パハリートス》たちが止まり木から止まり木へと飛び移りながら、可憐《かれん》な声でさえずったり、歌ったりしているし、彼らの鮮やかな色彩を見劣りさせるものといえば、たくさんの小さな鉢や空き缶に咲き乱れる草花ぐらいのものだ。また、トルティージャやタマーレの生地《ミスタマル》にする玉《とう》蜀黍《もろこし》についても、カルロスとルーペは、まだ一度もそれをよそで買う必要に迫られたことがない。玉蜀黍ならこの農場で自前で栽培しているし、しかもそのおかげで、タマーレを茹《ゆ》でるときに、つつむ皮も手にはいり、乾燥させた穂軸は、恰好《かっこう》の燃料にもなる。庭には林檎《りんご》の木があるし、さらに、高々とそびえる大きなパインの古木もあって、割るとなかに林檎のように甘い核の詰まった青灰色の実をつける。山羊《やぎ》はつねにたっぷり干し草を与えられ、豚《ぶた》は肥って健康そのもの、五、六羽いる鶏の産む卵は、あてにならない市場の卵に頼るという苦労から、夫婦を解放してくれている。ついでにもうひとつ、このランチートの数多い美点のうちでも、一群れの肉厚の龍舌蘭《りゅうぜつらん》の茂みは、けっして軽視してよい存在ではない。龍舌蘭の汁は、アグアミエルとしてプルケの原料となる。アグアミエルをより古く、より強いプルケの素《マードレ・デ・プルケ》とまぜ、発酵させると、こよなく美味な、非の打ちどころのないミルク色の酒となるのだ。おかげでカルロスもルーペも、殺風景で見すぼらしい地元のプルケ酒場《プルケリーア》の顧客とならずにすんでいる――なにしろその店たるや、いつも腐ったようなにおいがして、蠅《はえ》がわんわん飛びかっているのだから。

たしかに、子宝には恵まれなかった。とはいえ、結婚してまだ二年にしかならないのだし、カルロスの経験から言うなら、最初の子が生まれるまでに、しばらくかかるということはよくある。しかも、いったん生まれだすと、あとはたてつづけに、大勢の子が授かるというのが一般的なのだ。

ランチートはすばらしかった――こよなくすばらしく、こよなく貴重な財産だった。とはいえ、田舎に農場を持つ公務員であるということと、ただの農民身分でしかないこととでは、天と地ほどのひらきがある。もし農民だったら、ルーペの小づくりだがみごとな体の線も、早々に老けこんで、背は曲がり、筋ばった体つきになってしまうだろう。カルロス自身も、こざっぱりしたギャバジンの制服のかわりに、農夫《カンペシーノ》らしくつぎのあたった、ぶかぶかの木綿《もめん》の服を着ることになる。つまり、万が一にも失職するようなことがあればだ。幸か不幸か彼は知らないが、たとえばあの頑丈な塀《へい》にかこまれたミセリコルディア病院——精神疾患のある患者のためのあの病院——では、不幸な被収容者たちにどんな服装をさせているのだろうか。

いまは世俗の組織になってかなりになるこの施設も、もとはある宗教団体の設立したもので、ふとそれを思いだしたカルロスは、現在かかえている問題を地元の司祭に相談してみようか、とも考えた。もっとも、長くそれを考えていたわけではない。たしかにカルロスも信者ではあり、たくましい胸もとには、ふたつをくだらないお守りを金鎖でぶらさげてもいる。とはいえ、教会にかようことはけっしてない。それもまた事実だ。ひとつには、教会に行くというのは、あまり男らしくないことだから。それは女どものすること。それと老人たちの。またひとつには、政教分離の国家にあっては、公務員が宗教活動を圧迫したり、奨励したりすることは許されない、そういう理由もある。さらにつけくわえれば、地元教区の司祭は愛想のいい、社交的な人物ではあるが、それだけに、なにか言ってはならないことを、だれか言ってはならない人物の前で、うっかりしゃべってしまわないともかぎらない。もとより、司祭が沈黙の誓いを破り、告解で耳にしたことをよそで暴露する、などというのは論外だが。しかしそれにしても、この問題——目下カルロスのかかえているこの悩み——これは告解室で打ち明けられるたぐいのものではない。これはひとつの不幸であって、罪ではないのだから。いまさら神父《クーラ》に相談して、親身な助言を受けられるとは思えない。あの高徳の御仁は、地方政界の有力者たる地主階級《カシーケ》のあいだに、大勢の知己を持っている。たった一言、同情のつもりで、〝あの気の毒なカルロス〟などと漏《も》らされただけで、〝あの気の毒なカルロス〟は、それを耳にしたカシーケの甥《おい》だか、従兄弟だか、義兄弟だかによって、さっそくにも職を追われることになるのだ――その人物とカシーケ本人との正確な続き柄など、このさい問題ではない。

ドン・ファン・アントーニオの警告の言葉が、まだ耳のなかで鳴り響いているいまは。

「あとひとつでも手落ちがあったら！　いいかね、若いの――あとひとつでも――！」

カルロスは目をまたたいた。知らぬまに、町からこんなに離れたところまできてしまっていたとは。左手後方に横たわるのは、〈聖なる山〉――かつて異教の時代には、その高い頂にピラミッドがあったが、いまはそこにある小さな教会から、耳ざわりな鐘の音が鳴りわたる。いっぽう、右手後方には、コンクリート塀でかこった円形の闘牛場。そして、彼がなぜか知らぬままにここまでたどってきたこの小道は、前方で二股《ふたまた》に分かれている。右の道を行けば、彼の母方の伯母マリーア・ピラールの住む小さな家に達する。この伯母は気性が強く、ときたまの甥の訪れをもっけのさいわいと、屋根の修理を頼んだり、ロザリオの祈りを唱えることを命じたり、ときにはその両方をやらせたがったりする。いまマリーア・ピラールおばさん《ティア・マリーア・ピラール》に会うのはごめんだ。ぜったいにいやだ、きょうばかりは。それならなぜこんなところへやってきたものか。

左手の道は、さて、どこまで行くのだったろう？　最終的には、サン・ファン・バウティースタという小さな集落に達する。だがその前は？　かなりの距離を鉄道線路と並行して走っていたはずだ。道は、とある泉への順路になっている。小川が流れ、洗濯女や、アメ公《グリンゴ》の芸術家などもしばしばかよう道だ。多種多様な樹木の茂る森林地帯。玉蜀黍畑。そしてただ一軒の孤立した家――クランデーロのイシドロー・チャチェが住む家。

カルロスは制帽を脱ぎ、ひたいを拭《ぬぐ》った。かたわら、用心ぶかく左右をうかがう。さりげなく、ごくごくさりげなく。はるか、はるかかなたに、驢馬《ブルロ》をひいてのろのろと野原を横ぎってゆくちっぽけな人影。ブルロは山のような荷を負っている。あのブルロが運んでいるのが、可燃物、つまり薪炭《しんたん》の類であるということは、じゅうぶん考えられる――違法に伐採された木で焼いた炭。または、より単純に、伐《き》りだしたままの木そのもの。ああいう連中ときたら、じつに大胆だから！　とはいうものの、あそこまでは距離がありすぎるし、おまけに、森林密伐採の件なら、つぎの機会にまわしても、手遅れになることはない。目下の関心事は、べつのこと――このカルロスを監視しているものは、どうやらだれもいないようだということ。

彼は帽子をかぶりなおした。それから、依然としてさりげなく――じつは敢然と――向きを変えると、左への道をとった。

イシドロー・チャチェは、瘦《や》せて小柄な、だが体は筋金入りの、醜貌《しゅうぼう》の男で、片方の目が悪かった。この目のことは、ちょくちょくうわさの種になる。不安げにひそひそとささやきあうのだ——はたしてあの目は見えるのか、見えないのか。あるものは、見えると言い、それどころか、騾馬《らば》のように左右の目を同時に別方向へ向けられるのだと主張する。また、その醜貌にもかかわらず、ご婦人には絶大な人気がある、とのうわさもある。それも、ブスにばかりではない。いわば彼はたしかに雄なのだ。非常に雄らしい雄。実際、ママ・ローサという女など、臆面《おくめん》もなくこう言ってのけるのを聞かれている——「ドン・イシドローはね、雄牛なの。で、ほかの男どもは、ただの去勢牛！　おまけにあのひとは気前もいいし……」

もっとも、ほかの男どものなかには、またべつの見解もあり、「なあに、すべてはあいつのまじないのおかげさ。あいつの調合する惚《ほ》れ薬の」というのが、ひそひそささやかれる男たちの一致した意見だ。事実、普段は酒場《カンティーナ》などで自分の男としての能力を声高に、自慢たらたらで吹聴していながら、こうした会話のあと、こっそり森の奥の祈禱《きとう》師《し》の住まいを訪れるものが、ひとりならずいる。祈禱師はとくに決まった連れ合いも持たず、ただ一羽の鸚鵡《おうむ》を相手に、その小屋で独り暮らしをしているが、その鸚鵡たるや、驚くなかれ、〈征服〉（コルテスによる十六世紀のアステカ征服）よりももっと前から生きていて、おまけに、ありとあらゆる言語を話すのだそうな。鸚鵡のほかに、小屋には妙な面構《つらがま》えの犬も一匹いるが、この犬のほうは、なにもしゃべらない。かつて、ある男がとんでもない法螺《ほら》を吹いたことがあり、それによるとこの犬は、ある特殊な、吠《ほ》え声を持たない血筋の生まれだというのだが、あいにくこの男の父親が異教徒（トルコ人か、でなくばルーテル派の信徒か、グリンゴか、それともユダヤ人か）だったことは周知の事実なので、これが息子の主張にさらなるばかばかしさを付与する結果となった。

もっとも、イシドロー・チャチェが呪法《じゅほう》を用いて、この犬から吠え声を奪ってしまっている、との主張なら、あながち理にかなっていないでもない——つまり、自分には番犬に吠えてもらう必要などないという事実、それを疑う余地なく実証するためだというのだが、そういえばこの犬は猛犬ですらない！　そもそも、世のなかの良識ある人間なら、番犬として以外の目的で、犬を飼うことなどないだろうに。それだけでも、なにやら背筋をぞくっとさせるのにじゅうぶんではないか！

小道は、とあるゆるやかな丘の肩へと切れこみ、やがてひとつの石塀——いまなお頑丈な、だが雑草や灌木《かんぼく》でほとんどおおわれてしまっている——のそばを過ぎて、日ざしのもとから影のなかへとはいっていった。森のなかは涼しかった。あるいは、ひっそりしている、とはもはや言えなかったかもしれない。なぜか急に、ひっそりしているように感じられだしただけなのかもしれない。そうなるとむしろ、違法な斧《おの》の音でもいい、そのずしんずしんという単調な響きでもいい、なにか音を聞きたいという思いがつのってきさえしたが、あいにく、なにも聞こえてはこなかった。聞こえるのはただ、なにかが下生えのなかをひそやかに動きまわっている気配だけ。と思ったとたん、いきなりめあての小屋の前に出ていた。老いた鸚鵡が何事かつぶやき、犬は目をあげはしたものの、また無関心に下を向いた。カルロスはおずおずと小屋に近づいてゆくと、そっと名を名乗って、案内を請うた。応答なし。どこからか、かんだかく弱々しい声がするだけだ。単調になにかを唱えるか、口ずさんでいる声。鸚鵡が渋面をつくり、それからその渋面の鸚鵡がとつぜん二羽にふえたが、さいわいにもこの現象は、ほんのまばたきするほどのあいだしかつづかず、カルロスはむしろそのことに元気づけられた……あたかも、クランデーロとこの小屋の持つ強い影響力が、それだけで、なんであれこの自分の患いを退散させるのにじゅうぶんだったかのように。そこで、あらためて名を名乗り、扉を押しあけた。

内部はほのかに暗く（これは当然のことで、かつ適切でもある）、そのうえ、さまざまなにおい（こちらはぜんぜんほのかではない）もこもっていた――木を燃やす煙の、薬草の、ラム酒の、その他もろもろの。においのなかには、イシドロー・チャチェそのひとの体臭も含まれていて、これははじめて嗅《か》ぐのにもかかわらず、すぐにそれとわかった。

そのご当人は床《ゆか》にしゃがみこみ、例の妙な唄を口ずさみながら、色分けした種子を彩色した瓢箪《ひょうたん》から床に撒《ま》いては、そこにできるパターンを、どこからか一筋だけさしこんでくる日光のもとで読みとり、それからまた種子をすくいあげて、床に撒いた。と、とつぜん、唄がやんだ。「アナばあちゃん《アブエリータ・アナ》はまもなく死ぬ」と、祈禱師はいたって実際的な口調でご託宣をたれた。その声音はもはや、かんだかくも弱々しくもなく、低く響いて力強かった。

カルロスは緊張した。よもやこのクランデーロは――だがそこで、アブエリータ・アナとはだれのことだったかを思いだし、ほっと力を抜いた。「アナばあちゃんなら、おれが覚えてもいないほどのむかしから、ずっと死にかけてるよ」と言いかえす。ぼろを二十枚も重ねて着こんだアナばあちゃん。ばあちゃんの丸薬と膏薬《こうやく》とローションとエリキシル剤ののったトレイ。棕櫚《しゅろ》の枝と数珠《じゅず》と聖画と幸運のお守りと、処方箋なしで購入できる山ほどの売薬と、いかめしいひげを生やしたスペイン人の医者たちの画像と署名と……そしてなによりも、ばあちゃんの長く、分厚く、汚い爪《つめ》――黄色がかった灰色と黒の爪。

イシドロー・チャチェはうなずいた。「そうともさ、このわしがいままで生かしといてやったのよ。だがこれ以上はもう無理だ。きょうか……あすか……ことによると……」肩をすくめて、「だれにもわかるもんか」

「じゃああんたは？　達者なのか、治療師さん？」

「わしか？　わしは健康そのものさ。愛されてるもんな――主からも、聖人たちからも」くすくす笑ってみせる。

自分は警察官であり、警察官はみだりにひとから愚弄《ぐろう》されてはならないのを思いだして、カルロスは言った。「だれかがあんたを悩ましてる、なんてことはないわけか」

祈禱師はいいほうの目をかっと見ひらき、悪いほうの目をぎょろりと動かした。「悩ましてる？　このわしを？　そんな度胸がだれにあるものか。しかしだ、だれかはおまえさんを悩ましてるようだな」

カルロス・ロドリーゲス・ヌーニェイスは思わず目をみはった。そして吐息を漏らしたが、すぐにそれがすすり泣きに変わった。必ずしも抑制が利いているとは言いがたい声音で、彼は治療師に最近の患いについて語った……たえず聞こえてくるいやらしい声、たえずちらつく醜い顔、全身と頭の痛み、眩暈《めまい》、ものが二重に見えること、周囲の冷ややかさと敵意、そして——最終的には——恐怖。職を失うのではないかというおそれ。

いや、もっと悪い結果さえ。

クランデーロは、ときおりうなずきながら耳を傾けていたが、その表情はといえば、ドクター・オリベーラのそれに似ていなくもなかった。「ならば……不信心の報い《フェス》ということは、このさい考えなくてもいいだろう」と、思案げにゆっくり言う。「おまえさんは猟師でもないし、樵夫《きこり》でもない。〈鹿一族〉や、〈森の小人〉を怒らせることはまずないだろう——またもし怒らせたとしても、連中なら原則としてそういう仕返しの方法はとらない。原則として、だよ。ただし——さしあたり——そのことは脇《わき》へ置いておこう。

じゃあ、なんなのか。〈邪眼〉？ それについては、いろいろばかげたうわさを聞く。だが実際問題として、おとなはめったに〈邪眼〉にやられることはない。子供なんだ、用心しなくちゃならんのは……」

ほかにもさまざまな可能性を祈禱師は挙げてみせた。そのなかには、排泄機能が働かない、もしくは働く回数が不十分という問題も含まれていて、これについてはかく言うイシドロー・チャチェに、いろいろと効能のすぐれた薬草の用意がある。

「だけど——」巡査は抗弁した。「おれの場合はそれとはちがうんだ。まちがいない」

チャチェは肩をすくめた。「じゃあなにが怪しいと思うんだ、おまえさん自身は？　ええ？」

低い、低い声で、カルロスはつぶやくように言った。「呪詛《じゅそ》。でなきゃ、毒物」

チャチェはうなずいた——ゆっくりと、痛ましげに。そして認めた。「たしかに体の不調の八十パーセントまでは、そのふたつの原因のいずれかに起因するものだがね」

「しかしだれが——？　しかしなぜ——？」

「ばかみたいな口をきくな！」祈禱師は一喝した。「おまえさんは警官だろうが。敵ならごまんといるだろうし、そのひとりひとりがまた、理由ならごまんと持ってる。〝なぜか〟なんてのは、所詮《しょせん》、些細《ささい》なことでしかないんだ。〝だれが〟のほうは、もしわかればなにかの役に立つだろうし、こっちから呪《のろ》いをかけかえすという手もある。しかしこれも絶対不可欠の条件というわけじゃない。とにかく、そのだれかをわしらは知らん。知ってるのは、おまえさんのことだけだ。だからまずなにによりも、おまえさんの身を案じなきゃならんのさ」

恐縮して、カルロスはつぶやいた。「わかるよ。よくわかってる」

チャチェはカルロスの目の前でふたたび種子を床にばらまき、貝殻《かいがら》や石や鮮紅色の毛糸の房を使って、魔除け《グアルデーロ》をこしらえた。さらに、芳香性の樹脂でカルロスの衣類に香を薫《た》きこめ、喉がいがらっぽくなるほどの薬草を燃やして、その煙で彼をいぶし、その他もろもろの儀式的な祈禱を執り行なったあげく、施術を終えるにあたり、今後は飲み食いするものに特別な注意を払うように、と指示した。

カルロスはあきれて天を仰ぎ、両手をばんざいしてみせた。「たとえ千里眼を持ってたって、長いあいだには警戒がゆるむこともある――たとえばの話、カンティーナでちょっとよそ見した隙《すき》に、だれかがおれの食い物、飲み物に、なにかを仕込むってこともありうるわけで――」

「だったら、かみさんの用意するものしか食わないようにするんだな。それから飲み物については、ちょっとしたお守りを渡しとこうか――これさえ身につけとけば、ラムからも、アグアルディエンテ（砂糖黍を原料とする焼酎）からも、身は護《まも》れるはずだ」

オノラーリオの額については、定額というものがなかったので、チャチェはただ初回の見料として二十ペソ、お守り二個分の代金も含めてだ、としか言おうとしなかった。次回の治療は三日後に、そう指示されて、カルロスは小屋を出たが、内心では、なかば安堵《あんど》したような、反面また不安が増したような気分でもあった。まじないの薫煙《くんえん》のにおいが、いまなおお鼻孔にこびりついていたが、その日が暮れてゆくにつれ、徐々にほかのにおいがそれにとってかわった。靄《もや》があらゆるものの上にたれこめていた。政府が科学と郷土愛との名において発した勧告にもかかわらず、町域をとりまく無知な小規模農民の土地や、インディオの入会地《エヒードス》などで、毎年恒例の野焼きが始まっているのだった。畑や藪《やぶ》を焼き払って、来シーズンにも玉蜀黍がよく実るようにするのだ。だから、林野局がとくにいまの季節を選んで、違法な森林伐採や焼き畑作業を禁じたのは、最適の措置だったとは言えないかもしれない。なにぶんいまごろの季節は、距離の遠近にかかわらず、どこかであがった煙をべつの煙と見わけるのはむずかしい――あるいはまた夜間、火を見てそれがなんの火かを見わけるのも。ある意味でこの季節は、国全体が異教のむかしに逆もどりしたかのように思える。当時は野火がたえずいたるところで起きていて、その火に巻かれておびえきったけものたちが、退路を絶たれてそのまま焼け死ぬ、といったことも珍しくなかった。けれどもこの種の、そう、たとえば〈鹿一族〉にたいする違法行為なら、カルロスもいっさいの処置を不愉快なインディオたちとクランデーロとにまかせて、ほうっておけばよいのだ。

それとはべつの、もうすこし薄い靄が、いま、町とその近郊一帯をおおっていた。この靄は、一日に二度、早朝と夕暮れとにあらわれる。木を燃やし、炭を焼く煙。これには微妙な、だがまぎれもないトルティージャのにおいがこもっていて、鉄板で焼かれるトルティージャの、かすかな、だが独特の風味を思いださせる。そしてそれをつくる女たちの、ぺたぺたぺたという手の音も。

近ごろカルロスは暗いところを好むようになっていた。闇《やみ》のなかでなら、いつもの敵意に満ちた顔、醜悪にゆがんだ顔も見ないですむ。はっきりものが見えないぶん、意地悪く二重になって見えるものにおびえることもない。願わくはそのようなとき、いつもの不規則な痛みや苦しみも、ともに薄らいでくれればいいのだが……いまはそれがこころもち薄らいでいるようにも思える。だが、〝こころもち〟ではじゅうぶんではない。あの祈禱師イシドロー・チャチェのほどこしてくれた術のほうが、ことによると、そのためにはもっと大きな効力があるかも。ここまで考えて、カルロスは迫りくる闇のなか、急いでこっそりとその場にひざまずくと、あわただしく短い祈りを〈グアダルーペの聖母《ラ・グアダルパーナ》〉にささげたのだった。

つまるところ、彼にとっての妻のフルネームは、マリーア・デ・グアダルーペにほかならないのだから。

わが家にはいってゆくやいなや、「ほらコーヒーよ《トゥ・カフィー》」そうルーペが言って、熱く、濃く、甘いそれをついでよこした。「パイはどう？《トゥ・キエレス・ウナ・トールタ》」はじめは彼もおそるおそる夕食に手をつけた。だが、近ごろはすっかりおかしくなっている味覚が、例によって食べ物のなかに妙な風味がある、との警鐘を鳴らしてくれているのにもかかわらず、今夜はすくなくとも嚥下《えんか》に困難を感じることはなさそうだった。食事が終わり、妻が皿洗いを終えるころになると、彼はそっと後ろから近づいてゆき、片手を妻のウエストに、片手を乳房にまわして抱きしめるなり、やさしく心のたけをこめてその耳たぶを噛んだ。彼女もいつものように、「もちろん《コモ・ノ》」と応じた。

だが、そのあとではいつものように、「すばらしかった《アイ、ブエノ》！」と、答えることはしなかった。

そして、おなじくそのあと、苦い失意と、救いがたい徒労感のなかで輾転《てんてん》反側しているうちに、カルロスはふとそれを思いついたのだった。

もしもここで、おれがあっというような大手柄を立てたら——たとえば、いつもの手に負えない酔っぱらい《ボルラーチョ》だけでなく、たまにはもっと大物の犯罪者を逮捕するとかしたら——そうすれば、いまや失われたおれへの信頼は回復され、警察すなわちドン・ファン・アントーニオにたいする面目も立つかも。いや、立つはずだ。すくなくとも自分はそう思いたい。いまはまだ、計画は完全にはかたまっていないし、入念に検討すれば、欠点が見えてくるという気もする。とはいえいまは、これをそれほど入念に検討する気はない。必要な労力が大きすぎるから。いまやますますたくさんの声がいやらしいことをささやきかけ、おれを悩ませ、気を散らさせようとしているし、おまけに、思案のすえに計画を放棄するほうに気持ちが傾けば、いますぐ起きだす理由がなくなってしまう。痛みはひどくなってきているから、あらためて寝入るのも無理だろう。だとすれば、いやでもこのまま起きだすべきだし、いったん起きだしてしまえば、あとは家を出る以外に、することはないのだ。

そして、そこまでやる以上、いっそ計画を最後まで遂行するのも悪くはないかも。

起きあがり、着替えをして、ガンベルトを締め、懐中電灯を持ったことを確かめたうえで、外に出た。

夜明けはまだ遠く、地平線上が白みはじめる気配すらなかった。星々が黒い夜空で巨大な白い光輝を放って燃えている。それらのなかでも最大の星、金星を探してみた――〈征服〉以前の古い宗教では、金星がどれほど重要な星だったか、さんざん聞かされたものだっけ。けれども、金星はまだ〈明けの明星〉となるべくのぼってきてはいないのか、それとも探す方向がまちがっているのか、でなければまた、木とか丘に隠れているのか――

懐中電灯はまだ必要なかった。このあたりの地理なら、わが家のようによく知りつくしている。あるいは妻の体のように。とある木の切り株も、彼にはなじみのある存在だったが、それがいま唐突に、意地悪く……とはいえなぜか、さほど予想外でもなく……しゃがれ声でささやきはじめた。「カルロスは狂人《カルロ・エル・ロコ》。カルロ・エル・ロコ。じきにミセリコルディアからお迎えがくるってよ。は、は！　ロコ・カルロ・カルロ！」

カルロスは拳銃《けんじゅう》を引き抜き、すぐまたもとにもどした。ここで銃弾がなんの役に立つものか。「いまに見てろよ」彼は言った。「昼になって、ほかの仕事をすませたら、きっともどってきて、きさまを切り刻み、石油《ペトローレオ》をぶっかけて、火をつけてやるからな。待ってろ」

木の幹はたちまち騒ぐのをやめ、闇の奥に身をひそめようとした。けれどもカルロスはその木のありかならよく知っていたから、そのまま歩きつづけた――木のことを思い浮かべるつど、凄《すご》みを利かせた顔で何度もうなずいてみせながら。かたわら、なにか音はしないかと耳をすませてみたが、期待していたような物音は、なにも聞こえてこない。明らかに悪党どもは、ここから何キロも離れた山奥の森で、最初の仕事をすませてしまったのだろう。おなじ地域を鹿の密猟者たちも縄張りにしていて、こちらはたいがい二人組、ひとりが臆面もなく明るいライトをつけ、獲物をひきつける。光に目がくらんで、獲物がすくんでいるところを、もうひとりが撃《う》つ。獲物半頭分ならば、ひとりで楽に持ち帰れる。これら密猟者たちは、行き来に道路を使わないし、森を抜ける小道を必要ともしない。彼らをつかまえようとするのは愚の骨頂だ。

しかしながら、樵夫《きこり》たちにたいしてはそうはいかない。これら天然資源と国有財産の盗人どもは、森林におおわれた山々を裸にし、それを自然の浸食作用にむしばまれるままに放置するのだから！　彼らのことを考えれば考えるだけ、彼らの犯罪の許しがたさが痛感されてくる。のみならず、こうした凶賊どもが町へ出てきたときのふるまい、それを見るがいい。例の従兄弟同士のエウヘーニオとオノフリオ・クルース（いやまったく、ご大層《たいそう》な名のペアだ！）。ついきのうも、広場でカルロスを愚弄し、嘲笑を浴びせてきた。待てよ、考えてみると、じつはきのうだけのことではない。しかも、その理由は？　理由などなしにだ。となると、これまでのカルロスの態度は、明らかにまちがっていたということになる。樵夫というのは、ただの気の毒な労働者ではない。食い扶持《ぶち》を稼ぐために営々と働いてきたあげく、最近になって、自分たちのよこしまな目的追求に熱心な役人《ブロークラタス》どものおかげで、あくせく働くことすらも禁じられてしまった、哀れな存在というわけではないのだ。樵夫どもを相手にするなら、たんに彼らと対決して、禁制のお触れを発するだけですむものではないのである。そんなことを思いめぐらすうち、あたりの木《こ》の下闇《したやみ》にうっすらと赤みがさし、緋色《ひいろ》と真紅の色あいが濃くなってきた。ああいう悪党どもには、そのうち思いきりお灸《きゅう》を据えてやる必要がある——一度かぎり、きっぱりと。泥棒《ラドローネス》めらが。淫売のせがれ《イホス・デ・プタス》どもめが。

しかし、たとえ悪党どもが二人組でも、山から伐りだした木を、担いで町まで運ぶのは無理だろう——骨折り損になるのがおちだ。どうしても馬がいる——でなくば騾馬か、せめて驢馬ぐらいは。ということは、行動はかなり制約され、舗装道路か、あるいはどっちにしろ踏みならされた道が必要になってくる。そういう道が、町のこちら側にはすくなくとも二十本。だが町に近づくにつれ、道は徐々に合流して、二本が一本になってゆくから、目下の実際的な目的に適したものは、せいぜい五本しかない。そのうち、サン・ベニート通りは、町のはるか南で主要なハイウェイに合流するから、真っ昼間にそこを歩いていれば、いやでも目につく。古い修道院の道は、途中に一カ所の検問所がある。三本めのは、距離が遠すぎるうえ、ひどく曲がりくねっているし、四本めのは、ここ数カ月のうちに、そこらの小川と見わけがつかないありさまになってしまっている。カルロスはあまり算術が得意ではないが、それでも、残る道は一本しかないことぐらいは見当がつく。しかもいま、驚いたことに、いつのまにか——おそらくは道路の数に気をとられているあいだに、だろうが――まるで狙ったかのように、その道にきていた。となれば、あとは、この道のどのあたりが待ち伏せ《エンボスカーダ》に最適かを、ぴたりと、でなくばせめておおよそのところを、見きわめるだけだ。あまりに森に近すぎては、悪党どもはまたそこに逃げこんでしまうだろう。逆に町に近すぎると、どこかの家とかパティオなどに隠れてしまうおそれがある。理想的な立地条件といえば、道がいくらか低くなっているだけでなく、両側を塀にかこまれていること――その塀も道に近すぎてはいけないし、遠すぎてもいけない。そういう場所に心あたりがひとつあるが、そこは理想的なだけでなく、実用にも適していて、しかも途中には、ちょうどうってつけの壁龕《ニッチ》さえある。かつてこの国が政教分離の共和国となるより前に、〈ラ・グアダルパーナ〉の像が安置されていたところだ。この自分がピストル片手にそのニッチからとびだして、悪党どもにつかみかかったときの彼らの驚き、それを想像して、カルロスはついくすくす笑った。

そのくすくす笑いがまだ消えもしないうちに、なにかが足にひっかかり、彼はつんのめって腹這《はらば》いになった。

転倒の衝撃で、背骨はおろか、全身の骨ががたがたした。胸がむかつき、いままで治まっていた痛みがぶりかえして、かっと燃えあがった。いつもの声がほうほうと叫び、野次《やじ》り、あざけった。角《つの》を生やした顔がいくつもあらわれ、唾を吐きかけてきた。カルロスは道のまんなかにひっくりかえったまま、なんとか呼吸をととのえ、理性をとりもどそうと苦心した。徐々に、徐々に息ができるようになり、あたりの闇もふたたびただの闇にもどった。手をのばして周囲をさぐり、指がぶつかったものにぎくりとして、その手をひっこめ、それからあらためて手さぐりして、ようやく懐中電灯を見つけた。苦《く》悶《もん》と恐怖の悲鳴が、口から長々と、かんだかくほとばしったのは、懐中電灯の黄色い光線が照らしだしたものを目にしたときだった。道のまんなかに、血の海に仰向けになった男の死体がひとつ。シャツやズボン、手や足、すべてあるべきところにある。だが、あるべきところにないもの、それは男の頭部だった。首なし死体なのだった。

徐々に、徐々に、空が明るくなってきた。朝霧《あさぎり》と木の煙とがまじりあって、太陽をおおいかくしていた。カルロス・ロドリーゲス・Nは、充血した目をひりひりさせながら、現場の道を行ったりきたりしていた。ずっとそれをくりかえしている——一時間か、二時間か、三時間か、だれが知ろう？ 眠るわけにはいかなかった。もしかしてだれかが死体を盗んでゆきでもしたら？ おなじ理由で、町にひきかえして、事件を報告することもできない。これまでどうにか寝ずの番に堪えてこられたのも、いずれ明るくなれば、きっとだれかがこの道を通りかかるはずだから、そのだれかに町への伝言を託せばよいとわかっていたからだ。なるべくなら成人で、りっぱな市民《シウダダーノス》が好ましい。そういう人物なら、死体についての証言もまちがいのないものになるだろう。だが、たまたま最初に現場を通りかかったのは、実際にはふたりの少年だった——四頭の牛を牧草地へ連れてゆく少年ふたり連れ。

いや、それとも、二頭の牛を連れた少年がひとりだけ？　もはやカルロスにとっては、自分の見ているのがひとりかふたりか、定かには見きわめがたくなっていた。少年ひとりと牛二頭か。少年ふたりと牛四頭か。首のない死体がひとつか。首のない死体がふたつか。空は灰色で、冷えびえと見え、あてにならない太陽は、恐れて姿を見せようともしない。それでもどうにか最後には、少年たちはやはりふたりいるのだと得心することができた。というのも、ひとりが町までもどって伝言を届けることを承諾し、その子が走り去るのを見送るのと同時に、残ったひとりが牛を道から追いだして、死体の脇を迂《う》回《かい》させるところを目撃できたからだ。ひとが死のうが生きようが、牛には草を食わせねばならない。やがて少年たちはそれぞれ視界から消え、牛も見えなくなったが、それでもまだだれかが、どこかで叫んでいた。依然として叫んでいる。いつまでも叫んでいる。それが自分の声だとさとったとき、カルロスはぎょっとして黙りこんだ。

いまや蠅が血溜《ちだ》まりや死体にわんわんたかりはじめていた。カルロスはげっそり疲《つか》れきった、そのくせ妙にきまじめな目つきで、死体を観察した。だれだかはわからない。知り合いでもないし、まるきりのよそものでもない。もはやどんな問題からも解放されて、ただ休息している、そんなふうに見える。首がないことさえ、いまはさほど奇っ怪とは思えない。殺人犯が被害者の首を切り落とした例なら、これまでにも何度か耳にしたことがある――たんに首を毀損《きそん》したいがため、あるいはせめて身元の発覚を遅らせるためか……休息。もはや問題はない。さっきの少年が町までもどるのに、時間はどのくらいかかるだろう――さらに、ドン・ファン・アントーニオが駆けつけてくるまでに？　罵《ののし》るだろうか？　そして駆けつけてきたそのあとは？　おれを褒めてくれるだろうか？　免職するだろうか？　逮捕するだろうか？　収監するだろうか？

腕や脚がわけもなくふるえはじめた。そのふるえをこらえようとして、うまくいかず、やむなくかたわらの石に腰かけて、路傍の塀に背中をもたせかけ、拳銃を膝《ひざ》に置いたが、とたんに、眠ろうという意志も、その予兆もないままに、たちまち眠りにひきこまれていった。と、ふいに、その頭ががくりとのけぞった。そして彼は驚愕《きょうがく》の叫びとともにとびあがり、前へとびだしざま、両手をつきだして拳銃をつかもうとした。だがその手は空を切ったし、それがどこかへ落ちるのが見えたわけでもないのに、拳銃は煙のように消えていた。彼の叫び声と動きに驚いて、蠅の群れがおぞましいうわーんという翅音《はおと》とともに、乾きかけている血溜まりから飛びたった。カルロスはいきなり前のめりに体を投げだすと、四つん這《ば》いになって、その青光りする黒い血溜まりを呆然と見つめた。たしかに血はまだそこにひろがっている。

だが、死体は消えていた。

周囲のすべてがぐるぐる、ぐるぐるまわりだした。カルロスもいっしょになってぐるぐるまわりながら、転倒を防ぐために両腕をつきだし、それでもひとまず道ぞいに、蹌《そう》踉《ろう》とよろめく足を運んだ。おれは寝てしまった。眠ってしまったのだ。何時間も深い闇のなかで、死体を護るために寝ずの番をつづけてきながら、早朝の光を浴びたとたんに、眠りこけてしまった！　これで、いままでよりもさらに立場が悪くなった。なぜならドン・ファン・アントーニオはいまや、ここに死体があったことを知らされているのだから。そしてそれが消失してしまったこと、それをいまさらどう説明できるだろう。すすり泣き、泣きじゃくり、悪態をつき、よろよろ歩きまわりながらも、カルロスは、とうていそんな説明などできっこないし、できない点では、拳銃を紛失したことについてもおなじだ、と肝に銘じて思い知らされていた。もはや一巻の終わりだった。ただし——ただし——別途、新たな死体を用意しておいたら？　そうすれば、死体がすりかわっているなどと、だれが気づくだろう。

道の前方、斜面の下に、鉄道線路が通っていた。カルロスはなかばすべりおちるようにその斜面を駆けおりると、線路にそって走っていった。いまこそ自分をこんな目にあわせた犯人がだれか、だれであるに相違ないかを直感していた！　ほかでもない、例の樵夫たち——あの盗人ども、淫売のせがれどもだ。やつら以外のだれが、このおれにたいして、こんな報復を仕掛けてくるだろう？——彼らをつかまえようと企てたことへの仕返しとして？　そしてついでに、二度とそんな企てをさせないための予防として！とはいえ、ここでひきさがってたまるか。きっと目に物見せてくれる——これかぎり、きっぱりとだ。やつらは町の全住民《ポプラシオン》を煽動《せんどう》して、おれに敵対させようとしてきた。が、いまこそ思い知らせてくれる……ふと気がつくと、とある転轍機《てんてつき》のところにきていて、そのすこし先に、鉄道の保線員たちが利用する資材小屋があった。風雨にかすれた文字で、こう書かれている――〈コノ建物ナラビニ収納物ノスベテハ国有財産デアル〉。肩を斜めに戸にあてがうと、力まかせに押し破り、真っ先に目についた草刈り用の山刀《マチエーテ》をひっつかむなり、ふたたび外にとびだした。時間はあるだろうか？　はたしてまにあうだろうか？　ドン・ファン・アントーニオは、もう起きていただろうか？　出先にいたのではないだろうか？　署長が動きはじめるまでに、どのくらいかかるだろうか？　時間がほしい、カルロスはせつにそう願った――時間さえあれば、ドン・ファン・アントーニオと、この樵夫二人組の凶悪なたくらみとのあいだに立ちふさがってやれるのだ。そして天は彼に味方した。ふたたび斜面をのぼり、さらに下りにさしかかるころ、霧が晴れて、下方の道を行くひとりの男の姿が見えたのだ。薪《まき》を背負ったブルロをひいている。カルロスは腰を落とし、しゃがみこむような姿勢で接近していった――用心ぶかく、慎重なうえにも慎重に、油断なく周囲に目を配りながら。われながらその鋭い目つきがおかしくて、つい笑みがこぼれたし、笑い声さえ出そうになるのをこらえねばならなかった。やがてブルロが近づいてき、ブルロが通り過ぎていった。そこを狙いすまして、カルロスはぱっと立ちあがるなり、爪先《つまさき》立ちで突進した。マチェーテがうなった。鮮血を噴きだしつつ、体がどうと倒れた。落ちた首をサッカーボールのように蹴《け》とばし、それが道ばたの下生えのなかに落ちるのを見届けた。それから、首のない体を肩に担ぎあげるなり、走りだした――どこまでも、どこまでも、走り、また走った。

「カルロス」と、ドン・ファン・アントーニオが言った。「おいカルロス！　聞こえないのか？　やめろと言うんだ！　やめて、おれの話を聞いてくれ。なあ、聞いて――」

「無駄ですよ、ヘフェ」署長補佐のライムンド・セペーダが声をかけた。「ショックなんですから――ショック。この状態がまだ当分はつづくでしょうね」

ドン・ファン・アントーニオは、一筋の皺《しわ》もなくアイロンをあてたうえに、コロンの香りまでもただよわせたハンカチをとりだし、顔を拭った。「この男だけじゃないよ……わたしもおなじ心境さ。忌まわしい。ぞっとするね。世間ではまさか――」

「若いのに気の毒なこった」初老の看守、エクトルおじが言った。溜め息まじりに、首を左右にふってみせる。「ただね、考えてもごらんなさい――」

ドン・ファン・アントーニオが得たりとばかりにうなずいた。「それだ、ぜひとも考えてみようじゃないか。事件全体を再構成してみるのさ。おれはこんなふうに考えたんだがね――」

ここに名うての二人組がいる。粗暴だが、それなりにハンサムなエウヘーニオとオノフリオ・クルースの従兄弟同士だ。表向きは樵夫、まあときには実際に樵夫もやる。かたわら――飲んだくれる、金があるときはだ――それから泥棒や……もっと悪いこともやる……チャンスがあればだ。世間を向こうにまわすときには相棒として組むが、おたがい同士のあいだでも、たびたび争いあう。ゆうべ、ふたりは木を伐りに出かけた――違法にだ。口論が始まったのは、その帰り道。原因？　知るものか。いってみれば、たぶんエウヘーニオがその場のはずみでオノフリオを殺す気になったと、それだけのことさ。ともあれ彼は従兄弟を殺した——斧の一撃でな。それから、死体の身元を隠そうと、おなじ斧で首を切り落とし、その首をかかえて、ねぐらにもどった。持ち帰ったのは、故人の財布もだ。

ねぐらにもどってから、ふと思いついた。死体を現場に放置してきたのはまずいんじゃないか。いずれ明るくなったら、すぐに発見されるだろう。そこで、死体を焼くために薪の山を用意した。いたるところで野焼きが行なわれている昨今では、ここでもうひとつぐらい火の手があがっても、ほとんど目につかない。かりにだれかが異臭に気づいても、罠《わな》にかかった鹿とでも考えるのがせいぜいだ。というわけで、やつは死体をとりにもどる。だが、そのかん警察もぼやぼやしてたわけじゃない。カルロス・ロドリーゲス・ヌーニェイス巡査は、未明に起きだしただけでなく、すでに死体を発見して、それを警護していた。エウヘーニオはやむなく身を隠す。やがて日がのぼり、サンタ・アンナの小さな兄弟があらわれたので、カルロスはそのひとりに伝言を持たせて、おれのところへよこす。だがあいにく、子供は所詮、子供だ。まっすぐうちへこないで、遠まわりをし、よけいな時間を食う。いっぽうカルロスは、これで万事とどこおりなくかたづくものと安堵して、腰をおろし、眠りこむ。残念なことにな」それから、語調を強めてつけくわえる。「残念ではあるが、しかし——理解できないではない。理解できないではない。

さて、いままで身を隠していたところからそっと忍びでたのは、凶悪な殺人者エウヘーニオ・クルースだ。死体だけでなく、行きがけの駄賃にカルロスの制式拳銃まで頂戴すると、くるときにいっしょに連れてきて、これもやや離れたところに隠してあった馬の背に乗せ、小屋へもどる。ところが、いよいよとなって、死体を焼却するのには薪の量がすこし足りないと見てとり、あらためて死体を小屋のなかに隠すと、追加の薪をとってくるためにねぐらを出る。このかんに、不運な、だが勇敢なるカルロスは目をさまし、なにを奪われたかをさとる。わが警察においてすこぶる発達している推理能力の助けを借りて、彼は殺人犯がだれであり、またどこへ逃げたかを的確に推論する。途中でマチェーテを手に入れ、獲物を追いつめる。そしてこの犯罪の巨魁《きょかい》と対決する。相手の息の根を止める。ここでまた言わねばならないが、残念なことにだ。そしてこれもあらためて言わねばならないが、理解できないではない。さだめし殺人犯クルースが、逃亡をはかりでもしたんだろう。

それはさておき、この第二の殺人には目撃者がいた。おおいに尊敬される市民にして、革命戦争の生き残りである老兵、シモン＝マカベオ・ロペスだが――」

そのおおいに尊敬される市民にして、革命戦争の生き残りである老兵、シモン＝マカベオ・ロペスは、残った片腕をあげてぴしっと敬礼を決め、それからおごそかにうなずいてみせた。

「――ロペスだが、彼は早起きして、畑を耕しに出た。傷痍《しょうい》軍人への給付として、共和国政府から下賜《かし》された耕作地だ。老兵ロペスはただちに、かつ適切に行動し、おれのところへ知らせにきたが、それがちょうどサンタ・アンナの少年が着いたのと同時だった。警察は即刻捜査に着手し、そして発見した――つまり先刻発見したものをだ。ここに死体がひとつ、向こうにもひとつ、ここに首、向こうにも首。ショックに錯乱したわがカルロス。とまあこういったところだ。以上がおれの再現した事件の経過だが、諸君はどう思う?」

沈黙が流れた。しばらくしてから、ようやく署長補佐が言った。「おみごと。たいしたものです」

「そりゃかたじけない」

「みごとな事件の再構成です。まことにすっきりして、明快至極、明晰至極。普通は探偵小説でしかお目にかかれないたぐいのね。しかしです……セニョール・ヘフェ……それは事実とはちがいます。さよう、不本意ながらそれは事実とはちがうと申しあげます」

ドン・ファン・アントーニオはぴしゃりと言った。「なぜちがう?」

セペーダは溜め息をつき、不幸なロドリーゲスを手真似でさしてみせた。「なぜならばです、セニョール・ヘフェ――その理由はあなたもご存じ、わたしも知ってる、町の住人もほとんどが知ってる。例の雌犬、あの不身持ち女、ルーペ・デ・ロドリーゲスですが、あの女は気の毒なカルロスの目を盗んで、従兄弟同士のエウヘーニオとオノフリオ・クルース、あのふたりとも浮気してたんです。あの女はひとりの男じゃ満足できなかった。そしてカルロスは、それらすべてのことにたいして、まるきり盲目だった」

「そのとおり」と、看守が溜め息をつきながら言った。

「そのとおり」と、老兵もうなずきながら言った。

「そのとおり」と、ほかの署員たちも気の毒そうに首をふりふり声をそろえた。

　ドン・ファン・アントーニオは、じろっと一同を睨《にら》んだ。だがすぐにその表情はやわらぎ、彼は軽くうなずいた。そしておもむろに言った。「そうだ、そのとおり。それにしても、ああカルロス！　気の毒にな！　まったくもう！　知らぬは亭主ばかり、とはこのことだよ。おれはもう何週間も前から、まともにこの男の顔が見られなかったものだ。なんせ、警察の威信そのものに傷がついたんだ。鉄道の連中がどれだけおれたちを笑いものにしてたことか。くそおもしろくもない！

　という次第で、気の毒なカルロス――おまえもやっと気がついたわけだな？　とはいうもののだ！」と、ドン・ファン・アントーニオはいきなり声をはりあげて、一同をおさえつけるような口調になり、「いいか、今後はいましがたおれが再現して聞かせた事の成り行き、それがあくまでも事件の真相ということになるんだ。わかったな？　カルロスはすでにじゅうぶん苦しんでる。のみならず、警察の威信もこれにはかかってるんだからな」

「そうですとも、セニョール・ヘフェ――賛成、賛成」署員一同がわれがちに、心からなる熱誠をこめて叫んだ。

「ここで念のため、老兵ロペスの判断をも仰いではどうかと思うが、どんなものかな？」

老人は胸に手をあて、会釈した。「ごもっとも。たしかにカルロスのやったことは、ある意味では違法だったかもしれない——まあ厳密に言えば、ですよ。わしは学者でもないし、法律家でもないですから。しかしそれは自然なことだった。男らしいことだった」

「男らしいことです。じつに男らしい」ほかの署員一同も声をそろえた。

ドン・ファン・アントーニオはかがみこむと、泣いているカルロスの肩をつかみ、元気づけようとした。けれどもカルロスはそれを聞きわけるどころか、聞いてさえいないようだった。彼は泣きじゃくった。わけのわからぬことを口走った。目に見えぬなにものかに打ってかかった。ときおり、押し殺された驚愕と恐怖の叫びを小さく漏らし、あげくに逃げるように部屋の奥へ走りこんだ。署長とほかの男たちは目くばせをかわし、困ったものだといった感想を口々に漏らした。

「どうやら、たんなる一時的なショック以上のものらしいな」と、署長は言った。「もしもこういう状態がずっとつづくようなら、かわいそうだが、いずれはミセリコルディアに送りこまねばならなくなるかもしれん。おいきみ、ヘラルドー」と、最年少の署員に声をかけて、「すぐにドクター・オリベーラのところへ行って、可及的すみやかにお越し願いたいと伝えてこい。近代科学の技術に通暁してるドクターとして……いや、気にするな、カルロス！」と、励ましの口調で、「まかせてくれれば、おれたちがきっと悪いようにはせんから……ところで……さっきなにやら頭にひっかかったことがあったんだが……おい、セペーダ」

「なんでしょう、署長？」

「きみは言ったな……〝エウヘーニオとオノフリオ・クルース、あのふたりとも〟と。〝とも〟とはなんだ。ほかにもいるのか？　いるんだな？　だれなんだ、そのほかの男、または男たちとは——ぜひともきみの口から聞かせてもらいたい！」

いくぶん言いにくそうに、署長補佐は言った。「ええ……まあ……その、わたしはひとりしか存じませんが。イシドロー・チャチェです。クランデーロの」

はじめは驚き、つぎに憤激し、やがて決然たる態度になって、ドン・ファン・アントーニオはすっくと立ちあがった。「あの祈禱師か、え？　あのぺてん師。あの助平野郎。あのいんちき医者」手をのばして、制帽をとりあげた。「こい。乗りこむんだ、あの過去の遺物のところへ。警察にも気骨があるというところを見せてやらねばならん。そうだろう？」

初老の看守、エクトルおじが、激しくかぶりをふった。おじよりさらに年長の革命戦争の生き残りは、つきだした手をふった。「いけない、いけないよ、署長さん《パトローン》」と、哀願口調で言う。「行っちゃいけない。あいつは危険なんだ。えらく危険なやつなんだ。

森の精霊や悪魔の眷属《けんぞく》と軒並み交流がある。迂闊《うかつ》に立ち向かうと、恐ろしい呪いをかけられかねない。だめだ、だめだよ、行っちゃいけない――」

「なんだと？」ばかにしたようにドン・ファン・アントーニオは叫んだ。「このおれがそんな迷信を信じるると、あんた、本気でそう思ってるのか？」立った位置から一歩も動かぬままだが、すっくと立ったその立ち姿は、いかにも勇ましい。

エクトルおじが言った。「いやね、パトローン。わたしだって、その、公務員のはしくれではありますがね、問題はそれだけじゃすまないんで。わたしならば――ねえ、頼みます、考えてもみてくださいよ。あのクランデーロのやつは、すべての根っこや薬草や葉っぱや草、それらに宿る力を知りつくしてるんです。いろんなきのこや毒きのこ、それもひとつひとつ見わけられるんです。考えてもみてくださいよ、よく考えて――食べ物や飲み物にほんのひとかけら忍びこませる（だれも千里眼なんか持っちゃいないんですからね）――それだけで、そういう毒物がどんな結果をもたらすか、考えてもごらんなさい。不妊。性的不能。流産。視覚のゆがみ。喉の麻痺。幻聴。眩暈。痛み。目玉がとびだす。胸や心臓が焼けるようにうずく。幻覚。全身の衰弱。狂気。ほかにもどんな症状が出るやらわかったもんじゃない。だめですよ、パトローン、行っちゃいけない、いけません」

「あいつは悪魔と昵懇《じっこん》の仲なんで」老兵ロペスも、もごもご言いながらうなずいた。

「ふむ、なるほど」と、ドン・ファン・アントーニオ。「となると、これはむしろ神父の出番ということになりそうだな。そうじゃないか？」

「ごもっとも、神父さんならいい！　まさか司教様とまでは言わないにしても！」

すぐさま署長は制帽をもとの場所にもどした。「だとすれば、そういう問題に政教分離を旨《むね》とするわが共和国の公務員が巻きこまれるのは、明らかに不適切ということになる。その点に注意をうながしてくれたことに礼を言おう。われわれはあくまでも、そんないかさま野郎にかかわることで、威信を損なうわけにはいかんのだからな」

このとき署長の目は、窓の外に向けられていた。ふと彼は驚いたように言った——

「これはこれは——うわさをすれば、だな。おい、りっぱな神父さんうんぬんと、おれはいまそう言わなかったか？　見ろ」まさしくその瞬間に、りっぱな神父が広場を横ぎってゆくところだった。厳密に言えば着用は違法とされている司祭服《カソック》は、こちらはまた文句のつけようのないオーバーコートによって、裾《すそ》まであらかた隠されてしまっている。その司祭の前を行くのは、小さな箱を捧げ持った聖具保管係。だれもが知っていることだが、箱のなかには、〈終油の秘蹟《ひせき》〉をほどこすのに必要な器のたぐいがはいっている。

「エクトル——ご苦労だが、一走り行って、亡くなったのはだれなのか訊《き》いてきてくれ。ついでにその足でドクターのところへまわり、まだお越しになれんわけを確かめてくる、と。おい、カルロス、しっかりしろ！」

エクトルは小走りに出てゆき、ほどなく窓のすぐ外までもどってくると、ある名を口にして、すぐまた医者のもとへと向かった。

「なんて言ったんだ?」ドン・ファン・アントーニオはたずねた。「死んだのはだれだって?」

「はい、アブエリータ・アナだそうです。ご存じでしょうが、例の――」

「なに?」ドン・ファン・アントーニオは驚愕した。「アナばあちゃんのことか? こいつは驚きだ。なんせ、おれが覚えてもいないむかしから、ずっと死にかけてたんだから。おや、おや、おや……」いまなお呆然と口をあけたまま、署長はそっと右の手をあげ、おもむろに胸もとで十字を切ったのだった。

ナイルの水源

浅倉久志訳

ボブ・ローゼンがピーター・マーテンス（〝オールド・ピート〟、〝こそこそピート〟、〝あわれなピート〟——どれでもお好みのものを）と、最初にしてほぼ最後に会ったのは、レキシントン・アヴェニューのラザフォード本社でのこと。そこはレキシントン・アヴェニューに面したのっぽでおしゃれなビルのひとつで、のっぽでおしゃれなOLたちが勢ぞろいしていた。ボブは彼女たちの目に映る自分が、絶対にのっぽでおしゃれとはいえず、今後もけっしてそうなりえないと自覚していたから、のんびりと椅子《いす》にすわり、周囲の景観をたのしむことにした。テーブルの上の雑誌までがおしゃれだった。〈スペクテーター〉★1と、〈ボッテーゲ・オスクーレ〉★2と、〈ニューヨーク州地理学会月報〉だ。ボブは月報を手にとり、「ジャクソン・ホワイトの人口統計学的研究」のところをぱらぱら拾い読みした。

　その奇妙な部族（タスカローラ・インディアンと、独立戦争で英国に雇われたヘッセン人傭兵《ようへい》の脱走者と、ロンドンの街娼と、逃亡奴隷《どれい》とを先祖とする人びと）に関する統計からなにかの意味をさぐりだそうと試みるうち、ひとりの――すばらしくのっぽで、めざましくおしゃれな――ＯＬが、ボブをトレスリングのオフィスへ案内するためにやってきた。彼は雑誌を伏せて低いテーブルの上におき、ＯＬのあとにつづいた。おなじ部屋にはもうひとり、書類カバンを持った老人が待っていたが、ちょうどその瞬間にむこうも立ちあがり、すれちがいしなに、ボブはその老人の片方の白目に血の斑点《はんてん》があることに気づいた。大きな黄ばんだぎょろ目、赤い毛細血管の網の目の片隅に、あざやかな赤い斑点がひとつ。一瞬ボブは不穏なものを感じたが、その場ではなにも考えるひまがなかった。

「魅力的な短編だ」とジョゼフ・トレスリングがいった。いま話題にのぼった作品をひっさげたボブ・ローゼンは、エージェント経由でやっと今回の面接に漕《こ》ぎつけたのだ。その作品はあるコンテストの第一席を獲得しているため、エージェントはこう考えた。そうだ、トレスリングに……ひょっとしてトレスリングに……たぶんトレスリングに……。

「もちろん、テーマがテーマだけに、うちでは手が出せないがね」

「えっ、南北戦争のどこがテーマとしてまずいんですか?」とボブ・ローゼンはたずねた。

トレスリングは微笑した。「〈キャリーおばさんのカントリー・チーズ〉に関するかぎり、南北戦争の勝者は南軍なんだよ。その件に関する消費者の認識を正すのは、すくなくともわれわれの仕事じゃない。反感を買うおそれがある。北部人は気にしないがね。とにかく、われわれのためにはべつの作品を書いてくれたまえ。〈キャリーおばさんアワー〉はつねに新しいドラマチックな材料を模索中なんでね」

「たとえば？」とボブはたずねた。

「チーズ好きの偉大なアメリカ大衆が求めているものは、若くして年収一万ドル以上を稼ぐ現代アメリカ人カップルの断固たる闘争の物語だ。しかし、低劣なもの、物議をかもすもの、過激なもの、時代遅れのものはお呼びじゃない」

ボブ・ローゼンはジョゼフ・トレスリングに会えてうれしかった。トレスリングは、J・オスカー・ラザフォードの下で〈キャリーおばさんアワー〉の台本の最高責任者をつとめている。その年の短編小説のマーケットは、王宮の白い壁にメネ、メネ、という文字が現れたように崩壊を予言され、雑誌がバタバタと潰れていたから、文筆で生計を立てようとする人間は（と、彼は自分にいい聞かせた）テレビ界への転身を考えるのが得策だろう。しかし、そういう器用な芸当をうまくこなせる自信はなかったし、正直いって、現代アメリカ人のうち——老いも若きも、既婚者も独身者も含めて——年収一万ドル以上を稼ぐ人間の実情に自分がまったくうといことは、一生そんな年収に手が届かないぞという予言にも思えた。

「それと、アヴァンギャルドもお呼びじゃない」とトレスリング。

さっきの若いＯＬがもどってきて、のっぽでおしゃれな笑顔を見せた。トレスリングが立ちあがった。つづいてボブも。「外でミスター・マーテンスがお待ちです」と彼女が小声で知らせた。

「そうか。残念だがきょうは会うひまがないな」とジョー・トレスリングがいった。「ローゼン君の話がじつにおもしろかったので、あっというまに時間が過ぎて、予定オーバー……いや、マーテンスというのはたいした男だがね」そういうと、ボブにほほえみかけ、首を左右にふった。「いわば広告業界の生き証人のひとり。以前は〈ミセス・ウィンスローのぐっすりシロップ〉の宣伝コピーを書いていた。いろいろと興味深い思い出話をしてくれるよ。ただ、残念ながら、当方はそれを聞くひまがなくてな。じゃ、近いうちにまた会いたいね、ローゼン君」そういいながら、トレスリングはドアまで歩くあいだ、ボブの手を握りつづけた。「すばらしい短編をたのむ。われわれが喜んで買いたくなるようなやつを。時代物はだめ、外国が舞台のものはだめ、過激なもの、時代遅れのもの、アヴァンギャルドもだめ、それになによりも——物議をかもすもの、低俗なものはだめ。きみはそこらへんのハングリーな作家の仲間入りをする気はないだろうが、ええ？」

まだそれに答えないうちから、ボブ・ローゼンはトレスリングの視線がすでによそを向いていることに気づいた。そこでこう決心した。では、さっそく外国を舞台にした、過激で、物議をかもし、低俗で、アヴァンギャルドな時代物にとりかかろう。たとえ餓死する羽目になろうとも。

エレベーターに乗るつもりで角を逆に曲がってしまい、ひきかえしたとき、ボブはさきほどの老人とばったり顔を突きあわせた。「『ジャクソン・ホワイトの人口統計学的研究』とはな」老人がさも驚いたふりをした。「あの哀れな連中のことがなんで気になる？　連中は商品を買わんし、商品を売らんし、流行を作りださんし、流行を追いかけもせん。やたらに密猟し、やたらに密通して、水頭症で色素欠乏症の赤ん坊を百人に○・四人の割でこしらえる。そういうことさ」

エレベーターが到着して、ふたりは乗りこんだ。老人はボブをじっと見つめた。黄ばんで充血した目は受精卵そっくりだ。「まあ、無理もないがね」と老人はつづけた。「わしにいくらかでも分別があったら、広告業者になるよりも、ジャクソン・ホワイトになる道を選んでいたろうよ。とにかく、きみとしては」と、まったくそれまでの口調を変えずに、「せめて酒ぐらいはおごれ。正直者のトレスリングが、わしに会えない理由をきみのせいにした以上はな。あの二枚舌野郎め。いまいましいにもほどがある！」と老人はさけんだ。「この小さな古い書類カバンの中身が——そう、マディソン、レキシントン、パーク・アヴェニューの連中にとって、どれほどすばらしい価値があるかを——ただ、それを見る目が——」

「じゃ、一杯おごりましょう」とボブはあきらめたようにいった。街路は暑く、酒場のなかならすこしは涼しいのでは、と思ったのだ。

「ブッシュミルズを一杯」とピーター・マーテンス老人がいった。

その酒場はたしかに涼しかった。ボブは小さな古い書類カバンの中身（つぎの流行の傾向をひと足先に知る方法らしい）に関する老人の長談義に耳をかたむけるのをやめ、自分の関心事をしゃべりはじめた。だれにも耳をかたむけてもらえない経験を人並み以上に重ねてきた老人は、やがてボブの話に耳をかたむけはじめた。

「だれもかれもが『アクアク』★3を読んでいたころだったから」とボブはいった。「ぼくの小説もきっと売れると思ったんです。なにしろラパ・ヌイ――イースター島――が舞台で、ペルーの奴隷売買船が出てくるし、過去の偉大な伝説とか、そういったものも暗示されてるし」

「それで？」

「ぜんぜんだめ。出版社、つまり、その小説にいくらかでも興味を示してくれた唯一の出版社の編集者がいうには、自分はこの小説が気に入ってるが、大衆は買わないだろう、と。で、先方のアドバイスは――書店の棚にならんだペーパーバックをじっくり研究したまえ。その筆法をつぶさにまなび、なんじも往《ゆ》きて其《そ》の如《ごと》くせよ。で、そうしました。どんなしろものかはご存じですね。偶数のページがくるたびにヒロインがブラを破かれ、『そう！　そう！　そこよ！　ああーん！』とさけぶやつ」

そんな合図をしたおぼえはなかったが、ときどき一本の手がどこからともなく現れて、ふたりのグラスをとりかえていく。マーテンス老人がたずねた。「彼女は〝恍惚《こうこつ》〟のさけびを上げるのか、それとも〝歓喜〟のさけびを上げるのか？」

「恍惚と歓喜のさけび。きまってるじゃないですか。彼女が冷感症だとでも？」とんでもない、とマーテンスは答えた。近くのテーブルで、大柄な金髪女が大げさなほど悲しげな口調でいった。「ねえ、ハロルド、神さまから実の子供を授からなかったのは幸運だったたわ。でなけりゃ、子供たちの世話で自分の人生を棒にふってたかも。あのどうしようもない継子《ままこ》たちにそうしてきたみたいに」マーテンスが、奇数の子供ではなにが起きるのか、とたずねた。

「いいまちがえた。〝奇数のページでは〟だ」ややあって、老人はそう訂正した。ボブ・ローゼンの顔の右側が痺《しび》れてきた。左側もちりちりする。それまでハミングしていた曲を中断して、ボブは答えた。「ああ、その方程式はつねにおんなじ。奇数のページでは、ヒーローがどこかのくそ野郎の脳天をハジキでなぐりつけて血まみれにするか、相手の金玉をけとばしてから脳天をなぐりつけるか、でなければお取り込み中なわけですよ——シャツはぬいでるが、パンツがどうなってるのか、具体的な描写は御法度《ごはっと》、そっちのほうがはるかに大切なのにね。たぶん、溶けちゃったのかな——とにかく、ヒーローはシャツなし、ひきしまった筋肉質の体で若い女の上にのしかかる。だが、その女はヒロインじゃない。そこはヒロインの登場ページじゃない。ただ、ヒーローはその女の骨盤に奇妙な神秘を読みとって……」ボブはそこで黙りこむと、しばらく思案にふけった。

「だが、どうしてそれがボツになる？」老人はかすれ声でたずねた。「大衆の好みが変化するのは、この目で見てきたよ。いいか、尼僧が読んでも安心なほどご清潔な『リンバーロストの少女[★4]』から、沖仲仕でもたじろぐほどの強烈なポルノまでを。だから、たずねたい。きみがいま説明したような小説が、どうしてボツになる？」

ボブは肩をすくめた。「尼僧がカムバックしたんです。尼僧の出てくる映画、尼僧の出てくる本、尼僧の出てくるテレビ・ドラマ、西部劇……出版社のいうことには、大衆の好みが変化した。こんどは聖テレサの生涯を書いてみないか、と」

「ありゃ」

「そこで三カ月かけて、猛スピードで聖テレサ一代記を書きあげたら、これが人ちがい。あのトンマときたら、おなじ名前の聖女がほかにもいることを知らなかったし、こっちもそこをたしかめるだけの知恵がなかった。むこうがいうのはスペインの聖テレサなのか、それともフランスの聖テレサなのか？　ダビラか、それとも〝小さき花〟か？」

「聖者たちよ、なにとぞご加護を……。そういえば、昔のアイルランドの、あのすばらしい乾杯の文句を知ってるか？　『断食《だんじき》の対象を酒でなく肉と定めた、トレント公会議に乾杯』」

ボブはバーテンに合図した。「しかし、わからないのは、なぜ片方の聖テレサが売れるのに、もう片方が売れないのか。べつの出版社に当たると、大衆の好みが変化したから、少年非行を背景にした本を書いてみないかという。それからしばらくは、遊園地のゲームセンターでアイスクリーム売りをしましたよ。友人たちがそれを見ていうことには、『ボブ！　おまえほどの才能がありながら！　なんでまた？』」

大柄な金髪女が毒々しい緑色のカクテルを下におき、連れを見つめた。「どういう意味？　あの子らがわたしを愛してるって？　わたしを愛してるなら、なぜあの子らはコネティカットへ引っ越すのよ？　もし愛してるなら、コネティカットなんかへ引っ越すわけがないじゃない」と彼女は指摘した。

マーテンス老人が咳《せき》ばらいした。「わしに助言させてもらおうか。不可解にもボッになったというその三つの小説をひとつに合体させろ。ヒーローはペルーの奴隷売買船でイースター島襲撃におもむく。そこの住民たちを、もし男性なら金玉をけとばし、もし女性なら裸でのしかかるうちに、やがて幻のなかでふたりの聖テレサがそれぞれの一生を物語り、ヒーローは回心する——その結果、彼は遊園地のゲームセンターでアイスクリーム売りをするわけだ。そこにたむろする非行少年たちに手をさしのべるために」

ボブは鼻を鳴らした。「賭《か》けてもいいが、ぼくのツキのなさからすると、そいつを書き上げたときには、また大衆の好みが変化してますよ。出版社が出したがるのは〈マガフィーズ・リーダーズ〉★5のポケット選集か、それともビザンティン帝国皇帝の息子の回想録だったりして。けつが凍るのをがまんしながらヒマラヤに登ったのはいいが、原稿片手に下りてきてみれば、出版業界のあらゆる人間がゴーグルをつけ、エリスリア海の底にもぐって、ヤスで魚を突いてる……つまり、ぼくにはさっぱりわからない。大衆の好みがどの程度までひとりでに変化するのか、それとも、出版社の役割が、それを変化させる上でどの程度まで大きな役割を演じてるのか……」

　酒場の空気は涼しいくせに、ボブの目の前でちらちら光るように思え、その輝きのなかでピーター・マーテンスがすわりなおし、身を乗りだしてくるのが見えた。年老いたしわだらけの顔が、とつぜん熱心で生き生きしてきた。「つまり、きみは確信を持ちたいわけか？」とマーテンス老人はたずねた。「それを知ることが、本当に知ることができるようになりたいのか？」

「はあ？　どうやって？」ボブはぎくりとした。いまや老人の目はほとんど血に染まったように見える。

「なぜなら」とマーテンスはいった。「きみにそれを教えてやれるからだよ。その方法をな。それはほかのだれにもできん。このわしにしかできん。しかも、出版の分野だけじゃない。あらゆるものに関してだ。なぜなら――」

　奇妙な音、乾いた草むらをそよがす遠い風のささやきのような音が聞こえ、あたりを見まわしたボブ・ローゼンは、ひとりの男がそばに立ち、笑っていることに気づいた。薄茶色のスーツに、薄茶色の肌、とてものっぽで、とても痩《や》せていて、とても頭が小さく、なんとなく猫背だ。その姿はカマキリそっくりで、唇の上の青いひろがりから口ひげが逆V字形に垂れていた。

「まだ例の夢を見てるのかい、マーテンス？」乾いたささやきに似た笑い声を漏《も》らしながら、その男はたずねた。「角《つの》の門かね、それとも象牙《ぞうげ》の門かね？」

「うるさい、とっとと失せろ、シャドウェル」とマーテンスはいった。

シャドウェルは小さい頭をボブにふりむけ、にやりと笑った。「彼は〈ミセス・ウィンスローのぐっすりシロップ〉の宣伝でどんなに苦労したかを話しましたか？　あいにく、あの製品はハリソン製薬の睡眠剤にとって代わられた！　彼はサポリオの宣伝でどんなに苦労したかを話しましたか？　あの古いスタンリー・スティーマーの広告で？」（「出ていけ、シャドウェル」とマーテンスがいい、テーブルの上に両肘《ひじ》をつくと、またもやボブに話しかけようとした）「それとも、ザンベジの老案内人のように、象の墓場のありかを知ってるぞと、つぶやきつづけていましたか？　教えてほしいもんだ。流行はどこで生まれるのか？」と詠唱口調でつづけた。「酒瓶《さかびん》のなかか――それとも、マーテンスの頭のなかか？」

黄ばんだ白髪《しらが》に薄く覆われたマーテンスの頭が、ぐいと新来の客に向けられた。「いいか、こいつはT・ペティス・シャドウェルといってな、当代随一の卑劣漢だ。この男はいわゆるマーケット・リサーチ業をいとなんでおる――もちろん自腹でな。なぜなら、だれもこの男にはつけで物を売らんからだ。帽子ひとつさえも。だが、ポリー・アドラー★6が上流夫人とみなされる昨今では、この男を雇うほど酔狂な人間もそのうち現れるかもしれん。おい、これは警告だぞ、シャドウェル。出ていけ。もうおまえの顔など見たくもない。おまえには絶対になんの情報も与えてやらんからな」さらに老人は、かりに

T・ペティス・シャドウェルがのどの渇きで死にかけていても、けっして与えてやらない品目を具体的に列挙してから、腕組みをして黙りこんだ。

当代随一の卑劣漢はくっくっと笑い、骸骨《がいこつ》のように細い片手をポケットにつっこんで白い厚紙の束をとりだすと、ミシン目にそって一枚ちぎり、ボブにさしだした。「わたしの名刺です。わたしの事業は大きくないが、成長ひとすじ。マーテンスさんの言葉をあまり真《ま》に受けないように。それと、あまり酒を飲ませないように。この人の健康は以前ほどじゃない――以前でも、上の部とは申しかねましたが」そういうと、乾いたトウモロコシの皮がすれあうような笑い声を置きみやげに、酒場から斜めに出ていった。

マーテンスは吐息をもらし、ブッシュミルズ・ウィスキーの最後の二、三滴を溶けた角氷からなめとった。「わしは戦々恐々で生きとるんだよ。いつかそのうち金がはいり、好きなだけの酒を飲んだはいいが、目が覚めてから、いま出ていったあの鶏蛇《コカトリス》の怪物にうっかり秘密を漏らしたことに気づくんじゃないか、と。そもそもだな、いったいどこのだれが、ミシン目のはいった名刺をちぎってよこす相手と取引する？　これなら名刺が紛失しないし、しわも寄らないから、とやつはいう。自然法のもとにしろ、市民法のもとにしろ、そんな男には生きる資格がない」

ボブ・ローゼンはにぎやかな酒場の涼しさのなかで、恥ずかしげに頭脳の片隅に隠れた考えをつかまえようとした。それをべつにすれば、いつになく頭が冴えている気がする。だが、なぜかその考えはなかなか見つからず、気がつくとひとりごとのようにフランス語で小咄《こばなし》をしゃべっていて――ハイスクールでは八〇点以上をとったことがないのに――自分のみごとなアクセントに舌を巻き、最後のオチでくすくす笑う始末だった。「『黒のネグリジェなんてほっときなさいよ』」と大柄な金髪女がしゃべっていた。「『もし、夫の愛情を逃がしたくなかったら』とわたしは彼女にいってやったわ。『これからいうことをよく聞いて――』」

身をくらましていたさっきの考えが、なにかの理由で小走りにもどってきて、ボブの膝《ひざ》に乗っかった。「『うっかり秘密を漏らした』？」と彼は質問口調で相手の言葉を引用した。「どういう秘密を漏らすんです？　つまり、あのシャドウェルに？」

「当代随一の卑劣漢にな」とマーテンス老人は機械的につけたした。つぎにきわめて奇妙な表情が、その古風な顔立ちの上をかすめた――誇らしげで、狡猾《こうかつ》で、不安で……。

「きみはナイルの水源を知りたいか？」と老人はたずねた。「どうだ？」

「『彼をメイン州へ行かせてやりなさい』とわたしはいったわ。『彼に一日じゅう岩の絵を描かせてやりなさい』とわたしはいったわ。あの行楽地には』『ただ、後生だから、絶対にファイア・アイランドだけは行かせちゃだめよ。『ただ、後生だから、絶対にファイア・アイランドだけは行かせちゃだめよ。あの行楽地には』とわたしはいったわ。どう、正しいでしょう、ハロルド？」と大柄な金髪女が問いただした。

ピート・マーテンスが小声でなにかをささやいていることに、ボブは気づいた。相手の表情からすると、それはとても重要なことだったのにちがいない。酒場の喧騒《けんそう》のなかでボブはその言葉に聞き耳を立て、酩酊《めいてい》した頭でこう思った。速記用のメモか、そんなものがあればいいのにな……。知りたいか、本当に知りたいか、それがどこからどのようにして、どれほどたびたびはじまるかを？　でも、むりよ、わたしがなにを知ってるというの？　わたしは長年、どうしようもない継母《ままはは》のクララだったけど、いまのわたしはどうしようもない義母のクララなんだから……。どの世代にもそれがあるのか？　あるにちがいない……何年もまえから……何年もまえから知られている……しかし、だれが？――そして、どこで？――たずねまわり、探しもとめた。リヴィングストン★7をはじめとする探検家連中のようにたずねまわり、探しもとめ、あまたの困難に耐えて、ナイルの水源を目ざしたんだ……

だれかが、長い、ふるえをおびた叫びを上げた。クララにちがいない。そのあと、しばらくボブ・ローゼンの頭のなかには、ざわざわ、ざわざわ、ざわざわ、という雑音しか聞こえなかった。マーテンス老人は椅子の背にぐったり寄りかかり、無言のまま、真っ赤に充血した皮肉な目でこちらをながめ、やがてゆっくり、ゆっくりとまぶたが垂れていく。だが、マーテンス老人はそれっきりひとこともしゃべらない！

正真正銘の二日酔いの恐怖は、激痛のなかでボブの頭脳が思いつけるあらゆる治療法――ブラック・コーヒー、濃い紅茶、チョコレート・ミルク、生卵と赤唐辛子《あかとうがらし》入りのウスターソース――によって、（または、おそらくそれにもかかわらず）ゆっくりと薄れていった。しばらくのち、ボブは感謝の気分で考えた。すくなくとも空嘔吐《からえずき》の発作はなくてすんだ。すくなくともこの部屋のなかには買いおきがあるから、わざわざ外出しなくていい。そこは中心的な界隈《かいわい》で、自分はその要《かなめ》の位置に住んでいる。そのブロックでは、かたや豚《ぶた》の胃袋と小腸、かたや食料品店《ボデガス》とクレオール風料理に押されて、塩鮭《しおざけ》とベーグルが退却しつつある。腕白たちがけたたましい声を上げてトラックやバスのあいだを走りぬけ、砕石ドリルがたえず路面に傷口をひろげている。

いま聞いている音が砕石ドリルのくぐもった反響でなく、ドアをノックする音なのに気づくまでには、しばらく時間がかかった。ボブはふらつく足で戸口にたどりつき、ドアをあけた。そこに大鴉《おおがらす》を見つけてもべつに驚きはしなかったろうが、訪問者は長身の男だった。やや猫背で、頭が小さく、胸の上でカマキリのように両手を折りたたんでいる。

二、三度、乾いた舌打ち音をむなしくひびかせてから、ようやくボブの声帯は相手の名を発音した。「シャドバーン？」

「シャドウェル」穏やかな訂正が返ってきた。「T・ペティス・シャドウェル……。ご気分がすぐれないようですな、ローゼンさん」

ボブはドアの側柱にしがみつき、小さいあえぎをもらした。シャドウェルの両手がひらいて、そこから現れたのは——カマキリがかじっていた小さい人間と思いきや、ただの紙袋だった。紙袋がさっそくひらかれた。

「……そこで僭越《せんえつ》ながら、ほかほかのチキン・スープを持参しましたよ」

ありがたいことにそのスープはほかほかである上、こくと風味を兼ね備えていた。ボブはそれをぴちゃぴちゃなめ、感謝の言葉をつぶやいた。シャドウェルは手を横にふった。「いやいや、どういたしまして。いささかでもお役に立てば」そこで沈黙が下り、それを破るのは、スープをすする弱々しい音だけになった。「マーテンス老人もお気の毒に。もちろん、かなりの高齢でした。だが、あなたにはショッキングな出来事だったでしょう。脳卒中だとか。あー、警察でなにか面倒なことが起きませんでしたか」

ほかほかのスープのおかげで、ボブの体内に穏やかな活力の波が流れこんできた。

「いや、警察はとても親切だったよ。巡査部長はぼくを〝坊や〟と呼んだ。パトカーでここまで送ってくれたしね」

「なるほど」シャドウェルは考え深げな口調になった。「あの老人には身寄りがいなかった。それはたしかです」

「ふーん」

「しかし——かりに彼がわずかな金でも残したとしましょう。ありえないことですがね。そして、遺言状でそのわずかな金をだれかに、それともどこかの慈善団体に遺贈したとしますか。ご安心を。そんなものに関心はありません。また、彼がわざわざ書類遺贈の手間をかけるはずはない……つまり、むかし彼の書いた宣伝コピーやらなにやら、そんなもののスクラップブックですよ。一般人にとっては反古《ほご》同然。ゴミとして捨てるか、焼くかしかないしろものです。しかし、わたしには興味があります。つまり、これまでずっと広告宣伝業にたずさわってきましたからね。そう、そのとおり。子供のころはビラ撒《ま》きをしてましたよ。ほんとの話」

ボブは子供のころのT・ペティス・シャドウェルを想像しようとして失敗し、スープを飲んだ。「このスープはうまい。どうもありがとう。ご親切に」

シャドウェルは、どういたしまして、とくりかえした。くっくっと笑いながら、「ピート老人は、昔われわれふたりが完成させようとしたある計画なんです。しかし、実をいうとその一部は、あの書類カバンのなかにとんでもないものを持ち歩いてましてね。実をそれはついに実を結ばず、あの老人はそのことが不満だったようですが——あなたも興味がおありでしょう。お見せしましょうか?」

ボブの気分は依然として最低だったが、死の願望だけはどこかへ去ったようだ。「もちろん」と答えた。

シャドウェルは室内を見まわし、それから期待の目でボブをながめた。ややあって、彼はたずねた。「どこですか?」

「どこって、なにが?」

「書類カバンですよ、マーテンス老人の」

ふたりはおたがいに見つめあった。電話が鳴った。ボブは渋面とうめき声で電話に出た。相手はノリーンだった。演劇と文学について知ったかぶりの口をきく若い女で、ボブが断続的にひそかな肉体関係を結んでいる相手だ。ボブが好色な目的でノリーンのアパートメントを訪れるとき、ノリーンの母親（編み物好きで、中流階級のモラルの権化）がそこに居合わせれば、それは〝断〟の期間がはじまった信号と見ていい。

「いまはひどい二日酔いなんだ」ボブのその言葉は、ノリーンの最初の（用心深い、慣習的な）質問への答えだった。「それに部屋が散らかりほうだいだし」

「ちょいとわたしがむこうを向いただけでなにが起きるか、これでわかった？」ノリーンは幸せそうに舌打ちした。「さいわい、きょうは仕事の予定も、社会的義務もないから、さっそくそっちへ行ったげるわ」

「物好きな！」とさけんでボブは電話を切り、シャドウェルに向きなおった。むこうは貪欲《どんよく》そうな指先を噛《か》んでいるところだ。「スープをありがとう」ボブはきっぱりとした口調で、お引き取りを願うようにそういった。

「しかし、書類カバンは？」

「知らないな」

「酒場でおふたりを見かけたときは、あの老人の椅子に立てかけてありましたよ」

「じゃ、まだあの酒場にあるんじゃないかな。それとも、病院。それとも、警察が持っていったかもしれない。しかし――」

「ありません。警察にもありません」

「だが、ぼくは持ってない。ほんとだよ、シャドウェルさん。スープのご好意には感謝するが、あれがどこにあるかはぜんぜん知らない――」

　シャドウェルは、小さく鋭い鼻を指さしているような、形の小さく鋭い口ひげをいじった。それから立ちあがった。「それはまことに残念。ピーター老人とわたしが共同で取り組んでいた計画に関する書類は――はっきりいって、わたしが受けとる権利が……。そうだ、待ってください。ひょっとして、彼はあなたにそのことを話したかもしれない。酒を飲むといつもそうだったし、飲んでないときでさえそうでした。〝ナイルの水源〟というのが、それを話題にするときのお得意の表現でしたがね。ふむ？」その表現は鐘《しょう》楼《ろう》に登り、シャドウェルの耳に聞こえる鐘、すくなくとも彼にだけは聞こえる鐘を打ち鳴らしたようだ。シャドウェルはふいに進み出ると、長い指をした両手をボブの両肩におい た。

「わたしのいう意味はおわかりでしょう。よろしいか。あなたは――作家だ。あの老人のアイデアはあなたの専門じゃない。このわたしは――広告宣伝業。この問題はわたしの分野です。あの書類カバンの中身とひきかえに――さっきもご説明したとおり、それは当然の権利としてわたしに帰属するんですが――謝礼をさしあげましょう。一千ドル。いや――たんに一読する機会を与えてもらうだけでも――百ドル」

　最後に手にした小切手（ある短編ミステリーのモナコ版翻訳権）が十七ドル七十二セントだったことを思いだし、いま、こういう莫大《ばくだい》な金額が口にされるのを聞くうち、ボブの目はまんまるになり、いったいあの書類カバンはどこへ行ったのか思いだそうと、必死に努力した――だが、そのかいはなかった。

シャドウェルの冷たいひそひそ声に哀訴の調子がこもった。「いや、それどころか、あなたがあの老いぼ――あの老紳士とどんな会話を交わされたか、それを教えてくださるだけでも謝礼をさしあげますよ。ここに――」いいながら、シャドウェルはポケットに手をつっこんだ。ボブはぐらりときた。だがそこで思いだしたのは、すでにアップタウンとクロスタウンの旅路をたどっているだろうノリーンのことだった。おそらく例によって本人の肉体的魅力のほかに――子供時代と郊外住宅地で慣れしたしんだポーク・チョップやグリーンピースに背を向け、いまのめりこんでいるさまざまのエキゾチックな食品持参でやってくるにちがいない。たとえばシシカバブの材料や、ロクーミ★8や、暖かい南国のワインや、バクラヴァや、プロヴォローネ・チーズや、ギリシアの過去の栄光と、ローマの過去の栄華の生きた証拠を。

そんな刺激で多種多様の飢餓が立ちあがってわめきはじめ、ボブはシャドウェルのおそらくは反倫理的で、疑いもなく間のわるい提案に抵抗の姿勢をとることにした。

「いまはちょっと」とボブはいった。つぎに、デリカシーをかなぐり捨てた。「もうじきガール・フレンドがやってくるんだ。帰ってくれ。またいつか」

シャドウェルの小さい顔に怒りと無念さがうかんだ。つづいておそろしく不愉快な流し目。「なるほど、そうですか。またいつか？　よろしいとも。わたしの名刺を――」

シャドウェルはミシン目のはいった厚紙の束をとりだした。「もうもらった」とボブはいった。「さよなら」

ボブはさっそく不愉快な服を脱ぎすてた。その服を着用中に、まず汗をかき、ついで酔っぱらい、ついで昏睡《こんすい》状態になったのだ。シャワーを浴び、鼠色《ねずみいろ》の髪に櫛《くし》を入れ、その色が嫌いであごひげを生やすのをあきらめたピンクの剛毛を剃《そ》り、T・ペティス・シャドウェルの成功した同業者たちから、(露骨なのから微妙なのまで、千もの手法で)上流志向のためには不可欠、と信じこまされた化粧品をスプレーし、塗りこんだ。着替えをすませると、隠しきれない期待をこめ、純潔ならざるノリーンの到来を待ちわびた。ノリーンは到着し、彼にキスしてから、彼のために料理をこしらえた——それは太古からの女性の仕事であり、それを怠ることは、文化の退廃と退化の確実にして明白なる徴候なのだ。つぎにノリーンは、前回の結合このかたボブが書きためたあらゆる作品を読み、いくつかの欠点を発見した。

「あなたは出だしで描写に手間をかけすぎるのよ」彼女の口調には、これまで一度も原稿を売った経験のない人間のみに可能な確信がこもっていた。「登場人物を生き生きさせなくちゃだめ——書き出しの一行で」

「『そもそものはじまりから、マーリーは死んでいた』」とボブは書き出しの一行をつぶやいた。

「え?」ノリーンは聞こえなかったふりでごまかした。彼女の視線は恋人を避け、べつのものにそそがれた。「なに、これ?」と彼女はたずねた。「お金がいっぱいありすぎるから、そこらへおきっぱなしなわけ? あなた、オケラだっていわなかった?」そこでボブは彼女の指さす方角とその肉感的な指先をながめた。二枚の真新しい二十ドル札が、細長く畳んで、ドアのそばのテーブルの上におかれているではないか。

「シャドウェルだ！」その瞬間、ボブはさけんだ。そして、彼女の釣りあげた眉（抜いてないほうがはるかにいいと思うが、どうしてそんなおそろしいことがいえよう？）に向かってこう説明した。「まじりけなしのドブネズミさ――シラミ野郎というか、厚顔無恥というか――そいつが、眉唾《まゆつば》な提案を持ってきた」

「その男は」とノリーンがさっそく問題の核心に切りこんだ。「お金も持ってるのね」

できることなら、ふたりを絶対に引きあわせたくない、とボブは決心した。「とにかく」とノリーンはボブの原稿を横にどけて、あとをつづけた。「これがあれば、いっしょにどこかへ食事に行けるわ」料理をこしらえてる最中じゃないか、とボブは弱々しく抗議した。ノリーンはガスをとめ、調理中の鍋《なべ》をむぞうさに冷蔵庫のなかへつっこみ、立ちあがって、外出の用意ができたことを示した。いますぐ外出することに対して、ボブにはべつの反対理由があったが、それを口にするのは得策でないだろう。ノリーン流の道徳観によれば、情熱のエピソードのそれぞれが、終了時点で封印ずみの事件となり、来たるべきものの約束にはまったく無効なのだから。

シャドウェルの四十ドルが永久につづくはずはなく、夜の外出もそう長つづきはせずに、いずれはこのアパートメントにもどることになる。そう考えるとすこしは諦《あきら》めがつき、ボブは彼女といっしょにドアを出ることにした。

思ったとおりだった。翌日、午前のなかばにノリーンを送りだしたとき、ボブはすっかり元気回復したものの、ふたたび完全なオケラにもどっていた。メガネの奥に大きな黒い靴《くつ》ボタンのような目を光らせた、小柄でおしゃれなエージェントのステュアート・エマニュエルに前借りを申し込もうかと考えているとき、電話が鳴った。超能力が存在するかどうかはさておき、相手はまさにステュアートその人で、なんと昼食の招待だった。

「うれしいね、おたくのクライアントのなかにも稼ぎのいい連中がいるわけか」とボブはおそろしくデリカシーに欠ける言葉を吐《は》いた。

「いや、これはわたしのおごりじゃない」とステュアートは答えた。「J・オスカー・ラザフォードのおごりさ。彼の腹心のひとりが――いや、ジョー・トレスリングじゃないよ。おととい、きみが彼に会ったのは知ってる。そう、収穫ゼロだったこともな。これはまったくの別人だ。フィリップス・アンハルト。ぜひきてほしい」

そこでボブは、きのうの未完成料理を冷蔵庫に残したまま、いそいそとステュアートに会いにいった。フィリップス・アンハルトという人物の名は初耳だ。最初の待ちあわせ場所はある酒場で、その酒場の名も初耳だった。しかし、なかへはいったとたん、それがおととい の酒場だと気づき、不安な思いにかられた。二重に不安だった。先日そこで起きた事件のことを、冷血にもすっかり忘れていたからだ。バーテンがそれを忘れていないことは、ただちに明らかになった。だが、バーテンは三人の客に警戒の視線を走らせたあと、この客たちが保険のリスクとしてはそこそこに安全だと判断したらしく、なんのコメントもしなかった。

アンハルトは中肉中背、人のよさそうな、ちょっぴり当惑かげんの表情と、角刈りにした鉄灰色の髪の持ち主だった。「きみの短編小説はおもしろく拝見したよ」とアンハルトはボブにいった――こうしてボブの作家意識のなかに宿るガミガミ屋のこびとの浅い眠りを破ったわけだ。もちろん（ガミガミ屋が金切り声でわめきだした）あんたがどの短編のことをいってるかはわかってるぜ。こちとら、これまでの一生でたったひとつしか短編を書いてないようなもんだ。だから〝きみの短編〟というだけで、どれなのかはピンとくる。きみの長編小説はおもしろく拝見したよ、ヘミングウェイさん。きみの戯曲はおもしろく拝見したよ、コーフマン[★9]さん」

そんな迷路にも似た作家の心理構造を銀行報告のように知りつくしたステュアート・エマニュエルが、如才なく口をはさんだ。「アンハルトさんがいうのは、『海に悩まされることなく』だと思うよ」

アンハルトは断固たる礼儀正しさで、その推測をうちくだいた。「あれがコンテストの受賞作なのは知ってるし、いずれは読ませてもらうつもりだが、わたしのいうのは『みどりの壁』だ」さて、このきわめて短い短編小説は、すでに各社で十三回も断られたのち、ようやくサルベージ市場の三流雑誌にはした金で売れたが、たまたまボブの最愛の作品でもあった。ボブはフィリップス・アンハルトにほほえみかけ、アンハルトも彼にほほえみかえした。ステュアートはにこにこして、みんなの酒を注文した。

ボブ・ローゼンの前に強い酒を運んできたウェイターは、折りたたんだ紙きれを彼にさしだした。「あのご婦人からことづかりました」とむこうはいった。

「どのご婦人?」

「金髪のご婦人ですよ」

エージェントと広告宣伝マンがにやりとし、この場にふさわしい言葉を発するあいだに、ボブはそのメモに目をやって自分の筆跡なのに気づき、だが、どうにも文字を読みとることができず、それをポケットにつっこんだ。

「アンハルトさんは」とステュアートが大きな黒い瞳をボブに向けて説明した。「ラザフォード社の重鎮だ。角部屋のオフィスの持ち主だよ」

アンハルトは優しくてどこかくたびれた微笑を返してから、話題を変え、コネティカット州ダリエンの自宅のこと、いま独力で取り組んでいる改良工事のことを話しはじめた。やがて三人は酒を飲みおわり、二、三ブロック先のレストランへと歩いた。

そこでボブはかぎりない安堵《あんど》を味わった。アンハルトが注文したのは、落とし卵をのせたホウレン草のクリーム煮や、コーンビーフ・ハッシュや、その他もろもろのシンプルで健康的で食傷ぎみの料理、ボブの広汎《こうはん》な食欲に歯止めをかける種類のものではなかった。アンハルトが注文したのは子鴨《こがも》の肉で、ステュアートはマトン・チョップ、ボブは牛の胃《トライプ》とオニオンのシチューを選んだ。

「ジョー・トレスリングに聞いたが、チーズ番組のためになにかを書いてくれるそうだね」三人でピクルスの皿をつっつくうちに、アンハルトがいった。ボブは眉をなかば釣りあげて微笑した。ステュアートは酸っぱいトマトの中身を陰気にのぞきこみ、まるでこんなひとりごとをつぶやいているような顔つきだった――「短編ミステリー一本の翻訳権で、十七ドル七十二セントの十パーセントとはな」

「今日の合衆国では、二十五年前よりもはるかに大量のチーズが消費されている」とアンハルトは話をつづけた。「はるかに、はるかに大量の……それは広告宣伝の成果だろうか？　〈キャリーおばさんアワー〉のような？　それが一般大衆の好みを変えたのか？　それとも――一般大衆の好みが、たとえばなにかべつの理由で変化して、われわれはその波に乗っているだけなのか？」

「その疑問に答えられる男は」とボブはいった。「おととい亡くなりました」

アンハルトは息を吐きだした。「どうして彼が答えられたとわかる？」

「本人がそういったからですよ」

アンハルトは、かじりかけのキュウリのディル・ピクルスをそっと灰皿の上におき、身を乗りだした。「そのほかに、彼はどんなことをいった？　マーテンス老人がだよ。きみがいうのはマーテンス老人のことだろう、ええ？」

ボブはそのとおりだと答えてから、ひょいと心にもない嘘をつけたした。その情報とひきかえに千ドル払うという提案を受けたが、自分はそれを断った、と。その発言を訂正するひまもあらばこそ、アンハルトはうっすらピンクがかった顔を真紅に近づけ、スチュアート・エマニュエルは大きな目をぎらつかせて、ふたりで同時にたずねた。「だれがそんな提案を――？」

「煙突から下りてくるものは？」

ステュアートがまず平静をとりもどして（アンハルトはまだ目を見はったままで無言だが、顔の赤みは薄れてきた）こういった。「ボブ、笑いごとじゃないぞ。この会合をひらいたそもそもの理由はそれなんだよ。これには巨額の金が関係してる――きみにも、わたしにも、フィル・アンハルトにもな、いや、あらゆる人間にとってだ。いわば、あらゆる人間にとって。だから――」

思わず口がすべり、「T・ペティス・シャドウェルにとっても？」とボブはいった。

その効果は、前原子力時代の慣用表現でいうならば、電撃的だった。ステュアートは、うめきと歯擦音の中間に属する声、のんびりと臀部《でんぶ》を落ちつかせようとした男が、つらにでくわしたような声を出した。彼はボブの手をつかみ、「まさか、なにかにサインはしなかったろうな？」と悲鳴を上げた。いったん紅潮したアンハルトの顔が蒼白《そうはく》になったが、まだ控えめな態度はくずさず、ボブのジャケットの袖口《そでぐち》に手をおいただけだった。

「あいつは腹黒だ！」とアンハルトはふるえる声でいった。「ブタ野郎だよ、ローゼン君！」

「〝当代随一の卑劣漢〟です」とローゼン君は引用した（「そのとおり」とアンハルトがいった）。

「ボブ、神かけて、なにもサインしなかったろうな？」

「しませんよ、ぜんぜん。しかし、謎《なぞ》の続出はもうたくさん。なにかの〝情報〟が得られないかぎり、おふたりの前だが、もうぼくはボタンひとつはずす気はありませんね」

そこへウェイターが料理を運んできて、ウェイター連合組合の規則と慣例どおり、三人の前にそれぞれまちがった料理をおいた。それがしかるべく是正されたのち、ステュアートが確信をこめていった。「ああ、もちろんだとも、ボブ。情報か。そう、もちろん。隠すことはなんにもない。きみからはな」含み笑いしながらそういった。「さあ、どんどん食ってくれ。わたしは食いながら話す。きみは食いながら聞け」

こうして、ボブはトライプとオニオンのシチューをもりもり食べながら、ステュアートが咀嚼《そしやく》中のマトン・チョップというわずかな障害物を乗り越えて説きおこす、驚くべき物語を聞かされることになった。どんな時代にも（ステュアートによれば）ファッションのリーダー、スタイルの審判が存在する。皇帝ネロの宮廷にはペトロニウス。ジョージ三世の治世末期にはボー・ブランメル。いま現在と、それよりやや以前には、だれもが知っているとおり、パリのデザイナーたちとその影響力。そして、文学界では（「きたぞ！」とボブはつぶやき、フォークにのせた雄牛の胃袋のシチューを陰気な目つきでながめた）――文学界では、とステュアートが、明瞭な発音を心がけ、急いで料理をのみこんでつづけた。〈サンデー・タイムズ〉の読書欄の第一ページを飾る〝著名評論家たち〟による書評が、まったくの無名作家の作品にも、どれほどの影響力を持っているかはだれもが知ってのとおりだ。

「そこで絶賛された作品は、ロケットに乗り、名声と富への光速の旅がはじまるのさ」とステュアートがいった。

「要点をどうぞ」だが、ちょうどステュアートは網焼きマトンのひと切れを咀嚼中で、のどを鳴らし、フォークをふりたて、眉を釣りあげることしかできなかった。子鴨の肉を小さく切り刻んでオレンジ味の繊維の塊に変えつつあったアンハルトが、向きを変え、いわばマトンでいっぱいのステュアートの口から言葉をひきついだ。

「要点はこうだよ、ローゼン君。あのあわれなマーテンス老人がファッションとスタイルの予測術を発見したと称して、何年も前からマディソン・アヴェニューを往《い》き来していたというのに、だれひとり彼の言葉を信じなかった。正直な話、わたしも信じなかった。だが、いまは信じている。心変わりの原因はこれだ――おととい、あの老人が不慮の死をとげたと聞いて、わたしは思いだした。彼のなにか、一度目を通してくれ、と彼が預けていったなにか、彼を厄介払いしたさに、わたしがしかたなく預かったなにかがあったはずだ、と。そうなんだよ、もしかすると、一種の罪悪感かな。気の毒に思ったことはまちがいない。そこで秘書にあれを探してくれとたのんだ。ご存じのように、

J・オスカー・ラザフォード社にかぎっていえば、自然とおなじく、なにひとつ失われるものはない——」フィリップス・アンハルトは、なんとなく恥ずかしげで、なんとなく優しく、やや当惑ぎみの微笑をうかべた——「さっそく秘書はそれを探しだしてくれた……わたしはそれを見たんだが……その結果……」アンハルトは間をおき、なにか名文句を吐こうとした。

ステュアートが、みごとな嚥下《えんか》ぶりを見せ、両刃の剣を手にボブの矢おもてに立った。

「彼はびっくり仰天したのさ！」

驚嘆を味わったんだよ、とアンハルトが訂正した。驚嘆を味わったんだ。

問題の品物は、一九四五年十一月十日の消印のはいったピーター・マーテンス宛《あて》の封筒で、そのなかにファンシー・ヴェストを着た青年のカラー写真がはいっていたという。

「さてローゼン君、ご存じだろうが、一九四五年にファンシー・ヴェストを着る人間はひとりもいなかった。それが出現したのは、それから何年かあとだ。どうしてマーテンスはそれが出現することを知っていたのか？　また、もう一枚のスナップ写真の青年は、チャコール色のスーツにピンクのワイシャツを着ていた。一九四五年にそんな服装をする人間はいなかった……記録を調べたからまちがいない。ところがあの老人は、その年の十二月に、その写真をわたしに預けていたんだよ。お恥ずかしい話だが、彼が再度の訪問をしたとき、わたしは受付係に面会を断らせたんだ……だが、考えてもみてほしい。一九四五年に、ファンシー・ヴェストや、チャコール色のスーツや、ピンクのワイシャツとはね」アンハルトはじっと考えこんだ。ボブがその封筒のなかにグレイ・フラノのスーツの写真があったかどうかをたずねると、アンハルトはふっと笑みをうかべた。

「いやいや、ボブ。そうじゃないんだ、ボブ」ステュアートが穏やかな非難をこめて(油まみれの)唇をすぼめた。「きみはまだ認識してないようだな。これはし・ん・け・ん・な話だぞ」

「たしかにそのとおり」とアンハルトがいった。「わたしがマックにこの話をしたとたん、彼はなんといったと思う、ステュアート？　彼はこういった。『フィル、馬たちを休ませるなよ』」ふたりは真剣な面持ちでうなずきあった。まるで天から叡智《えいち》をさずかったかのように。

「だれですか、そのマックとは？」ボブはたずねた。

ショックの表情。ボブは前後左右にペアを組んだふたりの年長者からこう教えられた。マックとは、幸福なJ・オスカー・ラザフォード法人一族の家長その人だ。

「なあ、フィル」と、ステュアートはベイクト・ポテトをこっそりつつきながらいった。「けさまできみがわたしに連絡してこなかった理由は、もちろんたずねないことにしよう。これがほかの会社なら、わたしはこう疑ったかもしれんよ。先方は、ここにいるこの青年にパイの分け前をよこさず、自力でそれを見つけようとしてるんじゃないか、とね。いわばあの老人の腹心の友、道義的な相続人でもあるこの青年をぬきにしてだ」

(この形容に目をまるくするだけで、ボブは無言だった。この先、事態がどのように進展するのか、しばらく成り行きを見よう、と考えたのだ）「しかし、ラザフォード社にかぎって、そんなことはないよな。そういう姑息《こそく》な手段を弄《ろう》するには、あまりにも巨大だし、あまりにも倫理的だから」アンハルトは無言だった。

ひと呼吸おいて、ステュアートはつづけた。「そうだよ、ボブ、これは掛け値なしの大発見。もしも故マーテンス老人のアイデアをうまく発展させることができれば――そして、おたがいに条件を話しあう用意ができるまで、フィルがきみに秘密を漏らせと強要したりはしないと確信するが、それは――製造業者や、ファッション誌編集者や、デザイナーや、商店主や、そして順番では最後になったがいちばん重要な――広告代理店にとって、きわめて貴重な情報になることだろう。文字どおり巨万の富が築かれ、そして、蓄えられるわけだ。あのシャドウェルのようにうすぎたない野犬が、分け前を狙って割りこんでくるのも無理はない。まあ、聞いてくれ――いや、待てよ、残念ながらこの魅力的な会話はそろそろおひらきにしないと。これからボブは帰宅して、問題の資料を――」（なんの資料？　とボブは考えた。まあいいか、これまでの収穫は――シャドウェルから四十ドル、そしてアンハルトから昼食のおごり）――「そしてだね、フィル、きみとわたしは、マックが休ませようとしない、その馬たちのことを話しあおうじゃないか」

アンハルトはうなずいた。ボブが見ても、この広告宣伝マンは明らかにみじめな気分らしい。彼は生前のピーター・マーテンスにつれない仕打ちをしたことが悲しく、いまその老人の死後に、禿鷹《はげたか》の群れの一羽として数えられることも悲しいのだ。そう考えたボブは、自分もやはりその禿鷹の群れの一羽に数えられたことを、すくなからぬ恥ずかしさで自覚しながら、葬儀の日取りをたずねてみた。どうやらそちらはフリー・メーソンがとりしきっているらしい。故ピーター・マーテンスの遺骸《いがい》はすでに生まれ故郷のオハイオ州マリエッタへ向かう途中で、そこでロッジの兄弟たちが正式な告別式をとりおこなう予定——エプロンと、アカシアの小枝と、すべての儀式的な付属品をととのえてだ。ボブは思った。そうしてなぜいけない？　そう考えて、なぜかじつにほっとした気分になれた。

スピードは速いが、暑い上にうすぎたない地下鉄を敬遠して、ボブはアップタウンのバスに乗り、考えをまとめようとした。いったいどうすれば、あの泥酔中の会話を思いだせるだろう?　金銭的な価値はおろか、だれが聞いたところで意味不明だろうに。そう、「ナイルの水源」と、あの老人は充血した目をかっと見ひらいていったものだ。シャドウェルもその表現を知っていた。たぶんシャドウェルは、その意味、その表現の正確な意味まで知っている。ところが、このボブ・ローゼンは、まったくそれを知らない。しかし、その表現はたしかに空想をそそるところがある。マーテンス老人は長年をかけて——それがどれほどの期間だったか、だれにわかる?——自分の特別なナイル川、流行という大河の水源をさぐった。ちょうどマンゴ・パーク★10や、リヴィングストンや、スピークや、その他、なかば忘れられた探検家たちが、それぞれ長年をかけて捜索をつづけたように[★11]だ。その全員が、窮乏や、苦悩や、拒絶や、敵意に耐え……そして結局は、ちょうど現実のナイル探検がマンゴ・パークや、リヴィングストンや、スピークの命を奪ったように、こちらの探検もピーター・マーテンス老人の命を奪ったのだ。

しかし、そこに単数または複数の水源があって、その場所もわかっているという主張はともかく、あのときマーテンス老人はなんといったのか？　なぜあのとき自分はしらふでいなかったのか？　おそらく、隣のテーブルの肥った金髪女、毒々しい緑色のカクテルを飲み、どうしようもない継子たちを持ったあの金髪女のほうが、テーブル相互間の浸透作用で、ボブ自身よりもはるかによくあの老人の物語を聞いていたのでは？

それと同時に、昼の酒場でウェイターのいった声がよみがえった――あのご婦人からことづかりました……どのご婦人？……金髪のご婦人ですよ……ボブはポケットをさぐり、あのときのメモをとりだした。汗のしみがついたよれよれの紙きれに、自分の筆跡か、または残酷にもそれに似た文字で、こう書いてある――ビークーいれくもし俗しらわなはわは――

「なんだ、こりゃ！」ボブはそうつぶやき、明らかに筆記用具よりもブッシュミルズの影響を多分に受けた自分の筆跡を、眉を寄せて判読しようとした。ようやく、そのメモにはこう書いてあるらしい、と判断がついた。《ピーターいわく。もし信じられなければ、ブロンクスのパーチェス・プレースに住むベンソン一家に会え。ピーターいわく。

いまのを書きとめておけ》。

「これはなにかを意味してるはずだ」ボブがなかばそう声に出して、五番街からセントラル・パークの方角をぼんやり見つめるうちに、バスは富裕な街なみと緑の木立《こだち》のあいだをガタガタ走りつづけた。「これにはなにかの意味があるはずだ」

「ほう、それはなんと残念な」とベンスン氏はいった。「だが、わざわざ知らせにきてくださるとはご親切に」ウェーブのかかった灰色の髪は、まわりがスープの深皿のように平らに刈られ、うなじに白い肌が見あたらないところからして、明らかにかなり前からそんな髪型であるらしい。「アイス・ティーはいかがです？」

「でも、ほんとにとつぜんでしたのね」とベンスン夫人がいった。豊満という形容ではものたりないぐらいの女性だ。「あいにくアイス・ティーは切らしてると思うわ、パパ。わたしも死ぬときはそんなふうにぽっくりいきたいわね。レモネードじゃだめ？」

「さっきキティーが飲んでいたのが最後のレモネードだとすると、もうレモネードはないな。フリー・メーソンの連中はいい葬式をやってくれるよ。じつにいい葬式を。一時は加入を考えたこともあるが、結局、決心がつかなくてね。たしかジンがあったはずだ。ジンがなかったかい、ママ？　冷たいジン・アンド・サイダーでもどうだね、ボブ？　キティーがこしらえてくれるだろう、いずれそのうちに」

ありがとう、いただきます、とボブは小声で答えた。そこは大きな涼しいリビングルームで、彼はキャンバス・チェアになかば沈みこんでいた。パーチェス・プレースのどれがベンスン家であるかをたいした苦労もせずに見つけたのが、ほんの十五分前のことだ。それからはびくびくもので近づいた。汗びっしょりなのはたしかだった。最近ペンキを塗りかえた形跡のないその木造家屋は、きっとただの目くらましだ、と自分にいいきかせた。家のなかには、無音の機械がずらりとならび、そこへカードがつぎつぎにさしこまれ、内部ではテープがたえまなく回転をつづけているのにちがいない。きっと玄関に現れるのは、でっかくて肩幅の広い青年だ。頭皮の傷痕《きずあと》までが透けて見えるほど、髪の毛をうんと短く刈りつめていたりして。その青年が行く手をさえぎり、冷たく、穏やかで、自信たっぷりにこういうだろう。「はい？」

「えーと、じつはマーテンスさんから、ベンスンさんに会うようにといわれまして」

「われわれの組織につながりのある人物で、マーテンスという名前に心当たりはないし、ベンスン氏はワシントンへ出張中だ。残念ながら、なかへはお通しできないね。ここのすべてが機密扱いだから」

しかたなくボブは身をすくめ、しおしおとひきかえすことになる。小さく丸めた汗だくの背中に、肩幅男の軽侮の視線を浴びながら。

だが、現実はまったく予想とちがっていた。そう、まったくちがっていた。

ベンスン氏はボブの前で封筒をひらひらさせた。「こいつはいってみればニセモノ。どれほどおおぜいの正直な収集家と、売買業者までがだまされたか。シュード・アラビアから、アブーなんとやら王子が必要経費も持たずにやってきてね。たちのわるい売買業者らと結託してた。その連中を名指すこともできるが、まあ、よしておこう。この航空郵便切手のセット、使用前に消印を押したやつを、ごっそり偽造したわけだ。それでボロ儲《もう》け。ところが、空路シュード・アラビアへ帰ったとたん、スパッ！　王子は首を切られた！」この敏速かつ簡潔な復讐《ふくしゅう》を思いかえして、ベンスン氏はくっくっと含み笑いをもらした。明らかに彼の目からすると、それは切手収集のモラルの名においてなされた裁きなのだ。石油利権をめぐる王族たちの陰謀劇は、頭をかすめもしないらしい。

「キティー、なにか冷たい飲み物をこさえてくれる？」ベンスン夫人がたずねた。「かわいそうなピート、一時は日曜のディナーのたんびによくうちへきてたのよ。そう、何年間も。いま帰ってきたのはベントリー？」

ボブはじっとそこにすわって、涼しく平穏な空気を吸いながら、キティーを見つめた。星のデザインの切りこみを入れた小さいステンシルを使って、ていねいに足の爪《つめ》を塗っているところだ。とてもこの世のものとは思えない。〝霊妙〟というのが彼女の美しさを表現する言葉であり、〝霊妙〟以外にそれを表現する言葉はない。どれも完璧な形をした足指の上に彼女が身をかがめると、形容を絶した金色の長い長い髪がハート形の顔にかかる。いま着ているドレスは、ケイト・グリーナウェイ[13]の本に出てくる子供のそれとよく似ていた。

「おい、ベントリー」とベンスン氏がいった。「なにがあったと思う？　ピーター・マーテンス伯父《おじ》さんが、おととい急死したらしいぞ。友人のこの方が、わざわざ知らせにきてくださったんだ。ご親切に」

ベントリーは、「あああ」と答えた。十五、六歳の少年で、膝から下を裁ち落としたジーンズをはき、スニーカーはつま先と踵《かかと》を切りとってある。上半身は裸で、日焼けした無毛の胸には、左の乳首の上から右の乳首の下へ、〈ヴァイパーズ〉という文字が赤い塗料で刷りこんである。

「あああ」とベントリー・ベンスンがいった。「ペプシある?」

「だから、買ってきて、といったのに」少年の母親が穏やかにいった。「ベントリー、ジン・アンド・サイダーを大きなピッチャーにいっぱい作ってちょうだい。でも、あんたの分にはジンをちょっとしか入れちゃだめよ。べつのグラスになさい。わかった?」

ベントリーは、「あああ」と答え、胸に刷りこんだ真っ赤な〝ズ〟の字の上をぼりぼり掻《か》きながら出ていった。

くつろいだボブの視線は、マントルピースの上の写真を順々に目に入れた。やおら彼は上体を起こして指さした。「あれはだれですか?」その若者はどこかベントリーに似ているし、ベントリーの父親にも似ている。

「あれは長男のバートン・ジュニア」とベンスン夫人がいった。「あの子の着てるヴェスト、すてきでしょう? えーと、戦争の直後だったわね。あのころ、バートは海軍にいたんだけど、日本で美しい紋織りを手に入れて、うちへ送ってきたの。わたしはそれでベッド・ジャケットを作ろうかと思ったけど、生地がたりなくてね。で、その代わりにファンシー・ヴェストを作ることにしたのよ。亡くなったピーター伯父さんはそのヴェストが気に入って、それを着たバートの写真を撮ったわけ。ところが、なんてことでしょう、それから二、三年したらファンシー・ヴェストが流行《はや》りだしたじゃない。もちろん、もうそのころはバートもそれに飽きてたから（「もちろん」とボブはつぶやいた）、リトル・アンド・ハーピー社で夏休みのアルバイトをしてる大学生にそれを売ったわけ。二十五ドルで売れて、その晩は家族全員でダウンタウンへでかけてディナーを奮発したわ」

キティーがまた星形をひとつ、ていねいに足の指の爪に刷りこんだ。

「なるほど」とボブはいった。「リトル・アンド・ハーピー社？」とくりかえした。そう、そのとおり、と返事がもどってきた。あの出版社。バートンとその弟のオルトンは、出版社の原稿閲読者《リーダー》だという。オルトンはリトル・アンド・ハーピー社に勤めていたが、いまはスクリブリーズ・サンズ社にいる。バートンも一時スクリブリーズ・サンズ社に勤めたことがある。「あのふたりは最大手の出版社を軒なみ経験してるのよ」と母親は誇らしげにいった。「でも、よくあるようなおつむの堅い人間じゃない、ぜーんぜん」それまで派手な色の布地をいじりまわしていた両手が、そこでとつぜんその布地を持ったままで頭の上に伸び、すばやく両手の指が動いたと見るまに――そこにはすっかり完成した形で――こみいった折り畳みかたのターバンが出現した。

ベントリーが片手にピッチャーを持ち、もう片手で五つのグラスに——五本の指をつっこんで——運んできた。「あんたの分はべつに作りなさいといったのに」母親はそういうと、末っ子の「あああ」という返事を無視してボブをふりかえった。「こういうマドラスの布地をバスケットいっぱい溜めてるの。絹とか、木綿《もめん》とかの……きょうは朝から気になってたことがあって。わたしがまだ若い娘だったころ、西インド諸島出身のお婆さんたちが頭にかぶっていたあのターバン、どういうのか思いだせないかなって……そしたら、なんといまになってその思い出がもどってきたわけ！　どう、似合うかしら？」

「とてもよく似合うよ、ママ」とバートン・シニアが答え、こうつけたした。「そのほうが、いまどきの女がかぶってるスカーフよりも、カーラーがうまく隠れるよな、そうだろう？」

　たしかにそうだ、とボブ・ローゼンも思った。

つまり、これがほかならぬあれだったわけか。ナイルの水源。ピーター・マーテンス老人がどうやってこれを発見したのか、ボブは知らない。いずれそのうちにはわかるだろう。この家族がどんなふうにそれをやってのけるのか。それだけのカッコヨサがあるからか？　それとも、テレパシーや、千里眼や、サイコロの目を当てるような、〝特殊能力〟のひとつなのか？　それはわからない。

「バートがいうのよ、つい先日届いた、とてもすてきな原稿を読んでたんですって」と、ベンスン夫人が夢見るような口調でグラスのへりごしにいった。「南米のことを書いた本なの。バートがいうには、これまで南米は無視されてたけど、きっともうじき南米関係のノンフィクションに読者の興味が復活するはずだって」

「もうブッシュマンじゃなしに？」とベンスン氏がたずねた。

「そう。バートがいうには、大衆はブッシュマンに飽きてきた。だから、ブッシュマン関係の本はもうあとせいぜい三カ月、そのあとは――ぷっ――ただでも引き取り手がなくなるって」そこでボブはたずねた。オルトンはなんといってます？「ああ、オルトはね、いま小説のリーダーなの。あの子の話だと、大衆はもう殺人やセックスや滑稽《こっけい》な戦争体験を描いた小説にうんざりだって。オルトの見たところ、いまの読者は聖職者に関する小説を心待ちにしてる。だから、スクリブリーズ・サンズ社から本を出してる作家のひとりに、こういったのよね。『どうして聖職者の出てくる小説を書かないんだ？』そしたら、相手もそれは名案だといったらしいわよ」

長く心地よい沈黙が訪れた。

疑問の余地はない。どのようにしてベンスン一家がそれをやってのけるのか、ボブにはまだよくわからない。だが、この一家はたしかにそうできる。完全な無意識のうちに、完全な正確さで、未来の流行の傾向を予言できるのだ。なんとすばらしい。なんと不気味。なんと――

キティーが愛らしい頭をもたげ、絹を思わせる長い髪の毛ごしにボブを見つめてから、その髪を横に払いのけた。「あなたはお金を持ってる?」まるで銀の鈴をふるような声。これに比べれば、たとえばノリーンの、あの平べったいロング・アイランドなまりの発声は?　まるきり問題外だ。

「まあ、キティー・ベンスン、なんて質問をするんですか」母親はそういうと、グラスを持った手をベントリーのほうに伸ばし、お代わりを要求した。「ピーター・マーテンスのことは、考えるだけでも気の毒ね。もうすこしちょうだい、ベントリー。人の飲み残しにありつこうなんて了見はだめよ、子供は」

「だって、お金を持ってれば」と妖精郷の角笛のような声がひびいた。「どこかへいっしょにでかけられるでしょ。なかには、いつもぜんぜんお金のない男の子もいるのよね」その声はそう結論した。かぎりなく愛らしい憂鬱《ゆううつ》さをこめて。

「ぼくはもうすぐお金のはいる当てがあるよ」ボブはさっそく答えた。「まちがいない。えーと——いつがいいかな——」

彼女は絶対的魅力のあふれた微笑をよこした。「今晩はだめ。だって、デートがあるんだもの。それに明日の晩もだめ。デートがあるんだもの。でも、あさっての晩ならだいじょうぶ。デートがないんだもの」

ボブの頭の片隅で、小さい声がこういった。「この娘のお脳はピーナツなみのサイズだぞ。わかってるのか?」するとべつの片隅から、ぜんぜん小さくないべつの声が絶叫した。「それがどうした?　それがどうした?」おまけに、ノリーンには早くもうっすらと、だがまちがいなく、二重あごが芽ばえているし、おっぱいも（巧妙な人工的手段で支えないかぎり）垂れさがる傾向がある。キティーには、その両方ともまったくあてはまらない。

「じゃ、あさっての夜のデート」とボブはいった。「それで決まりだ」

その晩、夜どおし、ボブは守護天使と格闘した。「あの家族に現代ビジネスのあさましいスポットライトを当てるなんて」と天使はいい、ハーフネルソンで彼を締めあげた。「あの家族、しおれて死んでしまうわよ。ドードー鳥をごらん――バッファローをごらん。よく見た？」

「きみこそよく見ろ」ボブは唸《うな》るように答えると、相手のホールドをはずし、シザーズロックで天使を責めつけた。「あの強欲なアカウント・エクゼクティヴどもの手を、ベンスン一家にふれさせたくない。すべてはぼく経由で行うべきだ、わかるか？　ぼく経由で！」そういうのと同時に、彼は天使の両肩をマットに釘づけにした。「おまけに」と歯を食いしばりながらつけたした。「ぼくは金がほしい……」

翌朝、ボブはエージェントのステュアートに電話した。「いまからフィリップス・アンハルト氏へのささやかな商品見本を提供しようか」と彼はもったいぶった口調でいった。「書きとってほしい。男性はスープの深皿形のヘアカット。そう、そのとおり。理髪店で、うなじに太陽灯の照射を受けるわけさ。聞いてくれ。女性はマニキュア液で足の指の爪に星形を刷りこむ。ケイト・グリーナウェイ風のドレスも復活する。はあ？　賭けてもいいが、アンハルトなら〝ケイト・グリーナウェイ風〟の意味を知ってると思うよ。それと、あかぬけした女性が頭にかぶるのは、西インド諸島風に結んだマドラス模様のネッカチーフ。結び方がとても複雑なので、あらかじめ折りたたみ、あらかじめ縫っておく必要があるかもしれない。絹とか、木綿とか……。いまのを書きとってくれたよね？　よし。

ティーンエイジャーの夏のファッションは、膝から下を裁ち落としたブルー・ジーンズ。それに、スニーカーを切りとったサンダル。シャツも、アンダーシャツも着ない——上半身裸で——え？　まさか、とんでもない、男の子だけだよ！」

そのあとでボブは、出版その他に関する残余情報をステュアートに伝え、前借りを要求してめでたくOKをとった。その翌日、ステュアートはこう報告してきた。アンハルトの報告によると、マック・イアンもすっかり興奮したらしい。マックはこういった——フィルが伝えたマックの言葉を知ってるか？　つまり、マックはこういったんだ。

「フィル、たかが一ペニーのタールで船をだいなしにするのはよそう」

ボブはまたもや前借りを要求し、それを受けとった。ノリーンが電話してきたが、ボブはけんもほろろだった。

デートの日の朝遅く、ボブはいちおう確認をとるために電話した。いや、電話しようとした。だが、交換手から、残念ですがその番号は現在使われておりません、と知らされたのだ。ボブはブロンクスまでタクシーを飛ばした。ベンスン家はもぬけのからだった。人が住んでないだけでなく、なかはすっからかん。壁紙は残っていたが、それだけだ。

もうずいぶん昔、はじめてタバコを吸いはじめた年ごろ、ボブは友人に連れられて真夜中に（つまり、十時半ごろ）静かな郊外の町を歩きながら、世にも恐ろしい語句で秘密厳守を誓ったことがある。あるガレージの壁に梯子《はしご》が立てかけられていたが――屋根までは届いていなかった。ボブと友人は屋根の上まで必死に体をひっぱりあげたが、これがほかの場合なら、その努力は体育教師から満点の賞賛をかちえたことだろう。その屋根は、ある若い女性の就寝前の下準備を観察するのに絶好の場所だった。先方は窓のシェードがひきおろせることをご存じないようだ。とつぜん、べつの家のなかで電灯がつき、ガレージの屋根を照らしだした。そこにふたりの姿を見つけて、その若い女性が絶叫した。ボブは、汗だくの両手で屋根のへりにつかまり、汗だくの両足を梯子にのせようとして気がついた。かんじんの梯子がもはやそこにないことに……。

いまのボブの心境はまさにそのときとおなじだった。

麻痺《まひ》した気分、信じられない思いで、パニックにおそわれ、腹立ちをも感じていた。自分がある古い映画の一場面を実演していることをひしひしと実感したからだ。もしぼろぼろの軍服を着ていたら、その場面は（映画の）現実にもっと密着していたことだろう。ある意味ではくすくす笑いだしたくなり、ある意味では泣きたくなった。脚本に対する義務感だけで、彼はなんとかその道化芝居をつづけた。からっぽの部屋を順々に歩きまわり、家族の名を呼び、だれかいませんかとたずねた。

だれもいなかった。置き手紙もメモもなく、その古い映画で戸口の柱に彫りつけられていた〝クロアトアン〟という文字もなかった。しだいに深まる闇《やみ》のなかで、一度なにかの物音が聞こえたような気がして、ボブはくるりとふりかえった。獣脂ランプを片手に持つベンスン氏の衰弱した姿を想像したり、年老いた黒人が、涙ながらに、「ボブのだんな、ヤンキーどもが綿花をぜんぶ焼きはらっただよ……」と訴えるところを想像したりしたが、そこにはなにもなかった。

ボブは隣家の階段まで歩き、揺り椅子にすわった老婦人に質問してみた。「さあ、わからないわね」と相手はかぼそく不機嫌な声で答えた。「あの一家が、みんな一張羅で車に乗りこむのは見たわよ。だから聞いたの。『あら、ヘイゼル、お揃《そろ》いでどちらへおでかけ?』(「ヘイゼル?」「ヘイゼル・ベンスンよ。あなたはあの家族の知りあいなんでしょう?」「はい、そうです。はい、もちろん。どうかつづけてください」)「だから、わたしは聞いたの。『ヘイゼル、お揃いでどちらへおでかけ?』そしたらむこうは、『いまは変化の時期なのよ、マッケンさん』そういうと、みんなで大笑いして、手をふって、車で行っちゃったわ。そのあとで業者がやってきて、家財道具をぜんぶ荷造りして、トラックへ積みこんだわけ。だから、『あの一家はどこへ行ったの?』と聞いたのよ。『どこへ越したの?』でも、あの礼儀知らずの連中ときたら、なにも教えてくれやしない。ここで暮らして五十四年にもなるわたしに。ただのひとことも。まったくもう――」

自分の狡猾さに酔いしれながら、ボブはさりげなくいった。「なるほどね。あなたのおっしゃる業者なら知ってますよ。〈オブライエン運送〉だ」

「〈オブライエン運送〉じゃないわ。どこからそんなでたらめを? 〈セブン・セバスティアン・シスターズ〉よ」

ボブ・ローゼンが知ることのできた事実は、これでほぼすべてだった。ほかの家もまわってみたが、結果は空振りか、なにかの意味があるかもしれない、こんなやりとりだけだ。「キティーがいったわ。『あんたのカーラー返しとくね。もう要らなくなったから』」とか、「そう、こないだバートン・シニアに会ったら、やっこさん、こういったっけ。『なあ、自分がわだちにはまってることは、空を見上げないと気がつかないもんだね』そう、あのベンスン一家はよく突拍子もないことをいいだすから、そのときは気にもとめなかったんだが、いまになってみると――」とか、「おれはベントリーにこういった。『どうだい、ヴァイパー、明日はウィリアムズブリッジまでのして、スケどもの品定めをしねえか?』そしたら、あいつ、『むりだよ、ヴァイパー、明日は行けねえ。おいらの先祖が掲示板に新しいポスターを貼ったもんで』そこでおれは、『そうかよ』といったけど、そのあとで――」

「彼のなにがなにをやったって?」

「あんた、ヴァイパーズ仲間のしゃべりがわかってないね、ええ？　つまりさ、あいつの家族が明日の予定を先取りしちゃったってこと。まったくあのうちは、みんなが勝手気ままだもんな、そうだろ？」

まったくそのとおり。というわけで、ボブはそこにとり残された。きちんとした身なりで、プンプンいい匂いをさせ、これからどこへ行くあてもなく、ポケットにはたんまり金がある。彼は並木道に目をやり、二ブロック先の角にネオン・サインがあるのを見つけた。ネオンの文字は〈ハリーの店〉（緑）。〈酒と食事〉（赤）。

「ハリーは？」と、ボブはバーの奥にいる中年女性にたずねた。

「ロッジのミーティング」と彼女はいった。「じきにもどるわ。今夜は奉仕活動はなし。会合だけ。なんにします？」

「ブッシュミルズを一杯」とボブはいった。この言葉を最後に聞いたのはどこだったか？　酒場のなかは涼しい。そこで彼は思いだし、ぞくっと身ぶるいした。

「そうか、そいつはまずい」ステュアート・エマニュエルがうめきをもらした。「実にまずい……。それに、きみは引っ越し業者とじかに接触すべきじゃなかった。それがこの事態によけいな波紋を投じるわけだ」

ボブは頭を垂れた。〈セブン・セバスティアン・シスターズ〉から情報をひきだそうとした努力は——むこうは七つ子らしく、全員が灰色の口ひげを生やしていたが——みじめな失敗に終わったのだ。それに、日ざしを浴びた積雲のような金髪に包まれたキティー・ベンスンの顔がたえず目にうかび、キティーの金色の声がたえず耳につく。

「とにかく、全力をつくしてみよう」とステュアートはいった。疑いもなくステュアートはそうしたらしいが、結局だめ。アンハルトに報告するしかなくなった。そしてアンハルトは、ぐずぐずとためらいつづけたあと、いつもの優しい笑顔を当惑にくもらせ、いっさいをマックに告白した。マックはT・オスカー・ラザフォード社所有のあらゆる不可抗力を総動員して、捜索を開始した。こうして判明したのはふたつの事実だった。

その一。〈セブン・セバスティアン・シスターズ〉は、パーチェス・プレース以外のアドレスを持たず、すべての家具はその運送業者の防火倉庫におさまり、二年分の倉庫料が前払いされている。

その二。パーチェス・プレースの借家の持ち主はこういった。「わたしはあの一家に連絡したんだ。あの家を買いたいという客がいるが、もしそちらが家賃の値上げに同意するなら売らないでおく、と。そしたら、さっそく郵便で鍵が返送されてきた」

リトル・アンド・ハーピー社も、スクリブリーズ・サンズ社も、こう報告してきただけだった。オルトンとバートン・ジュニアは転居を理由に退職を申し出たが、転居先は不明である。

「ひょっとするとあの一家は、どこかへ旅行してるのかな」とステュアートがいった。

「ひょっとすると、そのうちにもどってくるかもしれん。アンハルトはどこの出版社にもコネがある。ひょっとすると、彼がなにかを聞きこむかもしれん」

しかし、まだアンハルトがなにも聞きこまないうちに、マックはもうなにも聞くべきものはないと判断したらしい。「わたしはこの一件からきれいさっぱり手を引く」とマックは宣言した。「まるで雲をつかむような捜索じゃないか。そもそも、きみはどこからこんなばかばかしいアイデアを思いついた？」そういわれて、フィリップス・アンハルトの微笑は消えてしまった。何週間かが過ぎ、何カ月かが過ぎた。

しかし、ボブ・ローゼンはけっして望みを捨てなかった。ベントリーの記録、成績証明書や転校届のたぐいが残っていないかと、教育委員会に問い合わせてみた。ナッソー通りに足しげく通い――とりわけ――シュード・アラビアの航空郵便切手の専門業者をたずねてまわった。ベンスン氏が現住所を知らせてないかと、かすかな望みを託したのだ。さらには腕時計を質に入れて、ヴァイパーズの少年たちにハンバーガーやピザをふるまい、ベニントン大学を出てまもない若い男女、最大手出版社に勤める若い男女に、無数のスコッチ・オン・ザ・ロックをふるまった。そして――

早くいえば、ボブはピーター・マーテンス（オールド・ピート、こそこそピート）の衣鉢を継いで、探索にとりかかったのだ。探索の対象はナイルの水源だった。ところで、ボブはなにかを見つけたのか？　そう、なんとそれが見つかった。

循環的同時発生の奇妙な性質は、かつてこんな古典的比喩《ひゆ》で要約されたことがある。だれでもそうだが、何年ものあいだ、野球帽をかぶった片足の男にでくわさずにいることもある。ところが、ある日の午後だけで、そんな男を三人も目撃することもある、と。

ボブ・ローゼンの場合が、まさにそれだった。

ある日、だるくて憂鬱な気分を感じながら、そしてまた、キティー・ベンスンの妖精に似た声がしだいに頭のなかで薄れていくのを感じながら、ボブはあの一家の旧家主に電話してみた。

「いや」と旧家主は答えた。「あの一家からは、その後ひとこととの連絡もないね。それにもうひとり、あれからひとことの連絡もない相手がいる。あの家を買おうとした男さ。やつはあれから一度も姿を見せない。先方のオフィスへ電話したら、なんとせせら笑いやがった。ばかにするにもほどがある」

「その男の名前は？」とボブはものうげにたずねた。

「妙な名前だったな」と旧家主は答えた。「E・ピーターズ・シャドウォールか？　そんなふうな名前だ。とにかく、あいつなんかくそ食らえだ」

ボブは部屋のなかをひっかきまわした。あのミシン目のはいったシャドウェルの名刺はないか――もう大昔のことに思えるが――やつが手に持った束からちぎりとってよこした名刺だ。それと、いま気がついたが、マーテンス老人の最後の言葉を書きとめた紙切れも見つからない。ベンスン一家の名前と住所がそこに書いてあったのに。職業別の電話番号簿を調べてみたが、あのカマキリ男の職業はどの分類にも属してないようだ。そして、ABC順の電話番号簿も助けにならなかった。シャドのdはひとつかふたつか、ウェルのlはひとつかふたつか、しっぽにeがついていたか、などなど。

よし、とボブは決心した。ステュアート・エマニュエルに会ってみよう。あのおしゃれで小柄なエージェントは、ベンスン一家の失踪で大きな痛手をこうむったから（「あれはすばらしい取引だったのに」と、いまにも泣きだしそうな声で彼はいったものだ）その捜索のためなら、はした金ぐらいは融通してくれるだろう。アッパー・イーストの四十丁目付近を歩いている途中で、ボブは酒場の前を通りすぎた。前にノリーンとその店のカクテルを飲みにいったことがある――結果は失敗で、それ以前からすでにぜいたくだった彼女の嗜好《しこう》がまたひと目盛り上昇したのだが――そこから思いだしたのは、こしばらくノリーンからの連絡がとだえていることだった。それがどれぐらいの期間かを計算し、それについてなにかの手を打つべきかどうかを検討中に、ボブは三人目の野球帽をかぶった片足の男を目撃することになった。

つまり、具体的にいうならばこうだ。ボブはあるブロックのまんなかで通りを横断しようとして、すぐ目の前にいる二台の車のあいだにすきまを見いだせないため、ばったり足をとめた（原因は、長くつづいた道路工事による交通渋滞だった）。右から左に視線を動かしてみてわかった。その二台は〈ゴールドバーグおばあさんのおいしいボルシチ〉と書かれた明るいブルーのトラックと、T・ペティス・シャドウェルとノリーンを乗せたわいせつなピンクのジャガーだ。

それは〝衝撃的な認識の瞬間〟だった。ボブは万事を理解した。

ボブが声を出したわけでもないのに、車中のふたりは同時にこっちをふりむき、雄弁な表情のボブ、あんぐり口をあけたままのボブをそこに見いだした。そして、ふたりはボブが理解したことを理解した。

「あら、ボブ」とノリーン。「やあ、ローゼン」とシャドウェル。

「結婚式に招待できなくてごめんなさいね」とノリーンがいった。「でも、万事があっというまだったもんだから。ピートに夢中で」

「だろうね」とボブはいった。

ノリーンはいった。「恨まないでね」――ボブの恨めしそうな顔を見て、たのしんでいるようすだ。クラクションが鳴り、罵声《ばせい》が飛んだが、車の列はまったく動かない。

「きみのしわざだな」ボブはノリーンに近づきながらそういった。シャドウェルの両手がハンドルから離れ、指を下にして胸の前で組み合わされた。「きみはこの男がおいていったパリパリの緑色の札を見つけ、それから名刺を見つけて、この男と連絡をとり、そのあとでぼくの部屋へはいって、あのメモをかっさらい、そのあとで――あの一家はどこにいるんだ?」ボブはそうさけびながら、小型車をつかんでゆさぶった。「金のことなんてどうでもいい。それよりあの一家がどこにいるかを教えろ。あの娘に会わせてくれ!」

だが、T・ペティス・シャドウェルはただ笑いに笑いつづけるだけ。その笑い声は枯葉をそよがす風のささやきを思わせた。「あら、ボブ」ノリーンが目を見張り、でっかくて下品な宝石を見せびらかし、この場にありったけの皮肉をそそぎこんだ。「あらまあ、ボブ、べつの娘がいるわけ？　わたしにはなにも教えてくれなかったわね」

ボブは怒りをかなぐり捨て、ベンスン一家のビジネス面についてのあらゆる関心を否定した上で、もしキティーに会わせてくれたら、証文を書き、血で署名しようと提案した。シャドウェルは小さい口ひげをいじりながら、肩をすくめた。「あの子に手紙を書きたまえ」とにやにや笑いながらいった。「保証するよ。すべての郵便を転送してあげる」そこで交通渋滞が解消し、ジャガーはブーンと走りだした。真っ赤なノリーンの唇が投げキスをよこした。

「手紙？」そうか、その手があったぞ。もちろんボブは手紙を書いた。毎日一通、いや、何週間かは一日二通も書いた。だが、返事は一通もこなかった。そして、こちらの手紙がおそらくノリーン、すなわち、（T・ペティス・）シャドウェル夫人のところで足どめを食い、きっとあの女が贅沢三昧《ぜいたくざんまい》のなかでほくそ笑み、せせら笑っているにちがいないと気づくと、ボブは絶望の淵《ふち》に落ちこみ、手紙を書くのをやめた。ハート形の顔をしたキティー、明るい金髪のキティー、妖精の声のキティーはどこにいる？　あの母親と父親と三人の兄弟はどこにいる？　いま、ナイルの水源はどこにある？　ああ、いったいどこにある？

そういうわけだった。シャドウェルが力ずくでベンスン一家全員を誘拐したとは考えられないが、事実、その一家はほぼ完全に跡形もなく消失し、残されたわずかな手がかりも、すべてマーケット・リサーチ顧問T・ペティス・シャドウェル事務所の戸口でとだえてしまうのだ。シャドウェルはあの家族全員を、グレートスモーキー山脈の遠い谷間にある森の隠れ家へ押しこめたのか？　それともあの一家は、つねに成長をつづけ、かぎりなく拡大していくロサンジェルス郊外のどこかで、いまなお独特の予言的生活をつづけているのか？　それともシャドウェルは、悪の天才の名に恥じぬ手腕で、遠視的なビジョンには映らない場所、もっと目と鼻の先にあの一家を住まわせているのか？

ひょっとすると、それはブルックリンのまんまんなか、測量士の一隊さえ自分たちが打ちこんだ杭を見つけられないような、迷路にも似た街なみのなかだろうか？——それとも赤煉瓦《あかれんが》と黄色の煉瓦が果てしなくつづき、探索の熱意さえ萎《な》えてしまうような、底知れぬクィーンズの奥地だろうか？

ボブ・ローゼンは首をひねりながらも、関心をいだきつづけた。食うために書くが、実は探すために食うわけだ。売文のあとには探索、飽食のあとには飢餓がつづくが、希望の失われることはなかった。

しかし、フィリップス・アンハルトの場合、事態はもっと深刻だった。彼にはボブのような希望がなかった。たしかにアンハルトはT・オスカー・ラザフォード社に在籍してはいるが、もはや角部屋のオフィスはおろか、単独の部屋さえ与えられていなかった。アンハルトは落伍したのだ——いまのアンハルトは、ほかの落伍者や、新しい見習社員たちといっしょに、大部屋でデスクをひとつあてがわれているだけだった。

そして、ボブがうまずたゆまず街路を探しまわるうちに――そう、いつどこで泡立ちあふれる泉が見つからないといえよう？――そして、アンハルトが苦い紅茶を飲みながら、岩塩坑の奴隷のように労働に服している一方で、あのブタ野郎、当代随一の卑劣漢、T・ペティス・シャドウエルは、聖ヨハネ礼拝堂から一ブロック先にある、スチールとアルミと青緑色のガラスでできた新築ビルのまるまる三階分を占領していた。シャドウエルはメトロポリタン歌劇場にボックス席を持ち、バックス郡に自宅を持ち、ヴィニヤードに別荘を持ち、ビークマン・プレースにアパートメントを持ち、キャディラックを一台、ベントリーを一台、ジャガーを二台持ち、十人が宿泊できるヨットを一隻《せき》持ち、さらには逸品ぞろいの、ささやかな（しかし、成長ひとすじの）ルノワールの個人コレクションを持っていた……。

訳注
★1　英国の週刊評論誌。
★2　一九六〇年までローマで刊行されていた高級文芸季刊誌。
★3　一九五八年に出版されたヘイエルダールのイースター島航海記。
★4　一九〇九年に出版された少女小説。

★5　十九世紀アメリカの初等教科書叢書。

★6　貧民窟から身を起こし、高級売春宿の女主人になった。自伝の映画化は『禁じられた家』。

★7　デイヴィッド・リヴィングストン。スコットランドの宣教師。探検家。一八五二―五六年にヌガミ湖とヴィクトリア瀑布を発見、『宣教旅行記』を著す。ナイル川の水源地論争に決着をつけるよう要請され、一八六七―六八年にムウェル湖とバングウェウル湖を発見したが、大病後ウジジにもどり、ニューヨーク・ヘラルド紙に派遣されて彼を捜索にきたスタンリーに発見された。

★8　ターキッシュ・デライト（トルコのサイコロ状のゼリー菓子）のこと。

★9　アメリカの劇作家。モス・ハートとの共作『我が家の楽園』（一九三六年、ピュリッツァー賞）など、多数の戯曲やミュージカルを書いた。

★10　スコットランドの探検家。一七九五―九六年と一八〇五年にニジェール川沿いを探検した。

★11　ジョン・ハニング・スピーク。英国人の探検家。一八五八年バートンとともにタンガニーカ湖、さらに単独でヴィクトリア湖を発見、ナイル川の水源だと主張したが疑われ、二度目の探検を行ったが、帰国後事故死した。

★12　サウジ・アラビアをおどけて指す言葉。シュードは「まがい」の意味。

★13　十九世紀の英国の画家、児童書のイラストレーター。子供の生活をカラーで描いて知られる。

★14　一九二一年製作のサイレント映画“The Lost Colony”と思われる。一五八七年、新世界への英国最初の移民百人あまりが、ノース・カロライナ沖のロアノーク島に上陸した。一五九〇年に補給船が島を訪れたが、「クロアトアン」という文字が砦の柱に彫りつけられているだけで、移民の姿はまったくなく、八十キロ離れたクロアトアン島が捜索されたが、そちらにも見つからなかった、という実話のドラマ化。

どんがらがん

深町眞理子訳

ところどころに白く塗った石のケルンのある細い道、その道をいまひとりの若い男がやってきた。油断のない目つきに、用心ぶかい足どり、肩に担いだ布袋のなかでは、なにかが赤いものをぽたぽたしたたらせている。周囲の土地に見てとれるのは、庭や、囲いのある畑、花の咲き乱れる果樹。かすかに羊のめえと鳴く声。若い男のやや大きめの口もとがすぼまった。このような土地で、作物がどれほどよく実るかを考えめぐらしているかのようだ……それともうひとつ、その収穫を手にするのは何者かということも。

道路を曲がったところで、一軒の小さな木造の家に出くわした。扉のかげから、赤くただれた目をした老人がのぞいている。道路を近づいてくる足音を聞きつけて、かびくさい寝床から起きだしてきたのだが、足音の主がどんな人物かを見てとると、その目がぎょっとしたようにみはられ、瘦《や》せこけた脚がふるえた。

「やあじいさん、幸運があんたに恵まれますように」なにも持っていない手のひらを、ふたつともぱっとひろげてみせながら、若い男は声をかけた。「ひょっとしてこのへんに、焚《た》き火のできそうな場所はないか、探してみてるだけなんだ。運よく子兎《こうさぎ》を二羽ばかり仕留めたんでね。あぶって、朝飯にしようかと思って」

老人はがくがく頭をふった。「そりゃいかん、そりゃいかんよ、お若いの。まばらなあごひげも、それにつれてふるえる。「そりゃいかん、そりゃいかんよ、お若いの。子兎は裸火で焼いたりするもんじゃない。煮込み用の鍋《なべ》で、じっくり煮込むべきものじゃ――人参《にんじん》と、玉葱《たまねぎ》と、ポロ葱と、できればせめてローリエの一枚ぐらいは添えてな」

溜《た》め息と微苦笑とともに、若い男は肩をすくめた。「あんたときたら、まるきりうちの親父殿みたいな口をききやがる。親父殿とはな、なにを隠そう、〈カナラス国〉は世襲領主たる大公様だ。〈カナラス国〉は目下のところ、完全に運に見はなされてるってわけでもないが、さりとて〈大遺伝子転移〉以前は、おおいに隆盛だった国、とも言えない。あいにくと！――でもって、このおれの名はマリアン。若へイズリップのマリアン様だ」

老人はうなずくと、喉仏《のどぼとけ》をごくりと動かした。「このへんの土地なら、どこでもおまえさんの自由に使ってもらってかまわんよ。このとおり、鍋とかまどと庭草ぐらいしかない貧しい土地じゃが――こう見えても、かく言う老いぼれのものでな。ローナンというのが土地の名じゃで、それでわしはありがたくももったいなくも、ただ〝ローナンズ〟とだけ呼びならわされておる。いかにも本名ならべつにあるが、見てのとおりの年寄りじゃで、おまけに病人でもあることじゃし、それに免じて、本名を名乗るのは勘弁してほしい。どこぞの悪者が小耳にはさんで、わしに害をなすためにそれを悪用せんともかぎらんで……ほれ、向こうに井戸がある。水はあそこでくむがよかろう。そう。そう。それからな、〈カナラス国〉の過去および現在の名声のことならばじゃ――えへん、あはん、おほん――どこにそれを知らんものなどおろうかの？　かの勤勉にして、かつ抜け目のない国、他のさまざまな呪法《じゅほう》に加えて、地理の呪法、手工芸の呪法、魔術の呪法、等々がおそらくは盛んに行なわれておるじゃろうあの国。だれが知らんでよいものか。じゅうぶんじゃよ。じゅうぶんじゃ。水のことじゃよ、お若いの。子兎はもう死んどるじゃで、いまさら溺《おぼ》れ死にさせるまでもあるまいて」

若い野兎のシチューは、こくがあり、風味もよかった。おかげでりっぱな昼食にありつけたと述懐しながら、ローナンズはその汁をパンの皮で拭《ぬぐ》った。

それから、「うむ、ぷはあ！」と、満足げにおくびをひとつ漏《も》らして、「兎は人参と並べて畑に置いとくよりは、いっしょに鍋に入れたほうが、なんぼかましか知れんて！　ところでお若いの、おまえさんはなんでまたこんな土地にきなすった？」と、欠けた犬歯にひっかかった肉片を指でさぐりながら、「なんでわざわざこんな、〈国〉とも呼べんようなちっぽけな飛び地――おまけに〝あのおひとら〟つまり〈矮人《わいじん》の王様がた〉の、お慈悲ぶかい保護のもとに置かれたこの〈地区〉へじゃ。あーん？　えへん、おほん……」赤くうるんだ目がきょろりと客人を一瞥《いちべつ》し、それからわざとらしくそらされた。

聞くなりマリアンは、はっとしてすわりなおした。手がぴくりと動いて、そばの投石器と袋のほうへとのびたが、この一連の動作はどれも、いまの老ローナンズのへたな猿芝居にもかかわらず、そのただれた赤目を完全にのがれきれたわけではなかった。「おれとしたことが、とうに気づいててもよかったのに！」太い褐色の眉根《まゆね》を寄せて、マリアンは苦い顔でうなるように言った。「あの白い石のケルン……あれは〈がにまた〉のしるしだ。そうだよな？」

　そう聞いて、老人は涙目をきょろきょろ泳がせ、激しくかぶりをふってみせたが、いやもう、そのしぐさの、なんと大仰だったことか！「ええか、お若いの、わしらはそういう見くだした呼びかたはせんのじゃ！　わしらは〝あのおひとら〟を〈がにまた〉とはけっして呼ばん。とんでもないこった！　わしらにとっては〝あのおひとら〟は、あくまでも〈矮人の王様がた〉なんじゃよ。うん」そして片頬をふくらませてウインクし、涙を一滴、無理に絞りだした。「それにな、〝あのおひとら〟の寛大さには、わしら、どれほど感謝しとることか」老人は歯の欠けた口のはたを下へ曲げ、くちびるをめくりあげて、猟犬そこのけの嘲弄《ちょうろう》の表情を見せた。「きゃつら〈矮人〉めが、おどけてわしらを〝でくのぼう〟と呼びたいなら、呼ばせておけ。しかし――〝がにまた〟はいかんぞ。えへん！　えへん！　そりゃ禁句じゃて。口に出しちゃならん言葉なのよ」そして老人はなおもくどくどと〈矮人さんがた〉について、また彼らに膝《ひざ》を屈する自らの立場について語りつづけながら、顔面を百面相よろしくさまざまに動かして、その言葉とは裏腹な渋面をつくってみせたが、そうこうするうち、どこか遠くからがやがやという騒ぎが聞こえてくると、ふっと黙りこみ、口をだらしなくぽかんとあけて、耳をすました。

晴れわたった戸外へ出てみたところで、はじめてそのやかましい騒ぎが、ある種の喚声と怒声、それにがらがら、ごろごろという連続音に分解できるのがわかった。ローナンズ老人はがたがたふるえだし、何事かつぶやきながら、客人にぴったり身をすりよせた。あたかも、いまあらためて見なおしたら、この客人が大きな手と頑丈な肩を持ち、おまけに若くて、強そうにも見えるのに気づいた、とでも言わんばかりだ。「まさかこの〈地区〉に、よその国の軍隊がはいりこんでくるはずもあるまいが」と、おののきつつ言う。「そんな無法がまかりとおっていいものか――いったいなんのためにいままで〈でくのぼう〉のなんのと呼ばれながら、年貢もおさめ、夫役《ぶやく》にも出てきたんじゃ。すまんがの、お若いの――いまわしのゆびさしとる、ほれ、あの丘な、ちっとあそこへのぼってって、この時ならぬ騒ぎの原因はなんなのか、見てきてはくれまいか――おまえさん自身は、あまりおおっぴらに姿をさらさんようにな。ただそっとようすを見てくるだけでええんじゃ」

というわけでマリアンは、香りの高いアカシアや、不快なにおいを放つ爬行性《はこうせい》のウルシノキなどのあいだを縫って、螺旋《らせん》状に丘の斜面を巻いてゆくと、まもなく頂に達した。そこからは、小灌木林のあいまに、柵《さく》にかこまれた肥沃《ひよく》な土地と、緑濃い広大な草原とが見わたせる。

だが、それより手前、すぐ足もとの丘のふもとの街道ぞいに、ひとつのおよそ前代未闇の光景を見いだすや、彼は驚愕《きょうがく》のうなりを発し、口をあんぐりあけて、先端のふたつに分かれた不ぞろいなあごひげをしごいた。それから、いきなり後ろを向き、口もとを両手でかこって、一度だけ、「おおい、あがってこーい――！」と呼ばわると、また向きなおって、老人が不平がましくひゅうひゅう、ぜいぜい喉《のど》を鳴らしながらあがってくるのには目もくれず、再度、前方に目を凝らした。

いま、この丘につづく隣りの丘の突端をまわり、〈往古の沼地〉を端から端までつらぬく名高いブロード街道とおぼしい道づたいに近づいてくるもの、それはひとつの異様な行列だった。どことなく、聖地参詣《さんけい》の巡礼団、もしくは、飢饉《ききん》か悪疫か略奪か、そのようなものから命からがらのがれてきた難民の列を思わせる――老若男女、ことごとくがぼろをまとい、一部の少数者はやや離れたところを徒歩で、さらに少数のものが騎馬で行列と並行して進んでくるが、残る大半は、いましも街道を運ばれてくるそのものと、それぞれなんらかのかたちでつながっている。そのものとは、途方もなく大きな、途方もなく長い円筒状の物体で、なにやら奔放な想像力の生みだした巨大な吹き矢筒を思わせる。それが、金属のたがをはめた巨大な車輪つきの台車にのせられ、ぎいぎい、ごろごろと地響きもすさまじくやってくるのだ。車輪のリムもスポークも、それぞれ人間ひとり分ほどの太さがあろうか。当の人間たち、つまり、この奇妙なしろものに綱をつけてひっぱっているものたちは、あるいは地面に平行になるほどに低く前かがみになり、あるいはより大きな牽引力《けんいんりょく》を得るためにしゃがみこみ、あるいは巨大なオールをひくかのように体を二つ折りにし、あるいはまた、車輪のリムや、怪物めいた機械の胴体または後尾に、じかに腕を突っ張っている。かと思うと、後ろを向いて、背中でそれを押しているものもある――

こうして、その妙な、おどろおどろしい仕掛けは、揺らぎ、かしぎ、震動しながらごろごろと前進し、そしてそのかんひっきりなしに、付き添うものたちの怒声や喚声、罵《ば》声《せい》が響きわたるのだ。と、ここで一陣の風が吹き起こり、鼻の曲がるような臭気をマリアンの顔に吹きつけてきた。「いったい全体、なんなんだ、あれは？」マリアンは腕をさしだして、老ローナンズをひっぱりあげてやりながら、そうたずねた。

一目見るなり、老人は悲鳴をあげ、大仰にうめいて、両の手のひらで頰をおさえた。「なんなんだって、あれは！」マリアンはいらだって老人を揺さぶりながら、語勢を強めた。

ローナンズは大きく腕をひろげ、きんきん声で言った。「〈山鉾《ジヤガーノート》〉じゃよ！〈山《やま》鉾《ほこ》〉！〈どんがらがん〉じゃ！」

このあと、おびえきった老ローナンズのなすべきは――というより、やれるのは――ころがるように丘を駆けおりて自分の小屋にとびこみ、一羽の鳩《はと》を放すことだけだった。この鳩がここを飛びたち、定められた釣鐘形《つりがねがた》の鳩舎《きゆうしや》に帰着する。するとそれがとりもなおさず、このあたりを統治する〈矮人王〉に、領内で異変が起きていることを知らせることになるのだ。のみならず、それがどこで起きているのか、ある程度まで正確な位置すら伝達できる。なのに老人は、たったこれだけの任務さえ、単独では果たそうとしなかった。マリアンをつかんだ手を頑としてはなさず、無理やり彼を自分の小屋までひっぱって帰ると、そこでようやく鳩を放したのである。

「おとどまりくだされ、お若いの。ここにいてくだされ」と、老人はひきつった頰にとめどもなく涙をこぼしながら哀願した。「せめて地区保安官がやってきて、この事態をなんとか打開してくれるまでは、わしをひとりにせんでくだされ」

だがマリアンのこの世でもっとも望まないこと、それは〈がにまた〉の国境警備官と鉢合わせすることにほかならない。かぶりをふって、彼は立ちあがった。

「頼む、頼むからいてくだされと言うに。ここにはな、若鶏のスモークもあるし、黒ビールも白ビールもある。ちゃんと濾《こ》した蜂蜜《はちみつ》もある。ドライフルーツも」相手の気をひこうと、老人はさらに多くのものを数えあげようとしたが、およそ予想外のやりかたで、それをさえぎられた。

よくそろった白い歯とともに、微笑がマリアンの亜麻色のあごひげからのぞいた。

「ようし、よし。のっけに貧乏だと予防線を張ってたわりには、悪くないじゃないか。どころか、この〈地区〉の豊かさがうらやまれるほどだ。そこでと――わざわざこうしてここまで付き添ってきてやったんだから――それ以前に、あんたになりかわってようすをさぐるべく、ご苦労さんにも丘のてっぺんまでのぼらされたことについては言わずもがなだが――その礼として、さあ、さっさといま並べたてたものを、この袋に詰めこんでもらおうか。早くしろ！　まずそのスモークとやらをここに詰められるだけ詰めて、ついでに、ことここの隙間には、ドライフルーツを押しこむ、と。いや、いや、なにも言うな。おれはことのほか控えめな男でね。これ以上ここに残れと泣きつかれると、じいさんの負担がますます重くなる。そうさな、黒ビールを一瓶《びん》くれると言うんなら、喜んでお言葉に甘えるとしようか。蜂蜜は、まあ、つぎの機会まで遠慮しとくとしようよ。ようし。

　あんたに幸運が恵まれますように、ローナンズじいさん。ついでにもうひとつ取引をしておこう。おれがここにいたこと、ここを通りかかったこと、これは〈矮人〉どもにゃいっさい知らせるには及ばんぜ。かわりにおれもじいさんのことは黙っててやろう――やつらにひきとめられんかぎりはだ――じいさんがあの野蛮な〈がにまた〉という名を、くりかえし口に出したってことはな。さてと、では――お天道《てんと》様《さま》があんたの上に照りますように。そして〈山鉾どんがらがん〉の影が避けられますように」

　言い捨てるなり、彼はからからと笑って、老人がはじめて出あったときそのままに、おびえてすすり泣いているのを尻目にかけて歩み去った。あいにく、うっかりあの質問をしてこなかったことを思いだしたのは、ふたたび丘のてっぺんまでのぼりきってしまってからだった。顔をしかめ、長い口髭《くちひげ》をひねりながら、もう一度ひきかえして、それをたずねようかとも考えたが、結局、やめておくことにした。

「あんな偏屈な老いぼれが、なんであれ呪法のたぐいを知ってるはずはないもんな」そう彼は自分に言い聞かせた。「おれの知りたいこのきわめて重大な問題への答えは言うに及ばずだ。とはいえ、あいつの言ってたあの装置のこと、あれだけは心にとめておくとしよう。〈往古の沼地〉への注水と排水を行なっているとかいう、あの夢みたいな装置——もし万一あれが、あのじじいの法螺話《ほら》でなかったなら（それにしてもあのじじいめ、まんまとおれから兎を半分巻きあげやがった。いまいましい野郎だ！）——そう、あれが法螺話でなかったなら、ほかにもそういうものが存在する可能性だって、じゅうぶん考えられるわけだからな。へん、えへん。ようし、いまにつきとめてくれるぞ」

先ほどの巨大な砲車が通過したあと、道路は深くえぐれて、でこぼこになっていた。あたりに散乱した汚物のなかに、無分別にも車輪と路面とのあいだに首をつっこんだのか、男がひとり倒れていて、そばで子供がマリアンにむかい、ぴいぴい、きいきい泣き叫んでいた。だが、その子も立って歩きだすようすはなかった。男も子供も、そのあとすぐにこときれたが、見た目はどちらも、それぞれの口もとに噴きでたあぶくそっくり——髪はブロンドだが、色があまりにも淡く、〈月人〉の髪さながら、ほとんど白に見える——同様に色の薄い、だがこちらは淡い、淡い水色の、小さな、小さな目——一種のやぶにらみに似たうつろな目つき——そしてゆるんだ、愚かしげな口もと。知的に遅れた父と子、これがマリアンの受けた印象だった。それにしても、なぜこのような親子が大砲組に加わったのか。それをいぶかしく思いつつも、彼はさらに先へと進んだ。

暖かい日だったので、ビールはたちまちからになった。最後に瓶を口にあてがおうとしたとき、街道を近づいてくるおなじみのぱかぱかぱかという音が耳にはいり、どこか身を隠すところはないかと、あわてて周囲を見まわした。だが道の左右には、どこまでも平坦な土地がひろがっているばかり。「くそっ！」舌打ちして、溜め息まじりに投石器と石を手にとろうとしたとき、遅まきながら、とある楓《かえで》の木のかげに身をひそめることを思いつき——いやもう、駆けたのなんの。

駆けに駆け、木の後ろにちょっとした窪地を見つけて、頭から先にそこへころがりこんだ。そしてどうにか体勢を立てなおし、そっと首をのばしたが、そのとき早く、勇ましい蹄《ひづめ》の音がぱっかぱかぱかと近づいてきて、その蹄の主《ぬし》が目にはいった。

馬は二頭いた。肥って、毛深く、樽《たる》のような胴体をした、がにまたのポニー——この形容はそのまま、乗り手であるふたりのずんぐりした〈矮人〉にもあてはまる。彼らの短い脚は、さながら湯気をあてててその形に押し曲げたかのように、乗った馬の脇腹の曲線なりに湾曲している。大きな頭、幅の広い背中、風になびいていないときなら、つきでた臍《へそ》のあたりまで達するだろう長いあごひげ。面構《つらがま》えは不敵でもなく、不安げでもなく、そろって果敢な、断固たるものをただよわせつつ、そのふたりの〈がにまた〉は馬をとばしてきた。背には、すぐに引き抜けるよう、鞘《さや》ごと斜めに負った剣。そして脇目もふらず、たがいに言葉をかわすでもなく、ふたりそろってまたたくまにそこを駆け抜けていった。

だが、まもなくマリアンが出くわした十字路には、ひとが群がっていた。

「ぜんぶ持ってかれちまった。うちじゅうの食べ物という食べ物はすっかり！」ひとりの女がそう泣き叫びながら、あけはなしの戸口から見てとれる、からの戸棚をゆびさしていた。

それにたいし、べつの女が叫んだ。「『持ってかれた』って？　あたしゃ持ってかれるまで待っちゃいなかったよ——その前に、食べられるかぎりのものは、ぜーんぶくれてやったさ！」

「よくやった。それでこそ賢いやりかたってものだ！」ひとりの男が相槌《あいづち》を打った。真っ赤な顔をして、しきりに汗を拭っているが、これは暑さのためというより、興奮のためらしい。「食べ物ならいつでも買える。食べ物はいまこの瞬間にも生長してるし、草を食《は》んでる——早い話が、食べ物はいつだって補充できるんだ。それにひきかえ、万が一にもあの〈どんがらがん〉一党が、あのばかでかい大砲をぶっぱなすようなことになったら、その損害はどうやって償える？　あれが命中すれば、人間だって家だって、木《こ》っ端微塵《ぱみじん》なんだからな！」

そして四人めの人物——その風貌《ふうぼう》と物腰とから察するに、この村落では、ある程度の地位にあるらしい——が、たっぷり中身の詰まったチュニックの腹のあたりをぽんとたたきながら、しかつめらしい口調で言った。「みんなの言うことはいちいちもっともだ。だがいま現在は、この村落および〈地区〉の財産全体が、全体として脅威にさらされておるのだから、これを個々の問題として扱うわけにはいかん。さいわい、みんなも見たように、護民官に通報が行ったと見えて、すでにふたりの司法官がここを通っていった。いまごろは、大砲組を相手に、掛け合いのまっさいちゅうだろう。いまひとつ幸運だったのは――」と、群衆の賛同をうながすように周囲を見まわして、「――〈どんがらがん〉一党の要求が、思いのほか控えめだったことだ……要求されたのは食料だけで、女でも労働力でも権力でもなかった。えへん、あはーん？　それというのも、あのおそるべき破壊機械を前にしては、たとえどんな無理難題をふっかけられても、断わることはできんのだからな！」

だれかがつぶやいた――もしも大砲組一党の要求が、食料だけに限定されていず、水や石鹸《せっけん》や着替えの衣類にまで及んでいたなら、なおのことよかったのに、と。これが聞こえたのか、群衆のあいだにまばらな笑いが起こった。

有力者は、しかし、くちびるをぎゅっとすぼめ、不同意の渋面をつくった。「それはそうかもしれん」と、いかめしく、「だがな、教養ある人間ならだれでも知っておるように、人種がちがえば習慣もまた異なる。だから、〈どんがらがん〉一党にたいしてそのようなぶしつけな話題を持ちだして、彼らの機嫌を損ねるような危険を冒すわけにはいかんのだ。わし個人としては、連中が満足してこの〈地区〉から退去してくれるかぎり、彼らが風呂にはいろうがはいるまいが、いっこうにかまわん。えへん、あはーん？」

明らかに彼は大衆を代表して熱弁をふるっているのだが、その大衆はすでに、自分たちをこれほどまでに興奮させ、狼狽《ろうばい》させた問題も、〈矮人〉の官憲がしかるべく処理してくれるはずだと知って満足し、三々五々、各自の仕事にもどってゆこうとしていた。ここでマリアンはおもむろにその有力者に近づいてゆくと、一礼した。

相手はややとまどいつつも、気さくに見せかけた態度で会釈を返し、それから問いかけてきた。「これはお若いお客人、どこからどこへ、してまたなんのために？」

マルは溜め息をついた。「ああ、長老さん、そのご質問、まことに簡潔に問題を要約していますよ。のみならず、ずばり急所を衝《つ》いてもいる。〝どこから〟については、容易にお答えできます。〈カナラス国〉――混乱の極にある、しいたげられた国です。〝どこへ〟については、まだわかりません。いま申しあげられるのは、ある答えを教えてくれるはずの呪法をもとめて、諸国を放浪しているということだけで、これは同時に、すでにお気づきでしょうが、〝なんのために〟というご質問へのお答えをも含んでいる。ですが、それについてお話しする前に、現下の問題に関して、ひとつ質問をさせていただきたい。無知な若者にご同情いただき、その〈どんがらがん〉もしくは〈山鉾〉とはいったいなんなのか、そしてそれを運んでいる大砲組とは何者の集まりなのか、ぜひご教示願いたいのです」

有力者の表情は、マルのおもねりに気をよくするいっぽうで、よそものの問題に巻きこまれるのを恐れもする、その内心の相剋《そうこく》をありありとあらわしていた。けれども、無料の気晴らしをもとめるのらくら者が数人、ぽかんと口をあけて周囲をとりかこんでくると、その男の心も定まった。「重要問題というものはな」と、だぶついた喉《のど》の垂れ肉をひっこめようと、尊大にあごを突きだしながら、「怠け者どもがそろってぽかんと口をあけて聞き耳をたてていたり、温良なお客人を首をのばしてじろじろ見ていたり、そんな場所で話しあうべきものではあるまいて。まあこっちへきなされ、お若いの。ほかにも大事な用件は山積しておるが、ここはとくに時間を割いて、きみの疑問に答えてさしあげよう」

というわけで、十字路をかこむ村落のなかをゆっくりと歩きだしながら、有力者はマリアンに〈どんがらがん〉について語り聞かせた。すなわち〈どんがらがん〉とは、なみはずれた大きさと潜在能力とを持った機械もしくは装置で、その仕組みは、それを運ぶ大砲組一党にしか知られていない、さる呪法の原理にもとづいている。それは、巨大な弾丸を途方もない遠距離へと飛ばす能力を持ち、発射のさいには、すさまじくもまたおそるべき猛火と、おそるべくもまたすさまじい轟音《ごうおん》とを伴うとされている。どこから運ばれてきたのか、いつ、だれの手で造られたのか、それもまた大砲組一党にしか答えられぬことであり、その一党もまた――しごく当然のことながら――黙して語ろうとしない。

「いまはさしあたりこう言っておけばじゅうぶんだろう――彼らはその呪法の秘密とともに各地を渡り歩き、行く先々でそれを食料徴発のための脅し道具に使っておる、と。

万一これが使われようものなら、極度に悲惨な結果を生むことは知れとるわけだから、それを持ちこまれた土地の民衆は、当然ながら、彼らがその力を誇示することなく、即刻どこかへ退去してくれることを望むというわけだ。まあこんなところで、お若いの、きみの疑問へのお答えにはなっておると思うが。

ところで、きみ個人の問題についてだが、えへん、おほん、残念ながらわしにも公民および商人としての要務があってな、いまはゆっくりそれを聞かせてもらっとるわけにはいかんのだ。不本意ながらわしとしては、〈矮人王たち〉の保護下にあるかぎり、いかなる土地もしいたげられたり、混乱に陥ったりするおそれはないと、これだけ申しあげて満足するしかあるまい。まあこんなところで、是非もないが、おさらばするとしようよ。幸運がきみに恵まれますように！」

そして有力者は、一軒のひときわめだつ住戸へむかって、威勢よくよたよたと歩み去っていった。その家から流れてくる煮炊きのにおいから察するに、この村落でもせめてひとつの所帯だけは、官憲による事態収拾にゆだねられるべき暴虐――〈どんがらがん〉一党の食料徴発――をまぬがれたらしい。

「お天道様があなたの上に照りますように」と、マルは言った――やや不服そうに。というのも、いまその長老から聞かされたことのうち、すでに自分で推測していなかったことはほとんどなかったからだ。とはいえ、いまあらためて〈どんがらがん〉のありうべき利用法について思案してみると、存外そのあたりに、自分の探索ないし懸案にたいする答えがあるかもしれない、と思いあたった。これまではいかなる意味ででも、そんな可能性など考えてみたこともなかったのだが。

村落は背後に遠ざかっていった。なおしばらくその名だたるブロード街道を先へと進むうち、その埃《ほこり》っぽい路面に見えてきたのは、〈矮人〉のポニーの蹄の跡、そして〈どんがらがん〉の巨大な車輪によってえぐられた溝だった。マルの頬が徐々にほころびはじめた。すると歩調も急にあがり、彼はきびきびと大股《おおまた》に歩を進めていった。

境界線周辺の状況は、緊迫しているというよりも、むしろとげとげしいものだった。そこに集まった群衆は、自分たちの目先の問題に気をとられるあまり、マリアンの近づいてゆくのに気づかなかった。集団の向こう側から、しゃがれた声でがやがや騒ぐのが聞こえてき、さらに、こんもり盛りあがった斜面のその向こうに、〈どんがらがん〉の巨大な鼻面《はなづら》がにょっきりそびえたっているのが見てとれた。道路の左右には、〈矮人〉たちの領土を示す例の白塗りの石のケルン、そしてその向こう、やはり道路の両側に、二本の赤塗りの長い材木を用いたべつの標識。二本の材木は、下端を地中に埋められ、上端はたがいに道路の反対側へと傾いて、先端が中央でわずかに交差している。そこに、先刻のふたりの〈矮人〉を認めて、一瞬マリアンは立ち止まり、身を隠すことを考慮した……が、いま現在ふたりは徒歩《かち》だし、各自の乗馬も、やや離れたところにつながれている。それに、なによりも〈矮人〉の勢力範囲は、ここではっきり終わっているのだ。

もっとも、境界の向こうの新世界が、赤い材木でなにを象徴しているのか、そのへんはまだつまびらかでないが。

　同様に、目下〈がにまた〉どもとしきりにやりあっている男たち、そのような人間というのも、まだ見たことがない。ほかの土地でなら、どこででも一般化している短ズボンとシャツ、それにチュニックという服装ではなく、上半身には、体に密着した、頭をぴったりおおうある種の頭巾または帽子つきの衣類をまとい、その頭巾にはさらに、奇妙な耳がついている。本物そっくりに似せた耳だ。また下半身には、腰部をつつむ布のタイツをはいていて、これらの衣類は上下ともに、見たところ毛織りの粗さもなく、さりとて麻の冴えない質感（と、いま急にそう感じられてきたのだが）もなく、あるのはことのほか魅力的ななめらかさと輝きと光沢。そしてそれがほんのわずかな筋肉の動きにつれて、さざなみのように波打つ。

「さよう、〈矮人の王様がた〉にはおおいに感謝しておりますよ」と、そのひとりが言っていた――内心すこしも感謝などしていないらしい口調でだ。陽光が頭上にひろがる枝を通して斜めにさしこみ、〈矮人〉たちの赤いチュニックに縫い取りされた肩章を浮かびあがらせた。「かたがたには心よりお礼を申したい——むろん、あなたがたおふたりの司法官殿を通じて申すのですがね——」（ここでその男は一礼し、顔の表情以上に雄弁な感情をその会釈ひとつにこめてみせた）「かかる多数の歓迎すべき客人を、われらのもとに送り届けられたことへのお礼を。しかもあろうことか、このような客人を！」

つづいてふたりめが陰気な、不機嫌な顔つきで言った。「われらの感謝の念は、われらのあるじよりお二方のご主人に、必ずや伝えられましょうぞ。ごく近いうちに、必ず」

〈矮人〉のひとりが、肩をすくめながら言った。「さっきから言っておるとおり、連中はいずれどこかへ立ち去るはずだ。そして立ち去ろうとするものは、だれにもひきとめられん。のみならず、いったいだれにあの〈どんがらがん〉を相手に議論する、なんてことができるんだね？」

そのとき、もうひとりの〈矮人〉が、おそらくはだれかが背後に近づいてくる気配を聞いたか、なんとなく感じるかしたのだろう、ちらりと後ろを見て、マルの姿を認めた。とたんにその男は同僚の腕をつかみ、後ろをふりむかせた。「待て、ラフリン。例の通報を覚えてるか？」

ラフリンはげじげじ眉をひそめ、うなずきかえした。「覚えていなくてどうする。どうやらこいつこそ、われわれが掛けあうべき相手と見たぞ、ゴーリン。おい待て、そこの若いの、止まれ。〈王〉たちの名にかけて、止まれというんだ！」

だがマルは、身軽にスキップで歩を運びながら言いかえした。「ごめんだね。そもそもそんな通報は誤報に決まってるんだし、したがってこれは身元誤認ということになる。さらに、おまえらの〈王〉たちの名なんて、このおれにはなんの意味もない。連中の家来だったことなんか一度もないんだから。そして最後に――」

「おい待て！　待てというのに！」

「——最後に」と、マルは〈矮人〉たちよりもまた一段と異様な風体の男たちと並ぶ位置まで進みでて、「おれはいま現在、おまえらの〈地区〉だか国だかなんだか知らんが、そこにはもういない。だから、いまこそ大威張りで言ってやれるってものさ——〈がにまた〉のごろつきめらとはおまえらのことだ、ってな！」そして両膝を外側に曲げるしぐさをして、男たちを愚弄《ぐろう》した。

〈矮人〉たちは憤怒のうなりを発すると、そろって背中の剣に手をやりながら、曲がった脚で前へ出ようとしたが、境界をはさんで対峙《たいじ》する警備官たちが、二、三歩ふたりに詰め寄り、すこぶる不興げに睨《にら》みつけたので、そのまま立ち止まった。

一呼吸して、ラフリンが言った。「まあいい、ならばここはひとまずひきさがるとしよう。そうまでして追いつめることに固執するつもりはないからな。しかし忘れるなよ、そこの〈でくのぼう〉め」たじろぐようすも見せぬマリアンにむかって、彼はその蔑称《べつしょう》を投げつけた。「それからおまえら、ほかの〈でくのぼう〉どももだ。おまえらは悪質な犯罪者をかくまってるんだぞ——悪党であり、敵であり、ならずもので、お尋ね者で、略奪者で、われらの〈王〉たちと、王冠と、官杖とを誹謗《ひぼう》するけしからんやつをだ。われらはそのことについて抗議するとともに、そやつの身柄引き渡しを要求する。覚えておれよ、きっとそやつをとりもどしてみせるからな」

マリアンは舌をつきだし、またもや両膝をひろげてみせた。

警備官のひとりが言った。「ならば要求するがよかろう。たぶん引き渡してもらえるだろうよ——おまけもつけてな。〈どんがらがん〉と、その一党というおまけを」

これには答えず、〈矮人〉たちはそのまま背を向けて、各自のポニーのほうへもどりかけたが、途中でそのひとりがくるりとふりむくなり、マルにむかって人差し指をつきつけてきた。「ひとつ言っとくがな、若いの！」と、厳然たる口調で、「もしも多少なりと歴史の呪法というものに通じておったら、きさまだってわかっていたはずだ——いや、知っていたはずだ——われわれ〈矮人〉の体型こそ、全人類の原体型そのものなんだ、とな。われわれに言わせりゃ、きさまらのほうこそお気の毒というものさ——つまりは〈大遺伝子転移〉の後遺症に苦しんだ連中の末裔《まつえい》、そういうことだからな」そしてその男はいま一度こちらに背を向け、それきりふたりとも二度と口はきかず、ずんぐりしたポニーにまたがると、ぱかぱかぱかぱかと速歩で街道を遠ざかっていった。明るい陽光のなかに、塵《ちり》の微粒子が舞った。

マリアンは向きなおると、無表情に自分のほうを観察している異様な風体の男たちを一瞥した。それから、懐中をさぐり、紙入れから一通の書状をとりだして、さしだし……たが、相手はだれひとりそれを受け取ろうとするそぶりを見せなかったので、それはいわば宙に浮いた恰好《かっこう》になった。一瞬とまどったすえに、マルは言った。「だれもこれを検《あらた》めたいとは思わないのかね、このみごとな文章で綴《つづ》られた通行手形を？　この、おれの生国から——もしくは、より正確には、その政庁から——発行された手形を？」

軽いあくびまじりに、ひとりがかぶりをふった。「さよう、だれもな、おれの知るかぎりでは……そういうややこしい手続きは、公用で訪れた入国者にたいしてだけ、やればいいこと。ただの無産者どもや元逃亡者なんかを相手に、いちいちそんなことをやってられるものか」

かくも軽んじられたことに鼻白んで、自分こそまさにそのような要務を帯びて到着したものだ、とマリアンは叫びたてた。だが異様な風体の男たちは、わずかに冷笑めいた笑いを向けてきたきり。「そういう芝居がかったふるまいは、然《しか》るべき時と状況のもとでやってこそ、おもしろいのであってね。ここでいくらやってみせたって、効果なんかあるものか。だめだめ、ぜんぜん効き目なしだよ。われわれ警備官一同が、国内国外両面の守備にあたっているこの〈エルヴァー州国〉に、公の要務を帯びて入国しようとする人物なら、相応の威儀を正してやってくるのが当然。たとえばの話――えっへん――いまわれわれの着ているこの服のような、セリークロス製の装束で正装し、なおそのうえに、刺繡《ししゆう》入りの馬衣や光った金具等で飾りたてた、つやつやした毛並みの馬に乗ってくる、と。しかもこれは正使だけじゃなく、一行全員が――ついでに言うと、この一行というのがまた、たいそうな人数にのぼるんだが――その全員がそうなんだ。さらにもうひとつ、最後につけくわえると、といっても、けっしていちばん些《さ》細《さい》なことってわけじゃないが、そういう使節の着到にさいしては、すばらしい土産《みやげ》物が山ほど持ちこまれ、われわれ警備官一同にも配られる、というのが決まりなのさ」

マリアンは視線を落とし、くちびるを嚙《か》んだ。「とはいうもののだ、おれはこのとおり告知文をたずさえてきている――行く先々の人間にたいし、おれを通すようにと指示した文書をだ。それに、いまあんたがたがまるきりおれの通行を妨げようとしなかったという事実、それがそのまま、おれがこの文書を提示せずにすますことを正当化するとも思えないしな。さらにあんたがたは、この文書を読むという手数を厭《いと》ったのであるからして、ここでおれがこれをあんたがたに読んで聞かせることが、すなわちおれの土産物がわりの挨拶《あいさつ》になるというわけだ。おれはたびたび朗読の声のよさを褒められてきたものだが、むろんあんたがたは礼譲を重んじるエルヴァー警備官諸君も、喜んでおなじようにしてくれると確信してるし、さらにまた、ここにしるされた内容、おれの探索の旅の高邁《こうまい》なる目的が、あんたがたの心を動かして、記憶をさぐってみようという気にさせてくれないともかぎらん。もしかして、おれの問題に光明と希望とをふたつながら投げかけてくれるような、そういう呪法について聞き知ってはいないか、とね」

そうして彼はその通行手形、ないし告知文を、警備官一同に読み聞かせた。かつて〈疑似人間〉たちに、また〈月人〉たちに読んで聞かせたように。

聞きおわると、ひとりが鼻を鳴らして言った。「なるほど。たしかに興味ぶかいし、心をそそられもするな――この髯《ひげ》男殿の問題というやつは。われらのあるじたちの心得ている呪法に、それへの答えが含まれていることも確かだ。とはいうものの――いまあの丘の向こうにがんばっている問題にくらべれば、そんなのは蠅《はえ》のくそほどの値打ちもない。いまはとりあえずあそこまで行き、肝心のその大問題について考えるとしようか——われわれの手でなんらかの手段が講じられないかどうかを」

というわけで、一同はぞろぞろと丘の上まで移動し、そこで足を止めて、思案した。マルもついていった。一同の足もとの丘の斜面には、明らかにある種の建物がひとつ建っていたようだが、いまそれは、上の街道ぞいに大砲を通そうとする〈どんがらがん〉一党の試みのため、すこぶる困った状態に陥っていた。大砲が路肩からすべりおち、斜面に深いわだちの跡を残したあげくに、ようやくひきとどめられるか、または自発的に静止するかする以前に、その家を完全に押しつぶしてしまったのだ——そして家屋の残《ざん》骸《がい》はいまや、無残にも煮炊きのための燃料に転用されつつある。機械の引き綱はだらんとぶらさがり、誘導綱は地上にほうりだされたままになっている。綱をひくはずの大砲組一党は、目下休息ちゅう、かつ食事ちゅう。さらにまた——じきに明らかになったことだが——その他の業務にも従事ちゅうだ。

「けしからん！」マリアンは叫んだ。「言語道断《ごんご》だ！」

エルヴァー警備官のひとりが、肩をすくめて言った。「犬猫にむかって〝けしからん、言語道断だ〟と言うようなものさ」

マルは言いかえした。「しかし犬や猫は人間とはちがう——」

エルヴァー警備官の上くちびるがめくれあがった。「なら、こ、こ、この連中は人間なのか？」

この反問にはさして顧慮することもなく、マルは以前にも一度は心にきざしたことのある考えに、ここでふたたび思いを馳《は》せることをわが身に許した。用心ぶかく、ためすように、彼はその考えを口にした。「いままでおれ、少々ぼうっとしてたらしい。さっき〈矮人〉の絞首人どもから救ってもらったのに、ろくに礼も言ってなかった。しかし――」

「いや、いいんだ、礼には及ばん」その警備官は脇《わき》の下をぽりぽり掻《か》きながら言い、そこでようやく、自分がなにをしているかに気づいたらしく、路肩から後退しながら、苦い顔で毒づいた。「あの豚《ぶた》どもめ、破傷風にでもやられろ！　二十日鼠《はつかねずみ》ほどもある蚤《のみ》を飼ってやがるに相違ないぞ――いや、もっとでかいかも。おれ、ちょっと失敬する。早々にスチームロッジを用意して、服も体も煮沸しなきゃ」

「ああ、そうするがいいよ、ナカナス」べつのエルヴァー人が鼻を鳴らした。「そしてあの騒々しい怪物をわが州国から排除するために、おまえはいったいどんな処置をとったかと問われたら、こう答えるんだな――『わたくしは入浴しておりました』って。さぞやたっぷりお褒めにあずかれるだろうさ」

ナカナスと呼ばれた警備官は、なおも体のあちこちを掻きながら、ぶつぶつ言いつつも足を止めた。

ふいにその場にひろがった居心地悪げな沈黙にめげず、マリアンはあらためて口をひらいた。「――しかし、おかげで〈がにまた〉どもから追及される恐怖をのがれて、二度つづけて自由の空気を吸ったからには、そしてまた、この身が安全であり、逃げ場もあることを知っただけでなく、その寛大さで明らかにおれの命を救ってくれたひとびとの知恵をも認識させられたからには――」

斜面の下の大砲組一党のあいだで、取っ組み合いの喧嘩《けんか》が始まったが、それもすぐに取り静められた。

エルヴァー人のひとりが、こころもち不満げな口調で言った。「なんだ……あの野郎、相手をぶんなぐっただけですませやがった。相手を食っちまいでもするかと思ったのに。食っちまっても、ちっとも不思議じゃなかったのにな」

これを聞くと、もうひとりが、いまや下から立ちのぼってくる強烈な臭気を消そうと、鼻の下で一輪の花を揉みつぶしながら、不機嫌な調子で言った。「なんで連中がおたがい食いあう必要がある？　世界じゅうが競って連中に、それよりははるかにまともな味の食い物をさしだしてるってのに？　いや、じつのところ――」その男の顔がわずかに明るくなった。「――これはひょっとするとひとつの解決になるかもしれんぞ。つまり、常時あの連中に一定量の食料を供給することによって、いまいる土地を離れようという意欲を奪ってしまうわけだ。まさしくこの土地に定住させようというのさ。そうすれば連中はわれわれの監視下に置かれ、これ以上の害をもたらすことはなくなり、したがってわれわれの脅威となることもない、と」

ちょっと思案してから、ほかの男たちは首を横にふった。べつのひとりが言った。

「やつらは繁殖するぞ、デュラネス。すごい勢いでふえる――すごい勢いでふえまくって、じきに、やつらを養ってやる費用が、無視できなくなってくるだろう。だいいち、過去の経験が示してるように、遊牧民を定住させるなんて、たやすくできるもんじゃないのさ」

一同はそろって溜め息をつき、くちびるをすぼめた。その力のない吐息に伴って、彼らのなめらかな衣類が、目をみはるほどの美しさで波打ち、きらめいた。けれどもマリアンは、それにはほとんど目もくれなかった。

「——命を救ってくれたひとびとの知恵をも認識させられたからには——」と、なおも断固たる口調で、と同時にこころもち声を高めもしながら、つづける。ここでようやくエルヴァー警備官たちがふりむき、マルがしゃべっているのを認めた。

「おい、元逃亡者。きみはいったいなにを言わんとしてるんだ、ええ？」デュラネスと呼ばれた男が問うた。その声音には、ある種の冷ややかさがあったが、その冷ややかさは、たったいまなにかを提案して、それを却下されたばかりの人間に特有のものだった。

デュラネスがその質問を口にするかせぬうちに、路肩の上にひとつの顔があらわれた。間延びした、薄汚れた顔——その顔がぽかんと口をあけて、けがらわしいものでも避けるようにいっせいに後退する男たちを見あげるや、「キャピン？　キャピン・モグ？」と、問いかけてきた。だがそのとき、下でどなる声がし、顔の主はそれに気をとられて後ろをふりむくと、路肩をつかんだ手をはなして、ずるずるすべりおちてゆき、それきり二度とあがってこなかった。

「おれが言わんとしてるのはだ、勇敢なるエルヴァー警備官諸君、要するにこういうことさ――これからおれが提案することを、じっくり検討してみてほしい。然《しか》り而《しこう》してその提案とは、こうだ――どうかこのおれに、どこへ行ったら諸君のあるじたちから、おれの母国〈カナラス国〉の問題を解決する呪法について聞かせてもらえるのか、それを教えてもらいたい。教えてくれたら、かわりにこのおれが、厄介者の〈どんがらがん〉一党を、永久にこの〈エルヴァー州国〉から追っぱらってやろうじゃないか」

一羽のかけすが仲間を追って騒がしく樹間を飛び去り、緑陰にきらりと青い閃光《せんこう》が走った。警備官たちは、そろってまじまじとマリアンを見つめた。ややあって、ナカナスが言った。「いかにもそういう協定が結べれば、衆生《しゅじょう》の利益にもなり、かつまただれかの不利益になるということもないだろう。ただし念のため、これだけは訊《き》いておこうか――きみを疑うからではないぞ。そういう勘ぐりはごめんこうむる。えへん、おほん。疑うからではなく、たんに好奇心と興味とから訊くんだが――どうやってきみはそれをやってのけるつもりなのかね？」

マリアンの指が、ふたつに分かれた短いあごひげのまず左半分を、ついで右半分をしごいた。そのひげのあいだにのぞくのは、わずかに非難がましい微笑だ。「協定が合意に達しないうちに、それを明かすってのは、交渉というものの伝統を逸脱することになるだろうな。おれがこれを指摘するのは、あんたを疑うからじゃないぞ。そういう勘ぐりはごめんこうむる。えへん、おほん。疑うからではなく、たんにおれがすこぶる伝統固守的に育てられた身で、多少でもそれから逸脱することにより、おれの素姓に不信の目を向けられるのを好まんという事実からきてるんだ」

またもやしばしの沈黙。それからデュラネスがなにやら渋面に似た表情で言った。

「すると、これもまたきみにとっては、伝統に反することになるのかな？——つまり、どのような経路であの連中をこの土地から立ち退かせ、ついでにきみ自身も出てゆくつもりなのか、そしてまたきみの目的地はどこなのか、それを明らかにするというのは？」

いささかもそのようなことはない、とマリアンは保証した。論理的に見て、最短のルートで〈エルヴァー州国〉から出国するのが、だれにとっても望ましいことだろう（いま一度〈矮人王〉たちの支配地へ逆もどりするのでないかぎりは）。であるからして、自分が完全に善意であることと、問題解決をゆだねるに足る人物であることを示すためにも、この目的に適したルートを——なしうべけんば地図をも添えて——ご教示願えるとありがたい。と同時に、どこを目的地としたらよいかということも。

「おれはもともと山国育ち、したがって孤独の身だ。とはいえ、おれの氏《うじ》育ちにも、受けてきた躾《しつけ》にも、隠者を気どるところなんかぜんぜんないからな。肥《ひ》沃《よく》な低地やにぎやかな町、これらもおおいに好ましく思うね。気軽に山から降りてゆき、質素な山の産物でもって、各種の必需品を購入できる、そういう町なら文句なしだ。したがって——」

デュラネスは咳払《せきばら》いして、横目で同僚たちを見やった。「したがって——若ヘイズリップのマリアンよ、おれが正しく理解してるかどうかをご教示願いたいが——したがってきみとしては、〈エルヴァー州国〉の域外にあって、肥沃な低地と殷賑《いんしん》をきわめている町々を見おろす、あるいはせめて、その種の町をひとつでも見おろす、そういう土地に関する情報がほしいと、そう言うんだな?」

マルはその推測があたっていることを率直に認めた。「すくなくともひとつのにぎやかな町をだ」と、相槌《あいづち》を打つ。「もっとも、そういうのがふたつ、場合によっては三つもあれば、なおのこと結構だがね」

警備官たちの詰め所は、ほとんど殺風景なほどの整然たるたたずまい——これまで〈カナラス国〉の親しみある乱雑さや、〈矮人国〉の過剰な見せびらかしに慣れてきたマリアンには、少々よそよそしく感じられるほどだった。見まわせば、なるほど、一見珍しくもあり興味ぶかくもある装置がいろいろ目につくし、書物にいたっては、棚のひとつを端から端までずらりと占領していて、これにはおおいに感服させられる。「多くの書物のあるところ、呪法もまた多く存在する」と、彼はうやうやしく引用してみせた。

しかるにエルヴァー警備官たちは、これにたいして一、二度そっけなくうなずいてみせただけで、すぐさま卓上に地図を何枚もひろげ、仲間同士、小声で相談を始めた。そろそろ正午だし、昼食にしてはどうか、とのマルの思いやりぶかい提案も、せいぜい善意に解釈しても〝無神経な〟としか呼びようのない態度で無視され、ならばマルとしても、老ローナンズの手で思慮ぶかくも補充させておいた袋のなかの燻製《くんせい》鶏肉や乾燥果実、それらをひとりでさっさと平らげてしまうことに、なんらの良心の呵責《かしやく》も感じなかった。同様に、ナカナス警備官が肩ごしにこちらをふりかえり、「おい、元逃亡者、ちょっとここへきてみろ」と呼びかけてきたときにも、マルはこう答えるだけですませた——かく言う自分としては、自分を本来の、正しい名で呼ぶという呪法により、〈エルヴァー州国〉のひとびとが自分に害をなそうとしている、などと危惧《きぐ》するものではない。したがって、その名で呼ばれれば、快く返事もしよう。然り而してその名とは、〈カナラス国〉世襲領主たる大公の子、若へイズリップのマリアン。「もっともおれ、目下のところは食事ちゅうでね」そう指摘して、眉をあげてみせると、また黙々と食べ物を咀嚼《そしやく》することにもどった。

大砲組一党の徴発した食料は、一片も余さず食いつくされ、いま彼らは思いおもいにそのへんに陣どって、いびきをかいたり、体を掻いたり、あるいはただ漫然と周囲を見まわしたりしていた。マルは、一行のだれひとりこちらに注目することを思いつかぬうちに、そのすぐ間近まで接近していたし、だれひとり彼にそうさせてはまずいのでは、と思いあたらぬうちに、ずいと彼らの輪のなかに踏みこんでいってしまっていた。とはいえ、実際に懸念らしきものが彼らのなかでかたちをとりはじめたのは、マルがその不恰好な機械の周囲をゆっくりめぐりはじめてからだった。間近に見る〈どんがらがん〉

のながめは、たしかに興味津々たるものだった。おかげで、間近に見る大砲組一党のながめに誘発された一連の思考の流れさえ、いっとき念頭から遠のいてしまったほどだが、あらためてあたりを見まわせば、そこに何重にも連なっているのは、それぞれ不潔さの程度こそ異なれ、いずれもおなじ間延びした顔ばかり。汚れた乱杙歯《らんぐい》と、色の薄いもつれた頭髪、そして小さな、うつろな、薄い水色の目、すべておなじだ――いったいこれはなにを意味するものだろう？

いまこの〈どんがらがん〉につきしたがっている頭の弱い大砲組一党が、そもそも最初にこれを建造したものたちだとは、まず考えられない。この連中には、これらの巨大な、頑丈な車輪――鉄で補強したうえに、幅広い鉄のタイヤをはめた、どっしりした木製の車輪――をすら、造りだすことは不可能だろう。同様に、鋳込《いこ》みの過程で各種のけものや怪物の像をとりつけた、この巨大な筒を鋳造することもできないだろうし、まるで口笛でも吹いているようにくちびるをすぼめた、髭面《ひげづら》の男の顔で砲尾を飾る、などというくふうもできまい。さらに、その大筒のべつの一端を飾っている、また一段と装飾的な、そしてじつをいえばかなり恐ろしげな顔も。すさまじい怒号を発するかのように、口をくわっとあけた顔――その口は、目下のところは沈黙している。が、その形相はまさしく威嚇《いかく》的で、とうてい沈黙しているどころではない……

沈黙しているどころではない――これはいま現在の大砲組の面々にもあてはまることだった。彼らの混乱ぶりたるや、蟻塚《ありづか》のそれというより、鶏どもがぎゃあぎゃあ鳴きながら駆けまわっている鶏小屋さながら。たてつづけに三度、群れのうちのひとりがマリアンに正面衝突してきたが、当人のはなはだしい狼狽《ろうばい》ぶりからして、ぶつかることが本来の狙いではなかったのは明らかだ。

わやわやと駆けまわりながら、彼らはしきりに叫びたて、わめきつづけていたが、やがてマリアンの耳のなかで、それらはひとつの言葉を成していった。いまはまだ無意味な音でしかないが、その言葉なら、前にも彼らのひとりの口から聞いたことがある……ただし今回のは問いかけではなく、助けをもとめる訴えとしてだが。「キャピン・モグ！　キャピン・モグ！　キャピン・モグ！」

いっぽうマルはこのあいだも、ひきつづき巡回と探査に余念がなかった。砲車には、大きな箱が何個かとりつけてあるが、それにはすべて錠がおりている。間近に寄って、もうすこし細かく観察しようとしたとき、だれかがすぐそばで怒号し、と同時に、肩甲《けんこう》骨《こつ》のあいだになにかがぶつかった。すばやく一歩、脇へ寄ってから、マルはくるりとふりむいたが、そうやって彼が正面から顔を見せたこと自体、いまの土くれを投げつけた人物には、明らかに即製の抑止剤として働いたらしい。その男は、いままたべつの土くれを手に握り、ある種の怒りのダンスともいうべきものを踊っていたが、その腕たるや、なみはずれて長く、筋肉は隆々と盛りあがり、おまけに胸や胴体は樽さながら、首はほとんど肩の肉にめりこみ、鼻があぐらをかいたその顔には、憤怒の色がめらめら燃えている。

「どけ!」男はわめいた。もっとも、いましがたの怒声にくらべれば、いくらか用心ぶかい調子にはなっていたかも。「どけ!　去《い》ね!　さわるな!　殺すぞ!　のど、かっきるぞ!」

これを聞くと、大砲組のほかの面々も、粗暴な親玉の言動に勇気を得てか、男女ともにこぶしをふりたてながら、親玉の後ろに詰めかけてきはじめた。

「いいか、のど、かっきるぞ!　去ね!　さわるな!　どんがらがん!　どんがらがん!」

たちまち、こうした興奮状態が全員に感染し、彼らは自分たちにとってもっともなじみぶかい単語をがなりたてだした。「どんがらがん!　どんがらがん!　どんがらがん!　どんがらがん!　どんがらがん!」

マリアンは平然とその場につったち、一党がわめきたてるのにまかせていたが、そのうち、徐々に彼らもこの状態に飽きてきた。マルの姿はいまや、彼らの目には見慣れた物体となっていたし、彼がまったく動こうとも口をきこうともせず、それ以上はなにひとつ彼らの関心をひくようなこともしないので、だんだん退屈してきて、やがて——彼の目にもそれが見てとれたが——ひとりまたひとり、疑問というにはあまりにも漠然とした、いわば低度の困惑ともいうべき感情に支配されはじめた。もはや彼らには、なぜここにいるのかも、なぜこんなに躍起になってわめきたてているのかも、じつのところよくわからなくなっていた。というわけで、はじめはひとりずつ、ついで、朋輩《ほうばい》が歯の欠けるように消えてゆくのを認めると、あとはいっせいに、騒ぐのをやめて、漫然と散っていった。

ただひとりそうしなかったのは、はじめにマルに土くれと脅し文句の両方を投げつけたあの男だった。すぐれた知力の主とは言えぬまでも、男はけっして根っからの痴愚ではなかった。マルにはこの巨大な武器に近づく権利などないと、そのことをはっきり心得ていて、あくまでもマルをそれから遠ざける決意でいるのだ。配下のものたちの離反にもめげず、いまにもずりおちそうな短ズボンをひきあげひきあげ、男は一歩マルに詰め寄ると、威嚇的に両手をふりあげた。

「どけ、つうんだ！」と、吠《ほ》えたてる。「どかねえと、ぶん投げて、ぶち殺すぞ！」

「そう言うあんたはだれだね？」マルは問いかけた。

男の面上に驚愕の色がひろがった。明らかに、このような質問をされたことなど、いままで一度もないのだ。しかも男をがっくりさせているのは、自分の素姓に多少なりと疑問を持たれたことではなく、それが世間周知の事実ではなかったという、そのショックらしい。

しばらくして、ようやく男は気をとりなおして答えた。「おれさま、だれか？　おれさま、キャピン・モグ！　それ、おれさま」そしてこの言葉を強調しようと、一段と声をはりあげた。「モグ！　モグ！　キャピン・モグ！〈どんがらがん〉のキャピン、大砲組みんなのキャピン！　それ、おれ――」

ここでマリアンは、ひとつの感情を顔にあらわすことをわが身に許した――納得と驚愕と感嘆と卑下という窮極の合成物を。「おおそうか、あんたがキャプテン・モグか！」

明らかにこの反応が気に入ったのか、キャプテンはご満悦のていでひとつ大きくうなずくと、鼻を鳴らして、みぞおちをぽんとたたいた。そして肯定して、「おれ、キャピン・モグ。それ、おれさま」

「これはどうも……お見それしました、キャプテン……」小腰をかがめて頭をさげながら、マルは手のひらを相手に示してみせた。「そうとは知らず……えらいご無礼を……」

キャプテンは鷹揚《おうよう》にうなずくと、にたにた笑って、事実上のくすくす笑いと解釈してもよさそうな音声を発しながら近づいてきた。もっとも、その笑いもこの男の喉から発せられると、すこぶるグロテスクに聞こえはしたが。マルのそばまできて、得意そうに左右を見まわした彼は、剛毛の生えた手の甲で、締まりのない口もとを拭った。まさにその瞬間だった――マルがぱっと跳躍するなり、飛び蹴《げ》りで男の側頭部を蹴りつけ、朽ち木を倒すようにその場に昏倒させたのは。

大砲組のうちの何人かがこの出来事を見ていた。彼らがおうおうと驚愕の叫びを発したので、それにつられて、あたりをぶらついていたほかのものたちもひきかえしてきた。一同はざっとした円陣をつくってふたりをとりまいたが、べつにそれでどうしようという意図もなければ、円陣の実効性に気づいているわけでもなさそうだった。何人かはうなり声をあげ、なかにはマリアンに怒声を浴びせるものさえいた。汚い歯をむきだし、唾《つば》を吐《は》くものもいた。ひとりかふたりは、実際に武器を探しにゆくところまで行った――が、とっさに彼らの目にとびこんできたのは、武器ではなく、いままで見のがされていた一個のパンのかたまり。たちまち彼らはパンの奪い合いに熱中しはじめ、マルを脅そうという無鉄砲な試みは、追求されぬままに終わった。

モグはしばらく目をあけたまま横倒しになっていたが、やがて、顔をしかめ、肘《ひじ》をついて仰向けになると、マリアンと配下のものたちを見くらべた。それから、ためらいがちにくちびるをぴちゃぴちゃ鳴らし、「のど、かっきるぞ」と言ってみたが、あいにく迫力はほとんどない。そこでやむなく尻を持ちあげ、最後にはどうにか立ちあがって、「去ね。殺すぞ……」とくりかえした。かたわら、この脅し文句の裏付けになってくれそうなものでもないかと、周囲をぐるりと見まわしてみたものの、目にはいったのは、だらしなく口をあけた配下のものたちと、巨大な大砲のみ。そこで、その大砲にむかって腕をふりあげ、警告の意をこめて、「どんがらがーん！」と叫んだ。「どんがらがーん！　このでか鼻のくそったれの罰当《ばち》たり！　いますぐおっちんじまえ！」

マルがどうやらこのおそるべき脅迫に屈したらしく、背を向けて歩きだそうとするのを、モグは小さな水色の目で満足げに見まもった。そしてマルを通そうと、わずかに後ろへさがったが、そのとき早く、マルはまたしても身を躍らせるなり、ふたたびおなじ飛び蹴りでモグを蹴り倒した。今回は、モグの倒れていた時間はさいぜんより長く、やがてようやく立ちあがったときにも、それはマルと対決するためではぜんぜんなかった。モグは両手を腰にあてがうなり、頭をのけぞらせて、思いきりわめいた。その言葉自体は、マルにはまるきり無意味だったが、しかし、効果は絶大だった。周囲をとりまいていた大砲組一党が、めいめいそれまでの位置を離れ、身をかがめながら、引き綱をはじめとする各自の持ち場についたのだ。モグは大きく息を吸いこんだ。そして叫んだ。

「進めえっ……おいっ！」配下のものたちは低く頭をさげ、膝を折り、うめいた。

「どんがらがーん！」彼らは叫んだ。

「どんがらがーん！」前車が持ちあがった。

「どんがらがーん！」車尾が持ちあがった。

「どん……がら……がーん！」不恰好な砲車が震動し、動きだした。巨大な車輪がおののき、泥や土くれをふるいおとした。そして回転した。ゆっくりと。それでも回転した。

〈どんがらがん〉は前進を開始した。

しばらく見ていてから、マルはおもむろに言った。「それをここに停《と》めるがいい、キャプテン・モグ」

相手は彼を見かえした。「停める？　ここに？」モグの表情が自信なげに動いた。マルは身ぶりで地面を指し示した。それから、いまにも跳躍しそうに、二、三度体を揺すってみせた。モグは悲鳴をあげてしゃがみこみ、両のかいなで頭をかばった。そして後ろへさがりながら、何事か叫んだ。砲車の車輪が回転をやめ、一党のものたちはすぐさま引き綱から抜けだすと、犬さながらにその場に寝ころがった。

同僚とともに進みでてきながら、エルヴァー警備官ナカナスが言った。「まさかきみ、そいつをここに置き去りにするつもりじゃあるまいな？」

「ほんのいっときだけだよ。協定をまとめるのに必要なあいだだけだ。そこでと、たしかひとつ――いや、ふたつか――このおれに教示してくれることがあったはずだな？ついでに地図も」

ナカナスのほっそりした、きれいにひげを剃《そ》った顔のなかで、薄いくちびるが上下に分かれた。彼がひろげてみせたのは、なにかの巻き物だった。「ならばこれを見てくれ、元逃亡――いや、えっへん――〈カナラス国〉大公の嗣子《しし》、若へイズリップのマリアン殿。これはじょうぶな麻布にしるした地図、もしくは絵図だ。目下の問題に関連のある諸地点、それには赤でしるしをつけておいた。ほら、このように。この国境警備詰め所がここ。これがこの街道。さて、ここからは、おれのゆびさす先をたどってくれ……この街道は、ここと、ここと、ここで二股《ふたまた》に分岐する。この最後の分岐点を右へ向かうと、わが州国の首府に達する。そこへ行けば、われわれのあるじが、必ずやきみの問題について考慮してくれるはずだ――が、いま現在は、きみはこちらへは行かない。かわりにこの最初の分岐点で、左への道をとってもらう。そしてこの道は、ここに明確にしるしてあるとおり、〈大亀裂〉ならびに〈北の国〉に通じている。

ここでもう一度この図を参照してくれ。このとおり、われわれがこれぞと思う丘陵地を選んで、赤でしるしをつけておいたことがわかるはずだ。このうちのいくつかは、ほんの一リーグ以内の距離に、すくなくともふたつの繁栄する商都をかかえた、肥沃な平野を見おろす位置にある」

マルのあごひげと口髭とのあいだで、かたく結んだくちびるがつきだされた。やおらうなずいた彼は、毛深い褐色の指で、教えられた線をたどった。いままでそこをさしていた細く青白い指とくらべると、マルの指はいちじるしい対照をなしていたが、その青白い指の主は、〈北の国〉とはどのような土地で、どのような産物および人材を産するかと問われると、穀物や、わずかながら木材なども産するほか、良質の豚や獣皮や馬の産地として知られているものの、住民は気むずかしく、頑固な気質だ、と答えた。「ただし」と、ここで話を締めくくって、「きみとの交渉には、喜んで応ずるものと確信しているが」

「おれもそれを期待している」マリアンは満足げに相槌を打った。そして地図を受け取ろうと手をさしだしたが、それは渡されてはこなかった。「なあ、おい、エルヴァーの兄貴」と、マルは非難がましく、「いくらこのおれの頭が切れるからって、いまちょっと見せられただけで、絵図の内容をすっかり暗記するなんて、無理な話だ。実際、それをこっちへ渡してもらわないかぎり、おれだって、いま新たに獲得したおれの朋輩たちだって、関係者全員が望んでいるように、迅速にこの〈エルヴァー州国〉を立ち退く、

「いや、ナカナスは地図を巻きおさめると、それを精巧な細工のある革筒《かわづつ》におさめた。「いや、その点ならば心配はいらん。デュラネス警備官とこのおれとが、〈大亀裂〉まで同行してさしあげるから。せめてそれくらいはしてあげないと、客人の待遇がなっていないと思われかねないものな」

マリアンは咳払いして目をそらした。「丁重なお扱い、痛み入るね。しかし、まあいいだろう……おおい、キャプテン・モグ！　出発だ！」

それから、いくぶんむっつり顔で、砲車にとりつけられた箱に腰をおろし、やがて行列が動きだすと、それらの箱の錠をいじりまわすことで気をまぎらした。箱のひとつには、一握りかそこらのかびくさい粉末状の物質がはいっているだけだったし、べつの箱から見つかったのは、粗末な製本の書物一冊きりだった。肩をすくめて、マルはその埃まみれのページをくり、目を通しはじめた。ややあって、すばやくちらりと目を動かし、警戒するようにエルヴァーの二人組を見やったが、警備官たちはめいめい陰気な物思いにふけっていて、こちらには目もくれようとせず、ただ黙々と痩せ馬を駆ってゆくのみだった。低くうなって、マルはページをくった。

一同が最初に休息した町の薬種商は、マリアンがはいってゆくなり、両手を高々とあげた。「あなたがたにさしあげるような食べ物など、なにもございませんですよ」と、不平がましいふるえ声で言う。「このとおり、女房も下女もいない暮らしでして、食事は三度三度、食堂ですませております。それに、うちの棚に置いてある糖蜜や糖菓の類は、どれも苦くて、下剤に使われるしろものでして。といっても、便秘症のかたなら、分量に注意しさえすれば、まんざら害にもなりますまいが……しかし、こんなやつにになにを言ったって、どうせちんぷんかんぷんに決まってる」と、自らに言い聞かせるようにやや声を低めて、「たとえ世間のものは気づかなくても、このわたしにはよくわかってるんだ——こういった大砲組一党が、犬ほどの知恵もないやつらだってことは。何世代も何世代も、近親結婚しかしてこなかった報《むく》いさ。とはいえこの連中、あの途方もない音を出す呪法だけは心得てる。となると、ここはひとつ、耳に快い台詞《せりふ》を聞かせてやらねばならんな」溜め息をつく。「それで、旦那《だんな》様、ご用は？」

「まず手はじめに」と、マル。「砕いた木炭を枡《ます》で十六杯半だ……大きな枡で、だぞ。この店にある最大の枡でだ」

薬種商の下くちびるがへの字にたれさがった。「ふむ、ふむ。それだけの量となると、ちょっとした軍隊の胸焼けでも治せそうだ。たしかにちょっとした軍隊ではあるが、しかし……」とつぜんなにかをさとったのか、喉仏が恐怖にひくひくした。「いやどうも、旦那様、わたしのいま申しましたこと、どうかお聞きのがしを！」と、哀願する。「すっかり考えちがいをしておりまして。いまはよくよく納得いたしたし、申し訳なく思っておりますので。ええと、木炭でございましたね——大枡で十六杯半と。はい、はい、ただいま、旦那様！　ただいますぐに！」

ちらちらと当惑げなまなざしをマリアンに向けながら、薬種商は樽から柄杓《ひしゃく》へ、柄杓から秤《はかり》へと、ちょこまか駆けまわった。

「で、つぎのご注文は、若様？　硫黄《いおう》を大枡で十四杯半、そうおっしゃいましたか？　はいはい、ただいま――とは申せ、ですな。硫黄は当節、燻蒸《くんじょう》用としてはあまりはやらないと、そう指摘させていただいてもよろしゅうございますかな？　悪魔や瘴気《しょうき》を退散させるための薬品としては、阿魏《あぎ》のほうがよほど好まれますようで――えっへん！　わたしがこのようなことを申しあげますのも、なんとかあなたさまのお役に立ちたい一念からでして！　さてと、硫黄でしたな……」

三番めに注文された物質には、薬種商も多少の懸念を示した。くちびるを噛み、渋面をつくり、鼻を鳴らす。

「はて、白色ニトラムですか、旦那様？　どうかお許しくださいまし――わたしの知識、店の在庫、どちらもいたって貧弱なものでして。さて――あ、待った！　いえ、なに、自分に申したまでてして、殿様！　その〝白色ニトラム〟とやら、一名含塩石《がんえんせき》もしくは硝石《しょうせき》とは申しませんでしたかな？　ちょっとお待ちくださいまし、ただいま辞書を調べてみますですから。ああ、そう、そうです。やっぱり思ったとおりだった！　硝石、いや、より正確には、〝白色ニトラム〟ですか、これを大枡に六十九杯と……これでは在庫がすっからかんになってしまうぞ。いえ、なに、なんでもございません。塩漬け肉の保存料が新しく入荷するまで、乾物商を待たせるのは毎度のことですから。それにしても、この木炭と硫黄と硝石という三位一体の組み合わせ、あいにくわたしはその用途も調合法も心得ておりませんで。なんなら、乳鉢と乳棒ですりつぶしてさしあげましょうか?」

「いや、結構」マリアンはあわてぎみにさえぎった。「そいつは……えへん。どうやらここが思案のしどころらしいぞ」軽くあごひげをしごきながら、まつげの下からじっと薬種商を観察する。小柄で、眉のつきでた、年のころはいくつとも知れぬ男だ。この男、マリアン自身はまだしたことのない二、三の仕事をしなれているうえ、さいぜんあることを口にした——ぜひともう一度、もっと詳しく聞いてみたいと思うあることを。考えれば考えるほど、この思いつきが気に入ってきた。そこでとうとう意を決して、マリアンは咳払いし、言った——

「なあ薬屋さん、あんたの商売だが、これは儲《もう》かるものなのか?」

薬種商は、あけはなしの戸口の外をすばやく、おびえた目で見やった。それから、かさかさのくちびるをマリアンの褐色に日焼けした耳もとに近づけた。「この〈エルヴァー州国〉には、儲かる商売なんてものはございませんのですよ。徴税吏が猛獣そこのけにうろうろしておりますから……しかし、なぜまたそれをお訊きになるんで? そもそも利潤を得るために維持されている企業すら、ここにはないんです。それを、殿様、なぜあなたがお訊きになる? この土地の商業活動が、あなたになんのかかわりがあるのか。所詮《しょせん》、あなたは通りがかりのおひと——あの雷製造機をひっぱって、行く先々で補給を受け、そのあとはまた先へと進んでゆかれるだけのおひとだ。儲けも税金も在庫も売れ行きも、あなたからどうこう言われる筋合いのものじゃない……なぜおたずねになるんです？」

いかにもあるじの言うとおり、店舗の粗末さにも、貧弱な棚にも、たっぷり重税に苦しめられているようすがうかがわれた。いまここで望むものを調達できたのは、すこぶる幸運だったと言うべきかもしれない。「〈自由砲手団〉は——」言いさして、マルは相手のあんぐりあけた口、ぽかんとした表情を見てとり、「いや、つまり〈どんがらがん〉のことだが——」

「はい、はい、旦那。〈どんがらがん〉ですね」

「——〈自由砲手団〉は、目下、学識あるすぐれた人材を必要としている。たとえば歴史の呪法、あるいはまた薬品の呪法、そういったものに造詣《ぞうけい》の深い人物をだ。そこで、いまふと思いついたのだが——」

薬種商はいきなりひざまずくと、マリアンの手と膝とに接吻《せっぷん》した。それから、店舗に錠をおろし、鍵を地元の外科医に預けた。そしてその夜、大砲組一党が深く眠りこけ、エルヴァー警備官たちもまた、やや離れたところに野営して、鞍《くら》を枕に寝入っているそのあいだに、マルと薬種商とはぱちぱちはぜる火のそばで、冷たくまたたく星を頭上にいただきつつ、長時間にわたり、小声で語りあったのだった。

「いえ、いえ、お殿様」薬種商は言った。ちなみに、彼の名はゼンバック・ピックスという。「あいにくとわたし、とくにその方面の学問をいたしたことはございません。わたしの生まれましたころからずっと、〈どんがらがん〉は――もしくは一部の呼称にしたがえば、〈山鉾〉は――ある種のお笑い種《ぐさ》になってきましたからな。愚かな母親がこれを引き合いに出して、愚かな子供を脅かすぐらいのもので、ものの本にも、あれに言及されている箇所はほとんどございません。はじめあれがどこから持ちだされてきたのか、それはわたしも存じませんし、知っているものもありますまい。あるいはだれが発明したのかということも。はじめてあれを目にしたときは、わたしもまだ若うございました。たいがいのものは腰を抜かすか、あわてて食べ物をさしだすかしたものですが、わたしは思いきってそばに近づいてみましたよ。それで気づいたのですが、この恐ろしげな連中、どうやら痴愚よりもわずかにましな程度の――〝まし〟という言葉があてはまるとしてですが――知能しか持たないらしい。そのことを見抜いたのは、このわたしだけだったようで。当時はあのモグという男、まだ連中の頭目にはなっていませんでした。当時の頭目は、はて、なんといいましたか――なんせむかしの話で、以来ずっとわたしの頭も、薬の調合法やら税金問題やらでいっぱいになっておりますからな、はい。あはん、おほん。とは申せ、その男、完全な痴愚ではありませんでした。むしろいまのモグよりも、知能はいくらか勝っていたようで。まあ魯鈍《ろどん》というところですか。まもなく一行は立ち去りました。わたしも唖然《あぜん》と見送るだけでしたよ。その後はきょうまでにさらに二度、連中を見たことがございます。うわさを聞いたことは二度にとどまりませんが。ただひとつありがたいのは、連中がおおかたの放浪集団とは異なり、けっして女性を凌辱《りょうじょく》したり、かどわかしたりはしないということでしょう。ついでに言うと、新たに人員を補充するということもないようです。

こういうかたくなな同族中心主義が、どんな理由によるものかは定かでありません。ですが結果は明白です。彼らの血には、まったく新しい遺伝子がはいってきていない。それがいつごろからのことなのか、それも――えへん――知るものはおりません。というわけで、そもそも彼らが最初にどんな欠陥を持っていたにもせよ、年月を経るうちに、その欠陥が――ええと、数学とか呼ばれる呪法の用語を用いるなら――二倍になり、さらに二乗され、三乗されてきたわけです。かくして、ただの愚かしい習慣の命じるまま、彼らはあっちへ行き、こっちへ行き、各地を経《へ》めぐってきた。そしてまた、おなじく愚かしい習慣から、世間は彼らを恐れ、彼らに屈服してきた、と。ところでこの、あなたの発見された古びた書物ですが、これがどのくらい古いものかは、このわたしにもわかりかねます――すくなくとも一世紀はたっているでしょう。ともあれ、これによると、あの大砲のすさまじい音と破壊力、これらは大砲そのものからつくりだされるだけではない。呪法から発するだけのものでもない……そうではなく……じつはこれらの三種の物質――まぜあわされ、湿らされ、乾燥され、砕かれ、ふるいにかけられた、これら三種の物質の生みだすものである、と。誓って申しますが、あなたの発見されたこの事実、これはけっして小さなことではございませんですよ！」

マリアンは焚き火のなかへ唾を吐いた。それから、おもむろに薄暗がりの向こうへ手をのばすと、薬種商ゼンバック・ピックスの喉首をむんずとつかんだ。「よし、いまの〝あなた〟という代名詞、それを忘れるなよ」と、押し殺した声で言う。喉仏が上下にぴくぴく動くのが手に伝わってきた。「いいか、発見したのはこのおれだ。おまえじゃない。おれだ。われわれでもない。おれだ……さいわいにして、この若ヘイズリップのマリアン様は、ひとを信じやすいたちでいらっしゃる。それをありがたく思うことだな」手をはなす。

「さいわいにして……」と、ピックス——おののくかすれ声で。

「おれには遠大な計画がある。人材が必要なんだ。じゅうぶんな報酬を出す用意もある。しがない薬屋のおまえでも、事と次第によっちゃ、国王顧問官のそのまた顧問役ぐらいにはなれるかもしれんぞ。だから、せいぜい身を慎め。そしてせいぜい用心ぶかくふるまうことだ」

焚き火の明かりを反射して、それぞれに鈍く赤い光点をひとつずつ宿した相手の目のなかを、マルはのぞきこんだ。そして相手がうなずくのにつれて、その光点が揺れ動くのを見まもった。

彼らは断崖《だんがい》のふちに立っていた。足もとに横たわるのは、幅広く、高低があり、そこここに小山の盛りあがった〈亀裂〉、さらにその向こう、崖《がけ》の向こう斜面に、わびしげにかたまっているのは、一群の廃墟だ。マリアンは勢いよくぺっと唾を吐くと、「こいつは容易には渡れそうもないな」と、断定した。「とはいえ、どこかに道路に類するものがあるはずだし、われわれは是が非でもここを渡らなきゃならんのだ。それにしても――」

そのあと長いあいだ黙りこんでしまったので、デュラネスとナカナスが落ち着かなげにもじもじし、その不安はさらに、一行の到着と出立とを見届けようと、隣接する都市から騎馬でくりだしてきた、他のエルヴァー人たちにも伝染した。

「それにしても？　どういう意味だね？」ナカナスがたずねた――おそらくいまだに蚤を警戒しているのだろう、〈どんがらがん〉やそれを運ぶ一党からは、かなり離れた地点に馬を停めている。ここまでの行程での一行の行動は、これという厳密な時間割りにはしたがっていなかった。大砲組一党は、日がじゅうぶんに高くなったと感じたところでおもむろに起きだし、苦役にはけっしてすぐにとりかかろうとせず、さらに、大蛇《おろち》にも劣らぬ貪欲さで食後の休憩をもとめることにより、食べるときの性急さをも埋めあわせている。ナカナスは、もっと行動のスピードをあげるよう、これまでもしきりにほのめかしてきたし、マルも――これはさほど切迫した調子ではなく――それをキャプテン・モグに伝える。そしてキャプテン・モグは、罵《ののし》り、蹴とばし、殴打する……と、ちょっとのあいだだけ……〈どんがらがん〉のペースは瞬発的に速くなるのだ。ほんのときたま。

「それにしても、とはどういう意味かというとだ」と、マリアンはこころもちのろのろした口調で、「要するに、ここを渡りはじめる前に、ぜひともやるべきことがある、ということさ」そして、モグにむかって大声で命令を発し、モグはさらなる大声でそれを伝達した。モグは、マリアンの追求するもののことなどなにも知らなかったし、マリアンの懸案の背後にある問題についても、まったく無知だった。ただひとつ、骨身にしみてわかっているのは、もしもマルになにかを要求され、自分がそれにしたがわなければ、容赦なく頭を蹴とばされるということ。これまでのところ、さまざまな方法でそれを避けようと試みてはきたものの、多少なりとも効果があると判明したのは、命令にしたがうこと、ただそれのみ。それも、迅速にだ。

　というわけで、のろのろと、痙攣《けいれん》的な動きで、〈どんがらがん〉はその巨大な鼻面の向きを変えはじめ、やがて〈亀裂〉のほうを向いた。つぎなる命令で、そのどっしりした大砲は前車をはずされた。車尾はいまだに地面についたままだ。ナカナスが咳払いして、デュラネスを見やった。デュラネスも同僚を見かえした。

「いったいなにを——といっても、この質問はしごく丁重になされていることを指摘させてほしいが——きみはいったいなにを意図して、これをこのようにしたんだね、若へイズリップよ?」

　マルはあごひげの先端をしごいた。「おれがなにを意図してるかって? この大砲を発射しようというのさ」

騎馬の男たちは、まるでその動きを練習してでもいたように、そろって一歩、二歩、三歩と後ろへさがった。「発射する――発射するって、〈どんがらがん〉をか？」

「と、一部では呼ばれてるようだね。また一部には、〈山鉾〉という名称が好まれてるようだが」

エルヴァー人のひとりが言った。「ここ数年、一度でもそういうことが行なわれた、とは聞いたこともないが」そしてたてつづけに二度、咳払いした。

「ならば、それをいまから実行できれば、ますますもって結構。砲員たちには訓練が必要だし、かりに〈亀裂〉にどんな損害が及ぼうとも、だれも苦情なんか持ちこんでくるおそれはない」

いくぶん語気鋭く、ナカナスが言いかえした。「〈亀裂〉に？ われわれの懸念するのは、〈亀裂〉のことなんかじゃない。いまわれわれが立っているのは、まだエルヴァーの国土のうちだし、その国土の受ける損傷がいったいどれほどのものになるか、それを慮《おもんぱか》っているんだ……われわれ自身の被害――といっても、これはけっして些細《ささい》な問題じゃないんだが――それをも含めてね。そんなわけだから、そいつを実射するのは、いずれきみたちが〈亀裂〉のなかに降りていってからのことにする、と――そのほうがずっといいように思うんだが」

「いいや、そうはいかない。おれは射程距離なるものをためしてみたいんだ……これは深遠な呪法の問題で、これを知ることは、今後のおれにとっては重大な意味を持つ……とりわけ高所、たとえば崖とか丘の上などから測定した弾道、これは重要だな」

エルヴァー人たちは急ぎ協議した結果、そういう測定を行なうのなら、自分たちが無事つつがなく現場から退去したあとにしてほしい、そうマリアンに申し入れた。マルが渋面をつくり、そっけなく、多少いらだたしげにうなずいてみせると、彼らはあっというまに姿を消したが、その逃げ足の速さたるや、例の〈矮人〉二人組が退散したときよりも、マリアン自身が窪地に身を隠したときよりも、もっと速かった。

「あいつら、音をこわがってるのさ、これの破壊的な大音響を」と、マリアンは口をゆがめて笑いながら、ゼンバック・ピックスに言った。「まあそのほうがいいんだが。見られることがすくなければ、それだけ好都合。さてと。ではあの本の指定どおりに、大粒の粉を入れる、と。しっかり柄杓を支えてろよ、ゼンバック・ピックス。そう。そう。よどみなくだ。そう」それからマリアンは搗《つ》き棒をとりあげると、書物の指定にしたがい、粉末が奥のほうまでしっかり詰まるよう、さりとて、あまりかたく詰まりすぎて、正しく発火しない、などといったことのないよう、慎重に搗きかためた。満足のゆくようにそれを詰めてしまうと、つぎに彼は弾丸を運んでくるように命じた。モグとその手下たちが、大きな丸石をかかえてあらわれ、持ちあげて……そして落とした。落とした当事者である男は、石に爪先《つまさき》をつぶされたとわめきたて、ついで、モグに脾腹《ひばら》を殴られたといって泣き叫んだ。それでも、ひとまずてんやわんやの騒ぎのすえに、作業は完了した。

つづいて、細かな粉末が点火孔までの溝にそって、長く一列に置かれた。「つぎはどうするんだっけ？」と、マリアン。

ピックスが本を参照した。「つぎはいよいよ点火ですな。キャプテン・モグ！　付け木だ！」

大砲組一党は、この成り行きについてどのような態度をとるべきか、迷っているふぜいだった。大砲の実射に関して彼らが保持しているかもしれない記憶は、かなり遠い、漠然としたものになってしまっているはずだ。それは時のベールのみならず、当人たちの愚鈍さという厚い膜にもおおわれて、すっかりおぼろげになっている。彼らはこの大砲によって育てられ、これによって生き、これのために生きてきた。この巨大な大砲以外に、彼らはなにひとつ所有していない。にもかかわらず、これを発射したことなどただの一度もなければ、その燃料をどのようにしてつくるのかも忘れてしまっている。おそらくは、歴史として伝えられてきた古めかしい呪文や、無意味なつぶやきなどが、ときおりちかりと脳裏にひらめくぐらいで、ほかにはなにも覚えてはいないだろう。その彼らが、いま興奮している。そわそわしている。彼らの動物並みの生活に、いまや新たななにものかがはいりこんできたのだ。弾丸が装填《そうてん》されるのを見ていたひとりの男の言葉、それがことによると全員の気持ちを代弁していたかも。「〈どんがらがん〉……〈どんがらがん〉、食べてる」そう彼は言ったのだ。

付け木を受け取ったゼンバック・ピックスが、それをマルに渡す前に、注意をうながした。「この操典に書かれているとおり、じゅうぶんな距離をとるのをお忘れなく。さもないと、反動で――」だがマリアンは、性急に付け木をひったくるなり、それを導火薬に近づけた。しゅっと音がして、粉末が消失したと見るが早いか、雷鳴と雷鳴とが相撃つようなすさまじい大音響もろとも、かのおそるべき鼻面から炎と煙とが噴きだした。大砲は傷ついたけものさながらにとびはね、あとずさりし、すわりこんだ。闇《やみ》、濃い闇、おぞましい悪臭、それらが一同をつつんだ。それから、徐々に薄れていった。一同は顔を見あわせた。「……反動でつぶされてしまいますよ」と、ゼンバック・ピックスがようやく言葉を結んだ。

大砲組一党は、のろのろと地面から身を起こした――その間延びした顔いっぱいに、畏怖《いふ》と恐怖と歓喜の表情を浮かべて。いまこそ言葉の必要なときだった。彼らはそれを見いだした――あるいはすくなくとも、ひとつの単語を。「どんがらがん！　どんがらがーん！　どんがらがーん！」彼らはとびはね、よろめき、叫び、怒号した。

「どんがらがーん！」

「どんがらがーん！」

「どんがらがーん！」

ここでゼンバック・ピックスが手をあげ、はるか向こうの〈亀裂〉をゆびさした。

「ごらんなさい。いまの射撃で、あそこの斜面に溝がえぐれたようですよ！　は！　あはん、はん、ははん！」

「うん……そのようだな。かりにあそこに家並みがあったとしたら、どうだ？　は！　はっはっ！」

「エルヴァー人の家があったら！」

「〈がにまた〉どもの家があったら！」

「はっ、はっ！」

なにかがふたりの目をとらえた。ようやく煙が薄れて、日の光が輝きだすにつれ、斜面にえぐれた溝のなかで、ちかちかまたたきだしたあるもの——いまの石玉の進路が、それのためにわずかに横へそれたようにも見える、あるもの。いったいなんだろうとふたりは論じあい、結局、なんであろうとあとで確かめればよいということで意見が一致した。

「ようし、キャプテン・モグ！　前進だ！」

「進めえっ……おいっ！」

しばらく行ったところで、彼らはエルヴァー人たちの姿を認めた。こちらとはべつの経路で、大砲とその砲員一行を遠くよけながら降りてくる——一列になったエルヴァーの騎手たち、そしてそれぞれの警備官の背後、馬の鞦《しりがい》のところには、鋤《すき》を担いだ男どもがひとりずつ乗っている。

「妙だな」と、マル。

「すこぶる奇妙ですな、殿様」と、相槌を打つゼンバック・ピックス。

けれども、やがて距離が縮まり、大砲組一党が単調な囃《はや》し唄を歌いながら、息を切らせて引き綱をひいているのをその場に残して、ふたりがその目でようすを確かめにいってみると、それはとうてい奇妙どころの騒ぎではないことが判明した。

「見るがいい、若ヘイズリップのマリアン」と、ナカナスがなにやら妙な口調で、妙な身ぶりをまじえて声をかけてきた。「まあ見てくれ――〈どんがらがん〉のおそるべき蛮声が、いったいどんな光景を現出させたか」

いかにもそれはなかなかの見ものだった。丘の斜面はすでに鋤で掘りかえされ、地表からかなり深いところまで露出している。そのえぐれた穴のなかに、いまごろんと横たわっているもの、それは人形《ひとがた》をした巨大な像だった。片腕をあげ、頭には王冠もしくは頭飾りのようなものをかぶり、その冠からずらりと放射状につきでているのは、すくなくとも人間の背丈の二倍はあろうかという巨大な刺《とげ》だ。いま見てとれるかぎりでは、一風変わった、ゆるやかに流れるような衣をまとっているらしい。全体に青緑色の、見慣れない色あいを帯びていて、それがいまではほとんど真っ黒に変色してしまっている。

「なんだ、こりゃ」マリアンが畏怖のこもったささやくような声で言った。

エルヴァー人たちは肩をすくめた。「知るものか……どうやら内部は空洞になっているようだが」と、ナカナス。

かたやデュラネスにも、ほかに言いたいことがあるらしい。「カナラスの王子よ、きみは覚えてるかどうか」そう言いだした――自分の称号が格上げされたことにマリアンは気づいたが、そこはさるもの、なにくわぬ顔ですませた。「きみは覚えてるかどうか、例の〈矮人〉の司法官が話していたことを……むろんあの連中だって、〈矮人〉みんなの言い分を代弁してただけなんだが……〈大遺伝子転移〉以前には、人間はみんな彼らと同様の矮小な体軀《たいく》をしていたという、あの話を？」

マリアンは言った。「覚えてるよ、たしかに。それがどうした？」

デュラネスは思案げにのろのろと言葉を継いだ。「この巨像は内部ががらんどうだ。なかに通路もある。だが、通路のスペースはいかにも狭い。ひょっとして――」

「ひょっとしてこれが、あの〈がにまた〉野郎のとんでもない法螺を、ただの法螺話じゃなく、真実として証拠だてるものだとは思わないか、って？　ばかげてる！　だったらこのばかでかい像が、人類がもとはこのような巨人族だったことを実証するものだ、そう断定したっていいはずじゃないか！」

デュラネスはのろのろとうなずいた。それからその視線は巨大な像から巨大な砲へと移り、またもとにもどった。「それにしても、この像がはたしてこの手になにを持っていたのか、それを知りたいものだ……いや、もちろん、手になにか持ってたとわかってるわけじゃない。じゃあないが、しかし、腕があるからには、手も当然あっただろうから……いや、なに、たいしたことじゃないさ。ほんの思いつきでね。とっさにそう思っただけで、筋の通った理屈があるわけじゃない」

しかしマリアンは、いまや彼なりにひとつの疑問を持ちはじめていた。一本の倒木の向こう、いま四人のエルヴァー人たちが立っている穴のなかをゆびさしてみせる。四人はそこに立って、新たなる驚異の発見物をしげしげとながめ、さらに五人めが、像の顔の上に立っている。顔のふちに、一個の奇妙な箱がのっていて、そこから何本ものワイヤーが像の体内へとつづいている。「なんなんだ、あれは？」と、マル。

デュラネスは肩をすくめた。「機械装置だよ……むしろ、おもちゃだ。磁力の流れを模倣する。実際、われわれになにかを教えてくれるようなものじゃない――この像全体が金属でできてるらしいということ以外は。全体が！　ありえないね。となると、やはりきみの見解が正しいってことか。原初の人間の背丈についてのさ。してみると、問題は振り出しにもどったということになる……」それでも、なおしばらく思案にふけりながらそこに立ちつくしていてから、デュラネスは言葉を継いだ。「いずれきみが、懸案の問題を検討する用意ができるころにはな、王子よ、われわれもその答えを見つけるお手伝いができるまでになっているだろう。言っておくが、〈北の国〉の野蛮で気むずかしい連中のなかに、あまり長く腰を据えてるのは考えものだぞ。じゃあな、きみ、おさらば。さらば」

野蛮で気むずかしい〈北の国〉の住人たちも、大多数は前もって〈どんがらがん〉のただ一発の砲声に警告を受けていたし、さらにその実物が、〈亀裂横断道路〉を営々と牽引《けんいん》されてやってくるのを目にしてもいたから、いちはやく迷路のような廃墟に逃げこんでしまっていた。追いかけようにも、廃墟が複雑に入り組んでいるので、それもむずかしい。逃げるにあたり、彼らは多くの物資を持ち去ったが、大砲組一党は、経験を積んだ食料徴発人であり、犬並みの嗅覚の持ち主でもあったから、じきに食べ物のありかを嗅ぎつけ、またたくまに食いつくしてしまった。

マリアンは、しかし、逃亡者を追いかけて廃墟をさまよう、などというのは性に合わなかったから、ひとり地図をながめ——ナカナスは、いまもまだ後生大事に革筒を持ち歩いているはずだが、当人が気づいているかどうかは知らず、中身の地図は、とうにマルがちゃっかりいただいてしまっていた——そしてそのかたわら、ゼンバック・ピックスとの協議も行なった。「エルヴァーの連中に、馬をよこせと——いや、えへん——くれないかと頼んでみればよかった。訓練すれば、大砲をひかせることもできたはずだからな」

薬種商はつきでた眉の下で目を細め、にんまりと訳知りめいた微笑を笑った。「馬ならば、そのうちいくらでも手にはいりますよ。馬も……ほかの多くのものも……」

それにはまず、〈どんがらがん〉を高台まで押しあげることが先決だった。それさえできれば、あとは物資がおのずと流れこんでくる——あわてて供出されるのでもなく、あわてて強奪されるのでもなく、あわてて食いつくされるのでもない物資、効率よく取りたてられ、効率よく分配される物資が。そして効率よく消費もされる？　いや、ぜんぶ消費してしまってはいけない。余剰という語こそが鍵となる。必需品の余剰は、交易を意味し、交易はまた富と力を意味する。手はじめはどこか、農村と町をかかえた一地域。そこに確固たる勢力を築きあげることは、すなわちそこに梃子《てこ》の支点を確立することを意味する。そしていったん支点が確立されれば、梃子にできないことなど、どこにあるだろう？

しかし、急《せ》いては事をしそんじるのたとえもある。そこで、ゼンバック・ピックスに大砲と砲員たちの監督をゆだねて、マルは、とりわけ丘陵地に重点を置きながら、周辺の土地を視察しに出かけた。最初に出あったのは、見るからに肥沃そうな農地と、内輪に見ても四つはくだらない町――そのどれもが殷賑をきわめている――を見おろす丘だったが、あいにく、その頂に達するまでの道が、〈どんがらがん〉をのせた巨大な車をひっぱりあげるのには狭すぎた。さりとて、道幅をひろげるのには、何カ月もかかるだろう。では、これは問題外だ。二番めに見つけた丘は、そこに到達することこそ容易だが、目につくのはたったひとつの町だけ、しかもそのひとつも、どう見てもあまりぱっとしない。嘆息したマリアンは、さらに先へ進んだ。三番めに出あった丘は、立地条件こそ申し分ないものの、のぼりつめて巍峨《ぎが》たる岩山にいたる、といったふぜいで、鳥ででもなければとても住めそうにない。さらに四番め……五番め……

たったひとつの点を除き、ほかの点ではまず理想的という丘に出くわしたのは、たぶん七番めぐらいだったろうか。のぼりやすい勾配《こうばい》を持った斜面、平坦で、しかも広い頂、望めば緑陰にもなりうる、だが大砲の操作に妨げとなるほどではない木立《こだち》。頂上から見わたせるのは、広々とした豊かな田野と、いくつかの町の甍《いらか》。マルはこれまでにそのうちのふたつの町を通ってきたが、いずれも町並み整然として、生産性も高そうなのにはおおいに満足したし、さらに三番めのも、おなじ想定を可能にするだけの大きな町と見えた。いま丘の上から見て、おおいに心をそそられるのとおなじく、下で実地に見たときも、食指の動くながめだったし、そんなわけで彼も、いまなお足やすねにこびりついている乾きかけた泥の例証する困難にもめげず、わざわざ頂までのぼってきたのだ。だがあいにくここには、一本の歴然として否定しえない水流が存在した。丘のふもとに広い沼沢地が横たわり、丘に到達する唯一の進路をさえぎっている、とまでは言えないかもしれないが、それにしても、どれだけ目を凝らそうと、底が砂利《じゃり》になっている浅瀬というものがいっさい見あたらない。目にはいるのは泥、それもねばねばと足に吸いついてくる泥ばかり――そして、なにが困るといって、ぬかるみにはまった〈どんがらがん〉ほど始末に困るものはない。マリアンは嘆息を漏らし、いまきた道をひきかえした。

ふたたび川べりに出たとき、水のなかに男がひとりいるのが目にはいった。脱いだ短ズボンを肩にかけ、シャツは恥ずかしげもなく胸のあたりまでたくしあげて、三叉《みつまた》のやすで小魚を突いている。

「幸運があなたに恵まれますように」マルは声をかけた。

男はただ、「ふむ」と言っただけだ。

少々むっとして、マルはやや声を高めてくりかえした。「幸運があなたに恵まれますように」

「このへんじゃ、〝幸運があなたに恵まれますように〟とは言わんのさ」

「ほう？　じゃあなんて言うんだ？」

「〝ふむ〟と言うのさ」

「なるほど。じゃあ――ふむ」

「ふむ」

男はまた一匹、また一匹と小魚を突き、その場ではらわたを出して、紐《ひも》につないだ。岸に小さな急ごしらえの燻蒸《くんじょう》小屋がしつらえられていて、男はいまの獲物をそのなかに入れると、さらに魚を突きにもどった。

「生魚より燻製のほうが好きなのか？」

「いや、そういうわけじゃない」男はきっぱり言った。「しかし、こうしておけば保存がきくが、生魚はそうはいかんからな。おまえさん、目がないのか？　あっち側の泥が干あがってるのが見えるだろう。それにこっち側のもだ。魚はここに水が流れてるあいだしか、とれん。じきにここには魚がいなくなる――つぎの雨が降るまではな」

おれとしたことが、なぜこんなことに気づかなかったのかと、マリアンは口惜《くちお》しく思った。「ありがとうよ、おっさん」と、心底からの礼を述べ、「ついでにもうひとつ教えてくれないか――このあたりでは、〝あばよ〟のかわりになんと言うのか」

男は水中をのぞきこんだ。「〝ふむ〟と言うのさ」

マルは嘆息した。「ふむ」

「ふむ」漁師も言った。そしてへそのあたりをぽりぽり搔くと、またぞろ魚を突きにもどった。

つぎの町を通り抜けたとき、マルは荷馬車をひいてやってきた男にたずねた。「このへんでは、だれを統治者としていただいてるんだね？」

「だれも。だれかをいただきたくもない。そもそもわが〈北の国〉は、だれにも統治などされないと決まってるのさ」

「なるほど。ありがとうよ。ふむ」マルは言った。

「ふむ」荷馬車の男は言った。

自らは道中ずっと大砲に付き添うことにして、かわりにゼンバック・ピックスを先行させたマルは、彼に命じてこのような趣旨のことを触れまわらせた——周辺諸国家とその統治者たち、たとえば〈矮人の王〉たちや、〈エルヴァー州国〉の権力者らは、統治を受けない自由な立場の〈北の国〉をうらやみ、この地およびその住民にたいする統治権を確立することを意図して、ここに軍勢や軍団、密偵の派遣、その他さまざまな手段で攻撃をしかけることに決めた。この極悪非道なるたくらみを耳にした〈自由砲手団〉は、しかし、このたび自発的に立ちあがり、一千本の剣にも勝る武器、すなわち、巨砲

〈どんがらがん〉をもって、〈北の国〉の防衛にあたることを決意せるものである。以上の趣旨を触れまわりながら、ゼンバック・ピックスはあたり一帯をくまなくめぐりあるき、やがて、とある脱穀場を野営地と定めたマルやモグの一行に合流した。

「触れまわったか？」

「はい、殿様、念には念を入れて」

「で、受ける側はどのような顔をし、どのような感想を口にした？」

薬種商は逡巡《しゅんじゅん》したかに見えた。「ほとんどは、顔色ひとつ変えず、口先だけで〝ふむ〟といった音声を発したのみで、なにも論評はいたしませんでした」

マルは考えこんだ。やがておもむろに目をあげて、「〝ほとんどは〟と言ったな？」

「はい、まさしくそのようにご報告いたしました、殿様。つまり、ひとりだけ例外がございまして、麦芽酒を商《あきな》っている旅籠《はたご》のあるじですが――」ここでゼンバック・ピックスはそっとくちびるをなめ、かすかな思い出し笑いを浮かべた。「――これが訳知りぶった小賢《こざか》しいやつでして、こんなことを申すのでございます。そもそもわが〈北の国〉は、だれにも統治などされないと決まっているのだから、したがって、かくかくしかじかでないものは、かくかくしかじかであるということはない、との論理の法則により、〈北の国〉はけっして統治されえない。であるからして、わが〈北の国〉を統治することについて語るのは、動かざるものを動かすことについて語るのと同様、すなわち無意味である。とまあこのほかにも、いろいろと言いたいことを言っておりましたが、多くは、いま申しあげたことのくりかえしにすぎませんでした」

マルはなにも言わなかったが、ややしばらくして、ひとつ大きくかぶりをふると、脱穀場の床から立ちあがった。「おおいキャプテン・モグ！　前進だ！」

キャプテン・モグも脱穀場の床から立ちあがった。「進めえっ——おいっ！」

大砲組一党も脱穀場の床から立ちあがり、各自の定位置ないし持ち場についた。「どんがらがん！　どんがらがん！　どんがらがーん！」

「どんがらがーん！」

巨大な車輪がふるえた。

「どんがらがーん！」

巨大な車輪が動いた。

「どんがらがーん！」

巨大な車輪が回転した。

埃っぽい道を、それはごろごろ、のろのろと進みはじめた。一日では、めざす丘のふもとには到達せず、二日めも、三日めも同様だった。けれども、ようやくたどりついたときには、あの泥深い水流はあらかた消え去り、かわりに、日ざしに焼かれて泥の固まった、堅牢な川床が出現していた。何本かの倒木が選ばれ、枝を払われて、ブレーキやつっかい棒に充当された。やがて、水流がいよいよ細くなり、ちょろちょろ流れる細流になってしまったところで、一行は丘への登攀《とうはん》を開始した。彼らは叫んだ。彼らは囃し唄を歌った。彼らはリズミカルにうなった。彼らは怒号した。彼らは押し、ひき、こじあげた。ときには頑丈な立ち木にロープを巻きつけ、ときには並べた丸太に大砲をのせた。彼らはあえぎ、深呼吸し、そしてまた重荷にとりついた。

「どんがらがーん！　どんがらがーん！　どんがらがーん！」

　そうしてついに、大砲を丘の頂上までひっぱりあげ、戦略上もっとも有利な地点までころがしてゆくと、前車をはずした。

「さてと」マルが言った。「つぎはいよいよ声明書を起草して、それを町々に貼《は》りだす番だ」ゼンバック・ピックスが一役買って、声明書の案文が作成されたが、その趣旨は以下のとおりだった――〈自由砲手団〉はいまついに、〈北の国〉に覇権を打ちたてんとする敵意ある外来勢力にたいし、この〈国〉を防衛せんとの困難な戦いに立ちあがった。かるがゆえに、〈自由砲手団〉の労に報い、かつまたそれを側面より援助し、その防衛軍としての姿勢を確実なものにせんため、以下に掲げる細則にしたがって、自発的な寄付を募るものである。各町村は、寄贈の品を住民より徴募する責務を負うものであり、これら割り当ての品を徴集し、輸送することを怠る自治体は、暴虐なる敵の統治をひそかに支持するものと見なさざるを得ない。よって、〈自由砲手団〉より当該町村に砲撃を加えることも余儀なしとされるであろう。もって違背すべからず。

「署名はなんとするかな？」マルが言った。案文ちゅうの何カ所かの断固たる言い回しには、すくなからず満足していた。

「さようですな、殿様。ここは簡潔に、〝総司令官マリアン〟とするのはいかがで？」

「ふむ、あはん……悪くない。だがな……おまえ、覚えていないか？——例のエルヴァー警備官がおれのことを、〝王子〟と呼んだのを？　おれとしては、あまり尊大ぶった、あるいは仰々しい肩書を好むと見られるのは好かん。そこでだ、どうだろう、ごくあっさりと、〝王子マリアン〟というのは？」

ゼンバック・ピックスは鵞《が》ペンの先端を嚙んだ。「結構ですな、若様、よいところにお気がつかれました。ではそのように。先方にそれを受け入れる気があるかぎり、わざわざはじめから卑下してみせることはありませんからな」

眼下にひろがる平地から、一陣の微風が吹きあがってきた。それが運んできたのは、豚や、獣皮や、馬その他、土地のもろもろの豊かな権益をにおわせるものだった。かすかな笑みがマリアンの面をいろどった。「おれもなんとなくそんな気になってきたよ」そう言ってのける。「ようし、じゃあ決まった。さっそくその写しをたくさんつくって、公共の広場に貼りだし、町の辻々《つじつじ》で趣旨の宣伝普及に努めてくれ。なんなら、そのまま町にいすわって、最初の——えへん、あはん——貢ぎ物だな、それといっしょに、行列を仕立ててもどってくるのもよかろう」

そうすることは欣快《きんかい》に堪えない、とゼンバック・ピックスは答えた。そして丘を降りてゆき、またのぼってきた。それまでにかなりの時間が経過していた。

「口達者な偽善家の薬屋めが！」マルはいきりたってどなった。「いままでいったいなにをしていた？　なんでこんなに時間がかかった？　さあ、どこにある？――自主的にさしだされたはずの食べ物やら飲み物やら繊維品やら、軍馬やら交易品やら土地の産品の山やらは？　いったいこんな痩せ馬をどこから調達してきた？　いったいどこの廃馬処理場から、馬と称するもおこがましいこんなしろものを盗んできやがった？　さあ答えろ！　返答するんだ！　説明してみろ！　筋の通った説明ができないようなら、いますぐ〈山鉾〉の車輪にくくりつけて、引き革でひっぱたいてくれるぞ！」

ゼンバック・ピックスは、荒縄で馬にくくりつけられた鞍がわりのぼろ切れの上から慎重に降りたつと、一瞬、声門の痙攣的な収縮にとらえられて、喉を詰まらせた。これは彼の舌の動きを阻害するのと同時に、わずかにこころもとなげな彼の足どりをも説明するものだったかもしれない。そして彼の腕のなかに大事そうに抱かれているもの、それはある種の液体のはいった小桶だった。

「殿様」と、彼は釈明を始めた。「わたしは殿様のお言いつけになりましたことを、はっきりお口に出されましたことも、たんにほのめかされただけのことも、すべてを誠心誠意やりとげましてございます。まず、筆記用具をひとそろい買いもとめ、このうえなくみごとな書体で、告知文の明瞭な写しを作成いたしました。その一枚を、見本としてずっと所持しておりましたので、それをごらんいただければ、わたしの仕事ぶりを即座にご納得いただけたと存じます。ところが、ここへもどってまいります途中、まことに不本意なことながら、その紙を使用する必要が生じましてな。まあその用途については、ここで口にするのはあまりにはばかり多いと申すものでして――えへん、へん――たとえ一国の王といえども、自然の欲求には逆らえぬと申すもので。ともあれ、それらの告知文を公共の広場に貼りだし、町の辻々でも宣伝普及に努めましたほか、その趣旨を徹底させるため、目につくかぎりの盛り場や飲食店にも立ち寄り、おなじことを触れまわりましてございます。ところが、まあお聞きくださいまし――このような信じがたいご報告をお耳に入れねばならぬのは、まことに嘆かわしいこと。なんと、大至急わが〈自由砲手団〉への奇特な進物を運んでくるかと思いのほか、町民どもはあわてて綿や蠟《ろう》を耳に詰めただけなのでございます。彼らに言わせると、〈どんがらがん〉の〝ものすごい、耳の破れるほどの騒音〟を避けるためだとかで……結局のところ、この馬と、この桶《おけ》のなかの麦芽酒だけでは、ほんのひとり分の貢ぎ物にもあたりますまいが、しかし若様、これとてもこのわたしがやむをえず加わりましたある腕だめしのゲームで、どうにか獲得いたしましたもので――なにしろあなた、ゲームに加わるのを断わろうといたしますと、連中が悪口のかぎりを尽くして、やいのやいのと責めたてるものですから」

長い、長い沈黙があった。やがてゼンバック・ピックスは、深い吐息とともに小桶の酒をたっぷりと革のカップにつぎ、マリアンにさしだした。じつのところそれは、悪いにおいではなかった。微風が丘の上を吹き抜けていった。大砲組一党は、思いおもいにうたた寝をしたり、虱《しらみ》をとったりしていた。日ざしは暖かだった。「そういう無礼を許してておくわけにはいかんな」ややあって、マルが言った。ゼンバック・ピックスはその屈辱を思いだしてか、あらためて落涙した。ふと気がつくと、ふたりはともに砲車の車輪をつかんで、眼下にひろがる堕落した土地を見おろしていた。

「おれはいったん誓った言葉を破ることによって、親父殿や、親父殿の地位を辱しめるわけにはいかん。おまえもそう思うだろう？」

「ごもっともで、殿様」

「服従せねば砲撃をもって報いる、そうおれは布告した」最後の語を発するのと同時に、かすかなおくびがマルの口から漏れた。「だから、そのとおりにしなきゃならんのだ」

ここまでは、ふたりの意見は完全に一致していたが、その先になると、わずかに見解の齟齬《そご》を生じた。眼下に見える町のうち、最寄りのものまでの距離は二百丁か、それとも三百丁に近いか――そしてまた、先に実証された〈どんがらがん〉の射程距離は、三百丁に及んだか、はたまた二百丁程度しかなかったか、この点について、である。結局、足りぬよりは多すぎるに越したことはない、との見地から、規定量以上の火薬を用いることとし、前回よりも三分の一ほど増量された火薬が装填された。さらに、おなじ原則にもとづき、二個の石玉が砲身に詰めこまれた。

「さて、あとは導火薬を置くだけです」と、ゼンバック・ピックスがかすかにくすくす笑いながら言った。

「待て」マルは言った。「前のときは、近くに寄りすぎて、弾のとびだす瞬間がぜんぜん見えなかった。今度こそ、はっきり見届けたいし、煙で視界が曇《くも》ってしまうのも困る」

薬種商はうなずき、またもくすくす笑って言った。「ごもっとも。おっしゃる意味はよくわかります。では、導火薬を長く置くことにいたしましょう……この木切れを用いて、緩傾斜の平面をつくります。よし、これでいい、細工は流々だ。こうすれば、火薬はここにのせられたまま、すべりおちることはないわけで……さて、あとはこうしてこうしてこうしてと……えへん、おほん、こりゃいかん。どうやら火薬をぜんぶ使いきってしまったようだぞ」

そのようすがあまりにも意気消沈して見えたので、マリアンもつい笑いをこらえきれなかった。「かまわん。かまわんよ。火薬ならまたつくればいい。操典に書かれてるのは、その処方じゃないのか？　ようし、付け木はどこだ？　これか。はは！　威勢よくしゅうしゅううなってやがる！　ではと……〝野蛮で気むずかしい〟と、おまえら〈北の国〉の住人は言われてきた。まったくだ、これはおまえら自身の招いたことなんだからな――」

大空の雷鳴と稲妻のことごとくが、彼らの頭上で、はためく炎と煙のうねりとなって炸裂《さくれつ》した。大地は瀕死《ひんし》の病人のようにふるえ、彼らは瞬時にしてその揺れ動く大地に投げだされた。さまざまな物体が、ひゅうひゅううなりながら上空を舞った。長いあいだ、彼らは聞こえなくなった耳をおさえて、地上に這いつくばっていた。

しばらくしてマリアンは、ゼンバック・ピックスの口がぱくぱくしているのを認め、うめきながら言った。「聞こえんよ。なにひとつ聞こえん」

「なにも言ってはおりませんよ。ひゅう！　たまげた！　ひどい目にあったもんだ！　どこです、〈どんがらがん〉は？」

そして、いまようやく悲鳴や泣き声をあげながら、地べたから身を起こしはじめた大砲組一党も、おなじ質問を口にしはじめた。「どんがらがん？　どんがらがーん？　どんがらがーん？」とはいえ、その場に残っていたのは、いくつかのねじまがった金属の破片と、粉微塵《こなみじん》になった車輪の残骸《ざんがい》だけ。一千本もの剣にも勝る威力を持った大砲の、それははかない末路だった……

マリアンもすすり泣きが喉をふるわせるのを感じた。彼の遠大なる計画、これまでの努力、ことごとくが、一瞬にして打ち砕かれ、烏有《うゆう》に帰したのだ！　なんとか自分をおさえようと努めたあげく、どうにか彼は自制をとりもどした。「古くなってたし、長いこと使われてなかったこともあって、砲身が腐食してたんだな。まあいい。そのうちなんとかくふうして、またべつのを鋳造すればいいさ」

ゼンバック・ピックスもうなずき、涙ながらに言った。「それに、火薬ももっと調合しましょう。ええと、たしか、硫黄四杯半に、三十一杯と三分の一の――」

「それはちがうぞ。硫黄は二十五杯と五分の一でまちがいない。それにたいして、六杯と八分の一の白色……いや、十一杯と十分の一だったかな……本はどこだ。こういうときこそ操典を参照せねば……」けれども、その唯一無二の書物、そのなかにだけ砲術の秘密と秘法とが書かれていたあの貴重な書物は、すっかり焼けただれて、残るのはただ一枚のページの切れ端のみ。そしてそこに読みとれたのは、ただ一語、〝過剰装塡〟なる語であった。またしても沈黙が、さいぜんのよりさらに長い沈黙がつづき、それを破るのはただ、大砲組一党の愚かしい、慰めるすべとてない号泣のみだった。

やがて、それまでとはがらりと変わった声音で、マリアンが言った。「これでよかったのさ。明らかにあの機械は、ひとつの空論を代表するものでしかなく、しかも、いまわれわれがこの目で見たように、どんな実用的価値も持ってはいなかった。それよりむしろ大事なのは、あの馬がさいわい傷ついてはいないらしいこと。そこでおれとしては、いまからすぐにあの馬にまたがり、森づたいに北へ、最寄りの国境へと向かうことを提案したい。一刻も早く、この野蛮で気むずかしい国とおさらばするんだ。ここの連中の気質というものを、おれはぜんぜん信用してないからな」

「はいはい、ごもっとも！　おおせのとおりですよ、殿様！」ゼンバック・ピックスもマルの後ろによじのぼりながら言った。「ただし、ひとつだけ問題があります。大砲組の元隊員たち、彼らのことはどうします？　ついてくるように説得しますか？」

マルは馬首をめぐらした。「いや、それはよそう。〈北の国〉の食料室やらパン焼き窯《がま》、それらがどこにあるにもせよ、じきに大砲組一党の胃袋が、連中をそこに押しかけさせるさ。とはいえわれわれは、そのどたばた騒ぎを見るまで、ここでぐずぐずしてるわけにはいかん。もっとも、それについて考えてみることはできるがね。おれに言わせれば、どっちもどっち、ちょうど恰好の取り組みってところかな」

彼は踵《かかと》で馬の横腹を蹴り、ゼンバック・ピックスは馬の尻をどやしつけた。そうしてふたりは丘をくだっていった。

編者解説――唯一無比の異色作家

アヴラム・デイヴィッドスンが短篇の名手であることに疑いの余地はない。なにしろ、アメリカ探偵作家クラブ（MWA）賞、ヒューゴー賞、世界幻想文学大賞をすべて短篇部門で受賞しているのだから。つまり、ミステリ、SF、ファンタジーの三ジャンルにおいて、傑作短篇を書いたことになる。あとにも先にも、こんな作家はデイヴィッドスンしかいない。本書にはこれら受賞作三篇をすべて収録している。

しかしながら、デイヴィッドスンの作風は「短篇の名手」の一般的なイメージとはかけ離れている。どんなレッテルを貼っても、どんな枠組みにおさめようとしても、彼の小説はそこからはみだしてしまう。彼がミステリやSFやファンタジーを書いていたかどうかさえ、怪しいものだ。

結局のところ、デイヴィッドスンの小説を表現するには、高尚にして低俗、前衛的にして大衆的、ペダンティックでありながら人情味にあふれ、博覧強記でありながら平気な顔で嘘をつく、といったぐあいに相矛盾する形容を重ねあわせていくほかない。ひと言で形容しろといわれたら、わたしなら「変な小説」と答える。

デイヴィッドスンはわたしが最も偏愛する作家の一人である。この文字どおりの意味において唯一無比《ユニーク》な作家、「だれが定義しても異色作家」(若島正)の魅力を多くの読者に知ってもらえれば、これほどうれしいことはない。

小伝

日本でデイヴィッドスンの著書が出版されるのは、『10月3日の目撃者』(村上実子訳、ソノラマ文庫海外シリーズ、一九八四)以来、およそ二十年ぶりとなる。したがって、なじみのない読者が大多数だろうから、まずは生涯を瞥見《べっけん》しておこう。

なお、以下の記述は主にヘンリー・ウェッセルズのエッセイ"Something Rich and Strange"(一九九九)に依拠している。記して感謝する。

アヴラム(・ジェイムズ)・デイヴィッドスンは一九二三年四月二十三日、ニューヨーク州ヨンカーズに生まれた。

アヴラム(Avram)という名前は、「創世記」に登場するイスラエルの族長アブラハム(Abraham)の旧名アブラム(Abram)のイディッシュ流表記である。つまり、デイヴィッドスンは正統派ユダヤ教徒の家庭に生まれ、自身も敬虔なユダヤ教徒として育った。

地元の高校を卒業し、ニューヨーク大学で人類学を学んだのち、一九四二年にアメリカ海軍に入隊し、衛生兵として第二次世界大戦に従軍。南太平洋を転戦し、日本の無条件降伏直後の一九四五年九月には中国に駐留した。兵役中もユダヤ教の戒律を遵守し、部隊でただひとりひげをたくわえ、コシャー（ユダヤ教の戒律に従って調理された食べ物）以外は口にしなかったという。

除隊後、デイヴィッドスンは学業に戻る一方、ヨーロッパや中近東を旅行してすごした。一九四八年にはパレスチナに赴き、農業技術者としてイスラエル建国に参加している。執筆活動を始めたのもこのころで、A・A・デイヴィッドスン名義でユダヤ系雑誌にエッセイや短篇小説を寄稿している。

一九五四年、「恋人の名前はジェロ」で〈ザ・マガジン・オブ・ファンタジー・アンド・サイエンス・フィクション〉（以下F&SF）誌に商業誌デビュー。以後一九六〇年代前半ごろまで、精力的に短篇を執筆した。〈F&SF〉〈ギャラクシー〉〈ファンタスティック・ユニヴァース〉〈ワールズ・オブ・イフ〉〈ヴェンチャー〉などのSF雑誌、〈エラリー・クイーンズ・ミステリ・マガジン〉（以下EQMM）〈アルフレッド・ヒッチコックズ・ミステリ・マガジン〉〈マンハント〉などのミステリ雑誌はもちろん、〈プレイボーイ〉にも寄稿しているし、聞いたことのない三流雑誌にも書いている。一九五八年には計十八篇もの短篇を発表しているほどだ。

とはいえ、粗製濫造していたわけではなく、評価もきわめて高かった。輝かしい受賞歴を見れば、一目瞭然だ。

「物は証言できない」――一九五七年度ＥＱＭＭ短篇小説コンテスト第一席受賞
「さもなくば海は牡蠣でいっぱいに」――一九五八年度ヒューゴー賞最優秀短篇部門受賞
「ラホール駐屯地での出来事」――一九六二年度ＭＷＡ賞最優秀短篇部門受賞

一九六二年はデイヴィッドスンにとって転機の年となった。まずは〈Ｆ＆ＳＦ〉誌編集長に就任したこと。以後一九六四年までの編集者時代の功績のうち、日本人にとって特筆すべきは、星新一「ボッコちゃん」の英訳を掲載したことだろう（斉藤伯好訳、一九六三年六月号）。これは史上初めてアメリカに紹介された日本ＳＦ作品だった。デイヴィッドスンは非英語圏ＳＦに理解があったらしく、ヘルベルト・Ｗ・フランケ（ドイツ）やワレンチナ・Ｎ・ジュラブリョーワ（ロシア）の短篇も選んでいる。

処女出版もこの年に果たされた。それも犯罪実話集 *Crimes & Chaos*、短篇集 *Or All the Seas with Oysters*、ウォード・ムーアとの共作長篇 *Joyleg* と、たてつづけに三冊だ。

私生活でも大きな出来事があった。前年の六一年に二十歳年下のグラニア・ケイマン（のちのSF作家グラニア・デイヴィス）と結婚し、長男イーサンが誕生したのだ。

このころ、デイヴィッドスンはエラリー・クイーン作品の代作も手がけている。「エラリー・クイーン」とは、いとこどうしのフレデリック・ダネイとマンフレッド・リーの共作ペンネームであり、代作はダネイが書いたプロットを代作者が小説化し、リーが加筆訂正して決定稿にするという工程でおこなわれたらしい。つまり、ゴーストライターというよりもノヴェライゼーションに近い作業だったと考えられる。通説では『第八の日』『三角形の第四辺』『真鍮の家』（いずれもハヤカワ・ミステリ文庫）がデイヴィッドスン執筆作とされているが、ヘンリー・ウェッセルズによれば、『真鍮の家』の代作者はシオドア・スタージョンだったという（スタージョンは『盤面の敵』も代作している）。

さて、とりあえず定職に就き、自著の出版も果たし、家庭も築いて、順風満帆に見えたデイヴィッドスンだが、一九六二年末、生まれ育ったニューヨークからペンシルヴェニア州ミルフォードに転居したことが不幸の始まりだった。

ミルフォードという街に罪はない。当時ここにはデーモン・ナイト、ケイト・ウィルヘルム、ジェイムズ・ブリッシュらSF作家が数多く住んでおり、作家デイヴィッドスンにとって快適な環境だったからこそ、転居を決断したわけだ。

問題は、デイヴィッドスンが借りた家にあった。些細なことから大家とトラブルになり、最終的には訴訟沙汰になってしまったのだ。この結果、デイヴィッドスン一家は借家を追いだされ、路頭に迷うはめになる。

以後、デイヴィッドスンの人生はふたつのキーワードに支配されてしまう。「貧乏」と「放浪」である。

一九六三年半ば、デイヴィッドスン一家は物価の安いメキシコに転居する。もちろん〈F&SF〉誌編集長に就いたままだ。ファクシミリも宅配便もない時代、しかも町に電話が一本しかないメキシコの田舎でアメリカの雑誌の仕事をするとは、むちゃくちゃもいいところだが、〈F&SF〉誌発行人エドワード・ファーマンによれば、掲載短篇選択の〆切に遅れたことはないらしい。ただし、「紛失した原稿はイグアナに食われたんだ」と言いわけしたことはあるとか。

編集長職のかたわら、デイヴィッドスンは生活費を稼ぐため、ペーパーバックの娯楽SF長篇を量産した。いずれも金のために書きとばした小説ばかりだが、独特のオフビートな味わいにみちており、個人的には好きな作品群である。

貧乏生活がつづいた結果、愛妻グラニアとの関係も悪化し、一九六四年に離婚。その後、グラニアはデイヴィス氏と再婚し、現在のグラニア・デイヴィスという名前になる。ただし、離婚後もふたりの友情は晩年までつづいたらしく、*Marco Polo and the Sleeping Beauty*（一九八七）などの共作もおこなっている。デイヴィッドスンは最高の友人だが夫には不向きということか。

デイヴィッドスンは、次第に日銭稼ぎの小説仕事にうんざりしはじめていた。一九六四年、ようやく合衆国に戻り、サンフランシスコに暮らしはじめると、とうとう「自分がほんとうに書きたい小説を書こう」と決意し、長年構想を温めていた長篇小説に本格的に着手する。架空の古代ローマ世界を舞台に、魔術師ウェルギリウスの活躍を描いた独創的な幻想小説 *The Phoenix and the Mirror* である。

デイヴィッドスンが *The Phoenix and the Mirror* に費やした情熱と労力は並々ならぬものだった。執筆活動は極端に減った。一九六六年以降、著書の出版はないし、短篇の発表も激減した。生活費が安く、落ちついて執筆できる場所を求めて、中米の英領ホンジュラス（現ベリーズ）に一年以上滞在もした。

こうした苦労を経て、一九六九年に発表された *The Phoenix and the Mirror* は、まさにデイヴィッドスン畢生《ひっせい》の傑作となった。

ところが——

これがまったく売れなかったのだ。

グレゴリー・フィーリーによれば、ハードカバー版の版元ダブルデイ社が売れ残りを断裁処分にしようとしたため、あわててデイヴィッドスンが買いとったという。

一九六九年、デイヴィッドスンはもうひとつの傑作ファンタジー *The Island Under the Earth* を、テリー・カー編集の野心的ペーパーバックシリーズ〈エース・サイエンス・フィクション・スペシャル〉から出版している。同じくグレゴリー・フィーリーによれば、こちらは「エース・スペシャルで重版がかからなかったきわめてまれな例」であるらしい。

さらに、*The Phoenix and the Mirror* と *The Island Under the Earth* はなんの賞も受賞できなかった。心血を注ぎこんだ傑作は、金にも名誉にもならなかったわけだ。

残念なことに、一九六九年はデイヴィッドスンにとって決定的な転換点となった。それまでは一応、短篇でも長篇でも商業作家として成立していたのに、自分がほんとうに書きたい小説を発表したとたん、「売れない通好みのカルト作家」になってしまったのである。

一九七〇年、デイヴィッドスンはユダヤ教から天理教に改宗する。戦時中の兵隊時代もコシャーしか食べなかった男が宗旨変えするとは、相当の決心が必要だったと思われるが、グラニア・デイヴィスによれば、健康状態の悪化が大きく影響したらしい（序文参照）。なお、この縁でデイヴィッドスンは何度か来日を果たしており、〈SFマガジン〉一九七六年四月号と六月号にインタビュー記事が掲載されている。

一九七〇年以降に発表された長篇は、マニアックな楽しみ方はできるものの、どれもどこかしら壊れた印象を受ける作品ばかりだ。普通の小説を書くことをはなから放棄している感すらある。

ただし、デイヴィッドスン本来の得意分野である短篇では、すぐれた作品をいくつもものしている。連作短篇集 *The Enquiries of Doctor Eszterhazy*（一九七五）と短篇「ナポリ」（一九七八）は、どちらも世界幻想文学大賞を受賞した傑作である。

アメリカ西海岸で転居をくりかえしたデイヴィッドスンは、一九八〇年代初頭にワシントン州に腰を落ちつける。健康状態はさらに悪化し、退役軍人養護施設《ヴェテランズ・ホーム》に入居した時期もあるし、最晩年は車椅子生活だったという。当然、執筆活動も満足にできなくなり、金銭面ではさらに逼迫《ひっぱく》した。

こうした苦しい晩年、デイヴィッドスンは最後の力をふりしぼり、ライフワークである魔術師ウェルギリウス連作の第二長篇 *Vergil in Averno*（一九八七）を完成させる。しかし、デイヴィッドスンの不幸は最後までつづいた。版元ダブルデイ社がSF出版から撤退する直前に刊行されたため、*Vergil in Averno* はほとんど宣伝されず、商業的にも成功しなかった。これがデイヴィッドスン最後の単独長篇となった。

アヴラム・デイヴィッドスンは一九九三年五月八日、ワシントン州ブレマートンの老人ホームで死去した。享年七十。亡骸は茶毘《だび》にふされ、太平洋に散骨された。

特徴

個性的な作家は独自のスタイルを持っており、作者名を伏せて文章だけを読んでも、誰が書いたかすぐわかる。デイヴィッドスンの場合も、作品には強烈な個性が刻印されている。以下、特徴をいくつか列記してみよう。

1　独特の文体

中村融ははっきり「悪文」と評しているが、わたしの英語力ではそこまで断言できないので、とりあえずこう表現しておく。確かにおそろしく読みにくいことは事実だ。どことどこがつながるのかよくわからない饒舌な文章が長々とつづいたあと、突然、いくつかの単語だけの断片的な文が挿入されたりする。後期になるとますますひどくなり、"But."や"Now."といった文（？）が頻出する。日本語に置きかえれば、文章の係り結びがわかりづらいうえ、短い体言止めがやたらに多いという感じだろうか。それなら確かに悪文だ。

いいかえれば、「おそろしく訳しづらい」ということだ。これまでデイヴィッドスンの翻訳が進まなかった最大の理由がここにある。

2　ペダントリー

デイヴィッドスンの作品には外国語、文学、歴史、神話、伝説、オカルティズムなどに関する該博な知識がもりこまれている。そのほとんどが説明抜きに使われているため、読者に過度の負担をしいる場合も少なくない。おそらく英米の読者も同じだろう。英米人なら誰でもキプリングの詩を知っているのかもしれないが、誰でもインドネシア語が読めるとはとても思えない。

さらに厄介なのは、披瀝《ひれき》される知識が必ずしも正しいとはかぎらないことだ。わざと嘘を書いている場合もあるし、明らかなミスや勘ちがいも見つかる。インターネットで検索する程度では調べのつかない事項もある。

これはおそらく、デイヴィッドスンが博覧強記の「独学者」だったからだろう。独学者は体系的ではなく断片的に知識を蓄える。膨大な蔵書を私有することもできず、抜き書きしたノートのあちこちに間違いが忍びこむ。デイヴィッドスンの作品に頻出する外国語を見るたびに、わたしは坂口安吾が小栗虫太郎を評した言葉を思いだす。「独学者に限って語学の知識をひけらかしたがる」（「推理小説について」）

個人的には、デイヴィッドスンのペダントリーを過度に賞賛するのは危険だと考えている。松山俊太郎は小栗虫太郎についてこう書いている。「かれのペダントリーの化けの皮が剝がれることは、かれの真の天才が顕れることである」（現代教養文庫版『黒死館殺人事件』解題）——デイヴィッドスンについても、こうしたとらえ方が必要かもしれない。

デイヴィッドスンのペダントリーを最も楽しめるのは、小説ではなく、エッセイ集*Adventures in Unhistory*（一九九三）かもしれない。もはや稀覯本なので、わたしは未入手だが、中村融によれば「うんちくと脱線だらけの澁澤龍彥・種村季弘風エッセイ」であるらしい。ただし、エッセイといえども、眉に唾をつけて読んだほうがいい。

3　異国趣味

デイヴィッドスンには異国（アメリカ合衆国以外の国や地域）を舞台にした作品が多い。わたしが読んだ範囲でも、中国、インド、イタリア、キプロス島、メキシコ、英領ホンジュラスなどが扱われている。

そのほとんどが、デイヴィッドスンが実際に訪れたことのある土地だ。太平洋戦争直後の中国体験はふたつの短篇に、メキシコでの生活は長篇 *Clash of Star-Kings*（一九六六）とふたつの短篇に、英領ホンジュラスで暮らした経験はジャック・ライムキラーを主人公とする短篇シリーズに結実した。日本を舞台にした小説を書いてくれなかったことが、かえすがえすも残念だ。

名探偵エステルハージィ博士のふるさとである東欧の架空の小国、スキタイ＝パンノニア＝トランスバルカニア三位一体王国も、異国情緒を堪能できる舞台設定である。架空の古代ローマ世界を舞台とし、後半はキプロス島やエジプトへの旅行記となる *The Phoenix and the Mirror* もこの項目に加えていいだろう。

4　訛り

デイヴィッドスンには、訛った英語の台詞をそのまま表記したいという強い欲望があったらしい。わたしにはまったく区別がつかないのだけれど、東欧系、ドイツ系、中国系、アフリカ系、中南米系の訛った英語が、彼の耳に聞こえたとおりに書いてある。たとえば、こんなぐあいだ。

"An' one day, me see some-teeng, mon, me see some-teeng hawreed. Me di see eet, mon. Me di see di bloody mon—" ("Bloody Man")

この台詞は比較的読解しやすいほうで、「おらなんかを見ただ、なんかおっとろしいものを見ただ。おら見たんだ。おら血まみれ男を見ただ」くらいの意味だろう。だが、なにを言っているのかさっぱりわからない場合も多く、これまた、デイヴィッドスンの翻訳が進まなかった理由のひとつである。

5　反現代性

デイヴィッドスンは現代的なことが大嫌いだった。昔ながらの街並が破壊されたり、静かな村が観光地化されて騒がしくなったり、文明の利器により魔法が滅びていくことが許せない。彼にとっての良き時代は、少なくとも百年はさかのぼらなければならない。現代を嫌悪しているがゆえに、デイヴィッドスンは現代の本質を鋭く見抜くことができた。そのため、彼のミステリ短篇はいまだにある種のアクチュアリティを保っている。メディアにより観光地として搾取される僻地の村、法の正義より財政緊縮を優先する地方自治体、古くからの景観を守るため都市再開発に反対する市民団体、無感動だからこそ簡単に人を殺す人々といった設定は、現在書かれる小説の題材であってもおかしくない。奇想には乏しいので多くは収録しなかったが、デイヴィッドスンのミステリ短篇はもっと評価されていい。

6　弱者への共感

デイヴィッドスンは好んで弱者を主人公に選ぶ。それはたとえば、東欧系や中南米系の移民であり、貧しい都市生活者であり、子供や老人である。彼自身の分身である貧乏作家たちも、弱者の一員とみなしていいだろう。

こうした登場人物に注がれるまなざしは、愛情と共感にみちている。ある者はデイヴィッドスンのつむぎだす魔法に救われる（同時に強者はひどい目にあう）。ある者は最後まで弱者のままとどまるが、デイヴィッドスンの筆致はあくまでやさしく、ほろ苦いユーモアにあふれている。

収録作品解題

●「ゴーレム」"The Golem"〈F＆SF〉一九五五年三月号

ユダヤ教説話とSFとユーモラスなほら話が混じりあった、デイヴィッドスンの原点にして傑作。初めて書いた小説でも、初めて商業誌に発表した小説でもないが、実質的な処女作といえる。デーモン・ナイト曰く、「完璧な短篇小説《パーフェクト・ストーリー》」。
【既訳】「さすらいのゴーレム」竹中芳訳〈ミステリマガジン〉一九七五年八月号
「ゴーレム」竹上昭訳（紀田順一郎・荒俣宏編『怪奇幻想の文学　5』新人物往来社）
「ゴーレム」吉田誠一訳（『SFベスト・オブ・ザ・ベスト　下』創元SF文庫）
「人造人間ゴーレム」村上実子訳（『10月3日の目撃者』ソノラマ文庫海外シリーズ）

●「物は証言できない」"The Necessity of His Condition"〈EQMM〉一九五七年四月号
EQMM短篇小説コンテスト第一席受賞作。デイヴィッドスンのヒューマニスティックな一面がよくわかる作品だ。皮肉な結末が効いている。

エラリー・クイーン曰く、「おそらく彼のもっともすぐれた短篇である。この作家は天性のストーリーテラーであり（この言葉は使い古されてはいるが、デイヴィッドスン氏を形容するにはまさにふさわしい）、ストーリーテラーとは居ながらにして物語の考えうるかぎりのさまざまな型をつむぎ出す作家なのである」。

【既訳】「物は証言できない」田中小実昌訳（エラリイ・クイーン編『黄金の13　現代篇』ハヤカワ・ミステリ文庫）

●「さあ、みんなで眠ろう」"Now Let Us Sleep"〈ヴェンチャー〉一九五七年九月号これは「物は証言できない」と対をなす作品だと思う。弱者への共感をSFとして描いたもので、ほろ苦くセンチメンタルな結末を迎える。

単行本初収録。

【既訳】「さあ、みんなで眠ろう」洲浜昌弘訳〈SFマガジン〉一九八二年十一月号

●「さもなくば海は牡蠣でいっぱいに」"Or All the Seas with Oysters"〈ギャラクシー〉一九五八年五月号

ヒューゴー賞受賞作。これぞまさに奇想小説と呼ぶべき傑作。

わたしは「雀《すずめ》海中に入りて蛤《はまぐり》となる」という俗信を連想したが、海と貝が共通するのは偶然で、妙な題名はコナン・ドイル「瀕死の探偵」（『シャーロック・ホームズ最後の挨拶』新潮文庫所収）のシャーロック・ホームズの台詞に由来する。

「それにしても僕は大洋の海底がなぜびっしりと牡蠣で埋まらないのか不思議でならないよ。あれほど繁殖力が強いのにねえ。〔……〕そうなると世界は牡蠣であふれることになるじゃないか！　いやいや、そんな恐ろしいことがあってたまるものか！」（延原謙訳）

【既訳】「あるいは牡蠣でいっぱいの海」常盤新平訳（アイザック・アシモフ編『ヒューゴー賞傑作集　1』ハヤカワSFシリーズ）

●「ラホール駐屯地での出来事」"The Affair at Lahore Cantonment"〈EQMM〉一九六一年六月号

MWA賞受賞作。結末について少々解説が必要だろう。この短篇はラドヤード・キプリングの詩「ダニー・ディーヴァー」(一八九〇)を下敷きにしている。

「どうしてラッパが鳴ってるんだ?」と行進する兵隊たち。
「出動のため、出動のため」と軍旗曹長。
「どうしてそんなに真っ青なんだ?」と行進する兵隊たち。
「これから立ち会うものがこわいんだ」と軍旗曹長。
　ダニー・ディーヴァーの吊し首のため、葬送行進曲が聞こえ、
　連隊は空っぽの広場にいる——今日ここで吊し首。
　ボタンをはずされ、袖章を切りとられ
　今朝、ダニー・ディーヴァーは吊し首。

と始まるこの詩は、キプリングがラホールで新聞記者の職についていたときに見聞した事実に基づき、兵営内で同僚を睡眠中に射殺した兵士ダニー・ディーヴァーの絞首刑の様子を描いている。その犯罪の隠れた真相を解き明かす、というのが本作のひとつの

趣向なわけだ。

【既訳】「ラホーア兵営事件」福島正実訳（ビル・プロンジーニ編『エドガー賞全集　上』ハヤカワ・ミステリ文庫）

●「クィーン・エステル、おうちはどこさ?」"Where Do You Live, Queen Esther?"〈EQMM〉一九六一年三月号
デイヴィッドスンの中南米趣味が発揮された佳作。凝りに凝ったスタイルを味わってもらいたい。わたしもシリアルより中南米料理のほうがうまいと思う。

【既訳】「エステルはどこ?」高梨正伸訳（仁賀克雄編『幻想と怪奇　おれの夢の女』ハヤカワ文庫NV）

●「尾をつながれた王族」"The Tail-Tied Kings"〈ギャラクシー〉一九六二年四月号
奇妙奇天烈なSF。異星生物（なのか?）の奇妙な生態を説明抜きで提示する手法は、ジェイムズ・ティプトリー・ジュニア「愛はさだめ、さだめは死」を連想させる。よくわからなくても、異様でグロテスクなイメージを楽しめばいい。

なお、題名は雑誌掲載時に編集長のフレデリック・ポールがつけたものらしい。「なぜ題名を変えたんだ?」と怒ったデイヴィッドスンに、ポールはこう答えた。「きみがつけた題名だと誰も読みたがらないからだよ」

本邦初訳。

●「サシェヴラル」"Sacheverell"〈F&SF〉一九六四年三月号

デイヴィッドスンの「わざとわかりにくく書いてあるシリーズ」の代表作。サシェヴラルが猿かどうかは、デイヴィッドスン自身があいまいにしている。よくわからなくても、無気味な展開とカーニヴァル趣味を楽しめばいい。

単行本初収録。

【既訳】「サシェヴラル」村上博基訳〈SFマガジン〉一九八四年八月号

●「眺めのいい静かな部屋」"A Quiet Room with a View"〈EQMM〉一九六四年八月号

ユーモラスでグルーミーな佳作。グラニア・デイヴィス曰く、「この短篇を読んだとき、わたしとアヴラムは声を出して笑ったものだ。年月がすぎ、アヴラムの健康状態が悪化すると、彼もまた一時期老人ホームに入居した。笑いは消え、この短篇の暗い側面がまさに現実となった」。

本邦初訳。

●「グーバーども」"The Goobers"〈スワンク〉一九六五年十一月号

おそろしく汚く饒舌な語りが痛快な一篇。「孤独な少年の空想が実現する」というアイディアはよくあるものだが、本作で現実になるのは少年自身の空想ではなく、おじいの嘘八百である点に注意。

単行本初収録。

●「パシャルーニー大尉」"Captain Pasharooney"〈セイント〉一九六七年五月号
「グーバーども」と同じアイディアをストレートな人情話として処理。センチメンタルな雰囲気はデイヴィッドスンとしては異色。

本邦初訳。

●「そして赤い薔薇一輪を忘れずに」"And Don't Forget the One Red Rose"〈プレイボーイ〉一九七五年九月号
すてきな小品。アイディアはボルヘス風だが、都市生活の現実を描き、弱者へのやさしいまなざしにみちたところは、デイヴィッドスンならではだ。こんな小説を書ける作家はほかにいない。

単行本初収録。

●「ナポリ」"Naples"『シャドウズ』（チャールズ・L・グラント編、一九七八）

世界幻想文学大賞受賞作。ヨーロッパの幻想映画を思わせる幽玄な雰囲気がすばらしい。発想源は「ナポリを見て死ね」という有名なことわざかもしれない。洗濯物の使い方がばつぐんにうまい。

本邦初訳。

●「すべての根っこに宿る力」"The Power of Every Root"〈F&SF〉一九六七年十月号
デイヴィッドスンのメキシコ体験が生かされた佳作。呪術の実在さえ前提すれば、ミステリとしても筋が通っている。この設定でなければ成立しない狂った殺人動機は、新本格ミステリの感さえある。

本邦初訳。

●「ナイルの水源」"The Sources of the Nile"〈F&SF〉一九六一年一月号
アイディアもプロットも語り口もすばらしい傑作中篇。メインアイディアは奇想と呼ぶにふさわしい。

本邦初訳。

●「どんがらがん」"Bumberboom"〈F&SF〉一九六六年十二月号

ピカレスクでスラップスティックな傑作中篇。なお、本作には続篇“Basilisk”（一九六七）がある。〈カナラス国〉を救う呪法を求めて旅をつづける若へイズリップのマリアンとゼンバック・ピックスは〈タワリス国〉にやってくる。まずは旅人を殺しては金品を奪う悪辣な通行税吏スラッグに出くわすが、返り討ちにして、逆に貯めこんだお宝を手に入れる。宝石商のふりをして、お宝を裕福な地主ケイプに売ろうとするが、スラッグから盗んだものとばれてしまい、やむなく殺してしまう。つづいては、不慮の事故で亡くなったケイプのいまわの遺言を聞いた旅人として、ケイプの館に行くが、遺産相続争いに巻き込まれ、とんでもなくひどい目に遭う……。

という「どんがらがん」以上にスラップスティックな話。もう二、三篇書いてくれれば、連作短篇集にまとめられただろうに、残念。

付記および謝辞

アヴラム・デイヴィッドスンについてさらに詳しく知りたい方は、以下のウェブサイトが参考になる。

Avram Davidson Website（英語）——http://www.avramdavidson.org/

SPPAD60 homepage（日本語）――http://sppad60.hp.infoseek.co.jp/（編集部註：現在は休止）

本書刊行にあたって、数多くの方々の力ぞえを得た。編纂を勧めてくれた大森望氏、序文を寄稿してくださったグラニア・デイヴィス女史、無知な編者の質問に快く返答してくれた中村融氏、資料を提供してくれた松崎健司氏、渡辺啓一氏、渡辺英樹氏、渡辺睦夫氏、そして困難な翻訳をみごとに実現していただいた訳者諸氏に深く感謝する。怠慢な編者に代わって、編集実務は河出書房新社の伊藤靖氏が担当してくれた。

二〇〇五年七月

殊能将之

特別収録

殊能将之自作インタビュー「編者に聞く」

※このインタビューは、編者ホームページで二〇〇四―〇五年に発表されたものです。

1　デイヴィッドスンとの出会い

――まず、アヴラム・デイヴィッドスンに興味を持ったきっかけを教えてください。

いちばん最初は、もう二十年くらい前だけど、いまは亡き神保町の東京泰文社という古本屋で *The Enquiries of Doctor Eszterhazy*[*1] (1975) を買ったのがきっかけね。そのときは確か、"Polly Charms, The Sleeping Woman"[*2] は読んだんだけど、よくわからなかったんですよ。で、ずっとほうっておいた。

それから二十年くらいたって、アメリカの Wildside Press というスモールプレスが、デイヴィッドスンの長編を大量にリプリントしたんですよ。それで、まず *Masters of the Maze* (1965) を買ったの。

――なぜ買ったんですか。

これまた二十年以上前の話なんだけど（笑）、〈ＳＦマガジン〉の確か「海外ＳＦ事情」欄で、小川隆さんがクールなSFという話を書いてらしたんだ。要するに『ニューロマンサー』を宣伝するという趣旨のコラムで、アメリカの誰かが選んだクールなSFベスト5が紹介されていて、*Masters of the Maze*もランクインしてたわけ。で、タイトルもかっこいいじゃない、『迷路の支配者』なんてさ。それが頭の片隅に残ってたんだよね。

で、*Masters of the Maze*を読んだら、けっこうおもしろかったの。クールなSFかどうかは微妙だけど（笑）。「こりゃおもしろいなあ」と思ったから、デイヴィッドスンが六〇年代に書いた娯楽SF長編をまとめ買いして、次に*Clash of Star-Kings*（1966）を読んだのかな。これもおもしろかった。次に*Rogue Dragon*（1966）を読んだら、これまたおもしろい。「こりゃファンサイト開くしかないでしょう！」ってなわけで、SPPAD60 homepageを開設したわけ。

——このサイトですね（笑）。

そういうことになるね。

SPPAD60というのは「アヴラム・デイヴィッドスンが六〇年代に金のために書いた小説をほめたたえる会」の略称で、最初は六〇年代の娯楽SF長編だけ紹介する予定だったのね。というのは、後期の長編は読んでもわからないだろうと思ってたから。*The Phoenix and the Mirror*（1969）なんて、漏れ伝わる噂によると「魔術のペダントリーにみちた百科全書的幻想小説」らしいから、そんなの英語で読んだって絶対わかんないだろう、と。

ところが、「そういえば、オレ、*Enquiries* 持ってたな」と思い出しちゃったわけだ。「家にあるなら、もう一度読んでみようか」と思って、読みはじめたら、今度はめちゃめちゃおもしろかった。「こりゃ紹介するしかない」ってわけで、エステルハージィ博士のページをつくった。

で、*Enquiries* は一九七五年の作品なわけ。すでに「六〇年代に」という看板に偽りありなんだよね（笑）。そうなると、代表作の *The Phoenix and the Mirror* を入手してないのは、いくらなんでも問題があるんじゃないかと思いはじめて……。

——持ってなかったんですか!?

うん。読まない本買うの嫌いなんだよ。読まないんだったら、家にも置いておきたくないと思うたちなの。だからマニアになれないんだけどさ（笑）。

でも、日本唯一のファンサイト管理人としては、代表作を持ってないのは、いくらなんでも道義上責任があるでしょう（笑）。だから、読まないにしても、一応買っておこうか、と。

そこでひとつ問題があって、The Phoenix and the Mirror は Wildside Press からリプリントされてるけど、続編の[*4] *Vergil in Averno* (1987) が出てない。片方だけ古本屋から買うのはめんどうだ。だったら、両方売ってる古本屋を探して、一括購入すれば、まとめて送ってくるだろうから送料もお得。そう考えて、Alibris だか AbeBooks だかで検索をかけ、一軒あったから注文したんだ。

そうしたら、やがて送られてきた確認メールを見て、びっくりしたね。送料込みで$246と書いてあったから（笑）。

――値段も見てなかったんですか⁉

見てなかった（笑）。よっぽどキャンセルしようかと思ったんだけど、キャンセルできる英語力もないしさ、泣き寝入りしたわけよ。で、しばらくして本が送られてきたら、なぜ$246もするか、よくわかったね。両方ともハードカバーの著者サイン本だったの。

――コレクターズ・アイテムだったんだ。

そうそう。著者サイン本だから、表紙を開くと、Avram Davidson って書いてあるわけよ。それを見ているうちに「こりゃ読まないとたたりがあるんじゃないか？」という気になってね。いや、天理教にはたたりという概念はないのかもしれないけど（笑）。しょうがないから、*The Phoenix and the Mirror* を読んだんだ。そしたらさ……これがめちゃめちゃおもしろい。長編では最高傑作だね、間違いなく。それで魔術師ウェルギリウスページもつくるはめになってさ、そうやってどんどん深みにはまってったのよ。

アンソロジストの才能

――深みにはまったあげく、傑作選の編者もおやりになったわけですね。編纂を担当するきっかけは？

大森望さんに「やれ」って命令されたから（笑）。

――ほんとうにそれだけ？

あのね、高名なミステリ評論家の先生ににらまれたら、商売あがったりだよ。干されちゃうかもしれないじゃない。だから、しかたなく「わかりました、やらせていただきます」って泣きながら引き受けたのよ（笑）。

――そんなこと言うと、大森さんに怒られますよ。傑作選の編纂はいかがでしたか？

二度とやりたくないね（笑）。

――毎日デイヴィッドスンの短編を読みつづけたのが、そんなにつらかったんですか。日記を拝読すると楽しそうでしたけどね。結局、何編読まれたんでしたっけ？

新しく英語で読んだのが八十七編かな。それ以外に『10月3日の目撃者』もあるし、エステルハージィ博士物などのシリーズ短編もあるから、百編は確実に読んだよ。

――すごいですね。英語で百編……。

いや、それはね、アンソロジストの才能がないからよ。こちとら初心者だからさ、手に入るかぎり手に入れて全部読むというバカ正直なことやるしかないと思ったわけ。才能ある人なら、こんな愚直なことしなくてよかったんじゃないかね。

――でも、中村融さんはエドモンド・ハミルトンの短編を百編読んだそうですよ。[*5]

え？　そうなの？　才能ある人にそんなことされちゃ、かなわねえよな。

中村さんもたいへんだったろうねえ。読んでも読んでもつまらなかったりするもんな（笑）。

——そうなんですか（笑）。

昔の短編作家は量産して生計をたてていたから、駄作が交じるのはしかたないんだよ。テッド・チャンだって年十八編発表すれば、駄作も書けるようになるって（笑）。傑作選を編むと、作家の評価が下がるんじゃないかなあ。「こんなつまらん小説を書いていたのか！」という発見があるからね。で、翻訳もすると、「こんなだめな文章を書いていたのか！」という発見もあるから、ますます評価が下がる。苦労してできあがった傑作選を読んだ読者だけがハッピーという（笑）。

——『どんがらがん』の読者はハッピーになれますか？

内緒だけど、このセレクションには自信あるんだよ。

Bクラスの作品は選ぶ人によって変わると思うのよ。その人の趣味嗜好とか、どういう傑作選にするかという編集方針によってね。でも、Aクラスははずしてない自信はあるな。

もちろん、デイヴィッドスンは癖の強い作家だから、読んだ人がみんなおもしろがってくれるかどうかは、わからない。「百万部売れますか？」それは無理だと思うけどさ（笑）。でも、「これ以外にデイヴィッドスンはありません」という傑作選にはなっているはず。「つまらなかった」と言われたら謝るしかないけど、それはあなたとデイヴィッドスンの相性が悪いということで、たいへん残念です、ということだね。いいかえれば、「オレの選び方が悪いんじゃなくてデイヴィッドスンが悪いんです」ということね（笑）。

2　『不死鳥と鏡』＝ハードボイルドミステリ説

――今回はデイヴィッドスンの長編最高傑作『不死鳥と鏡』（*The Phoenix and the Mirror*, 1969）についておうかがいしたいと思います。まずは例の「『不死鳥と鏡』＝ハードボイルドミステリ説」について……。

これは珍説やトンデモ説のたぐいじゃなくて、ほんとうにそうなのよ。読んだ人は誰でもそう思うはず。だから、アメリカ人の誰かがすでにそういうこと書いてるんじゃないの？

――ぼくは知らないですねえ。ヘンリー・ウェッセルズもグレゴリー・フィーリーも、そんなことは言ってないと思いますよ。

なぜハードボイルドミステリなのか、という理由もちゃんとあるんだよ。

デイヴィッドスンが『不死鳥と鏡』でやりたかったことは、魔術師ウェルギリウスの世界、すなわち中世ヨーロッパの魔術師ウェルギリウス伝説から過去に投影した架空の古代ローマ世界を、リアルかつトータルに描くことにあったのね。その際、ハードボイルドミステリのパターンはきわめて有効なんだ。

なぜなら、ハードボイルドミステリは一種の都市小説でもあるからだ。探偵が事件を捜査するため、都市のいろいろな場所に行き、いろいろな階層の人物と会話することが可能になる。その結果、都市を多面的に描くことができる。たとえば、チャンドラーの小説を読むと、当時のロサンゼルスのことがなんとなくわかるじゃない。そういう読み方をするチャンドラー読者もたくさんいるよね。

同様に、ハードボイルドミステリのパターンを導入することで、『不死鳥と鏡』では架空の古代ローマ世界におけるナポリという都市を多面的に描くことが可能になった。ウェルギリウスは魔法の鏡をつくるため、ナポリ郊外の豪邸に通ったり、外国人居留地で行政長官と交渉したり、ナポリ公の鹿狩りパーティでローマ帝国のセレブと談笑したり、ナポリ港でローマ帝国海軍提督にキプロス島行きの算段をつけたりするわけよ。で、彼の住んでいる地区はナポリの下町で、安酒場があり、隣に頭おかしい婆さんが住んでたりする。こうして、ナポリという都市のさまざまな側面を描きだしたわけだ。

では、もっと広い範囲、都市よりも広い地域を描くにはどうしたらいいか？　そこで有効なパターンは旅行記だよね。だから、後半は旅行記になるのよ。ウェルギリウスは銅の鉱石を手に入れるためにキプロス島へ行き、行方不明の少女を探しにエジプトに行くわけ。

というわけで、ハードボイルドミステリのパターンを導入したのは、デイヴィッドスンの本来の意図からしても正解なんだよね。

典型的なハードボイルドミステリ

——なるほど。しかし、魔術の知識にあふれた百科全書的幻想小説からハードボイルドミステリを読みとるのは、難しいんじゃないですか?

そんなことはない。というのは、デイヴィッドスンは最も典型的なパターン、裏を返していえば、最も陳腐なパターンを導入しているからだ。なにしろ、ウェルギリウスは冒頭、金持ちの美しい未亡人から「行方不明の娘を捜してくれ」と依頼されるんだぜ。こんな発端のハードボイルドミステリはたぶん千冊以上あるよ(笑)。

——確かによくある話ですね(笑)。

むしろ、よくある話のほうが効果的なんだよ。『不死鳥と鏡』の場合、背景となる世界が非日常的で読者になじみがないものだから、そこに導入するパターンまでひねってしまうと、わけがわからなくなる。わたしは読んでないからわからないけど、レズニック『一角獣をさがせ!』やエリック・ガルシア『さらば、愛しき鉤爪』などのファンタジーハードボイルド、SFハードボイルドもそうだと思う。設定が異常だから、導入するパターンは陳腐なほうがむしろいいわけ。

昔、長谷部史親がハードボイルドミステリの陳腐なパターンを列挙したことがあるんだ。それは結城昌治批判なのね。結城昌治の『暗い落日』から始まる有名な国産ハードボイルドの傑作があるんだけど、ハードボイルド「ミステリ」としてはあまりにありきたりすぎるのではないか、ということを指摘するために書いたわけ。「探偵は途中で殴られて気絶する」とかさ。

――それもよくある話だ（笑）。

照らし合わせたわけじゃないから、さだかではないけれど、『不死鳥と鏡』はこの陳腐なパターンをほとんどすべてクリアしていると思うよ。ウェルギリウスはちゃんと気絶するからね（笑）。

しかも、気絶から目覚めてみると、椅子にロープで縛られている。その目の前で、悪人が行方不明だった少女にいかがわしいことをしようとしている。そういう場面がちゃんとあるんだよ。こういう場合、探偵はなんとかロープをほどいて、少女を助けなくちゃならない。ちゃんと助けるんだよね。

――ちょっと待ってください。それ、ほんとうですか？

もちろん椅子とロープじゃない。いましめは火の魔法というやつでね、その場面は魔法合戦になるの。

さらに、探偵は最後に謎解きをしなければならない。それも『不死鳥と鏡』の場合は場所限定なんだよね。ここに行って謎解きをしなければならない、と決まっているわけ。謎解きのあとに起きることもおおよそ見当がつく。これも全部ちゃんとそうなるんだよ。デイヴィッドスンは自分のやってることを完璧に理解したうえで書いてるね、間違いなく。

準同型ロス・マクドナルド

――そういう話はありきたりすぎて、ミステリ読者には楽しめないかもしれませんね。犯人はすぐわかるんだよな（笑）。正確に言うと、「誰がいちばん悪いやつか」ということだけど。

――やっぱり（笑）。

でも、それは最も典型的なパターンを導入したということだから、欠点ではなく、むしろ美点だと思う。「意外な犯人」を求めて読む小説じゃないからね。むしろ典型的だからこそ、魔術師ウェルギリウスの世界をエンタテインメントとして楽しめるわけ。ただし、ミステリ読者にとっても興味深いポイントはあるよ。ハードボイルド御三家、つまりハメット、チャンドラー、ロス・マクドナルドのうち、『不死鳥と鏡』にいちばん近いのは誰だと思う？

――見当もつきません。

ロスマクだよ。トリックと事件の背景的事情がとてもよく似ている。

――にわかには信じられないな（笑）。

もちろんロスマクとまったく同じではない。『不死鳥と鏡』を現代ハードボイルドミステリに変換すると、たぶんロスマクのようになるだろうということだ。同値（equivalent）

ではなく、準同型（homomorphic）とでも言えばいいかな。

——具体的に説明してくれませんか。

じゃあ、ネタバラシにならない程度に説明しようか。

ミステリでは、登場人物に変な行動をとってもらわなければならない場合がある。トリックを成立させるためとか、話の展開の都合上、普通はそんなことしねえだろ、ってな行動をしてもらわないと困るわけ。

これは作者の都合であって、読者に納得してもらうには、作品内で変な行動の理由づけをする必要がある。そして、現代の読者がとりあえず納得してくれる簡単な理由づけは「頭がおかしかった」ということだろうと思うんだ。「頭がおかしいからこういう行動をとったんだ」と言えば、とりあえず理由づけできる。

で、ロスマクの時代のアメリカでは、俗流フロイト解釈みたいな形で理由づけすると、最も説得力があったんだろうね。「それは子供の頃に残虐な殺人を目撃してトラウマになったからです」と言えば、みんな納得したわけ（笑）。

でも、もっと時代をさかのぼれば、ほかの理由づけもできる。たとえば、「催眠術をかけられていた」という理由づけが成立した時代もあった。さらにさかのぼれば、「魔法をかけられていた」という理由づけでもよかっただろう。簡単にいうと、そういうことよ。

緋色のイチジク

――予定時間を大幅にオーバーしてしまいましたから、「『不死鳥と鏡』は魔術小説ではない」という話はまた次の機会にしましょう。ところで…… *The Scarlet Fig*（2005）はいつ届くんですかねえ。[*6]

ぜんっぜん送ってこねえよな。なにしてんだ Amazon.co.uk（笑）。あの The Rose Press って小出版社、ほんとうに信用できるのか？　わたしは一年くらい前に「買うから取っておいてくれ」とメールしたけど、いまだになしのつぶてだぜ。頭にきたから、Amazon.co.uk から送ってこなけりゃ、もう買わねえよ。べつにデイヴィッドスンの研究してるわけじゃなくて、一愛読者にすぎないから、バカ高い未刊の原稿断片なんていらねーって。

3　『不死鳥と鏡』は魔術小説ではない

――では、ひきつづき『不死鳥と鏡』についておうかがいしたいと思います。『不死鳥と鏡』の最もユニークな点は、魔術に関する知識が詰めこまれ、魔術的アイテムが乱舞する、それこそ百科全書的幻想小説であるにもかかわらず、実は魔術小説ではないことなんだ。

つまり、魔術に関心を持つ人が最も魅かれる点、すなわち精神的な部分が完全に欠落してるんだよ。精神の変容とか、イニシエーションとか、そういう部分のことね。『不死鳥と鏡』は魔法の鏡をつくる話だ。金持ちの美しい未亡人が行方不明の娘を探すため、ウェルギリウスに「魔法の鏡をつくってくれ」と依頼してくる。魔法の鏡は無垢の鏡、すなわち誰ものぞきこんだことがなく、光にあたったこともない青銅鏡で、だからこそ最初にのぞきこんだ人間の見たいものが映しだされるわけ。いろいろな苦労をへて、魔法の鏡はついに完成する。依頼主の未亡人がのぞきこむと、彼女が見たいもの、つまり行方不明の少女の現在の姿が映る。廃墟みたいなところで竪琴を弾いてるんだったかな。

ところが、それはたんに映るだけなんだよね。行方不明の少女がいまどこにいるかという情報はまったく与えてくれない。そこでウェルギリウスはその映像を調べ、背後にこういう様式の柱が立っている、この様式の柱がある古代ギリシャの廃墟はどこか、と推理して、エジプトに行く。

つまり、これは「行方不明の少女の写真が発見された」「少女を映したビデオテープが見つかった」というのと、なんら変わりないのよ。もちろん二千年前の古代ローマ世界では、これは魔術以外の何物でもないんだけど、実際には魔術的なことはなにひとつ起こっていないわけ。

――魔術的なことではないとしたら、なんなんですか？

テクノロジーだよ。クラークの第三法則ってのがあるだろ？「じゅうぶん高度に発達したテクノロジーは魔法と区別がつかなくなる」……デイヴィッドスンが『不死鳥と鏡』でやっていることは、その逆なんだ。魔法、魔術を「じゅうぶん高度に発達したテクノロジー」のように扱っている。その結果、魔術の本質的であろう部分、すなわち精神的な部分は完全に欠落してしまっている。

魔法の鏡のつくり方

そのことは魔法の鏡のつくり方を見てもわかる。『不死鳥と鏡』では、一章をまるごと費やして、魔法の鏡のつくり方がものすごく克明に書いてあるんだけど、そこには技術的ノウハウしか書いてないんだよね。だから、そのとおりにすれば、誰でもつくれる。

――誰でも魔法の鏡をつくれる？

もちろん、ものすごく高純度の蠟蜜とかが必要らしいから、材料が手に入らないかもしれないが、原理的には誰でもつくれる。それが技術的ノウハウということの意味だからね。

さっき言ったように、魔法の鏡は誰ものぞきこんだことがなく、光もあたったことがない青銅鏡だ。では、そんなものをどうやって磨くのか？　青銅鏡だから、研磨して鏡面にするわけね。

どうするかというと、まず暗室に青銅鏡の原形を入れ、盲目の鏡職人を呼んで、手探りで磨かせるわけ。その際、「食事や休憩で暗室から出るときは必ず鏡にカバーをかけろ」と指示する。いまならもっと簡単だよね。暗室内で機械に研磨させればいいんだから。

——機械研磨でいいんでしょうか（笑）。

いいんだよ。だって、技術的ノウハウしか書いてないんだから。ある種の精神の高みに達した人間しかつくれないとか、なにか儀式をしなければならないなんてことはいっさい書かれていない。徹底的にテクノロジカルなことしか説明されていないわけよ。

ウェルギリウスのプレゼン

デイヴィッドスンにはこういう即物的な面があり、なぜか魔術師ウェルギリウス連作に最も顕著にあらわれる。不思議だよな。

——主人公は魔術師なのに（笑）。

『不死鳥と鏡』の続編、『アヴェルノのウェルギリウス』（*Vergil in Averno*, 1987）もそうだよ。

舞台はナポリ西部にあるアヴェルノという町。アヴェルノという地名は実在するが、実際には火口湖らしい。ここは火山地帯だから、地面から火山性ガスが噴きだしていて、火をつけると簡単に燃えあがる。だから、鉄鋼業と染物業がさかんなのね。鉄鋼業は要するに鍛冶屋さんで、鉄を熱してトンカントンカン叩いて加工する。染物は染料を煮込む必要がある。どちらも熱源が必要なわけだ。ほかの地域では熱源として木炭を燃やす必要があるが、アヴェルノでは火山性ガスを使えるから、非常に安価に製造できる。そのため、町はとても繁栄しているのね。

しかし、最近、火山性ガスの出が悪くなってきた。このままだと出なくなっちゃうんじゃないか、資源が枯渇してしまうんじゃないか、と恐れて、町のお偉方がウェルギリウスに「なんとかしてくれ」と依頼する。

ウェルギリウスがなにをするかというと、まず、アヴェルノの正確な地図をつくる。それをもとに、住人に聞き取り調査をする。「以前はどこからガスが出てましたか」と質問して回るわけだ。あと、サラマンダーの子供というのを持ってくる。サラマンダーには火のある方向に動く性質があるそうで、地面に置いて、どっちに動いたかを調べるわけ。

こうした調査結果をもとに、ウェルギリウスはお偉方相手にプレゼンをやるんだ。

——魔術師がプレゼンですか（笑）。

ほんとうにプレゼンなんだよ。ものすごく薄い紙に図面を描き、カンテラで照らして、壁に投影する。要するにOHPだ（笑）。

ウェルギリウスはその前に立ち、「皆さん、この図αをごらんください」と切りだす。「調査の結果、アヴェルノの火山性ガスの源はこの地点にあることがわかりました。そこでご提案ですが、ここからこのようにアヴェルノ全市にパイプラインを引くんですね。そうすると、いま以上にあらゆる場所で簡単に熱源が手に入ります。これがわたくしのご提案です」とやる。こんなの魔術師の仕事じゃねえよな（笑）。

――プランナーかエンジニアの仕事ですね（笑）。

アヴェルノのお偉方のほうが魔術的でさ、「そんなめんどくさいことしなくても、火山性ガスの源に生贄をささげれば、出がよくなるだろう」と考えて、人間の生贄をささげる。すると、アヴェルノ全市がドッカーンと吹っ飛んじゃうの。そこまで書かれてたかどうかは忘れたけど、「だからいまは火口湖なんです」ってオチなんだろうね。

――なるほど。おもしろい話をありがとうございました。

これで『どんがらがん』発売記念の余興に呼ばれたりしないだろうね。しゃべれることは全部しゃべっちゃったから（笑）。

4　デイヴィッドスン日本上陸第二弾？

――めでたく『どんがらがん』が刊行されました。どうやらご好評をいただいているようですね。大森望さんはご高著『現代ＳＦ１５００冊　回天編　１９９６〜２００５』で「世界最高のデイヴィッドスン短編集」と絶賛してくださってますよ！

まあ、お世辞でもうれしいよね（笑）。

――またそんなひねくれたことを（笑）。今回はデイヴィッドスンの次の企画についておうかがいしたいんですが……。

勘弁してくれ（笑）。というか、『どんがらがん』で、わたしが読んだ範囲内でのAクラス短編を全部使っちゃったから、「もう一冊編纂しろ」と言われても不可能。

デイヴィッドスンのミステリ短編を集めるという手はあるけど、どれもわりと普通なんだよね。おもしろいし、アクチュアルではあるんだが、決め手に欠ける感がある。もしかしたら、デイヴィッドスンのミステリ短編最高傑作は「すべての根っこに宿る力」かもしれないな。

仮にデイヴィッドスンをもっと翻訳紹介するなら、大森さんも書いてらっしゃるように、『不死鳥と鏡』（*The Phoenix and the Mirror*, 1969）か『エステルハージィ博士の事件簿』（*The Enquiries of Doctor Eszterhazy*, 1975）のどちらかってことになるんじゃないかなあ。

——えーっと、わたしが大好きな六〇年代の長編はどうですか？

あれは無理だよ。六〇年代の娯楽SF長編は確かにオフビートでおもしろいけど、ほんとうに娯楽SFだからねえ。もはや日本には「入れ物」がないという気がするな。ハヤカワ文庫SFの白背があったら、1冊くらいまぎれこませてもいいか、というたぐいの小説で、ハードカバーで出すもんじゃない。

これは内緒だけど、ジャック・ヴァンスの作品もそうなんじゃないかな。めちゃめちゃおもしろいことは事実だけど、定価二〇〇〇円のハードカバーで読むもんじゃないという……。もちろん、本国でもハードカバーで出版されてるし、翻訳されればうれしいけどね。

古びない小説

――では、短編では『エステルハージィ博士の事件簿』ということになりますね。

『事件簿』がいいのはね、古びていないことなんだ。二十一世紀の日本で翻訳されても、たぶん誰も古くさいとはいわないだろう。

――永遠の傑作ということですか？

ちがうよ。発表された時点ですでに古くさかったからだ（笑）。

きみがやった「眠れる乙女ポリィ・チャームズ」（“Polly Charms, The Sleeping Woman”）のインチキ翻訳[*7]を読んで、どなたかが「プリンス・ザレスキー物を連想した」と感想を書いてらっしゃっただろ？　M・P・シールがザレスキー物の第一作を発表したのは、一八九五年だぜ。そんな小説を一九七五年に書くってのは、時代錯誤以外のなにものでもないよ。

しかし、翻訳におけるタイムラグを考えると、このアナクロニズムは強みだと思う。最先端の話題をとりいれた小説は、できるだけ早く翻訳しないと、インパクトが薄れてしまう。しかし、『事件簿』は三十年遅れで翻訳されても、みんな楽しめるだろう。なぜなら、発表当時すでに八十年ほど昔に書かれた小説のように見えたからだ。

たとえば、ブルース・スターリングは同時代のテクノロジーをいち早くとりいれて、小説を書いている。それゆえ、彼の小説はあっというまに古びてしまう。ここしばらく読み返してないけど、『ネットの中の島々』なんて古くさくて読めないんじゃないかね。

一方、ウィリアム・ギブスンの小説は二十年たっても、まだ読める。それはギブスンがテクノロジーの細部をいっさい書いてないからだ。ギブスンが書いているのはイメージだけであり、いつの時代になっても、エンジニアたちは最先端のテクノロジーを用いて、ギブスンが描きだしたイメージを実現しようとする。ギブスンの小説はつねに「バージョンアップ」されるんだよ。電脳空間（サイバースペース）のイメージは、その時代の最先端テクノロジーによって実現されつづけるわけだ。

さらに余談だけど、“Polly Charms, The Sleeping Woman”という題名は、ハーラン・エリスンの短編“Paulie Charmed the Sleeping Woman”(1962)のもじりのようだね。この短編はデイヴィッドスン編集長時代の〈F&SF〉が初出だから、まず間違いないと思う。内容も関係あるのかな。

ひとまとまりの作品集

――エステルハージィ博士シリーズには、増補版『エステルハージィ博士の冒険』(*The Adventures of Doctor Eszterhazy*, 1990) もありますが……。

『冒険』を全訳するのはおすすめしないなあ。というのは、あれ、作品内の時代経過順に配列してあるんだよ。デイヴィッドスンが八〇年代に書いた新作短編は、若き日のエステルハージィ博士を描いたものだから、『事件簿』の前に収録されてるわけ。あれじゃ、わかんない部分がいっぱい出てくる。

デイヴィッドスンは『事件簿』を六週間で全部書いたらしい。それがほんとうかどうかはわからないが、『事件簿』はたぶん書いた順番に並んでるよ。というのは、あとのほうの短編で説明なしに出てくる事柄は、なぜ説明がないかというと、その前に収録されている短編に説明があるからだ。

たとえば、「真珠義母事件」(“The Case of the Mother-in-Law of Pearl”)は、エステルハージィ博士と金鹿宮のワイトモンデルの会話から始まる。[*8] 金鹿宮とはなにか、ワイトモンデルとは誰か、という説明はいっさいない。その説明は「英国人魔術師スミート閣下」(“Milord Sir Smiht, the English Wizard”[*9])に詳しく書いてあるわけよ。

つまり、『事件簿』は「ポリィ・チャームズ」から順番に読まないと、意味不明の個所がたくさん出てきちゃうのよ。もちろん、本国でも雑誌やアンソロジーにバラ売りされてるけど、ほんとうはひとまとまりの作品集なんだよね。

——では、八〇年代に書いた新作短編はどうしたらいいでしょうか。

たぶんつまんないだろうから、訳さなくていいんじゃないの(笑)。ファンサービスの番外編というか、オマケみたいなもんだからね。

ただ、Warner Books版の『事件簿』は誤植が多くて、テクストが信頼できないんだよね。その点、『冒険』はきちんと校訂されている。だから、『冒険』を底本にして『事件簿』を全訳するといいだろうな。で、三位一体王国とベラの地図はWarner Books版からトレースして載せる。そうすると、いい本ができると思うね。

編集部註

＊1　のちに『エステルハージ博士の事件簿』（池央耿訳／河出書房新社／二〇一〇）として邦訳が刊行され、殊能氏による解説が付された。ちなみに、この自作インタビューで殊能氏は「エステルハージィ」と表記しているが、池訳では「エステルハージ」となっており、同書解説では殊能氏もそちらの表記を採用している。

＊2　のちに「眠れる美女ポリー・チャームズ」（古屋美登里訳『狼の一族』早川書房／二〇〇七所収）、および「眠れる童女、ポリー・チャームズ」（池央耿訳『エステルハージ博士の事件簿』／河出書房新社／二〇一〇所収）として邦訳された。

＊3　〈SFマガジン〉一九八五年五月号所載。この場合の「クール」は、「かっこいい」を意味する。

＊4　殊能氏の勘違い。同書はワイルドイイサイド・プレスから再刊されていない。

＊5　中村融氏がエドモンド・ハミルトン傑作集『フェッセンデンの宇宙』（河出書房新社〈奇想コレクション〉／二〇〇四／二〇一二年に三篇増補して河出文庫）を編んだときのこと。

＊6　《魔術師ウェルギリウス》シリーズ関係の遺稿をグラニア・デイヴィスとヘンリー・ウェッセルズがまとめた書。この後、無事に刊行された。

＊7　殊能氏自身の手になる翻訳が、この題名で氏のホームページ上に発表されていた。ただし、古屋訳（＊2参照）の刊行前に削除された。

＊8　池訳では「真珠の擬母」という題名になっており、「金鹿宮」、「ワイトモンデル」はそれぞれ「大御苑」、「ワイトモンドル」と訳されている。

＊9　池訳では「イギリス人魔術師　ジョージ・ペンバートン・スミス卿」という題名になっている。

アヴラム・デイヴィッドスン　著作リスト

●長篇

1 Joyleg (1962)　ウォード・ムーアと共著
2 Mutiny in Space (1964)
3 Masters of the Maze (1965)
4 Rork! (1965)
5 Rogue Dragon (1965)
6 The Enemy of My Enemy (1966)
7 The Kar-Chee Reign (1966)
8 Clash of Star-Kings (1966)
9 The Island Under the Earth (1969)
10 The Phoenix and the Mirror (1969)
11 Peregrine: Primus (1971)
12 Ursus of Ultima Thule (1973)
13 Peregrine: Secundus (1981)
14 Marco Polo and the Sleeping Beauty (1987)　グラニア・デイヴィスと共著
15 Vergil in Averno (1987)
16 The Boss in the Wall (1998)　グラニア・デイヴィスと共著
17 The Scarlet Fig (2005)

●短篇集

1 Or All the Seas with Oysters (1962)　抄訳『10月3日の目撃者』ソノラマ文庫海外シリーズ

2 What Strange Stars and Skies (1965)
3 Strange Seas and Shores (1971)
4 The Enquiries of Doctor Eszterhazy (1975)　『エステルハージ博士の事件簿』（河出書房新社）
5 The Redward Edward Papers (1978)
6 The Best of Avram Davidson (1979)
7 Avram Davidson: Collected Fantasies (1982)
8 The Adventures of Doctor Eszterhazy (1990)　4の増補版
9 The Avram Davidson Treasury (1998)
10 The Investigations of Avram Davidson (1999)
11 Everybody Has Somebody in Heaven (2000)
12 The Other Nineteenth Century (2001)
13 ¡LIMEKILLER! (2003)

●ノンフィクション

1 Crimes & Chaos (1962)
2 Adventures in Unhistory (1993)

＊変名での著作（エラリー・クイーン名義を含む）や小冊子は省いた。

本書は二〇〇五年一〇月、河出書房新社より〈奇想コレクション〉の一冊として刊行されたものです。

The publisher would like to express gratitude especially to Mrs. Grania Davis
for her generous cooperation to this edition.

どんがらがん

二〇一四年二月一〇日　初版印刷
二〇一四年二月二〇日　初版発行

著者　A・デイヴィッドスン
編者　殊能将之《しゅのうまさゆき》
訳者　浅倉久志《あさくらひさし》＋伊藤典夫《いとうのりお》＋中村融《なかむらとおる》
＋深町眞理子《ふかまちまりこ》＋若島正《わかしまただし》
発行者　小野寺優
発行所　株式会社河出書房新社
〒一五一－〇〇五一
東京都渋谷区千駄ヶ谷二－三二－二
電話〇三－三四〇四－八六一一（編集）
〇三－三四〇四－一二〇一（営業）
http://www.kawade.co.jp/

ロゴ・表紙デザイン　粟津潔
本文フォーマット　佐々木暁
本文組版　KAWADE DTP WORKS
印刷・製本　中央精版印刷株式会社

Printed in Japan　ISBN978-4-309-46394-0